Las garras
del águila

MILLENNIUM[7]

Karin
Smirnoff

Las garras del águila

Una novela
de Lisbeth Salander

MILLENNIUM[7]

Karin Smirnoff

Traducción de Martin Lexell
y Mónica Corral Frías

Ediciones Destino
Colección Áncora y Delfín

Obra editada en colaboración con Editorial Planeta – España

Título original: *Havsörnens skrik*

© Karin Smirnoff & Moggliden AB, 2023
Publicado con acuerdo de Hedlund Agency
© por la traducción del sueco, Martin Lexell y Mónica Corral Frías, 2023

© Editorial Planeta, S.A., 2023 – Barcelona, España

Derechos reservados

© 2023, Editorial Planeta Mexicana, S.A. de C.V.
Bajo el sello editorial DESTINO M.R.
Avenida Presidente Masarik núm. 111,
Piso 2, Polanco V Sección, Miguel Hidalgo
C.P. 11560, Ciudad de México
www.planetadelibros.com.mx

Primera edición impresa en España: septiembre de 2023
ISBN: 978-84-233-6390-2

Primera edición impresa en México: septiembre de 2023
ISBN: 978-607-39-0533-6

Impreso en los talleres de Litográfica Ingramex, S.A. de C.V.
Centeno núm. 162-1, colonia Granjas Esmeralda, Ciudad de México
Impreso en México –*Printed in Mexico*

M^7

Ve surgir
por segunda vez
la tierra del mar,
esplendorosamente verde;
cascadas caen
ahí alza el vuelo el águila
y atrapa
peces en las montañas.

«La profecía de la vidente»,
Edda mayor

Capítulo 1

El limpiador mira el reloj. Desde que esparce la carnada hasta que la primera águila, una hembra, se lanza en picada sobre ella, pasan cuarenta y un segundos.

Nunca sabe exactamente de dónde viene. Puede haber estado posada en un árbol en las inmediaciones o planeando a dos mil metros de altura. Con su vista, doscientas veces más aguda que la de una persona, es capaz de descubrir una presa a varios kilómetros de distancia. Él, por su parte, se halla sentado a unos cincuenta metros de la carnada, bien oculto en su escondite, observando el banquete con sus binoculares.

Festín aguileño, siete letras: carnada. La ternura que siente por las aves no es amor paternal, porque qué sabe él de eso. Aun así, no puede evitar verlas como sus crías.

Piensa en ellas antes de quedarse dormido y en cuanto se despierta. Ocupado con todos los quehaceres necesarios como cortar leña, cocinar o encender la chimenea, piensa en ellas. ¿Se habrán apareado? ¿Sobrevivirán las crías? ¿Podrán encontrar suficiente comida? ¿Lograrán pasar el invierno? Pues sí. Con su ayuda y una temporada decente de campañoles, lo conseguirán.

Se restriega los ojos con los nudillos. El sol está más alto ahora y le calienta la espalda, quizá por última vez este otoño. No importa. Tiene su casa en un rincón del mundo olvidado por la humanidad. Hablar de casa quizá sea una exageración, más bien se trata de una simple cabaña de troncos de madera que ha estado vacía desde que desaparecieron los últimos leñadores a principios de los años sesenta y la zona se declaró reserva natural.

El terreno es escabroso y resulta inaccesible con su estructura irregular de bosque virgen, lagunas, turberas y montañas. Tampoco hay ningún camino de verdad para llegar. Aparte de senderos abiertos por los animales, sólo se ven las débiles huellas de un viejo camino forestal que la naturaleza está a punto de hacer suyo de nuevo. La única manera de acceder es a pie o con una cuatrimoto, pero entonces hay que saber orientarse.

Hasta la carretera más cercana hay más de diez kilómetros. Él se mueve en un radio máximo de un par de kilómetros en torno a la cabaña. Al principio señalaba las direcciones con ramitas para no perderse. De esa manera ha localizado un arroyo en el que pescar, árboles derribados por el viento para hacer leña y claros del bosque donde esperar a las aves y otros animales de caza menor.

La cabaña es un santuario, modestamente modernizada con un generador diésel que utiliza para cargar el teléfono celular. Aquí no es nadie. Un hombre sin nombre, pasado o futuro. Existe, sin más. Vive al día. Se va a dormir pronto y se despierta al amanecer. Hace lo que tiene que hacer sin reflexionar sobre si está bien o mal.

Hay años grabados en la madera de las paredes. Y nombres. Mensajes de hombres solitarios dirigidos al futuro. Olof Persson 1881. Lars Persson 1890. Sven-Erik Eskola 1910. Etcétera. Ahora bien, ¿qué es la soledad si no algo relativo? Pueden pasar meses sin que hable con nadie más que consigo mismo, con los pájaros, los árboles e incluso las piedras. Aun así, se siente menos solo que nunca. Es como si la infancia le hubiera dado alcance. Con cada día que pasa se acerca más al niño que busca refugio en el bosque, al niño que aprende cómo está hecho el mundo observando, quieto, sin moverse, el ritual de cortejo de los gallos lira en primavera, observando a la zorra cuidar a sus crías, el turno de trabajo de las hormigas en el hormiguero o al escarabajo de la corteza abrirse paso en el abeto.

El niño tiene un padre. Un cabrón corpulento con brazos que llegan a todas partes. El niño tiene una madre. Nadie cuenta con ella. El niño tiene un hermano. Corre, dice el hermano cuando el padre vuelve a casa, y el niño corre a refugiarse en el bosque.

Atrapa una culebrilla de cristal. Cuando ésta se desprende de la cola, él toma de nuevo al animal. Saca el cuchillo de la vaina, le corta la cabeza y se hace el silencio. Él es el silencio.

El niño deja la culebrilla sobre una piedra. Se apoya en el tronco de un abeto y se limpia la hoja del cuchillo en el pantalón. Y luego se la pasa por una uña. A lo largo del filo se halla la libertad. Una libertad que nadie le puede arrebatar.

Se acerca otra águila. Un macho joven. Aún no tiene el plumaje abdominal blanco del macho sexualmente maduro, ni el pico amarillo. Con toda probabilidad, es una cría del año anterior. Dos años máximo, anota en su cuaderno. No es frecuente, aunque ocurre a veces, apunta también, que las águilas jóvenes se queden en su lugar de nacimiento en vez de emigrar hacia el sur. Posible defecto o enfermedad. Signo de interrogación. Vigilar. Signo de exclamación.

La hembra está tan ocupada que no se molesta en marcar territorio cuando el joven macho, que al principio se limita a sobrevolar en círculos los restos de carne, se atreve a bajar. Quedan trozos de huesos, sobre todo. Lo deja comer. Tiran incansables de los tendones hasta que consiguen arrancarlos del hueso y los engullen como espaguetis.

Al cabo de unos minutos el momento álgido del día ha pasado. Guarda el cuaderno y el termo en la mochila, se cuelga la escopeta al hombro y sale a rastras del escondite. La pierna derecha se resiste a acompañarlo, como siempre. Tiene que girarla para que apunte hacia la cabaña. El camino hasta allí se extiende a lo largo de un sendero de animales. Los abedules, alisos y sauces ya han perdido sus hojas. Pasa la mano por los pequeños arbustos y se lleva un puñado de arándanos rojos, se los mete en la boca y el rostro se le tuerce en una mueca agridulce. Agridulce es también el olor de la carnada restante que ha guardado en una cubeta de plástico con tapa, bien camuflada bajo un abeto, cierto, pero aun así. Debería haberla tirado toda de una vez, pero no puede, el momento con las águilas lo es todo. Es por ellas que respira, come, duerme, caga. Volverá al día siguiente. Le suena el celular. Sólo hay una persona que tiene su número. Sólo hay una persona a la que llama.

—Sí —dice—. Sí. Mañana a primera hora. Está bien.

Esa mañana hace más frío de lo habitual. Echa otro par de leños en el fuego y se calienta las manos con la taza de café. Si quiere llegar a la carretera a tiempo, tendrá que irse pronto. Por el camino pueden pasar muchas cosas. La cuatrimoto podría averiarse o el terreno enfangarse demasiado.

Recorre a pie los primeros kilómetros hasta donde ha escondido la moto por precaución. Si alguien, contra todo pronóstico, la encontrara, no sería capaz de relacionarla con la cabaña o con él.

Mientras camina, busca águilas con la mirada. Uno de los nidos está en esa misma dirección, pero no avista ninguna ave. Una pena. Le habría resultado reconfortante; no porque esté preocupado, pero aun así. Ver un águila marina es una señal. Una buena señal.

Una vez en el escondite, quita las ramas de abedul que cubren el vehículo, coloca la mochila en el baúl delantero y se dirige al lugar del encuentro.

El suelo resiste, todo marcha según lo previsto. Con diez minutos de margen, espera oculto, sin que se le vea desde la carretera, antes de continuar hasta la barrera, donde gira la cuatrimoto para dejarla en el sentido de vuelta.

El coche ya está allí. Siempre viene la misma persona con la entrega. El limpiador lo conoce como el entregador. El entregador a él como el limpiador. En realidad, no se conocen. Sólo intercambian palabras sueltas.

—¿Quién te da las órdenes? —pregunta.

La respuesta lo tranquiliza. Cuanto más corta la cadena, menos eslabones.

En esta ocasión ha pedido algunas provisiones. Una botella de whisky y unos alimentos frescos. Y, como siempre, periódicos. Lo mete todo en el baúl de la cuatrimoto y luego se acerca al coche.

El entregador saca el cuerpo del asiento de atrás.

Una mujer. Eso es inusual. Lleva las manos atadas a la espalda y la cabeza cubierta por una capucha. Gemidos ininteligibles indican que le han tapado la boca con cinta aislante.

—Haz lo que quieras con ella —dice el entregador—. Carta blanca.

Lo que quiera, mientras cumpla con su trabajo.

Las personas que se cruzan en su camino merecen su destino. Sobre eso tiene la conciencia tranquila. No es un asesino sexual ni un psicópata, aunque la gente probablemente lo consideraría un hombre que mata para satisfacer sus instintos.

Tienen un trato. Mientras ellos respeten su parte, él también lo hará.

—¿Qué ha hecho? —pregunta contra su costumbre. Quizá porque es una mujer. Quizá porque el entregador es la primera persona con la que habla desde hace mucho tiempo.

—Lo de siempre. Más no te puedo decir —responde el entregador, y el limpiador lo cree.

Sube a la cuatrimoto y el entregador lo ayuda a colocar el cuerpo delante. *Cuerpo* le suena mejor que *mujer*.

—Sujétala con la correa también —dice—. ¿Verdad, guapa? No vaya a ser que te caigas.

El limpiador alza la mano en un gesto de despedida antes de arrancar en dirección a la cabaña.

Mientras camufla la moto con ramas, deja el cuerpo atado a un árbol. Silencioso del todo no está, pues emite una especie de débil gemido, como un gato enfermo. A los gatos enfermos hay que sacrificarlos. Sigue sin haber águilas marinas a la vista.

—Vamos, vamos —dice, y empuja el cuerpo que camina delante. Constata que no está en tan buena forma física como él. El último trecho lo recorre pegándole patadas en los talones para que mueva los pies.

No suele meter los cuerpos en la cabaña. Éste

es una excepción. Lo tira en la cama con un empujón antes de sentarse en una silla.

—Primero la devoción y luego la obligación, ¿te parece bien? —pregunta al cuerpo—. ¿Y quizá poner un poco más de leña en el fuego? ¿Qué me dices? ¿Hace frío aquí dentro?

La gata chilla. Él se empalma. Al fin y al cabo, una mujer siempre es una mujer.

Le quita los pantalones y las pantis al cuerpo como si lo pelara. Siempre le hace ilusión ver lo que se oculta debajo de los harapos. Es un cuerpo bastante joven. Veinticinco, quizá. Como mucho, cuarenta. La edad no importa.

Al principio piensa tomárselo con calma, limitarse a disfrutar de la vista, por así decirlo, pero el deseo vence a la paciencia. Arranca un poco de plástico transparente, se envuelve el miembro erecto con él —quién sabe qué mierda podría contagiarle— y coloca el cuerpo en la posición idónea para la penetración.

—Puedes quedarte en la cabaña unos días. Nos la vamos a pasar muy bien —dice mientras la agarra con la torpeza de un adolescente virgen en un campamento de verano. Ni siquiera llega a metérsela antes de venirse.

Cuando la respiración ha recuperado su ritmo normal y el deseo ha caído en picada, descubre que el cuerpo se ha orinado encima.

En su cama. Eso lo arruina todo.

—Se acabó la fiesta —dice, se abrocha los pantalones y prepara el cuerpo para partir.

El cuerpo apenas se mantiene en pie. Quiere desmayarse, por eso no se aleja tanto de la cabaña como había pensado. Tras atarlo a un árbol, por segunda vez ese día, el limpiador desanuda el cordón de la bolsa de tela en la que guarda el arma.

Se queda mirando el hermoso objeto un rato antes de enroscar el silenciador. Sostiene la pistola entre las dos manos como una consagración del acto que el arma está a punto de cometer.

Miau. La gatita ya no tendrá que sufrir más.

Capítulo 2

Llevan más de una hora metidos en un coche frío esperando alguna señal de que la casa esté vacía.

El coche está estacionado en la desviación que conduce al río. Oculto tras un granero. Ellos, sin embargo, pueden ver a los que entran y salen de la casa. Primero se fue la mujer, con el niño en el asiento de atrás, y ahora también se va el hombre.

No es la primera vez que están allí vigilando.

Cada vez que regresan a la ciudad sin haber actuado, Svala respira aliviada, a pesar de que la dejan bastante lejos de Gasskas y tiene que ir caminando a casa. A casa de su Mamá Märta. A casa de su desaparecida Mamá Märta en la calle Tjädervägen, adonde se ha mudado su abuela para cuidar de ella.

No tiene quejas de la abuela. Hace cosas que las madres no hacen. Cocina, recoge y llena el departamento con charla. Es rutina. Mamá Märta desaparece a veces y regresa al cabo de unos días sin decir dónde ha estado, pero en esta ocasión es diferente. Ha pasado casi un mes desde que se colgó el bolso en el hombro, besó a Svala en la cabeza y dijo «voy a comprar tabaco, ahora vuelvo».

Svala le ha pedido a su abuela que no toque nada en la habitación de su madre. No quiere que limpie ni que recoja la ropa sucia mientras está en la escuela. Esa habitación es el único lugar intacto. Cuando se tumba encima de la colcha con el estampado de rayas de cebra, Mamá Märta aparece de nuevo, sentada en la silla de su escritorio fingiendo que corrige su tarea. Y le acaricia el pelo y dice: «Cuando me paguen vamos a hacer algo divertido».

Hacer algo divertido puede ser ir a la feria de Jokkmokk y comprar calcetines muy coloridos y dulces.

Hacer algo divertido la mayoría de las veces significa cenar una pizza en Buongiorno. Tienen un pizzero importado de Nápoles. Mamá Märta está convencida de que es de Siria.

«No importa —dice Svala—, yo voy a pedir una vegetariana.»

El queso está muy caliente. Quema el paladar. Svala se toma otra Coca-Cola. Mamá Märta, otra copa de vino. El mejor momento de su madre es después de la primera copa y unos tragos de la segunda. Bromea sobre la gente a su alrededor. Habla de cosas que ocurrieron hace mucho tiempo. Cuenta la historia del viejo lapón que entra en un restaurante y pide perdiz, mete el dedo en el trasero de la perdiz y afirma poder determinar dónde han matado al animal; quizá Arvidsjaur. No se acuerda muy bien. Pero cuando Svala interviene para completar la historia, Mamá Märta se enoja. Entrecierra los ojos más de lo normal al agarrarle la mano y se la aprieta fuerte: «Tú también eres sami. No una maldita lapona. Que no se te olvide. Debes estar orgullosa de tus orígenes».

¿Qué orígenes? Una madre desaparecida, un padre muerto. Una abuela con angina de pecho. No tiene hermanos ni otros familiares cercanos. Al menos ninguno que quiera saber nada de ella.

—Excepto Lisbeth —dice la abuela.

—¿Y quién es Lisbeth?

—Lisbeth Salander. La hermanastra de tu padre.

—Nunca me han hablado de ella.

—Tu madre no quiere saber nada de la familia de Niedermann —explica la abuela—. Lógico.

—¿Por qué? —pregunta Svala, pero no recibe ninguna buena respuesta.

—Aquello ocurrió hace mucho tiempo, no es nada de lo que haya que hablar ahora —dice la abuela dando la conversación por terminada, y en su lugar le toma la mano y le pasa el dedo por las líneas de la palma—. Vas a tener una vida larga —constata—. Tres niños, al menos. En algún momento hay una ruptura. Después, todo volverá a ir bien.

«Tres niños al menos.» ¿Traer otras Svalas* al mundo? No mientras ella tenga algo que decir al respecto. Pero esa ruptura... Svala intuye que ya está aquí. El otoño se ha encendido. Quiere pintar las llamas. Un ojo puede percibir diez millones de matices. Quiere plasmarlos todos como si fueran pinceladas alrededor de una hoja.

No sabe cómo se llaman los tipos de los asientos delanteros. Pero sospecha quién está detrás de todo: Pederpadrastro. Su inútil padrastro. Jamás lo llamaría padre o papá.

A pesar de que lleva más de un año sin vivir con ellas, acecha como un hambriento lucio entre los juncos. Sobre todo, últimamente, después de la desaparición de Mamá Märta.

La mujer de los servicios sociales ha dicho que es mejor que Svala sea consciente de que puede haber muerto.

—¿De qué? —pregunta Svala.

—Tu madre, como sabes, tenía algunos problemas.

—Mi madre no ha desaparecido voluntariamente.

—A veces no se sabe todo sobre los padres.

—A lo mejor tú no.

La puerta delantera se cierra de un portazo y se abre la de atrás. Tiene compañía.

* *Svala,* además de ser un nombre propio, significa «golondrina» en sueco. *(N. de los t.)*

—¿Tienes miedo? —pregunta el hombre.

—No —responde Svala.

—¿Te duele? —quiere saber mientras le retuerce el brazo.

—No —repite ella.

El hombre se sienta más cerca de Svala, le rodea la espalda con el brazo y la acerca a él de un tirón.

—Una pena que no tengamos mucho tiempo, algo me dice que se te da bien un poco de todo. Algo flaca, quizá —comenta al tiempo que le aprieta el hombro—, pero eres una chulada. —Con la otra mano le agarra el mentón y le gira la cara hacia él. Ella trata de evitar su mirada por todos los medios—. Ya sabes lo que te pasará si fracasas —le advierte pasándose el dedo índice por el cuello. Ella contiene la respiración para librarse del mal aliento. Como todos los repugnantes amigos de Peder, apesta a una mezcla de dientes sucios, amoníaco y tabaco.

El corazón le late con fuerza, siente la boca pegajosa y los labios le escuecen por la sequedad del invierno. Puede que esté indefensa, pero tiene dos ventajas. La segunda mejor es que no siente dolor. Pueden pegarle o quemarle todo lo que quieran. Romperle un brazo o una pierna y ni se inmuta. Ni siquiera un amago de estrangularla le resulta desagradable.

Su mayor ventaja no puede explicarla, es algo que simplemente está ahí. Como que ella sabe la respuesta antes de que se haya formulado la pregunta.

«No te han dado ojos para ver —dice Mamá Mär-
ta—. Te los han dado porque ves.»

No todos los días en Buongiorno han sido de
pedir dos refrescos. Ha luchado igual de duro por
los trozos de pizza que aquella chica lapona alta
que muestran en las ferias.

Ven a ver, Christina ya mide 2.18 y sigue creciendo.

Ven a ver, vence a Svala en el cubo de Rubik y te
llevas mil coronas.

Svala nunca pierde, pero su mejor espectáculo
gira en torno a una cosa completamente diferente.

La pizzería no se parece a una de esas típicas
pizzerías con puertas abovedadas y paredes estuca-
das y el zumbido de los refrigeradores con refrescos. La decoración de Buongiorno tiene el mundo
de los mafiosos americanos como tema. Retratos
enmarcados de Al Capone, Johnny Torrio, Lucky
Luciano, Joe Masseria y otros gánsteres cuelgan en
las paredes, al igual que fotografías de películas,
ropa y viejas armas con los cañones taponados.

En un rincón hay una caja fuerte, pero en lugar
de usarse para guardar dinero o diamantes contiene platos y cubiertos.

Es a Pederpadrastro al que se le ocurre la idea. Lo
único que le ha regalado a Svala en su vida es precisamente una caja fuerte. No es grande, pero pesa
mucho. Sobre todo, está cerrada.

—No sé lo que contiene —dice—, pero si consigues descifrar el código puedes quedarte con lo
que haya dentro.

Tiene diez años y sabe que él está mintiendo, pero aun así no puede evitar intentarlo. Algo pasa con sus dedos y con su cerebro. Los números centellean como bolas en una tómbola. Es así como ella lo ve. O como lo vive. Le lleva un par de intentos organizar la información. A su lado, Pederpadrastro espera moviendo el pie impaciente.

Cuando siente que ha dado con el código, se voltea hacia él y dice «no, no me sale. No sé cómo se hace».

Ahora puede pasar cualquier cosa. Quizá se enoje y empiece a gritarle de todo, que sería lo habitual. Quizá le pegue. Últimamente ocurre menos. O puede salir dando un portazo tan fuerte que la lámpara del recibidor choque con el techo.

Permanece quieta escuchando. Una vez que está segura de que él ha salido del departamento, entreabre la puerta de la caja fuerte.

Contiene dinero. Más dinero de lo que ha visto en toda su vida. Pero mientras está allí sentada contando los billetes de repente se lo encuentra a su lado.

A estas alturas ha comprendido que la violencia física no tiene efecto en Svala. No le duele lo suficiente. Le duele mucho más a su Mamá Märta.

—Como comprenderás, tengo que castigarte —dice—. No sirve de nada taparse los oídos.

La divertida idea para la caja fuerte de la pizzería se le ocurre a él un par de años más tarde.

Los clientes eligen un código y Svala lo descifra. A veces él le da unas monedas. O puede embolsarse una propina que los avaros ojos de Peder no ven. El dinero lo guarda dentro del muñeco de peluche de desgreñado pelaje que tiene en su cama. Deshace la costura, saca un poco de gomaespuma y luego vuelve a coserlo.

Capítulo 3

Bueno, qué otra cosa podría haberse esperado. Cuando anuncian por tercera vez que el tren con destino Sundsvall, Umeå, Luleå y Kiruna, con salida a las 18:11, se ha retrasado y que la nueva salida se prevé a las 19:34, Mikael Blomkvist se sienta en el Luzette y pide una cerveza.

En circunstancias normales, pasar un rato en la estación central podría ser relajante. Refugiarse en su burbuja. Ver pasar a la gente. Pero esta tarde no lo es. Está demasiado cansado como para interesarse por el mundo que lo rodea. Cansado por varias razones, la mayoría de las cuales le resultan muy familiares: demasiado trabajo, demasiados problemas en la revista, demasiadas trasnochadas, pocas horas de sueño y un *deadline* que se ha muerto de verdad.

Siempre esa condenada *Millennium*. La Dama entre las damas. La que siempre gana en la batalla contra familia, amigos y novias. Ahora que está muerta debe preguntarse si ha merecido la pena. Sí. Sin duda alguna, sí. *Millennium* es el aire que respira, la sangre que corre por sus venas. No todos los hombres pueden ser maridos y padres de familia perfectos. Algunos —él entre otros— tienen que informar a los maridos y padres perfectos sobre el verdadero estado del mundo más allá de los pulcros jardines de sus chalets.

Precisamente por eso le resulta tan incomprensible que todo haya acabado. El mal y las injusticias, sí, toda esa mierda de siempre sigue teniendo a la sociedad agarrada por los huevos, pero ya nadie parece preocuparse por eso. La gente vuelve a casa después de un día en la oficina, se sirven un whisky, echan un vistazo a los correos electrónicos, cenan, juegan pádel y se acuestan. En esa maldita burbuja viven la mayoría de las personas que conoce. Sus vidas les estresan. No les quedan fuerzas más que para preocuparse por los más allegados, como mucho. Ser un servidor de la justicia está pasado de moda, simplemente.

Recorre el listado de llamadas. Sigue sin saber nada de Erika Berger. Tampoco de nadie más de la redacción, a decir verdad.

Mikael Blomkvist no está solo. Pero se siente solo. Eso es una novedad.

Cuando ha terminado la cerveza se acerca a Pressbyrån. Compra un café para llevar y el *Morning Star*. Capta su atención un artículo sobre los intentos de una empresa británica de establecerse en la provincia de Norrbotten. Tarda un rato en reaccionar a la voz.

—Mikael, hola, Mikael.

Levanta la mirada. Su hermana. Annika.

—¿Qué haces aquí? ¿No estás en Åre?

—Estaba, pero ha pasado algo en el trabajo y he tenido que volver. Acabo de llegar. ¿Y tú? ¿Esperas a alguien?

—El tren se ha retrasado —dice—. He pensado subir unos días antes. Vienes a la boda, ¿no?

—El resto de La Famiglia sí, en cualquier caso —responde Annika—. Yo tendré que ir después. Ni siquiera conozco al novio de Pernilla todavía.

—Nadie lo conoce. ¿Qué ha pasado?

—Nada especial —replica—. O sí. Pero no puedo hablar de eso.

—Vamos, mujer —insiste él—. Algo me podrás contar.

—Bah. Un político que se ha metido en un lío, ya sabes.

Mikael espera una continuación que no llega. Y como conoce bien a su hermana, sabe que no hay nada que la haga hablar si ha decidido mantener la boca cerrada.

—Te iría muy bien de espía —asegura Mikael.

—Ah, ¿sí? —se ríe Annika—. ¿Por qué espía?

—Porque, aunque te torturaran, no revelarías nada.

En silencio contemplan a un hombre que pasa por delante de ellos con sus pertenencias en un carrito de supermercado. Debe de sufrir alguna dolencia en la espalda, porque aprovecha el carrito también como andador.

—¿Sabías que por la noche echan a todos los que duermen en los bancos durante la hora que tardan en limpiar? —comenta Annika—. Imagínate lo dura que debe de ser esa hora. La verdad es que es una mierda que la sociedad no sea capaz de proporcionarles casa a los sintecho —continúa—. Algunos están aquí sólo porque tienen deudas, mientras que otros, claro...

—¿De qué político estamos hablando? —la interrumpe Mikael.

—Déjalo, por favor —dice Annika mientras lo abraza—. Ya te enterarás por la prensa. Salúdame a Pernilla. —Y luego, de repente, Mikael se percata de que tiene que darse mucha prisa.

El tren está a punto de salir cuando consigue maniobrar para meter la maleta en el compartimento, ya arrepentido de no haberse permitido un boleto de primera clase o, al menos, un vagón con sólo tres literas. Al ver el caos que se monta cuando seis hombres intentan poner las sábanas a la vez, deja su maleta en una de las literas de en medio, toma su maletín y sale. Atraviesa unos cuantos vagones bamboleantes hasta llegar al restaurante. Pide una cerveza y un sándwich, y se dirige a un asiento libre que justo en ese momento se ocupa.

—Lo que me faltaba —suelta, y siente una mano que le tira de la manga de la chamarra.

—Aquí hay lugar. Estamos en el mismo compartimento —dice el hombre que Mikael reconoce del caos de las sábanas. Era el que lo invitó por un trago que Mikael declinó, con una brusquedad innecesaria, para mantener las distancias.

—IB —se presenta el hombre al tiempo que le tiende la mano.

—MB —responde Mikael, y le quita el plástico al sándwich. Acto seguido le pregunta si va lejos, con la esperanza de que se baje ya en Gävle.

—A Boden —dice IB y levanta el vaso—. ¿Y tú?

No podría ser más difícil recordar el nombre del maldito pueblo. Norrbyn, Sjöbyn, Storbyn... *Älvsbyn*.

—Älvsbyn. Mi hija se casa. Ha conocido a un chico de Gasskas. Mejor dicho, a un hombre de Gasskas —se corrige, pues Henry Salo no tiene pinta de chico.

—Si vas a Gasskas, es mejor que te bajes también en Boden —explica IB—. Es el camino más corto. Hay un tren directo desde Boden.

—Es que me vienen a recoger a Älvsbyn —dice Mikael, y se pone a mirar el celular.

Hay mucho escrito sobre su futuro yerno, Henry Salo, jefe administrativo del municipio de Gasskas. Un jefe relativamente reciente. Uno que sonríe en todas las fotos y parece ser muy popular. En fin, si eso es lo que ella quiere... Seguro que es un buen tipo. Es guapo. Demasiado, quizá. No es que Pernilla no lo sea, al contrario, y tampoco es la cara en sí lo que le molesta de Henry Salo, sino la mirada, o, más bien, su lenguaje corporal. La manera que tiene de situarse siempre en primer plano en todas las fotos, con independencia de que se trate de felicitar a un joven por una beca o de inaugurar un parque.

«Es bueno con Lukas», le dice ella cada vez que hablan. Y él siempre contesta «te creo». Pero cuando cuelga el teléfono le da la sensación de que es justo al revés. El niño. Su nieto. Desde que nació, Mikael apenas lo ha visto. Hasta el verano pasado.

Primero dice que no, no tengo tiempo para ocuparme de un niño, pero Pernilla insiste.

—Casi nunca te he pedido nada —dice.

Es verdad. No ha estado muy presente en la vida de su hija. Siempre se interpone algo. Y lo que se interpone casi siempre es *Millennium*. Así que cuando Pernilla le pide que cuide al niño durante un par de semanas porque ella tiene un curso en Skåne y Salo un congreso en Helsinki, la respuesta inmediata es no. Imposible. No tiene tiempo. *Deadline* el próximo jueves. No está acostumbrado a cuidar niños.

Aun así, Pernilla le lleva a Lukas a Sandhamn y regresa a la ciudad en el primer barco de vuelta.

Dos semanas más tarde se despide con un fuerte abrazo de un niño que no quiere irse. O a lo mejor es Mikael quien no quiere que se vaya. Va a dejarle un gran vacío. Lukas se ha hecho un hueco en su vida. Ha roto esa tenaz tristeza que desde hace meses se había instalado en su cuerpo como una gripe. Sin hacer más que ser un niño que sigue

sus necesidades inmediatas de levantarse temprano ante un nuevo día lleno de posibilidades. «Ganas de vivir, Micke Blomkvist. Te vendría bien un
poco más de eso.»

—Nos vemos muy pronto —le dice al niño—.
¡Espera!

Se quita el collar que su abuelo le regaló hace
mucho tiempo y que ha llevado desde entonces;
una cruz, un ancla y un corazón en una sencilla
cadena de plata, y se lo pone a Lukas en el cuello.

—Ahora es tuyo —dice—. Protege contra la
mayoría de las cosas.

La respuesta del niño todavía flota suspendida
en el aire:

—Pero no contra todo.

Mikael recorre el flujo de noticias de la página
web de *Gaskassen*. Vaya nombre para un periódico, piensa, y los titulares le hacen sonreír. LA
GUARDERÍA EL ALCE VENDE MANUALIDADES. DONA
DINERO A UCRANIA. DERROTA CONTRA BJÖRKLÖ-
VEN. EL PORTERO EXPULSADO. Foto de un Salo con
cara de circunstancia en las gradas vip rodeado de
otros caballeros con gestos parecidos. Caciques de
pueblo. ¿Todavía se les llama así? Hombres poderosos que trabajan por el bien del pueblo y el
suyo propio.

Luego se detiene en un titular que ha leído hace
muy poco. Aunque no en este periódico, sino en el
otro: MIMER MINING CERCA DEL PERMISO DE EXPLO-
TACIÓN.

En la foto pequeña, el rostro contento de Salo. En una más grande, manifestantes blandiendo pancartas en señal de protesta.

—¿Sabes algo de esto? —pregunta Mikael, y le enseña la imagen.

—Sí, claro —contesta IB—. Mi padre trabajaba en la mina, como casi todos los hombres de Gasskas. La montaña iba a convertirse en una nueva Kiirunavaara, pero la mina de hierro se acabó ya en los años setenta y luego se llenó con agua. Ni siquiera se molestaron en sacar las máquinas de las galerías.

—¿Y por qué quieren volver a abrirla?

—La idea no es que reabran la vieja mina. Los ingleses están explorando en una zona a unos kilómetros de allí, donde quieren establecer una mina a cielo abierto. Hasta ahora el gobierno civil ha dicho que no, lo cual es perfectamente entendible. Devastarán lagos, el agua potable del río Gasskas peligrará y, para no variar, los propietarios de renos se llevarán la peor parte. Pero como siempre pasa cuando hay mucho dinero en juego, no aceptan un no por respuesta. Ahora por lo visto han recolocado a unas cuantas personas en el gobierno civil y Mimer ha recibido de manera preliminar una notificación positiva.

—Así de sencillo —dice Mikael.

—Gasskas es una auténtica guarida de gánsteres, por si no lo sabías —explica IB—. O, mejor dicho, el ayuntamiento de Gasskas. —Le da unos tragos a la cerveza, se limpia la espuma de la barba y bebe un poco más—. Un maldito nido de víboras y vividores —añade, y a continuación expulsa unos discretos eructos antes de terminarse el resto de la botella y abrir otra—. En el ayuntamiento dicen que sí y amén a casi todo, y la mina no es lo único que está sobre la mesa. El próximo proyecto es el parque eólico más grande de Europa, y no me preguntes cómo demonios lo van a hacer. Se trata de un terreno con un radio de decenas de kilómetros que prácticamente acabará convirtiéndose en zona industrial.

Mikael Blomkvist sonríe. Malmö es una guarida de gánsteres. Y Estocolmo también. Pero Gasskas, en comparación, con sus veintitantos mil habitantes, será sin duda más bien como el establo de corderos del paraíso.

—¿Por qué Gasskas? —pregunta.

—Buen suministro de electricidad —contesta IB—. Los municipios con estabilidad en el suministro y electricidad barata son los dueños del mercado mundial, por si no lo sabías. La lista de empresas extranjeras que quieren establecerse en Gasskas es larga.

—Ya, pero que se creen puestos de trabajo debe de ser bueno para la región de Norrland, ¿no?

—Cómo se nota que vienes del sur. Al parecer, siguen creyendo en ese mito de que los del norte tenemos que mudarnos al sur para conseguir trabajo. No hay problemas para encontrar empleo. En algunos lugares hay más trabajo que mano de obra. Además, la apertura de la mina de

Gasskas no beneficiará a los del pueblo, sino a la mano de obra mal pagada de los países del Este y gente de Estocolmo que va y viene sin llegar a registrarse en el municipio —gruñe IB, y desvía la mirada al paisaje que pasa volando al otro lado de la ventana.

Mikael aprovecha para sacar la computadora y levantar la pantalla como una oportuna barrera entre ellos.

El último número de *Millennium* acaba de salir, el último literalmente hablando. Abre el PDF y observa la portada, toda en blanco y negro sin fotos ni destacados. Como una primera página del año 39, ésa era la idea. Un poco de texto y un único titular: Termina una época, pero la guerra sigue.

Treinta y un años al servicio del periodismo de investigación, pero al final resultó inviable. Incluso Mikael Blomkvist tuvo que aceptarlo.

Una revista en papel se va a la tumba y resucita como pódcast. ¡Un pódcast! No puede pronunciar la palabra sin soltar un bufido. La palabra escrita está pasada de moda. Ahora hay que hablar y hablar, cortándose unos a otros, él también. Qué pereza, por favor.

«Estás viejo, Mikael», ¿era así como lo había expresado Erika Berger? «Viejo y terco como un macho cabrío. La idea no es sólo hacer un pódcast, sino también un blog y un videoblog.»

¿Y qué contestó él? Pues que ella, siendo la vieja cabra que es, debería entender que los medios online jamás podrán sustituir al periodismo de verdad. «¿En qué demonios estás pensando? ¡No te das cuenta de hasta qué punto eres patética! Son los niños los que hacen podcasts. Veinteañeros egocéntricos que hablan de maquillaje y trastornos alimenticios.»

Desde entonces no han vuelto a hablar. Y no va a ser él quien rompa primero el silencio, eso que le quede bien clarito.

—Toma —dice IB, que ha ido por un par de cervezas más y le da una a Mikael—. Bebe, vamos, que así dormirás mejor.

—Qué mierda de cobertura —suelta Mikael al tiempo que aporrea el teclado con el dedo.

—Perdona, pero es que estás en el tren a Norrland —dice IB.

Mikael guarda la computadora en el maletín y hace ademán de levantarse cuando el hombre vuelve a hablar.

—Pasan cosas raras en Gasskas —dice—. Desaparecen personas. Hombres que salen a buscar el periódico para no volver más. Chicos que van a la escuela y...

No termina la frase.

—Tampoco es que sea algo tan raro, ¿no? Al parecer, el noventa y cinco por ciento de todas las desapariciones son voluntarias.

—Puede —contesta IB—, pero ¿y el cinco por ciento restante?

Cruzan la mirada por encima de sus cervezas.

—No lo sé —admite Mikael al final—. ¿Tú qué crees?

—Dinero. Todo tiene que ver con el dinero. Cómo conseguirlo. Gastarlo. Hacer que crezca. Ocultarlo. Te endeudas. Haces tonterías. Las deudas aumentan. Desapareces.

—¿Te refieres a drogas? —pregunta Mikael.

—No sólo —responde IB—, aunque es verdad que Gasskas empieza a parecerse a los peores barrios de Järfälla. Los jóvenes se matan drogándose y la policía mira desconcertada sin saber qué hacer.

—Triste —constata Mikael antes de tragar las últimas gotas de cerveza ya tibias.

—Va a ir a peor, créeme —continúa IB—. Cuando el capital se mueve hacia el norte, los malos van detrás. Ya tenemos una banda de motociclistas. Directamente importada de Estocolmo.

—¿Hells Angels? —quiere saber Mikael.

—No, se llaman otra cosa, algo bíblico también. Abbadon, Gehenna, Hades...

—¿Svavelsjö?*

—Exacto, así se llaman.

Svavelsjö MC, maldita sea. Mikael empieza a darse cuenta de que el hombre tal vez tiene razón en lo que cuenta de Gasskas. A esos motociclistas se les debería haber borrado de la faz de la Tierra hace mucho tiempo. Realiza una búsqueda rápida en el celular. La última noticia es del verano pasado: En moto para recaudar fondos contra el cáncer infantil.

---

* En sueco, «lago de azufre». *(N. de los t.)*

—Muy listos, los cabrones —dice IB—. Desfilaron en caravana por las calles de la ciudad y cobraron por subirse y dar una vuelta en una de sus motos. Y por cada corona conseguida el ayuntamiento puso dos. En total consiguieron ciento cuarenta mil, que donaron a la investigación del cáncer infantil. Enternecedor, ¿verdad?

—Mucho —responde Mikael mientras intenta agrandar la imagen en el celular para ver las caras bajo los cascos y los lentes de sol. Probablemente la mayoría de ellos ya será gente nueva. Quizá es sólo la marca la que ha sobrevivido. Espera que sea así.

—¿Y tú, en qué trabajas? —se interesa Mikael.

—En nada. Me jubilé hace un par de años.

—¿Y antes?

—Psicólogo. Los últimos veinte años en la Säpo.

—¿Qué hace un psicólogo en la policía de seguridad?

—Un poco de todo —contesta de forma evasiva—. Sobre todo, perfiles criminales.

Mikael sabe hasta dónde llega la locuacidad de los miembros de la policía de seguridad. O sea, a ningún sitio, e IB no supone ninguna excepción.

—Después de jubilarme conocí a una mujer en Uppsala. Somos pareja, aunque no vivimos juntos.

Luego no hay más conversación que un buenas noches, encantado de conocerte y gracias por la cerveza.

Ha sido un día largo. Y días aún más largos

vendrán. Mikael se deja la ropa puesta. Apaga la luz y cierra los ojos. No porque piense que va a poder conciliar el sueño. Pese a todo quizá se haya quedado dormido cuando oye a IB entrar y cerrar la puerta del compartimento. Acto seguido, sube a la litera que hay encima de Mikael.

—¿Estás despierto? —pregunta.

Mikael no sabe si contestar o no, pero al final lo hace.

—Mmm, parece que sí.

—Tengo una hija —explica IB—. Solemos pescar durante los veranos y cazar perdices en invierno. Siempre ha sido la niña de papá. Le gusta hacer cosas con las manos. No tenía más que quince años cuando empezó a trabajar en verano en la ebanistería.

—Ajá, qué bien —dice Mikael en tono neutro con la esperanza de poder silenciar ese narcisismo familiar.

—Bueno, tampoco es que me pueda quejar de su hermano, pero Malin tiene algo especial. Es, cómo diría yo, todo corazón. Tienen que haberla engañado para meterla en algo realmente malo, sólo por ser tan buena. De un día a otro cambió por completo. Dejó la escuela, aunque no le quedaba más que un semestre para graduarse. Dejó de ver a sus amigos. No quería decir lo que le pasaba, ni siquiera a su hermano. Empezó a ir a Luleå o a Kalix. A veces me llamaba para que la fuera a recoger. Intenté negarme, ponerme duro con ella: tú lo cocinas, tú te lo comes. Que se buscara otra manera de volver. Y cuando no volvía, me pasaba las noches en vela. La llamaba, denunciaba su desaparición, buscaba donde podía. Regresó un par de días, sólo para desaparecer de nuevo. Dos semanas más tarde, llegó una postal de Estocolmo. Estoy bien, escribió. Regresaré cuando esté preparada. Luego no supe nada de ella durante mucho tiempo hasta que un día de pronto apareció otra vez por Gasskas. Se matriculó en la escuela de adultos para graduarse. Retomó el hockey y volvió a ser ella.

El hombre calla. Incluso los ronquidos de los demás cesan. El tren a Laponia brama como un animal salvaje atravesando la noche y al final Mikael pregunta:

—¿Y qué pasó después?

—Desapareció. Hace dos años. Nadie ha oído nada desde entonces. Ni rastro, hasta ayer. Llamó la policía. Un cazador ha encontrado los restos de una persona. Creen que puede ser Malin. Voy allí a dejar una muestra de ADN.

Capítulo 4

El SMS llega por la mañana.

El cementerio, 15:30. Ven.
Si no...

¿Si no, qué? Ella no lo sabe.

Empezó poco después de la desaparición de su Mamá Märta. Svala abre la puerta y entran dos tipos. Desde hace algunos años han añadido un chaleco de piel al uniforme, con «Svavelsjö MC» escrito en la espalda. Durante el verano dan vueltas con sus motos americanas, pero ahora es invierno. En la calle hay un Dodge Ram ronroneando en punto muerto.

No lo entiendes, es un honor ser miembro de Svavelsjö. Es un club con clase. Totalmente independiente de los otros clubes de motos Harley Davidson. Hacen lo que quieren. Para ellos las motos lo son todo.

Ya, y luego trabajan como monitores, dice Svala.

Exacto, contesta Peder. Es gente normal, trabajadores honrados.

Svala clasifica a los amigos de Pederpadrastro por orden alfabético. No por su nombre de verdad, sino más bien como una lista organizada cronológicamente según el momento en el que entraron en su vida.

Con la meticulosidad propia de una buena secretaria, los va introduciendo en un cuaderno. Estos dos magníficos especímenes de cabrones son viejos conocidos con las letras E y F.

El cuaderno se remonta siete años al menos, pero ha ido cambiando con el tiempo. Al principio podía escribir cosas como «E y yo fuimos a Frasses» o «F es bueno conmigo cuando estamos a solas». Ahora se limita estrictamente a letras y características específicas. F, por ejemplo, tiene un lunar morado en la sien izquierda; E carece de pilosidad natural y está tremendamente gordo.

E la empuja al sofá, se sienta a su lado y la rodea con el brazo, axila sudorosa incluida.

—¿Y qué tal está la peque? —dice.

—Bien —responde ella conteniendo la respiración hasta que consigue librarse de ese brazo que la rodea.

—Mira —empieza E—, tú y yo tenemos un problema en común. Tu madre. Märta. Como eres una niña muy lista, creemos que sabes dónde está.

—No lo sé —replica ella, lo cual es la verdad. Por las noches va de un sitio a otro. Empieza en Buongiorno y termina en el hotel Statt, pero nadie ha visto a su Mamá Märta.

Últimamente ha ampliado la zona de búsque-

44

da. Nada más sale de la escuela y se acerca al centro. Recorre las tiendas, pasa por todos los departamentos de Åhléns, luego sigue hasta Systembolaget, pasando por la biblioteca, y termina en la gasolinera OK.

A veces se imagina que la ve. El alivio le invade todo el cuerpo, al igual que la resignación cuando se da cuenta de que se ha equivocado.

—Märta nos debe dinero —sigue él—. Mucho dinero.

—¿Y? —dice Svala—. ¿Qué tiene que ver conmigo?

E la acerca hacia él de nuevo.

—¿Te acuerdas de cuando fuimos a andar en trineo a Kåbdalis? —pregunta.

Vete a andar en trineo un rato, tengo unas gestiones que hacer. Después te paso a recoger.

—Te tengo mucho aprecio, peque, ya lo sabes, pero una deuda es una deuda. El dinero no es lo único que se hereda. Si tu madre ha desaparecido, te toca a ti pagar la deuda. Lo entiendes, ¿no? —explica.

—No tengo dinero —dice Svala—. Y no me llamo peque.

—Uy, no, claro. Ahora eres una chica grande —dice, y le pellizca la mejilla—. Otra cosa que pasa con las chicas grandes es que pueden trabajar. Tendrás que encargarte del trabajo de tu madre, simplemente. Hasta que hayas pagado la deuda.

—No puedo —responde Svala—. Tengo que ir a la escuela.

—Exacto —dice él—, y por lo que me han comentado eres la mejor con los números, así que tenemos un trabajo para ti. Cuando lo termines, la deuda estará saldada.

Ahora esperan en el coche. Según F, en la casa no hay alarma.

—¿Qué tengo que buscar? —pregunta ella.

—Bueno, ¿qué es lo que la gente suele guardar en las cajas fuertes, peque? Cosas de valor, quizá. Tómalo todo. Vamos a registrar cada milímetro de tu cuerpo, así que no intentes pasarte de lista. Dinero, joyas, lo que haya.

Svala cierra la puerta trasera del coche con mucho cuidado para no hacer ruido y se mueve con sigilo hacia la casa. Un par de cuervos la siguen de árbol en árbol; eso está bien. El cuervo avisará si de repente viene un coche o una persona.

No sabe quién vive allí, pero todo parece caro. No es la típica casa de Gasskas de madera pintada de rojo con esquinas blancas y un cerco de serbales podados.

Abajo, más allá de la casa, el río gira sobre rocas negras y el agua cae en cascada. El jardín más bien se parece a un parque. A pesar de que están en octubre, hay alguna que otra rosa en flor.

Pasa la mano por la fría cabeza de un león, sube la ancha escalera y toca el timbre. Es el plan. Tocar el timbre. Asegurarse de que no hay nadie en casa. Vender boletos del sorteo del club de hockey, si resulta que alguien abre. Forzar la entrada y seguir el plano dibujado a mano que le ha dado D.

No hay nadie. Svala baja la manija de la puerta. Cerrada con llave. Da la vuelta a la casa e intenta abrir la puerta de la terraza. El cerrojo está puesto aquí también. Continúa hasta la fachada lateral del oeste, donde hay una puerta que lleva al sótano. También cerrada. Pasa las manos por todos los recovecos y posibles escondites de la escalera al sótano.

«Lo hago por ti, Mamá Märta. Ayúdame a entrar.»

La puerta tiene un cristal dividido en pequeños cuadros. Lo suficientemente grandes para que quepa el brazo de una niña. Se envuelve la mano en la manga de la chamarra y rompe el cristal de un golpe. Añicos de cristal roto penetran en la tela cuando introduce la mano buscando a tientas la manija interior. La sangre resulta pegajosa en el forro de la chamarra. Siente la llave, la gira y consigue abrir la puerta.

Los ojos se le acostumbran a la oscuridad. Sube despacio la escalera. Se queda un buen rato quieta junto a la puerta interior antes de entrar a la intensa luminosidad del recibidor. Reflejos de la luz solar juegan en el suelo de mármol. Se quita los zapatos y saca el sencillo plano que le han dado, unas líneas en la parte de atrás de un sobre sin abrir de la oficina nacional de cobro de morosos.

La habitación está en la planta superior. La decoración parece sacada de un reportaje de la casa del escritor de novela histórica Jan Guillou: animales muertos en pulcras filas. La mayoría a lo largo de las paredes, otros en el suelo o encima de las estanterías. Los animales la siguen con miradas vacías. Por segunda vez ese día, pasa la mano por la cabeza de un león.

La caja fuerte está en un clóset. Echa a un lado ganchos con trajes y se pone de rodillas.

Aparte del color, se parece a la caja fuerte de la pizzería. No hay funciones digitales que forzar, sólo números y letras.

Pasa la mano por los botones. Cierra los ojos y se imagina que está en el centro de un laberinto. Desde arriba, el laberinto podría interpretarse como circunvoluciones y surcos del cerebro con sus espacios y cámaras. La mayoría de los pasillos son callejones sin salida, otros sólo dan vueltas sobre sí mismos. Unos pocos conducen hacia delante.

Uno tras otro se desconectan los sentidos: olfato, oído, tacto y esa parte de la vista que ve hacia fuera. El ritmo de los latidos de su corazón se ralentiza, el pulso le baja al mínimo.

Si alguien le preguntara, diría que resulta lógico. En lugar de que la energía se reparta en partes iguales por los sentidos y órganos del cuerpo, se concentra en un solo lugar: la capacidad del ojo de ver hacia dentro.

Ese alguien seguramente cuestionaría su teoría y la desecharía como fruto de su vívida imaginación, pero hay un hecho incuestionable: funciona. La visión interior no necesita llaves. Ni pruebas empíricas ni equipos de investigación. Es independiente de todo lo mundano y sólo se deja regir por el portador del ojo. En este caso, Svala.

La puerta de la caja fuerte hace clic.

Permanece quieta escuchando. La casa sigue en silencio. Si alguien viene, qué se le va a hacer. Al fin y al cabo, ella no es más que una niña de trece años en una gira de robos. Lo peor que le puede pasar es que la manden a algún centro lejos de aquí. Lo cual quizá no estaría tan mal.

En poco más de un minuto ha abierto la puerta. La caja está vacía.

No hay fajos de billetes ni collares de diamantes, tiaras de procedencia real ni lingotes de oro. Para asegurarse, pasa la mano por el interior de la caja. Tan vacía como una lata de cerveza Norrland terminada hasta la última gota.

Cierra la puerta, devuelve los trajes a su posición inicial y busca en los bolsillos de los sacos. Unas monedas, un papelito con un número de teléfono extranjero y una cajita de *snus*, eso es todo. Se guarda los hallazgos en el bolsillo de la chamarra y se acerca al escritorio. Lo mismo. No hay nada de valor.

No le van a creer. Van a decir que ha escondido el dinero en el bosque o alguna otra simpleza por el estilo.

E y F forman parte de los amigos de negocios de Pederpadrastro, como los llama por ridículo que pueda parecer. Junto con otros patéticos perdedores, constituyen un estrato en esa jerarquía que empieza con hombres sin nombre y termina con... Bueno, no lo tiene muy claro. Con personas como ella quizá, o con los *dealers* del barrio con cuatro pelos en el bigote.

Los ha visto desde que recuerda. Ha hecho todo lo posible para pasar desapercibida cuando los sofás se han llenado de borrachos y yonquis o, dicho sea de paso, sólo con Pederpadrastro. La salida siempre ha sido el camino hacia el interior: su capacidad de excluir ruidos y voces. Y luego su Mamá Märta, claro. Como un muro entre ellos y ella. Por lo menos a veces.

Esto lo hago por ti. Cuando todo haya terminado nos iremos de aquí. Puedes decidir dónde vamos a vivir. Pero que no se te olvide, Svala. Esto lo hago por ti.

Svala no odia, sólo busca justicia. Nunca se debe subestimar a un niño. Colecciona palabras. Las anota. Hace columnas para fechas, eventos, nombres y lugares, y esconde el cuaderno en el trasero de un oso de peluche.

Un día encontrará una manera de atraparlos. Capturar a Peder Sandberg. *Odiar* es una palabra innecesaria que vuelve débiles a las personas.

Dicen que el verdadero padre de Svala es el peor de todos. Una leyenda, que sólo se menciona para referirse a algo realmente terrible. Con cada historia que cuentan se convierte en alguien más alto y más grande. Aun así, a Svala le cuesta creer que haya alguien peor que Peder.

«Ahora no. Pero dentro de poco te tocará a ti.» El pensamiento la tranquiliza.

Salir del parque zoológico, atravesar el recibidor, bajar la escalera. Se detiene y aguza el oído. Oye algo. Mierda. Pasos subiendo la escalera.

Vuelve a toda prisa al zoológico. Desliza la puerta del clóset, se esconde entre los trajes y respira en la manga de un saco hasta que el pulso se le tranquiliza.

Ahora se oyen los pasos claramente. Pasos rápidos y resueltos que se dirigen hacia el clóset. Se agacha. Se hace pequeña, como una prenda hecha una bola que se mete al fondo del clóset.

«Por favor, Mamá Märta, ayúdame una última vez. Luego te dejaré en paz, estés donde estés.»

A través de los trajes vislumbra a una persona, un hombre. Un recuerdo cae como un relámpago sobre ella. Se han visto antes, hace tanto tiempo que no debería recordarlo.

Svala va encima de sus hombros. Su Mamá Märta está contenta. Bajan hacia la playa. Le dan un helado. Alguien grita algo. Reconoce la voz. La voz suena enojada. Tira al suelo a Svala. Se golpea la cabeza en una piedra. Una mano la agarra, la lleva como una alfombra enrollada hacia un coche. Ella grita. Mamá Märta corre. Un coche arranca.

Cierra los ojos hasta que el recuerdo desaparece.

Unos dedos marcan el código de la caja fuerte. La puerta se abre. Acto seguido, la puerta se vuelve a cerrar y los pasos se alejan y desaparecen.

Tiene que salir de la casa ya. Le da igual lo que digan los tipos del coche. Se abre camino por la selva de trajes del ropero y se mueve hacia la escalera paso a paso, despacio. Se para. Escucha. La casa está vacía, está casi segura. Tan vacía y silenciosa que...

«No lo hagas. Tienes que volver al coche. Te van a matar.»

Sí, y si la matan, entonces ¿quién buscará a su Mamá Märta?

Regresa a la caja fuerte. Marca el código y reza para que haya algo dentro. Sigue sin haber fajos de billetes. Sólo un sobre. Un único sobre sellado con algo duro dentro y su propio nombre como destinatario: PARA SVALA HIRAK. Lo abre. Una llave.

No puede volver con las manos vacías. Aun así, se baja los pantalones y se mete la llave tan adentro como puede. Es una apuesta arriesgada. No hay ninguna garantía de que no vayan a buscar allí. El sobre se lo mete en el bolsillo.

No se acuerda de los zapatos hasta que está de nuevo en el recibidor. Sus tenis de deporte pulcramente puestos uno al lado del otro y que no pertenecen a la casa. El hombre debe de haberlos visto. *Los hombres no se fijan en los detalles. Nunca le pidas a un hombre que te busque algo. No sirven para eso.*

También es verdad que, a ojos de su Mamá Märta, los hombres no sirven para ninguna otra cosa tampoco; aun así, parece adicta a tenerlos cerca.

Si echas a Pederpadrastro ya no te volverá loca, dice Svala.

Eres demasiado pequeña para entenderlo, responde su Mamá Märta, y no lo llames Pederpadrastro. Al menos no cuando te pueda oír.

Vuelve a bajar por la escalera del sótano. Añicos de cristal crujen bajo las suelas de sus zapatos. Da vuelta en la esquina de la casa. Se asegura de que no haya nadie antes de echar a correr hacia el coche. Frena cuando llega al granero para recobrar el aliento y ordenar las ideas.

No hay alternativas. Sólo puede decir la verdad, que no había nada en la caja fuerte. Que pase lo que tenga que pasar, está preparada.

Capítulo 5

El coche ha avanzado un poco. Aún no la han descubierto. E baja la ventanilla y enciende un cigarro.

—Estoy de acuerdo. La niña ya sabe demasiado.

No puede oír lo que responde F.

—Okey, pero aun así —continúa E—. Es a ti a quien te han concedido el honor —dice—. Pero aquí no. Mejor vamos hacia Vaukaliden.

Para los habitantes de Gasskas, ir a Vaukaliden es como para los de Estocolmo acabar con unos zapatos de cemento en el fondo de la bahía de Nybro. Svala se pega a la fachada del granero y, paso a paso, se aleja del vehículo. Cuando no le quedan más que unos pocos metros para que ya no la vean desde el coche, de repente avanzan un poco y encienden las luces largas.

El primer impulso es protegerse los ojos de la intensa luz. El segundo, correr. La liebre tiene una inmerecida fama de miedosa. En cambio, se le da muy bien huir.

Esta liebre se da la vuelta y se echa a correr. Salta una zanja, tropieza con una rama, se levanta y sigue bosque adentro, subiendo hacia la montaña.

La puerta de un coche se cierra. Se oyen pasos raudos que cruzan el camino de grava. Ella se detiene. Si se mueve, la descubrirán. Si no lo hace, la alcanzarán.

La liebre se echa a correr de nuevo. Una bala le pasa por encima del hombro. Otra no le da en la pierna derecha por apenas un pelo de lebrato.

Hay un atajo a través del bosque. Un sendero. Un enlace entre pueblos. El camino a la escuela para una abuela con miedo a la oscuridad antes de que existieran las carreteras. Valeriana, hierba de San Juan, romero silvestre, manzanilla. Hace mucho tiempo. Quizá en otra vida.

La oscuridad protege, el ruido delata. El hombre se acerca. Ramas que se rompen. Resoplidos en la nuca. Sus propios pulmones luchan por el aire. Pasa la mano por el suelo. Una rama y una piedra. «Tu última oportunidad, lebrato. Antes de morir.» F ralentiza el paso. Aguza el oído. Ella espera.

Él da unos pasos. Escucha de nuevo. Dentro de poco. De muy poco. Ella se decide por la rama. Coloca la piedra junto al pie. Se levanta despacio, agarra la rama con las dos manos. Pesa mucho. Más de lo que creía.

—Muérete, hijo de puta. Vas a morir —grita cuando la rama golpea la cabeza del hombre con la fuerza de la mano de una guerrera. Una vez, otra, luego tiene que soltar la rama.

¿Y si no muere? La liebre se echa a correr. La luna acaricia la copa de los árboles. A lo lejos intuye la silueta de Björkberget. Se dirige a la montaña, corre, se cae, se levanta. Las faldas de los abetos se enredan en sus piernas. El sendero debe de estar cerca. Corre, lebrato, si quieres vivir. ¿Quiere vivir? No para de correr. La tierra musgosa se vuelve turbera. Avanza chapoteando. Un pie se hunde. En la turbera sin fondo viven los espíritus. Cola de caballo, carex, saxífraga, mirto. El agua le llega por las rodillas. Se le acaban las fuerzas. Con la ayuda de un abedul joven, consigue salir del agua cenagosa que tira de ella. De un salto cruza una última zanja y alcanza el sendero.

Se oculta tras un pino. Se permite unos segundos para recuperar el aliento. Aguza el oído por si oye pasos, pero en el bosque reina el silencio. Unas gotas de lluvia caen sobre las hojas y la maleza. La luna camina en su firmamento azul.

«Mantén el cerebro ocupado para no desorientarte. Toma un poco de resina y hazte un chicle.»

Está demasiado oscuro para buscar resina. Desprende unos brotes de abeto y cambia el sabor a sangre en la boca por el gusto amargo de las agujas de abeto, y continúa caminando.

Sabe que en algún sitio tiene que haber una casa.

—*Pobre Marianne, la ha pasado muy mal* —*dice la abuela.*

—*¿Por qué?* —*pregunta Svala.*

—*Perdió a sus niños.*

En la planta baja hay luz.

—¿Quién es?

—Svala —contesta—. Iba a tomar un atajo a casa y me he perdido.

—Atravesando el bosque en plena noche y con esta lluvia, ¿estás loca de remate? Entra, anda.

La mujer le toma la chamarra y la cuelga sobre una silla delante de la chimenea. Mete papel de periódico en los zapatos y los coloca al lado.

—Quítate la ropa —dice—. Los pantalones también.

Se dirige al dormitorio caminando con movimientos bamboleantes y regresa con un par de jeans desgastados de talla infantil y un suéter de lana con coderas de piel.

—Éstos deben de ser de tu talla. Puede que no sea la última moda, pero al menos estarás abrigada y seca.

Su mirada cambia, agarra del brazo a Svala y se lo acerca.

—Estás sangrando —constata, y Svala también advierte que la manga no sólo se ha mojado por la lluvia.

El recuerdo la lleva de vuelta a la casa y al cristal roto de la puerta que conduce al sótano. Habrá dejado rastros de sangre. Mierda. Debería volver y limpiarlos, pero las manos de la mujer se le antojan secas y cálidas. Huele a pan y la casa parece amable.

—¿No te duele? —quiere saber la mujer mientras examina la herida que se abre como un trozo de carne por donde ha pasado el cuchillo de un carnicero.

—No —responde Svala—. A lo mejor me podrías poner una curita.

—Deberían ponerte puntos —dice mientras hurga entre las cosas del mueble de la cocina. Regresa con alcohol, esparadrapo y una venda—. Esto va a arder —continúa antes de echar el líquido en la herida.

Svala no sabe lo que significa *arder*, pero no lo dice. Se limita a dejarse curar con cinta médica y encima un vendaje, probablemente innecesario. Se siente a gusto. Lleva mucho tiempo sin comer nada. Lo que más le apetece es dormir.

—¿Vives en el pueblo? —pregunta la mujer—. A lo mejor deberías llamar a casa.

—No hace falta —contesta Svala.

—Ah, ¿no? —dice la mujer—. ¿Y de quién eres hija?

—De Märta Hirak —responde Svala.

—Märta —repite la mujer mientras revuelve algo en una olla—. De niña venía a menudo por aquí. Luego no sé qué pasó. En cualquier caso, de eso hace mucho tiempo —constata, y pone un plato de sopa en la mesa sin cruzar la mirada con Svala.

Después clavan los tenedores en trozos de pan de queso y los mojan en la sopa hasta que el queso queda blando y suave.

—¿Vives sola aquí? —inquiere Svala.

—Sí —contesta—. Incluso nací aquí.

—Tienes una cocina acogedora —dice Svala antes de bostezar.

—Acuéstate en el sofá un rato —sugiere la mujer, y Svala no dice que no.

No nota la manta con que la mujer la tapa. Tampoco que llama por teléfono ni que una persona toca la puerta al cabo de un rato.

Cuando se despierta es porque oye voces. La mujer, Marianne, y otra mujer están sentadas cada una en un sillón con los lentes de lectura puestos y unos papeles delante.

—Pero, Marianne, no pueden obligarte —dice la más joven, que al parecer se llama Anna-Maia.

—Los señores poderosos pueden hacer más de lo que puedas imaginarte —replica Marianne.

—Ya, pero no cualquier cosa. Si no quieres vender, pues no quieres vender.

—Voy a quedarme aquí hasta que me muera —asegura Marianne—. Si quieren el terreno antes, tendrán que darme un tiro.

En cuanto advierten que Svala se ha despertado, se callan. Recogen los papeles y llevan las tazas de café al fregadero.

—¿Están hablando del parque eólico? —pregunta Svala, y se incorpora.

—La hija de Märta Hirak —aclara Marianne señalando con la cabeza a Svala.

—Vaya, qué sorpresa —exclama Anna-Maia—. A ti no te he visto desde que eras un bebé recién nacido. Y sí, estamos hablando de la energía eólica. No porque tengamos nada en contra. Al menos, no en cantidades razonables. Pero no deberían obligar a la gente a ceder su tierra. ¿Verdad, Marianne?

—Pero si todo el mundo se niega —dice Svala—, entonces ¿qué pasa? La energía eólica debe de ser mejor que la energía nuclear, ¿no?

—Sí, sí, claro —responde Marianne—, pero el bosque es grande. Construyen donde pueden ganar más dinero, no donde resulta más adecuado. Yo me he quedado aquí por el silencio, y por el bosque, claro. Construirán de todos modos, diga lo que diga, pero en mis tierras mando yo. Y punto.

—Ni lo menciones —conviene Anna-Maia—. Puedo llevar a la niña a su casa, si ella quiere.

Permanecen calladas casi todo el camino a la ciudad antes de que Svala se atreva a preguntar.

—¿Conoces a mi madre?

—En realidad, no. Me lleva un par de años, pero sé quién es. He oído que ha desaparecido o algo así, ¿o quizá ha vuelto ya?

—Lo que no se ha robado vuelve —sentencia Svala.

El dicho la lleva a pensar en la llave que le roza entre las piernas. Una llave que puede conducir a cualquier sitio, pero lo que está claro es que nadie guarda una llave en una caja fuerte a no ser que sea importante. Dentro de poco la meterá en su muñeco de peluche, su propia caja fuerte.

—Cuídate —dice la mujer cuando Svala baja del coche.

—Saluda a Marianne de mi parte —pide Svala—. Creo que se me ha olvidado darle las gracias.

Son más de las doce cuando Svala introduce la llave en la cerradura del departamento. No logra abrir del todo la puerta, tiene que entrar apretujándose por una pequeña abertura.

El cuerpo está de lado. La falda se le ha subido dejando al descubierto las varices. No parece ni herida ni asustada. Svala la pone bocarriba y llama al 112. Quizá sólo se ha desmayado.

¿Si tiene pulso? No lo sabe. ¿Si respira? No. Los labios tienen un tono azulado. La piel, gris.

—Abuela —dice sacudiéndole ligeramente el hombro, pero la abuela está deshojando margaritas en un sendero del bosque.

Me quiere, no me quiere.

—Creo que se ha muerto —dice Svala—. No, estoy segura. Mi abuela ya no está en su cuerpo. Quizá podrían venir a buscarla.

—Llegamos en quince minutos —aseguran desde la central de emergencias.

Quince minutos, un cuarto de hora.

Levanta la mirada y en el espejo de la entrada ve que la maceta del cerimán, encima del mueble para la televisión, que ya no tiene televisión, se ha volcado. Svala suele encargarse de regarla y cuidarla. La trasplanta en primavera y la alimenta. «Tienes un don para las plantas», dice la abuela. Tampoco es tan difícil, teniendo en cuenta que no hay más que una maceta.

Alguien ha estado en la casa. Svala va de habitación en habitación siguiendo el rastro. Encuentra la ropa tirada y revuelta. Las puertas del clóset abiertas de par en par. La mayoría de las cosas que estaban guardadas han acabado en el suelo.

Pero el peluche está sentado plácidamente en su rincón. Svala se tranquiliza. Todo lo demás es un caos, pero se puede recoger. Han estado buscando algo y ahora la abuela yace muerta en el suelo del recibidor.

Barre los restos de la planta. Empuja las películas en DVD y los libros que están tirados en el suelo de la sala bajo el sofá. Cierra la puerta de la habitación y comprueba el ángulo de visión desde la entrada.

El desorden puede llevarlos a llamar a la policía. Que venga la policía es lo último que quiere. La llevarían a algún centro. Al fin y al cabo, no es más que una niña.

«¿Verdad que no soy una niña? ¿Verdad que no, abuela?» Le acaricia los rizos grises que le caen sobre la frente y le pone bien la ropa.

—Olvídate de ellos —contesta su Mamá Märta cuando Svala pregunta—. Ellos están en lo suyo y nosotras en lo nuestro.

—Deberías enseñarle el idioma —dice la abuela.

—¿Para qué?

—Para que pueda elegir por sí misma.

Pero de lo que hay para elegir, de eso Svala no tiene ni idea. Así que deja de preguntar.

—¿Llamamos a alguien? —quiere saber el hombre de la ambulancia.

—No hace falta —dice Svala—. Mi tía está de camino.

Soledad es una palabra extraña. Tan fea y tan bonita al mismo tiempo. Se encierra en su habitación y arrastra la cómoda hasta la puerta. Segundo piso. En el peor de los casos, tendrá que saltar.

La noche transcurre sin incidentes. Cuando amanece se viste, abrigándose bien, cierra la puerta con llave y camina hacia la montaña Björkberget.

Al amparo del bosque, pasa por delante de la casa de Marianne Lekatt y sigue hasta el inicio del sendero.

Un gallo lira sale volando de su escondite. Los helechos agachan la cabeza cargados de escarcha nocturna. Al llegar a la zanja pasea la mirada sobre la turbera. Salta entre las matas más secas, donde los abedules se aferran al terreno firme, y se adentra más en el bosque.

Avanza siguiendo su instinto, con la montaña a la espalda y el sol en el este. Lo primero que ve es el tacón de una bota.

¿Te acuerdas de cuando anduvimos en trineo en Kåbdalis?

Yace de espaldas. La cabeza es un revoltijo de sangre y huesos rotos. Todavía sostiene el arma en la mano. Primero llega el cuervo. Luego será el turno del zorro, el glotón, las ratas y las aves rapaces. Por último, los gusanos. Le quita el arma, se da la vuelta y camina hacia casa.

Aún ni rastro de engendros genéticos portadores de chalecos de piel y botas camperas. Prepara té y un par de sándwiches. Saca el cuaderno del trasero del peluche y hace una nueva columna bajo F.

Muerto.

Capítulo 6

Como el tren llega con retraso, casi es de día cuando Mikael Blomkvist baja en Älvsbyn. Se dirige a la estación buscando a Pernilla con la mirada.

Tiene un coche rojo de algún tipo. No ve ninguno.

Algo parecido a un jeep entra al estacionamiento y para cerca de Mikael.

—¡Buenas, suegro! ¿Qué tal? —grita un hombre por la ventana—. Vamos, súbete.

Mikael mete la maleta en el asiento de atrás. Lukas no está. Sólo Henry Salo.

—Es que como tenía que acercarme a Älvsbyn a recoger unas cosas —dice Salo—. Y a Nillan se le había olvidado que el niño tenía dentista... Te manda un abrazo. El tiempo está estupendo para ser octubre, ¿verdad? ¿Qué tal el viaje? ¿Te han dado de desayunar?

—¿La llamas Nillan? —pregunta Mikael.

—Ya ves, casi como la esquiadora. Son idénticas, ¿no te parece?

—Pues no mucho, la verdad —contesta Mikael—. Ella es más bien...

Pero no le da tiempo a terminar la frase antes de que Salo se arranque con una charla de guía turístico que dura hasta Gasskas y que lo abarca todo, desde tipos de pinos, pistas de pruebas para coches, zonas militares, viejas novias, pistas de esquí, hasta las mejores aguas de pesca y sitios para recoger bayas y moras.

Se paran en los rápidos de Storforsen para tomar un café. Cuando vuelven a subir al coche, Salo menciona de pasada que es allí donde se va a celebrar la boda.

—La capilla es ese edificio que has visto al lado del río, aunque creo que nos casaremos al aire libre, junto a las cascadas. Al menos si yo tengo algo que decir al respecto. Y la fiesta, en Raimos Bar. Ya sabes, donde grabaron la película *Jägarna*. Lo hemos reservado entero. Nillan habría preferido el hotel, quizá, pero Raimos Bar es más..., es como más auténtico, por así decirlo. En mi boda vamos a comer, beber y bailar. Por cierto, ¿quieres conducir tú? Acabo de sacarlo del concesionario. Un magnífico Mercedes, no un puto coche eléctrico. Esas chatarras de mierda no funcionan aquí arriba. Bueno, excepto en el trabajo, claro, allí no te queda otra opción, a no ser que quieras que te persiga esa banda de hippies.

—No —dice Mikael—. Sigue tú, que sabes por dónde ir.

Salo lo mira de reojo.

—Tienes licencia, ¿no? —dice—. Bueno, perdona que te lo pregunte, pero... siendo de la capital, ya sabes... —añade, y suelta otra carcajada.

Poco antes de llegar a Gasskas, Salo ralentiza la marcha porque hay renos en la carretera. Un poco más adelante se ha reunido un grupo de personas con chalecos reflectantes en un estacionamiento.

—Son los de Missing People —dice Mikael—. ¿Qué estarán buscando?

—Quién sabe, probablemente a algún mocoso yonqui que se habrá perdido por el bosque.

—¿Hay muchas drogas por aquí?

—¿Cagan los recolectores de moras en el bosque? Pero al menos nos hemos librado de los tiroteos entre bandas que tienen en Estocolmo un día sí y otro también. Es una puta vergüenza que la policía sea incapaz de atrapar a esos adolescentes barbudos de mierda y mandarlos de vuelta con los talibanes.

—¿No te parece que estás mezclando dos cosas que no tienen que ver? —dice Mikael.

—¡Pues no! Y no me vengas tú ahora con eso de que los niños que van por ahí con las armas cargadas son suecos.

—Pues la mayoría ha nacido en Suecia —intenta Mikael, pero Salo lo interrumpe.

—Es como una puta epidemia —dice—. Y ahí está la policía con cara de idiotas sin enterarse de nada. Maldita sea, no hay más que encerrarlos a todos y tirar la llave.

Como Mikael no se molesta en contestar, Salo vuelve a cambiar de tema.

—Bienvenido a Gasskas, debo decir. La ciudad pequeña con las grandes visiones.

—¿Es su eslogan? —pregunta Mikael.

—No, pero no es mala idea. La verdad es que deberíamos tener un eslogan nuevo. Un concurso, quizá, con premios bonitos. Entradas para un partido de hockey o una cena en el hotel.

—La pequeña ciudad con el gran jefe administrativo —propone Mikael, ya harto de Henry Salo.

—No suena nada mal —se ríe Salo—. Aquí está la nueva alberca municipal techada. La inauguramos hace una semana. Y a la izquierda tienes lo más sagrado.

—La iglesia.

—El ayuntamiento —lo corrige Salo—. Es aquí donde empieza todo. El corazón del pueblo.

—Casa Salo, quieres decir —apunta Mikael mientras lo mira de reojo. No puede evitar preguntarse qué es lo que Pernilla ve en él. El hombre es casi una parodia de sí mismo...

—Ahí me has dado una idea —responde Salo—. Gracias. Este fin de semana se inaugura el mercado. Todavía no le hemos puesto ningún nombre, así que, ¿qué te parece?

—Mercado Salo —dice Mikael.

—Exacto, sin mí nunca se habría construido. Bah —añade luego—. Es broma. Somos muchos los implicados en las inversiones para el pueblo, no sólo yo.

—Como la mina, por ejemplo —dice Mikael, y la cara de Salo se ilumina.

—Exacto —dice—, exacto. Has leído sobre la mina, supongo. Un proyecto muy bonito que realmente daría un buen empujón a toda la región. La roca es rica en tierras raras. Y no sólo la roca, sino también los escoriales de anteriores extracciones. Y como hay escasez de esos minerales en todo el mundo, mejor encargarnos del problema en casa que comprárselo a países del Tercer Mundo, ¿no?, donde la gente muere como moscas en las minas. Pues sí —dice como respuesta a su propia pregunta—, esperemos que los hippies entren en razón. No podemos perder miles de millones de coronas por unos malditos renos.

—No, claro, por favor, qué mundo sería ése... —dice Mikael, y piensa en IB. Un padre entrega a su hija en matrimonio, otro busca a la suya desaparecida.

Había pensado decirle algo por la mañana, pero cuando el tren llegó todo fueron prisas. Se limitó a darle una tarjeta de contacto con el logo de *Millennium* y proponerle que se vieran para tomar una cerveza un día de éstos. Cosas que se dicen para quedar bien, pero que con toda probabilidad nunca se terminan haciendo.

Capítulo 7

A Marcus Branco no le gusta el frío, una buena vista sí.

—Abre —dice, y la puerta se abre. Sale a la terraza en su silla de ruedas e inspira hondo un par de veces.

Delante de él se extiende un vasto paisaje. A lo lejos se asoman picos montañosos como si de inocentes colinas se tratara. Y los arroyos alpinos se encorvan como si fueran bultos en el río allí donde fluye plácido en su serpenteante viaje hacia el este.

No es casualidad que la casa se encuentre justo en este punto. Él, ellos, han dedicado mucho tiempo a buscar el lugar perfecto, la montaña perfecta. Se imagina que Hitler debió de pensar lo mismo cuando estaba en Obersalzberg urdiendo planes para sus nidos de águila. La vista debía ser despejada y la roca adecuada para construir búnkeres y vías de escape subterráneas.

El búnker —casi tres mil metros cuadrados repartidos en cuatro salas que se conectan entre sí con túneles, escaleras y varios espacios laterales—, así como el terreno, es de su propiedad desde hace unos años. La casa, ingeniosamente incorporada en el paisaje montañoso e igual de invisible para el mundo que el búnker, es de más reciente construcción.

The Branco Group es ahora tan legal como su nombre indica. Él ya ha dejado atrás sus años duros y ha conseguido acumular un capital nada despreciable que pronto se multiplicará como los salmones que remontan el río, y lo hará dentro de ámbitos del todo legítimos. Bueno, casi. Cierto dinero se consigue de forma demasiado sencilla como para renunciar a él, simplemente.

Vuelve adentro. Las piernas enseguida se le ponen frías. A nadie se le ocurriría comentar que no tiene piernas. Dentro de una hora y pico, los caballeros tienen reunión matutina. No es la primera vez que presenta sus planes, aunque en esta ocasión sólo va a proporcionarles algunos números. Baja en el ascensor a la sala de reuniones y pone agua a hervir para el té.

Aquí, a unos buenos metros bajo tierra, los militares probablemente saben con exactitud a cuántos, el miedo a los rusos del siglo xx está a punto de transformarse en el sueño *high-tech* de la revolución verde del siglo xxi.

A diferencia de la fortificación de Boden, situada hacia el noreste, estas salas subterráneas son desconocidas. Hasta aquí no ha venido a husmear ningún director de museo, ávido de abrirlas al público. Tampoco la Agencia Estatal de Administración de Inmuebles ha querido conservarlo como patrimonio cultural. Es un lugar olvidado. Considerado sin interés militar y vendido a un agricultor a principios de los años cincuenta como parte de un terreno forestal; 2,100 hectáreas que cuidó hasta su muerte.

El actual propietario, Marcus Branco, sentado ahora en una copia idéntica de la silla de ruedas de Stephen Hawking, se siente complaciente con la vida. Hasta tal punto que podría permitirse un pequeño capricho.

Nota un tirón en la entrepierna. Hace ya varios días que la última tuvo que irse. Bueno, tanto como irse caminando... Sin duda, camina peor que él ahora mismo.

Uno tras otro, los caballeros se van sentando en torno a la mesa. Pasea la mirada entre ellos con igual benevolencia que el mismísimo Jesucristo. El círculo íntimo. Järv, Varg, Björn, Ulf y Lo.* Su fiel pandilla del barrio de Långgatan, en Teg.

A Branco le encanta exponer sus ideas oralmente. Las palabras cobran vida cuando se pronuncian.

—Antes lo que apestaba eran las fábricas de

---

* *Järv, Varg, Björn, Ulf* y *Lo*, además de ser nombres propios, significan «glotón», «lobo», «oso», «lobo» y «lince». *(N. de los t.)*

papel. Ahora es el sudor ácido que desprenden funcionarios estresados y políticos municipales que, de repente, han de enfrentarse a megaempresas multinacionales que tocan la puerta de Norrbotten. Pero no huele mal. ¡Huele a dinero! En Gasskas y alrededores se dan las condiciones para que logremos el éxito que tanto merecemos. El mercado europeo va bien. Las industrias funcionan con normalidad. Pero hay cielos grises en el horizonte y todos sabemos por qué: el suministro de energía —afirma.

Rueda con la silla hasta un rotafolio y pasa la primera hoja por encima del caballete.

En su interior se trata de un proceso mental que lleva activo muchos años. La región que antes se conocía como Norrland ha adquirido, de pronto, una identidad más clara y Marcus Branco quiere saber por qué.

—La imagen burlona del típico hombre del norte: soltero, trabajador, parco en palabras, solitario y bebedor de vodka casero que se niega a mudarse al sur ha desaparecido. Se ha sustituido por funcionarios exaltados que literalmente prometen el oro y la electricidad verde a todo el mundo. Y el mundo se apunta. Quizá todo empieza con la construcción de los centros de datos de Facebook en Luleå en 2011, no importa, el caso es que de repente todos quieren venir a Norrland.

»Se rumora que Facebook consigue la electricidad casi gratis, y de un día para otro, todos se suben al tren del norte. Una de las fábricas de baterías más grandes del mundo se construye en Skellefteå. Más o menos al mismo tiempo, las plantas siderúrgicas y las minas anuncian que van a eliminar gradualmente toda producción tradicional de acero para sustituirla por el llamado acero verde. En lugar de carbón se utilizará hidrógeno para separar el hierro del oxígeno.

»Ahora bien, que el CEO de SSAB se beba el producto residual, que además de hierro es agua, está por verse. —Branco mira a los caballeros—. ¿Me siguen? —pregunta. Todos asienten, claro que sí—. Cuando los directores ejecutivos de las diferentes empresas han podido explayarse en la prensa con columnas kilométricas sobre la importancia de que el Estado apoye una industria libre de combustibles fósiles, a lo que dicen sí y amén, acaban todos, no obstante, tarde o temprano teniendo que responder a la misma pregunta: ¿con qué se va a sostener todo esto? Porque todos son unos grandes devoradores de electricidad. Y no hablamos de unos pequeños porcentajes de la producción total de energía eléctrica, sino de unas necesidades que sobrepasan por mucho lo que hoy se considera el límite máximo.

»Una electricidad que, además, debe producirse mediante la energía solar, la eólica o la hidráulica —explica. Branco pasa otra hoja y el puntero va rebotando en las cifras. Varg ahoga un bostezo. Lo se lima una uña rota contra el pantalón—. La producción eléctrica total de Suecia asciende a 166 teravatios, repartidos en 70 de energía hidráulica, 51 de nuclear, 15 de cogeneración, 1 de energía solar y 27 de eólica, así como algunas fuentes de energía menores. La nueva industria, la llamada industria verde, necesita en torno a unos 55 teravatios adicionales.

»La cuestión es: ¿de dónde los van a sacar? La energía nuclear es como blasfemar en la iglesia, así que la olvidamos. La hidráulica ya está desarrollada al cien por ciento, así que la olvidamos también. La solar en un país que..., la olvidamos. Queda la eólica. Porque viento hace. A veces. —Branco vuelve al problema principal—. La industria a gran escala que debe proveer al mundo de baterías y acero para la construcción todavía necesita encontrar 55 teravatios de energía eólica. O sea, más o menos el doble de la producción total en Suecia.

—Perdona —lo interrumpe Järv—, pero ¿qué tenemos que ver nosotros con todo eso? Si la energía eólica es tan insegura, ¿por qué debemos apostar por ella?

—A eso voy —dice Branco—. Si no hace viento, no hay electricidad, por muchas turbinas eólicas que se construyan. Y cuando hay viento, la energía debe usarse de manera inmediata porque no se puede almacenar. —Hace una pausa a efectos dramáticos antes de seguir—. Algo que, sin embargo, sí puede hacerse con el hidrógeno. De modo que cuanto más viento haga, más hidrógeno podremos producir y almacenar, sí, eso es, almacenar, en nuestras magníficas salas subterráneas.

—El hidrógeno es uno de los gases más inflamables que hay —señala Lo—. Supongo que has calculado los riesgos.

Branco vuelve a pasar hoja en el caballete del rotafolio y escribe «cálculo de riesgos» y un signo de interrogación.

—No hay nadie que pueda calcular del todo los riesgos, ya que no existe un almacenamiento parecido a esa escala en ningún lugar del mundo —dice—. Pero alguien tiene que ser el primero. La tecnología no es nueva, se trata sólo de aumentar la escala con unos cientos de miles de metros cúbicos.

—Toda la región de Norrbotten se iría a la mierda si algo saliera mal —objeta Lo.

—Hay muchas maneras de morir —dice Branco—. Estallar en pedazos no debe de ser la peor.

El terreno, las salas subterráneas, la situación geográfica, la época en la que vivimos con crisis energéticas y los precios de la luz en aumento. Es en este contexto que Branco ha identificado su oportunidad de alcanzar la legitimidad de una manera que la sociedad le agradecería.

Se va a lanzar al mercado de la producción eléctrica, pero no de cualquier electricidad, sino de la más limpia y verde que existe ahora mismo en Suecia: la eólica, y se convertirá en un ser humano todavía mejor. Uno que asume una responsabilidad social invirtiendo su propia fortuna en el futuro. Un visionario, una persona amable que todo el mundo admiraría si sólo se le diera la oportunidad.

Sin embargo, no piensa llegar tan lejos. A Branco ser invisible e inexistente le ha funcionado muy bien hasta el momento.

Tanto la electricidad como el hidrógeno van a venderse como oro al mejor postor. En la escalera a Norrbotten está esperando el mundo, igual de feo, sucio y malvado que siempre, y atiborrado de argumentos verdes que cualquier agencia de publicidad podría formular.

También Branco tiene el don de la palabra.

—Los políticos suecos, con los socialistas y los verdes a la cabeza, han hecho lo imposible para satisfacer al movimiento climático. Abajo los reactores nucleares y arriba los molinos de viento. Pero antes de que las compañías internacionales que son las propietarias de la gran mayoría de las turbinas eólicas ni siquiera las hayan podido construir, la energía ya se ha vendido al extranjero. *Preparao y pagao*, como decimos por aquí arriba. Aunque sobre el papel tiene una pinta estupenda. Este pequeño país tan considerado de Suecia que se preocupa por su sucio entorno. Visto desde una perspectiva estrictamente climática, es mejor que la electricidad limpia producida en Suecia beneficie a países que suelen utilizar petróleo o carbón. Que sean los propios suecos los que paguen la fiesta con unos precios de la luz inflados, porque simplemente no queda suficiente electricidad en el país, es un tema secundario —expone.

No es que Branco sea político, en absoluto. Sólo le irrita hasta qué punto la gente puede ser idiota, sobre todo los políticos. Para él todas las crisis energéticas son positivas. El día que su parque eólico esté listo para construirse, será él mismo quien fije las reglas. Aunque suyo, suyo... Que le pregunten a Henry Salo de quién es el parque y Salo responderá que es de él. Vaya ridículo. Y hablando de Salo, ya va siendo hora de concertar una reunión.

—Para nosotros no tiene ninguna importancia económica si el intento de almacenar grandes cantidades de hidrógeno se va a la mierda —continúa Branco—. Si perdemos una oportunidad, habrá miles más esperando. Si no queremos vender boletos de lotería PPA a las megacompañías eléctricas, hay otras alternativas.

Los municipios les han abierto de par en par la puerta principal a las empresas extranjeras que hacen fila para comprar un terreno a cambio de un acceso ilimitado de electricidad, aunque a algunos quizá sería mejor dejarlos entrar por la puerta de atrás. O no dejarlos entrar. Es aquí donde Marcus Branco acaba de dar los últimos retoques a sus argumentos. Al fin y al cabo, The Branco Group es en el fondo una empresa de seguridad. Pocas personas conocen semejante cantidad de mierda sobre los países y sus habitantes como Branco y sus caballeros. El propio Branco ejercería de guardián, como una especie de san Pedro verde vigilando la entrada al reino de los cielos. Algunos, simplemente, no podrían entrar.

Como es lógico, hay problemas. Conflictivos propietarios de tierras y competidores con proyectos rivales, pero nada que no se pueda solucionar con dinero. Branco ha pensado en todo y se siente más que satisfecho. Aunque hay otras partes del plan que no está dispuesto a compartir todavía, ni siquiera con los caballeros. En su interior, los pensamientos pican como piojos. No consigue sacarlos de su cerebro. Conectan con algo en lo más profundo de su ser, rozan una parte de su vida que no controla, pero que se puede resumir en una palabra: *desagravio*.

Las estrellas se posicionarán bien en el firmamento, también para la próxima fase. Las señales ya se ven, de eso no cabe duda. Branco no es el único que se ha cansado.

—De acuerdo —interviene Ulf—, suena como un plan a largo plazo, pero ¿qué hacemos con el resto?

—Los motociclistas de Svavelsjö se encargarán de toda la distribución del norte de Suecia. Han demostrado ser de nuestra confianza en otros contextos. Hablamos el mismo idioma, por decirlo de alguna manera.

—Sí, ya lo sé —dice Ulf—. Svavelsjö es el menor de nuestros problemas. Sandberg es uno de los mayores. Es cierto que él y su grupo no han tenido nada que objetar a la fusión, pero la información que nos llega de los motociclistas es que el tipo hace lo que quiere en el este.

—Al parecer, el que mucho tiene mucho quiere —dice Branco mientras mueve irritado la silla de ruedas.

Es justo de ese tipo de cosas de las que quiere alejarse, y creía que lo había logrado. Problemas de mierda creados por tipos de mierda insignificantes. Parásitos que nunca generan, sólo consumen.

—En tal caso, nos lo quitamos de en medio y fuera —concluye.

—Yo me encargo encantado —se ofrece Varg—. Me vendría bien salir un poco.

—Por desgracia, seguimos necesitándolo —interviene Ulf—. No olvides que en su territorio es el rey.

—Pues entonces tienen que hablar con él —dice Branco.

—Lo hemos intentado. Se mostró muy comprensivo y prometió incorporar su anterior territorio al dominio de Svavelsjö, algo que ha cumplido. Al mismo tiempo que ha hecho tratos nuevos con los fineses. Quizá también con los rusos.

Ahora Branco no sólo está irritado, sino enojado, y necesita pensar. En el enojo nacen sus mejores ideas, o las peores, dependiendo de en qué lado se encuentre uno.

—¿Tiene niños? —pregunta.

—Una hijastra.

—¿Se llevan bien?

—No lo sabemos.

—¿Mujer?

—Probablemente.

—Okey —dice Branco—. Averígualo todo acerca de la idílica vida familiar de Sandberg y seguro que encontramos la solución.

Capítulo 8

—Linda guarida —dice Mikael Blomkvist mirando el antiguo chalet de madera—. ¿Es en la que vivió Salo de pequeño?

—No, para nada —responde Pernilla—, se crio en una vieja cabaña en el bosque. Creo que su madre todavía vive allí. No muy lejos de aquí —añade mientras señala hacia un denso bosque de coníferas que deberían haber desbrozado hace muchos años.

—¿No la conoces?

—No. No se llevan. No fue una madre muy buena, creo. No de la misma manera que tú fuiste un padre pésimo, sino más bien por problemas de salud mental. Henry no quiere hablar de ella. Y yo he dejado de preguntar.

Mikael quita la humedad de un banco de madera con la manga de la chamarra antes de sentarse. No es capaz de determinar si hay un tono acusatorio en lo que dice su hija. O si simplemente se trata de hechos irrefutables. Podría seguir con el tema y contar su perspectiva de la historia, pero no sabría por dónde empezar.

—Y por lo demás, ¿te sientes bien? —quiere saber—. ¿Con la boda y eso?

Pernilla tarda un poco en responder.

—Hasta hace un par de semanas me sentía muy bien. —Dirige la vista al río en lugar de cruzar la mirada con su padre—. Llevamos bastante tiempo juntos. Henry tiene sus cosas, como seguramente te has dado cuenta, pero también tiene otras facetas. Cuando nos conocimos, no me encontraba muy bien. Con Henry fue volver a ver la luz. Sin él no sé cómo habría terminado. Apenas tenía ganas de vivir. Cuidó de mí como nadie había hecho antes. Me siento segura con él.

—Entonces ¿qué es lo que te hace dudar? —pregunta Mikael, y recibe un suspiro en respuesta.

—La verdad es que no lo sé. Últimamente se le nota raro. Llega tarde a casa, si es que llega. Bebe demasiado. Es antipático con Lukas.

—¿Has hablado con él? —inquiere el terapeuta Blomkvist, el rey del miedo a los conflictos en las relaciones, el que prefiere salir de la habitación cuando alguien le hace una pregunta incómoda.

—Claro. Dice que es por el estrés, pero eso no es nada nuevo, siempre está estresado. Aunque ahora no sólo parece estresado, sino más bien paranoico. Me hace preguntas raras sobre personas con las que trato en mi trabajo. Comprueba que la puerta esté cerrada con llave. Se queda mirando por la ventana. No sé...

—Suena como si tuviera miedo —dice Mikael.

—Creo que todo está relacionado con su parque eólico —continúa Pernilla—. Un proyecto idiota, si me preguntas a mí. Nadie quiere que ese parque se construya tan cerca de la ciudad, pero ha conseguido que los políticos se suban al tren. Todo lo que tiene que ver con el municipio es lo más importante para Henry. Es casi como si fuera su propia empresa.

—Pues sí, parece muy implicado. Y a ti, ¿qué tal te va en el trabajo?

—Depende de a qué trabajo te refieras, cambié la primavera pasada.

—Así que ya no trabajas con... —Mikael se da cuenta de que apenas sabe a qué se dedica su hija. Algo con gente joven, quizá. O la música.

«Bingo, Mikael Blomkvist.»

—Ahora mismo estoy haciendo una sustitución como orientadora en el CSJ. A ver cuánto dura.

—¿Eh?

—Centro de Salud Juvenil.

—Ah, sí, claro —reacciona Mikael.

—Da igual —dice Pernilla—. ¿Quieres ver la alberca en la parte de atrás? La hicimos el año pasado y creo que nos habremos metido unas dos veces desde entonces.

Ella lo toma del brazo y se apoya en él.

—Me alegro de que estés aquí, papá —dice.

Al padre se le llenan los ojos de lágrimas. Suele llamarlo Micke.

Dan la vuelta a la casa y de repente Pernilla se

detiene. Hay cristales tanto en la escalera que lleva al sótano como en el césped al lado.

—Debe de haber sido un pájaro —supone—. Qué raro que Henry no me haya dicho nada.

Mikael recoge los trozos de cristal roto que ve. Un par de ellos tienen restos de sangre, pero no hace ningún comentario. Podría ser de un pájaro.

Unas grullas pasan volando hacia el sur. El sol se está poniendo. Se respira un aire más frío.

—¿Lo oyes? —dice Pernilla—. Ahora viene el taxi de la escuela.

Al cuerpo infantil no le da tiempo a sentir timidez. Enseguida se sube a los brazos de Mikael.

—Hola, abuelo, ven, te voy a enseñar una cosa.

Bajan juntos hacia el río por un atajo.

—Creo que tienes que darme la mano para que no me caiga al agua —dice Mikael.

La mano del niño está caliente.

Mikael la agarra fuerte todo el camino hasta la orilla del río.

Capítulo 9

En su casa, Henry Salo no es la misma persona que lo recogió en la estación. Cuando da una vuelta con Mikael por la casa las palabras no le escurren sin freno. Pernilla ya le ha enseñado la planta baja y la habitación donde va a dormir. La planta de arriba está dividida en el dormitorio principal y el despacho de Salo.

—Siéntate —dice—, te voy a dar a probar uno de los mejores whiskies del mundo. Me lo ha regalado un hombre con el que hemos hecho negocios. Ahora ya no son los escoceses los que se llevan los premios, sino los asiáticos.

Mikael se acomoda en un Chesterfield verde oscuro y prueba un sorbito. El whisky no es lo suyo, prefiere la cerveza, pero éste entra bien, y Salo le sirve más.

—¡Vaya habitación! —exclama Mikael al tiempo que recorre las paredes con la mirada—. Parece la casa de Leif GW Persson. No sabía que cazaras.

—Sí, hombre —replica—. La caza te abre casi

todas las puertas. Sólo se trata de cazar con la gente adecuada.

—¿Qué quieres decir?

—La caza y los negocios, los negocios y el golf. Un buen cazador o un golfista con un hándicap bajo cotizan alto. Todo el mundo quiere relacionarse con un ganador, eso es así, con independencia de que vayas a comprar o vender algo.

—¿Y tú, en qué categoría estás?

—Si te refieres a mí en calidad de jefe administrativo del ayuntamiento, entonces te puedo decir que ahora quien manda en el mercado es el vendedor. Todo el mundo quiere venir aquí. Tengo una larga lista de empresas que sólo esperan luz verde. Podemos elegir entre una gran variedad de megaempresas multinacionales que al girar el globo terráqueo en busca de oportunidades han puesto el dedo en Gasskas.

—Suena muy bien, la verdad —dice Mikael—. ¿Y es tu carisma lo que los atrae hasta aquí?

La faceta vanidosa de Salo está en la puerta lista para entrar. Sólo hace falta llamarla.

—Hombre, guapo soy —responde, y muestra una sonrisa engreída—, pero en Gasskas hay un imán aún más potente para las empresas.

—¿Quién? —quiere saber Mikael.

—Una mujer llamada *Luz* —dice Salo—. Sin nuestro acceso ilimitado a la energía, Gasskas seguiría siendo como cualquier pueblo perdido del norte, sin industria ni empleo. La electricidad en la región de Norrbotten es el petróleo para los noruegos. Y ahora, cuando el mundo se ha metido en un callejón sin salida, con sobrepoblación y unos hippies que afirman que el fin del mundo es inminente, Norrland se ha convertido en un nuevo Klondike.* Sólo falta que Putin corte el gas y la felicidad será absoluta. La electricidad ahí fuera cuesta un ojo de la cara, pero aquí no. Todo el mundo quiere venir a la tierra prometida de las energías hidráulica y eólica. Encima van a poder poner un sello verde en sus productos.

Los precios desbocados de la electricidad y el *greenwashing* no son temas desconocidos para Mikael, evidentemente, pero tampoco es algo en lo que haya profundizado. No le huelen a grandes titulares. Todo el movimiento climático resulta poco sexy. Sabihondo, moralista y lleno de *lobbistas*.

—Pero acceso ilimitado —repite—, ¿es posible?

—Sin duda alguna —dice Salo—. Se necesitan inversiones, naturalmente, pero en un principio, sí. Ilimitado. Nos tocó el premio mayor hace muchos años cuando represaron el río y el municipio recibió una compensación del Estado, desde la compañía Vattenfall. La energía hidráulica es estable, pero, como todos los demás, es obvio que necesitamos compensar con otras fuentes de energía, como la eólica. Un día te llevo a la zona del futuro

* Klondike es una región en el noroeste de Canadá famosa por ser el escenario de una fiebre del oro a finales del siglo XIX. *(N. de los t.)*

parque eólico. Si todo sale bien, va a poder ostentar el título del más grande del mundo. Te prometo que te va a impresionar. El parque Markbygden de Piteå se puede ir muy lejos.

Tienen que dejarlo ahí porque Pernilla se asoma a la escalera para avisar de que la cena está lista.

—Baja tú primero —dice Salo—, tengo que hacer un par de llamadas, ahora voy.

Pernilla ha puesto la mesa con servilletas elegantes y la mejor vajilla. Las sillas están tapizadas. Hay velas encendidas y la luz del candil de cristal del techo se ha atenuado.

—¡Qué bonito! —dice Mikael—. Es como cenar en un palacio.

—A mí me gusta más nuestra vieja cocina —aclara Lukas—. Era acogedora.

—Acogedora pero pequeña —dice Pernilla.

—Era suficientemente grande para nosotros —dice Lukas mientras se sirve de las papas cocidas.

—Se refiere al departamento en Uppsala —explica Pernilla—. No le ha resultado fácil mudarse aquí.

—Todavía no quiero mudarme aquí —replica Lukas.

—Pero ahora vivimos aquí —dice Pernilla mientras le sirve una copa de vino a Mikael.

—Yo puedo vivir con el abuelo —propone Lukas.

—Entonces creo que tu madre te extrañaría mucho —responde Mikael.

Hay enojo en la voz del chico. No está seguro de que Pernilla lo perciba.

La salsa está caliente y la carne tierna. Les da tiempo de terminar el primer plato y comerse la mitad del segundo antes de que Salo se siente en la mesa. No quiere primer plato y del segundo apenas prueba unos bocados.

—Riquísimo —dice cuando el celular vuelve a sonar—. Qué gente tan pesada, maldita sea, no me van a dejar en paz nunca.

Escucha sin decir nada más que:

—Bien, gracias, quedamos en eso.

Las arrugas desaparecen de su rostro, dice que sí al postre y besa a su futura mujer en la mano.

—¿Sabías que Nillan cocinaba así de bien? —dice, y Mikael debe reconocer otra vergonzosa laguna en sus conocimientos acerca de su hija. Es su hija, la única que tiene, al menos que él sepa. Aun así, sabe bastante más acerca de sus amigas.

Rodea el respaldo de la silla de su hija con el brazo. En algún lugar en su interior, enterrada bien al fondo bajo capas de negligencia, hay una ternura, una voluntad de conocerla de verdad. Si ella quiere. No lo sabe.

—Se acerca el gran día —comenta Mikael—. ¿Conozco a alguno de los invitados aparte de a la familia de mi hermana?

—Bueno, a mamá la conoces —responde Pernilla—. Por lo demás, la mayoría son conocidos de Henry. Un par de amigos míos. No queremos que sea una boda demasiado grande.

—No vaya a ser que al suegro le salga demasiado caro —interviene Salo con una sonrisa antes de darle unas palmadas en la espalda.

Lukas baja de la silla deslizándose y se sube a las rodillas de Mikael.

—¿Me puedes leer? —pide.

Mikael lo baja de sus rodillas, sube con él a la habitación y se pone a leerle un cuento. Luego debe de quedarse dormido con su nieto porque se despierta al oír unas voces. Voces que se gritan. Palabras que zumban como bofetadas en la cara.

—Estoy harto de que me sigas dando lata con eso.

—Pues a ver si te preocupas un poco por nosotros también —le espeta Pernilla—. No piensas más que en tu maldito parque eólico.

Una puerta se cierra con un portazo. Luego otra. Lukas se da la vuelta en sueños. Mikael escucha.

Cuando la casa se queda en silencio, arropa a Lukas y baja.

Salo está solo en un extremo de la mesa del comedor, como un rey abandonado.

—Creí que dormías —dice.

—¿Y Pernilla?

—*Sorry*, no solemos discutir. Al menos no tanto como para que se oiga en toda la casa. Ha salido un rato. Supongo que quería que le diera el aire.

—Quizá deberían pensar en el niño —dice Mikael—. Le ha costado dormirse. A los niños no les suelen gustar las peleas.

—No me vengas con quejas tú también —suelta Salo, y se levanta—. Ya, déjalo, vamos al sauna.

Capítulo 10

El sauna es una cabaña junto a un arroyo del río. Desde el sauna sale un muelle al agua. Un barco espera el momento en que lo dejen entrar en hibernación. La estufa de leña lleva un par de horas encendida. El calor los golpea como una ardiente niebla en contraste con la fría noche de luna llena. Mikael se sienta en el banco de en medio. Salo en el de arriba. Abre un par de latas de cerveza y le da una a Mikael.

—¿Qué le ha pasado a tu mano? —pregunta éste.

Salo la mira girándola de un lado a otro como si fuera la primera vez que advierte que le faltan dos dedos.

—Cuando era pequeño —empieza— no teníamos ni calefacción ni agua corriente. Y apenas leña, tampoco, la verdad. No porque faltaran árboles para cortar, desde luego, sino porque mi padre era un hijo de puta muy vago. Aunque era capataz de una cuadrilla de leñadores, no valía para conseguirle leña a su familia. Entre semana estaba fuera, y de viernes a domingo, borracho. «Cuiden de su madre», nos decía cada vez que se iba. Por lo demás, hablaba poco. Nos las arreglábamos lo mejor que podíamos mi hermano y yo. Talábamos pequeños abedules con una sierra manual y un hacha. Recogíamos ramitas cuando no había nieve y en la serrería les pedíamos el serrín que desechaban. Aun así, no nos alcanzaba más que para empezar el otoño. A veces había luz. Entonces mi madre ponía la estufa eléctrica a tope, pero la mayoría de las veces no nos quedaba otra que pasar frío.

»El verano en el que iba a cumplir diez años y mi hermano nueve, mi padre había conseguido una pila de troncos que dejaron en el terreno que había al lado de casa. Él tenía trabajo en Ligga, más al norte, y no volvería hasta bien entrado el otoño, por lo que se convirtió en nuestra responsabilidad partir los troncos y luego cortarlos en leños de medio metro. Un vecino nos ayudó con la primera parte, incluso nos trajo una serradora y supongo que su idea era encargarse del trabajo él mismo, pero se puso enfermo. Así que dedicamos gran parte del verano a cortar la leña y apilarla en el cobertizo. Para que todo fuera más rápido, quitamos la barra protectora de la máquina serradora. Casi habíamos terminado cuando una puta ramita se enganchó en el leño y me arrastró la mano hasta la hoja de la sierra. Gracias a que mi hermano se lanzó sobre el interruptor de seguridad no la perdí entera. Detuvo la hemorragia con su camisa y puso los dedos en una bolsa con hielo. Después bajamos a la enfermería en bici y nos llevaron en ambulancia al hospital de Boden. Consiguieron coserme un par de dedos, pero entre una cosa y otra, los servicios sociales se enteraron de nuestra situación en casa, en La Arboleda, e ingresaron a nuestra madre en un psiquiátrico. Mi hermano y yo acabamos cada uno con una familia de acogida distinta. Ésa fue la última vez que lo vi.

Mikael baja al primer banco. El sudor le chorrea por los muslos. Salo permanece en el banco superior, sin que, en apariencia, le afecte el calor. Se azota con un manojo de ramas de abedul hasta que le salen marcas en el cuerpo y se pregunta por qué los del sur nunca aprenden a darse un sauna como Dios manda.

—Ten —dice, y le tiende una rama de abedul.

—Gracias, estoy bien así.

—Bueno, pues entonces dame a mí —pide antes de girarse de espaldas a Mikael.

Las ramas dejan huellas blancas en la ardiente piel.

—O sea, perdiste a tu madre, a tu hermano y tus dedos el mismo día —resume Mikael—. Debió de ser terrible, y después también, claro.

—Sí, supongo que lo fue. Sobre todo, estar sin Joar, mi hermano. Su ausencia se me quedó como un dolor fantasma en los dedos. A veces todavía me duelen. Pero —dice, y echa un buen cucharón de agua a la estufa— fui a parar a casa del matrimonio Salo y allí estaba bien. No tenían niños.

Cuando mi padre murió de un derrame cerebral un par de años más tarde, me adoptaron a pesar de que mi madre había vuelto a La Arboleda. No sé qué le pareció a ella. Sólo me he encontrado con ella una vez desde entonces. Nos cruzamos delante del supermercado. Dejó la bolsa de la compra en el suelo y se me quedó mirando como si yo fuera basura. «Deberías haber cuidado mejor a tu hermano», dijo. Luego se marchó. Y mejor así —concluye Salo—. No es que fuera muy buena madre que digamos.

Aun así, se acuerda de ese día como si fuese ayer. De cómo atravesó el bosque corriendo sin detenerse hasta subir la colina que había por encima de la casa. Desde allí la vio llegar en bicicleta. El último trecho ella lo recorrió caminando, con la bolsa balanceándose en el manubrio de la bici.

Él tenía la mano en la funda del cuchillo. Lo sacó y avanzó sigilosamente de árbol en árbol hasta que se halló muy cerca.

Ella se había sentado en la escalera del porche. La bolsa se había volcado y algunas manzanas verdes y un envase con sopa instantánea habían rodado por la escalera hasta el suelo. En ese momento no era a su madre a quien veía. Era a un ser humano. Su madre ya estaba muerta. Despacio, volvió a enfundar el cuchillo y regresó corriendo al pueblo.

—Pernilla dice que aún vive —comenta Mikael—. ¿Nunca has pensado en ir a verla?

—No, nunca.

—¿Y tu hermano? ¿Sabes qué fue de él?

—En realidad, no. Pasó por diferentes familias de acogida. Intenté localizarlo, pero el rastro se había esfumado. Quizá no quería que lo encontrara. En cualquier caso, la infancia es un capítulo cerrado en mi vida. Al menos los años en La Arboleda —afirma antes de apurar el último trago de la cerveza—. Pero hay una cosa que no puedo superar —continúa mientras se examina los dedos mutilados—. Que nunca pudiéramos disfrutar del calor de toda aquella leña que cortamos.

—Es una historia triste —opina Mikael mientras lucha con la respiración. La piel va adquiriendo un tono rojo profundo, pronto no le va a quedar más remedio que salir del sauna.

—¡Qué débil eres, por favor! —dice Salo cambiando el tono de voz—. En el banco más bajo sólo se sientan los niños, pero bueno, está bien, salgamos a darnos un chapuzón.

Fuera, el tiempo ha vuelto a cambiar. La luna llena ya no se ve. Está lloviendo. La lluvia funciona como regadera y Mikael decide no meterse al río. Salo baja por la escalera del muelle hacia el agua. En cuestión de segundos desaparece en la oscuridad.

Bajo el agua no existe ninguna realidad, ni la del ahora ni la del pasado. Un día desaparecerá sin dejar rastro, como la anguila que pone rumbo al mar de los Sargazos. Pero esta noche, no. Tiene cosas que hacer. Da unas brazadas más y sale a la superficie del otro lado del muelle.

—Demonios —dice Mikael—. Qué susto me has dado. Empezaba a pensar que... Es que no te veía.

—Tonterías —lo interrumpe Salo—. Al final siempre te encuentran. Si no antes, en las puertas de la presa en primavera.

Mikael está temblando. El sauna abre su caluroso regazo. Se atreve a subir al banco superior y enseguida se ve con otra cerveza en la mano.

—Y tú, Mikael Blomkvist. ¿Quién eres? ¿El celebrado periodista o el niño que no quería crecer?

—Quizá las dos cosas —responde Mikael—, o ninguna de las dos. El éxito profesional es muy efímero. Nadie se acuerda de las noticias de ayer. *Millennium* ni siquiera existe ya. O, bueno, sí, como pódcast, pero no es lo mismo. Estoy pensando en dedicarme a otra cosa.

—¿A qué?

—No lo sé —dice, y lo cierto es que no tiene ni idea. Lo único que sabe hacer es buscar noticias. Conoce a gente que cambia de profesión a jardineros o sommeliers, informáticos o carpinteros, pero él no tiene ninguna vocación secreta ni interés especial en algo que podría ayudarlo a seguir adelante. Ni siquiera hay un escritor de novela negra dormido en su interior. Sólo es periodista. Además, desde que la redacción fija se ha dispersado y todos son *freelance*, un periodista que se siente más solo que nada, debe admitir.

Ya que ha empezado a hablar de lo inútil que es, bien puede continuar, total...

El hecho de que viva solo no es ningún secreto. Se enamora. La mujer se enamora de él. Ella quiere más. Él, menos, y luego todo se acaba. Con amigos, familia, etcétera ocurre lo mismo. Todas esas segundas oportunidades que le dan y él desaprovecha. Toda la gente a la que ha decepcionado. Sentimientos que ha herido. No por hacer daño a nadie, sino porque hay una causa más elevada, una vocación que siempre gana.

Millennium es lo único que importa de verdad. Sin *Millennium* no es nadie. Una vieja gloria confusa e incapaz de actuar que se niega a sintonizar con el presente. Alguien que reniega del desarrollo. Una triste figura que lee el periódico junto con otras figuras igual de tristes mientras se toma una cerveza en el Loch Ness para parecer menos solo. Un don nadie.

No sabe si es el calor o sólo el momento, pero aquí y ahora, en un sauna a novecientos kilómetros de su casa, acompañado por una persona que fluctúa entre el típico vocabulario de macho alfa y la sinceridad más desnuda, rompe a llorar. Lo peor de todo es que no puede parar. Llora cuando Salo le echa más agua a la estufa. Llora y baja al banco de en medio. Llora tanto que apenas es capaz de beberse la cerveza y sigue llorando hasta que se le acaban las lágrimas.

—Muy bien. Desahógate. Saca toda esa mierda —lo anima Salo mientras lo azota con las ramas de abedul—. ¡Quien tiene un sauna no necesita ningún puto psicólogo!

Capítulo 11

Al día siguiente, Salo se despierta, vestido, en el sofá del despacho. Alguien, Pernilla sin duda, lo ha tapado con una manta. Ojalá dejara de ser tan estúpidamente amable todo el tiempo y fuera un poco más como él. Por aquello del equilibrio. Pero no. Se preocupa por cada maldito ser del universo. Cocina bien, escucha sin interrumpir, lo contempla todo con la misma sobriedad que un abstemio el vino de la comunión.

«Soy un cerdo.» El cerdo se mete bajo la regadera intentando recordar la noche anterior. Se metieron al sauna, pero ¿luego? Sólo iba a tomarse una última copa. Luego..., mierda..., luego le escribió un largo SMS a Märta Hirak. Y al ver que no contestaba le escribió otro y después otro. Al final, la llamó al celular, que estaba apagado, y dejó un mensaje de voz. No se acuerda de lo que dijo exactamente. El cerdo se castiga a sí mismo con una regadera de agua fría que al menos consigue que lo peor de la resaca ceda.

Dentro de un par de horas verá al tercero de los

interesados en el parque eólico. Una multinacional con propietario sueco, Marcus Branco, sobre el que no sabe gran cosa.

Como es natural, le han facilitado información sobre la situación económica de la empresa, también ha podido examinar las cuentas y comentar las referencias proporcionadas con la abogada del municipio, Katarina da Silva, pero hasta el momento todos los contactos se han realizado a través de representantes.

Hay muchos Marcus Branco en el mundo, pero ninguno que encaje en el contexto, constata Henry Salo cuando busca información en internet sobre el director ejecutivo de la empresa. Según la presentación de la empresa que les han enviado, es una persona discreta que ha alcanzado el éxito en varias líneas de negocio, entre otras, el sector inmobiliario y el de la seguridad. Una persona que nunca sale en fotos ni se promociona en redes sociales, algo que en sí mismo no es raro, pero aun así le extraña no haber podido encontrar ninguna información personal sobre él.

Salo se viste con cuidado. Se peina el pelo hacia atrás como el príncipe Daniel y baja la escalera hasta la cocina.

—Buenos días —dice, y besa a su futura mujer en la cabeza.

—Buenos días —responde el periodista.

El niño mira para otro lado.

—Si vas a la ciudad, ¿puedo ir contigo? —continúa Mikael.

—Sí, claro —dice Salo, y consulta el reloj—. Cinco minutos.

—Bueno, así que has pensado hacer un poco de turismo en Gasskas —dice Salo una vez que se han sentado en el coche—. En tal caso te recomiendo el museo de la mina. Es una parte de la historia de Gasskas de la que sentirse orgulloso.

—Sólo voy a comprar unas cosas y a pasar por la biblioteca.

—De tal palo... —comenta Salo—. Nillan seguramente ostenta el récord de préstamos en la biblioteca, al menos de novela negra. Yo prefiero las biografías. Ahora estoy con la de Elon Musk. ¡Qué tipo!

—Más que nada había pensado leer el periódico.

—Pero para eso no necesitas ir a la biblioteca, tenemos *Gaskassen* en casa.

Salo deja a Mikael Blomkvist y sigue hasta el ayuntamiento. Avanza por el pasillo zigzagueando entre personas que le consultan asuntos de los que debería encargarse, pero tendrán que esperar. El recuerdo de Märta persiste como un tenaz dolor de cabeza y un estómago que quiere ir corriendo al baño. Se toma un par de pastillas Treo mientras intenta prepararse mentalmente para la reunión con Marcus Branco. Habría preferido que lo acompañara todo el grupo involucrado en el proyecto, al menos Da Silva, pero Branco ha sido muy claro al respecto. Nadie más, sólo ellos dos.

El hotel de Britta está a media hora. Por si acaso, ha reservado una sala privada con la comida incluida, idea que se va a la mierda en cuanto llega. Marcus Branco va en silla de ruedas. En lugar de piernas tiene muñones que no ha alargado con prótesis ni ocultado con una manta. Un hombre de tez oscura sentado en una silla de ruedas. Adoptado quizá. A ver si por lo menos habla sueco. El estómago de Salo se tranquiliza un poco al advertir la inferioridad física del hombre.

—Encantado de conocerte —dice, y se disculpa, pues no lo sabía.

—Claro que no —replica Branco mientras sube por la rampa de la entrada—. He reservado todo el lugar.

Con el sueco no hay problemas al menos. Ni siquiera ve a Britta, a pesar de que es la hora de comer y el lugar suele estar lleno. Han preparado una mesa para dos personas. La comida los aguarda bajo campanas.

Branco se acomoda en el lado corto de la mesa y saca un fajo de papeles. Mapas, le parecen a Salo, así como el plan del proyecto. Para no dar la impresión de llegar menos preparado, Salo también saca una carpeta, un cuaderno y un bolígrafo con el logo del municipio: ADELANTE, ARRIBA. «Vamos, Henry. Adelante, arriba.»

Branco extiende el mapa sobre la mesa. A excepción de una zona pequeña en el área occidental, ha marcado toda la región con plumón rojo.

—¿Qué es esto? —dice Salo.

—El terreno en el que Branco va a construir —contesta—. La mayoría, como sabes, pertenece a empresas forestales y al municipio. Doy por sentado que los demás propietarios ya han dado su permiso.

La bruja y los putos lapones, piensa Salo por enésima vez desde que se despertó esa mañana.

Se aclara la voz y abre su propia carpeta.

—Hoy por hoy son tres empresas con méritos muy parecidos las que van a poder repartirse el parque. Hemos realizado una propuesta sobre la división —explica pasando el dedo por el mapa—. En tal caso, ustedes entrarían durante la segunda etapa, con el inicio de las obras proyectado para 2025.

—Nosotros queremos ser el contratista principal —dice Branco, y empuja el mapa de vuelta a Salo.

Salo mira por la ventana. Por el cristal chorrea aguanieve. Una ardilla cambia de rama. Una camioneta sube despacio la cuesta.

Está cansado. Cansado hasta la médula. Intenta concentrarse para decir las cosas oportunas. Branco tiene capital, pero los finlandeses también. Y los holandeses podrían comprar toda la región de Norrbotten sin pestañear. Si alguien se echa para atrás, quedan los chinos. Debe poner las cartas sobre la mesa. Quizá hacerse un poco el tonto.

—Entiendo —dice Salo—, pero el concejo municipal ha tomado una decisión basada en el informe de los economistas del ayuntamiento y han decidido que el área ha de dividirse en tres partes. Creo que queda muy claro en el dosier del proyecto. Si Branco sigue interesado —continúa mientras saca el mapa de la división geográfica y recorre con el dedo los límites marcados—, éste es el terreno que está a su disposición.

—¿Tienes familia? —quiere saber Branco.

—¿Por qué?

—Nada, por curiosidad. Una pregunta de cortesía, nada más. Yo no tengo familia. Branco es mi hijo, mis padres, mi hermano y mis amigos. Es inmensamente importante que podamos obtener todo el contrato —dice—. Y ahora que hablamos del tema, ¿todos los propietarios han aceptado ceder sus tierras?

—Aún no —contesta Salo—, pero es sólo cuestión de tiempo.

—Me ha dicho un pajarito... —dice Branco. Se cruzan la mirada por encima de carpetas, mapas y portafolios— que al parecer hay una mujer viviendo en la parte más importante de los terrenos y que se niega a ceder sus tierras. Los criadores de renos también, los Hirak. Afirman que el parque va a interferir en el pasto de los animales. ¿Qué van a hacer al respecto?

Salo se rinde. Ya no tiene fuerzas para fingir.

—La vieja bruja cederá, te lo prometo —dice—. Sólo necesitamos más tiempo.

—¿Y los lapones?

—Bueno, pues —empieza Salo— creo que les vendrá bien el dinero, como a todos los demás.

—Suena como si fuera a convertirse en un proceso largo, pero tengo una propuesta —anuncia Marcus Branco, y toma prestado el bolígrafo de Salo—. Nosotros nos quedamos esta parte —dice, y señala casi todo el territorio, aunque ampliando generosamente la zona occidental—. Así, los demás tienen sitio de sobra para al menos cincuenta turbinas eólicas cada uno. Si esto te parece bien, el ayuntamiento no tiene por qué preocuparse ni por la mujer ni por los lapones. De eso nos encargamos nosotros. Van a decir que sí como a los curas católicos les gustan los monaguillos.

Vaya símil. La situación empieza a tomar caminos con los que Salo no había contado. Si sólo se hubiese tratado de Branco, habría dicho que sí directamente y así se habría quitado de encima el problema, sin necesidad siquiera de saber cómo habían pensado resolver el inconveniente de Hirak y Lekatt.

Lo cierto es que no le interesa quién monta las turbinas y quién no, pero los finlandeses y los holandeses han estado sobre la mesa desde el principio. Se trata de empresas conocidas con presencia en el mercado sueco desde hace muchos años, a diferencia de Branco, del que nadie ha oído hablar. Salo tiene más poder de lo que cualquier otro jefe administrativo de un municipio podría soñar, pero obviar a los políticos es imposible. Ni siquiera un debate democrático en la próxima reunión de la logia cambiaría eso. Y aunque consiguiera convencer a Olofsson y al resto del grupo, el tema de la transparencia, los hippies, las leyes de libre competencia y otras complicaciones por el estilo pondrían fin a los planes de Branco.

—Hay otra ventaja —dice Marcus Branco, y garabatea algo en un papel.

—Muchos ceros —constata Salo.

—Directos al bolsillo de tu abrigo.

Salo dobla el papel y se lo mete en el bolsillo interior del saco.

—Buen intento —dice—. Creo que esto es todo por hoy. Voy a comentar el tema con mis colegas y me pondré en contacto contigo dentro de poco.

—Muy bien —dice Branco—, pero no has contestado a mi pregunta.

—¿A qué pregunta?

—Si tienes familia.

Salo se levanta, guarda la carpeta en el maletín, empuja la silla bajo la mesa y mira al hombre de la silla de ruedas.

—Todos tenemos familia —dice.

—Es verdad, y hay que cuidar bien de ella.

Salo camina hacia la puerta, pero de repente se da la vuelta y se acerca de nuevo al hombre sentado en su silla eléctrica.

—Si eso ha sido una amenaza, quiero que sepas que no me gustan las amenazas. Voy a trabajar con el reparto del terreno lo mejor que pueda, pero las amenazas no van a conseguirte un trato mejor. Porque, aunque me amenaces a mí y a mi familia, son decisiones tomadas democráticamente las que mandan, no yo.

«Querido Salo. Yo no tengo piernas, pero mis brazos llegan muy lejos. Si supieras lo que una empresa de seguridad es capaz de desenterrar del pasado.»

Y eso es más o menos lo que Salo también piensa en ese instante. Ni el presente ni el pasado están de su lado. Pronto tampoco habrá nada más que lo esté.

Vuelve a la ciudad. De camino compra una hamburguesa para llevar en Max y se encierra en el despacho. Apenas le da tiempo a probar bocado antes de que Branco lo contacte de nuevo. Esta vez mediante un *proxy*. Una mujer simpática, al menos al principio. Atlética y descaradamente atractiva. En definitiva, una modelo de su gusto.

—Perdona que te moleste en medio de la comida —dice—, pero pensé que te gustaría que te diera las buenas noticias enseguida.

—Me alegro de que se hayan replanteado el tema —contesta—. Quiero decir, para ustedes también es una ventaja que el parque se divida entre diferentes empresas. Podría pasar cualquier cosa. Las elecciones del año que viene, por ejemplo. O una repentina sobreproducción de energía que hunda los precios.

—La decisión permanece firme —aclara ella—. Noventa por ciento para The Branco Group, cinco para cada uno de los otros. Aun así, nos parece generoso. Podríamos haber exigido todo el pastel.

«¿Quién demonios se cree que es?»

—Y esas noticias buenas, ¿qué eran?

—Echa un vistazo a tu cuenta. No te decepcionará.

—¿Han transferido dinero?

Toma la lata de Coca-Cola. Necesita algo para quitarse la sequedad que siente en la boca.

—Eso es. Lo suficiente para que puedas saldar esas viejas deudas de apuestas con un interés tan escandaloso que tienes y un poco más.

—Pero... ¿cómo pueden saber...? —Se siente mareado. Bajo el saco nota el olor a sudor.

—No te preocupes, prometo no contarle a Pernilla.

«Pernilla.»

—No, no puede ser. Yo no acepto sobornos. No lo he hecho nunca y nunca lo haré. Mi credibilidad. Mi reputación.

Las palabras se le resisten y el estómago vuelve a recordarle su existencia.

—Considéralo un regalo entre amigos —dice ella—, aunque es verdad que la policía quizá no lo vería así. Ni el municipio tampoco, claro.

—Con la policía precisamente voy a hablar —replica Salo, y el estómago se le tranquiliza un poco.

—No te lo recomiendo. Por cierto, muy simpático el niño que tienes. Muy educado. La gente debería dar más importancia a los modales de sus hijos, ¿no te parece?

«Lukas.»

—¿Qué demonios quieren de mí?

—Nada imposible. Sólo el noventa por ciento del terreno y el consentimiento de todos los propietarios.

Capítulo 12

614,305 coronas. Salo se queda mirando fijamente el extracto de la cuenta. Hay funcionarios que han tenido que dimitir por un pase gratuito de socio en el club de golf. ¿Quizá debería tirar ya la toalla? Trasladar el dinero al casino, apostarlo todo en Lucky Strike y en el mejor de los casos ganar algo. Escapar rápidamente y salir del país.

«Pernilla y Lukas.»

No, no puede ser. Tiene que dar con una solución. Los problemas están para solucionarse. ¿No es eso lo que suele decir en las reuniones de su equipo? Ningún problema es tan grande como para que no tenga solución. Luego el café y un pastel. Palmadas en la espalda y a seguir.

Pero esto es otra cosa. *¿Tienes familia?* No le queda más remedio que hablar con la policía. La policía y la comisión municipal de gobierno también.

Tienes siete días. Tic, tac, tic, tac.

Mañana se va a reunir con Da Silva. Hasta aquí, todo bien. Es muy lista. Y sabe mantener la boca cerrada. Seguramente propondrá una solución. Pero ¿y si habla? Al fin y al cabo, es la abogada del municipio, no la suya.

No. No puede ser. Él es la única mosca nadando en esa sopa. El ascenso y caída de un jefe administrativo. No, no se lo va a poner así de fácil al periodista de su suegro. Salo es un hombre de acción. Aparte de un poco de mala suerte inicial en la lotería genética, circunstancia que probablemente comparte con la mayoría de la gente, la vida le ha ido de maravilla y está decidido a que siga así. Al municipio le llueven proyectos que valen miles de millones, y con habilidad y mano firme consigue llevar a buen término la mayoría de ellos, a veces pese al negativismo de los políticos. Tarde o temprano suelen ponerse de su lado. *If you're not in you're out.* Alcanzar acuerdos es primordial: un centro de pádel a cambio de una pista ecuestre, otra pista de hielo a cambio de una casa de cultura, un campo de golf en un terreno con vestigios samis de la Edad del Bronce a cambio de un mercado. Aun así, todo eso no es más que miserables monedas sueltas en comparación con lo que espera a la vuelta de la esquina. Al menos, si Salo se sale con la suya.

Los planes para la mina son más a medio y largo plazo. El tiempo está de su parte, tiempo para que la opinión pública cambie a su favor. Una inflación en ascenso, unos intereses crecientes y unos precios de la vivienda desbocados no es que sean ninguna Viagra política, pero cuanto más se preocupe la gente por sus trabajos, más cerca estará él de realizar sus grandiosos sueños. Una mina genera empleo. Por lo menos sobre el papel. Y si después, a la hora de la verdad, acaba beneficiando más a la mano de obra extranjera, difícilmente podrá considerarse culpa suya. Si el sindicato no es capaz de ajustar las demandas salariales a la realidad, el inglés con acento del este de Europa se convertirá en el idioma oficial de toda la industria. No es su problema. No, el problema con la mina es otro, el de siempre aquí arriba: los renos y los hippies.

Se sirve otro trago de whisky. Un solitario cubito de hielo tintinea contra el cristal de la copa.

De vuelta a la realidad. Tiene que pensar. Centrarse en el futuro en lugar del presente resulta atractivo, pero peligroso. Los políticos son una cosa, al igual que los funcionarios. No hay contratos firmados todavía. Le harán caso y dejarán que The Branco Group se salga con la suya, sólo tiene que pulir un poco los argumentos. Pero quedan los propietarios de las tierras: la vieja bruja y los putos lapones.

La ventana que ha estado entreabierta se cierra de golpe, como si fuera un acto simbólico. La lluvia azota el cristal. El viento arrecia.

Es una mala idea. Extraordinariamente mala, incluso, teniendo en cuenta que ha bebido, pero es lo único que se le ocurre.

Sube al coche y un par de kilómetros más allá de Gaupaudden gira a la izquierda.

Un poco antes de llegar a la casa reduce la velocidad y baja la ventana. En la turbera, las cabezas del algodón ártico se doblan bajo la lluvia y las matas de hierba, como melenas de troles, se extienden por la pobre porción de tierra de cultivo al lado de la casa. El granero se ha derrumbado. En el límite del campo de cultivo se perfila una vieja segadora como un esqueleto a la luz del atardecer.

Alguien se mueve en la ventana. Salo sube la escalera del porche y toca el timbre. No parece funcionar, de modo que toca la puerta con los nudillos antes de dar unos pasos hacia atrás.

Cuando ella abre, los dos se quedan un buen rato sin decir nada.

—¿Y qué quiere alguien como tú? —dice ella.

—Sólo charlar un rato —responde él.

—Bueno, vamos, entra para que no se escape todo el calor.

Llena la cafetera con agua. Echa un par de cucharadas de café molido y cuando está a punto de añadir una tercera se arrepiente, se detiene en mitad del movimiento, como si no quisiera malgastar el café con un extraño.

—Déjame adivinar —continúa antes de que a él le dé tiempo de explicar nada—. Quieres convencerme de que ceda el terreno para el parque eólico, pero no lo voy a hacer. Aunque sea lo último que haga en mi vida.

«Cosa que perfectamente podría cumplirse.»

—Vives bien aquí —dice él paseando la mirada por la anticuada cocina, donde todavía hay unos fogones de hierro y un cofre para la leña. En el suelo se extienden varias alfombras de tiras y en la ventana se apretujan los geranios.

De repente, el padre está en el quicio de la puerta. Recién despertado. Con resaca. Los ojos sobresalen en el rojo rostro abotargado. La mirada les pasa por encima. De tín marín de do pingüe. Si salen corriendo, ella se quedará sola. Si no corren, los agarrará a todos.

Ella deja la taza, el cartón de leche y el azucarero en la mesa con movimientos bruscos. La cucharita repiquetea contra el plato.

—No tengo pan ni galletas —dice—. Los pensionistas pobres tienen que controlar mucho el gasto. Pero de eso tú no sabrás nada, ya que prefieres destinar el dinero a construir pistas para hockey sobre hielo y minas.

—Esas cosas las deciden los políticos, no yo —replica Salo en un intento de quedar un poco mejor.

Ella le lanza una mirada llena de intención. No me vengas con tonterías, dice la mirada. No soy tonta.

—Me sorprende que no hayas venido antes —dice ella—. Tengo entendido que vives a un paso de aquí.

—En Gaupaudden —confirma—. Desde hace poco más de un año. Mi mujer, mi futura esposa, siempre ha soñado con vivir en el campo. Es de Uppsala. Su hijo tiene nueve años y le gusta pescar, así que nos viene bien vivir cerca del río.

Sigue hablándole sobre su familia. Confidencias. ¿No es eso lo que las mujeres quieren?

—¿Has dicho que has venido por las tierras? Nada de charla innecesaria.

—Bueno, pues... —responde—. Todo está listo para empezar a construir. El parque eólico más grande de Europa. Muchas oportunidades de trabajo. Dinero que entrará en las arcas municipales. Acceso ilimitado a la electricidad.

—Etcétera —añade Marianne Lekatt.

—Etcétera, efectivamente, si no fuera por las trabas que tú pones.

—Yo no pongo trabas —dice ella—. No quiero vivir en un área industrial. Quiero oír el viento en los árboles y el murmullo del agua del río. No el ruido de más de mil turbinas. Estoy en mi derecho a decidirlo por mí misma. Y por más que quieras construir el parque para quedar como don señor importante, a mí no me interesa. Yo vivo aquí. Y pienso seguir viviendo aquí hasta que me muera. Y no pienso aceptar ninguna turbina eólica en mis tierras.

—Pero vas a oírlas de todos modos —argumenta él—. Sólo eres la propietaria de una pequeña parte de la zona.

—Como bien sabrás, no soy la única que se niega —contesta ella.

—Son los Hirak y tú contra el mundo. Ya oyes cómo suena eso. Tu parte te daría al menos ciento cincuenta mil coronas al año, quizá más. Imagínate todo lo que podrías hacer con ese dinero. Me acabas de decir lo difícil que es vivir de la pensión.

—¿No entiendes lo que te digo? Hay valores que no se pueden comprar con dinero. Creo que ha llegado el momento de que te vayas. Si no tenías otro asunto que tratar conmigo.

Qué fácil sería. Un par de manos alrededor de su arrugado cuello. El cuerpo en la cajuela. Y en cuanto oscureciera, al río. No. Mejor aún: un leñazo en la cabeza. Luego al río. Y el día que apareciera el cuerpo, no habría sospechas de un crimen, sólo un accidente normal y corriente.

¿Y los Hirak? Los tres hermanos que comparten la finca. Märta. ¿Va a matarlos a ellos también?

—Gracias por el café. Espero que al menos lo consideres. Sé lo que significa la tierra, pero piensa en el futuro y en todos los niños que tendrán que crecer en un mundo con los cambios climáticos que hemos causado. Hazlo por ellos, si no por otra cosa.

Capítulo 13

—¿Cómo te llamas?

—¿Por qué?

—Por nada, es que me la he pasado bien hablando contigo. Quizá podríamos vernos un día.

Él pone su mano sobre la de ella. Ella retira la suya al instante.

—No creo —dice Lisbeth Salander, y se levanta en cuanto la señal de *fasten seat belts* se apaga. Se abre paso entre una familia con niños y sigue el flujo de pasajeros que salen por la puerta de embarque.

Viaja ligera de equipaje. En la mochila hay un par de mudas y el resto del espacio lo ocupan la computadora y varios cables, ropa de deporte y un par de zapatos con la piel seca y agrietada y suelas desgastadas. En el peor de los casos, tendrá que comprar algo por el camino. Un sol de octubre inusualmente cálido le da en la cara. El aire es puro. Se puede respirar.

Una vez que se ha registrado en el hotel, se conecta a la intranet de Milton Security. Responde un par de correos innecesarios de una colaboradora extraordinariamente tonta. En fin, la chica sólo está allí para tener en orden los papeles. Añade un «buen fin», aunque supone que el fin de semana de Carina Jönsson va a ser igual de aburrido que siempre.

Charlar nunca ha sido el fuerte de Lisbeth, pero desde que entró como socia en la empresa, las exigencias respecto a sus habilidades sociales han aumentado. Sobre todo, si tiene que ir a la oficina un lunes. Los empleados van entrando, se sirven café y cuentan más o menos las mismas historias que el lunes anterior.

Para Carina Jönsson la vida parece girar en torno a ser buena y normal. Recoger setas, hacer limpieza general, ir al teatro, preparar un exquisito desayuno, ir a Ikea. Le gusta emplear expresiones como «consentirse» o «darse el lujo» de hacer algo. Me di el lujo de comprarme un vestido nuevo. De vez en cuando hay que consentirse y cenar fuera. Hay que darse el lujo de disfrutar de la buena vida.

—Como si tú supieras algo de la vida. Yo ya nací con más años de los que tú tienes ahora —murmura Lisbeth.

Por su parte, ella no tiene nada que aportar a las charlas de los lunes, ni a Carina Jönsson ni al resto de los frikis de la oficina. Es una loba solitaria y se encuentra bien así. A ojos de los empleados de Milton, solitaria por deseo propio. Ya no la invitan a participar en un juego de rol de *El señor de los anillos* o a reuniones de *techies* en el Hilton. No es con la intención de ser antipática por lo que declina. Descodificar el factor humano no es como identificar una intrusión informática. Exige otra cosa. La capacidad de leer entre líneas, quizá.

A excepción de unas pocas personas, las relaciones con seres humanos le consumen demasiada energía. La mayoría de los que dan algo quieren algo a cambio.

Todos los días se parecen. Trabaja y, cuando no trabaja, va al gimnasio o duerme. No sale con nadie en particular. No tiene niños. Ni mascotas. Ni siquiera una planta. Así que tampoco se esfuerza por cambiar nada. No cuenta nada innecesario de sí misma, más allá de que trabaja y hace deporte.

—¿Sigues yendo a eso de *boxkicking*? —pregunta Carina con tanta amabilidad que Lisbeth se ve obligada a contestar también de forma amable.

—Se llama *kickboxing* —precisa, y no tiene fuerzas para añadir que ahora hace karate y que todo es por culpa de ese maldito Paolo Roberto. No porque a ella le importe con quién se acuesta, pero pasar de ser un héroe en un caso de trata de personas a irse de fiesta a burdeles clandestinos le parece simplemente demasiado.

Este fin de semana, sin embargo, va a hacer algo diferente. Algo cien por ciento involuntario.

Mira en el minibar. No hay Coca-Cola. En su lugar, abre una cerveza y se la bebe de un trago. La cabeza le da vueltas de esa placentera manera que sólo una cerveza tomada así puede provocar.

Cien por ciento involuntario, ¿es verdad? Aunque ha enumerado todos los motivos emocionales y racionales para no querer meterse en un avión e ir a un pueblo perdido en Norrbotten, debe admitir que, a pesar de todo, ha ido y ahí está. Nadie la ha obligado. Nadie le ha apuntado con una pistola en la cabeza ni le ha ofrecido sustanciosas recompensas económicas para ir. Por lo tanto, hay algo en su interior que lo ha elegido así.

¿No es precisamente eso lo que detesta en la gente? Las decisiones emocionales. La falta de lógica.

Prefiere mil veces las matemáticas. Aparte de que tienen un efecto ansiolítico que le da mil vueltas al Stesolid, pueden llenar una mente inquieta con teoremas que a primera vista parecen sencillos, pero que a una persona sola le llevaría miles de años resolver.

Lisbeth se ha atascado en el eslabón perdido de la conjetura de Goldbach. Su conjetura de que todos los números pares mayores que dos son la suma de dos números primos puede ser cierta, ya que nadie ha conseguido probar lo contrario. Pero también, falsa. Entonces, la respuesta se encontraría en la cadena al parecer infinita de números primos y no dentro de la psique caprichosa de una persona.

Por eso ella busca patrones. Pasa noches y a veces días en la nítida seguridad que proporcionan los números. No para llegar a una antítesis y corregir a Goldbach. No, es la propia posibilidad de que él pueda haberse equivocado lo que significa algo. Y si resultara que ese error, contra todo pronóstico, apareciera, sería completamente puro. Libre de las opiniones y la subjetividad humanas. La verdad es una cadena segura de números que se alinean uno tras otro hasta que alguno se sale de la fila.

La culpa la tiene el maldito psicoterapeuta, piensa. Kurt Ågren, a quien enseguida ha apodado *Kurt Angustiasson*.

Con su voz suave, sus feas tazas de té que parecen moldeadas por él mismo y su sentida empatía, la lleva a un estado de sinceridad. Consigue que ella le cuente cosas. Cosas que enterró hace mucho tiempo y que no deberían ser resucitadas.

Las sesiones la dejan extenuada. Al acabar, se lleva una pizza de Lilla Harem a casa y se acuesta enseguida. A las cuatro de la madrugada la despierta una voz angustiosa que se pregunta qué habrá dicho y por qué.

Ahora Kurt Angustiasson piensa que Lisbeth debe atreverse a salir de su zona de confort, así lo expresa él. Pese a que a estas alturas ya conoce de sobra bastantes de las zonas no muy cómodas en las que Lisbeth se ha hallado y algunas en las que todavía se encuentra.

«Pues por eso —dice él—. El mundo no es tan malvado como piensas.»

«El mundo es mucho más malvado de lo que

tú puedes imaginar, Kurt Angustiasson», y al final Lisbeth no pudo más. Algo tenía que cambiar de sitio dentro de ella. Algo tenía que borrarse y ser sustituido por pensamientos nuevos.

La primera sesión es una catástrofe. El hombre se limita a estar allí sentado esperando que ella diga algo. Y cuando ella no dice nada, se pone a preparar una tetera. Toman el té en silencio. Sólo se oye el reloj de la pared. Tictac durante cuarenta y cinco minutos. Luego ella paga novecientas cincuenta coronas, vuelve a casa y le manda un correo.

«Dale a todo esto un par de oportunidades más —contesta él—. Eres tú la que debe decidir de qué vamos a hablar, no yo.»

La segunda vez el psicoanalista vuelve a preparar té. Sus zapatos Knulp rechinan cuando atraviesa la sala con la charola. Ella puede elegir la silla en la que sentarse. Le pregunta por qué ha elegido justo ésa.

—Para no dar la espalda a la pared —responde ella.

—Explícamelo —le pide él.

Y como el agua del río cuando se abre el hielo en primavera le manan a Lisbeth las palabras. De eso hace más de un año.

«No viajo al norte de manera voluntaria, pero viajo. No voy a terapia de manera voluntaria, pero me presento. No porque el mundo sea bueno —el mundo se va a la mierda—, sino porque no me queda otra.»

Hasta ahí llegan las fuerzas psicoanalíticas. Para que le dé tiempo de serenarse y arrepentirse, ha viajado con un par de días de antelación. Ha pagado cara la única suite del hotel que, por raro que pueda parecer, cumple sus deseos de tener pocos muebles, paredes desnudas y una cama dura. Ahora mismo la balanza se inclina más hacia el arrepentimiento. Dejar el hotel, tomar el primer avión de vuelta y volver a la vida normal de Fiskargatan.

El celular silenciado vibra en la mesa. Reconoce la lada. Sólo las instituciones y los viejos llaman desde teléfonos fijos, y ya no conoce a ningún anciano. Toma el teléfono sin decir nada y deja que la voz diga «bueno, bueno» antes de responder «sí».

—Hola, Lisbeth, ahí estás, qué bien haber podido contactarte —dice la mujer, y se presenta como Elsie Nyberg—. ¿Cómo estás?

—Bien —contesta Lisbeth.

—Bien, bien —repite la mujer como un loro, y pregunta si ya ha llegado a Gasskas y si podrían verse un momento.

—Sí, estoy aquí, pero tenía entendido que la reunión no era hasta pasado mañana —dice Lisbeth.

—Sí, es verdad, pero ha sucedido una cosa —responde la mujer—. Preferiría no comentarlo por teléfono, ¿podrías pasarte por aquí?

—No —contesta Lisbeth—, pero podemos vernos en el hotel.

Se pasa la mano por el pelo sucio y se huele las axilas. Si fuera a ver a otra persona, tal vez consideraría darse una ducha antes.

Capítulo 14

Lisbeth Salander se sirve un café del termo que hay en la recepción a disposición de los huéspedes. Está tibio y huele a hojalata, pero hace que la presión en la cabeza afloje.

Se acomoda en una butaca. No hay ninguna tipa con pinta de ser de los servicios sociales a la vista.

Porque ésas no pasan desapercibidas, piensa Lisbeth mientras escudriña su entorno. En la barra del bar se apretujan los trajes, un grupo de chamarras deportivas juega billar, unas cuantas blusas de oficina parecen disfrutar de un *afterwork* y... Allí la descubre, de camino a la ventilación de la entrada. Un ejemplar femenino de la raza trabajadores sociales. Edad indeterminada, pelo rubio con canas, arruga de preocupación en la frente, mochila Kånken clásica con un paraguas plegable asomando por el bolsillo lateral. Alrededor del cuello, una tarjeta de identificación que se le ha olvidado quitarse al salir de la oficina.

Cuando la mujer se detiene, pasea la mirada a su alrededor, descubre las blusas *afterwork*, sonríe, se acerca y se sienta entre ellas, Lisbeth casi entra en estado de *shock*. Está tan consternada por su equivocación que no le da tiempo de advertir al hombre que, de repente, se ha materializado de la nada y que le tiende la mano.

—Erik Niskala —dice—. Elsie Nyberg no se encuentra bien, así que he venido yo en su lugar. ¿Te puedo invitar algo? —añade, y propone una cerveza.

Lisbeth asiente con la cabeza. Unos minutos después hay una cerveza y unos cacahuates delante de ella.

Niskala cuelga el abrigo en la silla y se sienta con esfuerzo. Es grande y bastante obeso. Los botones de la camisa que lleva debajo de la chamarra de lana están a punto de estallar sobre la barriga, pero tiene una mirada simpática. De eso también se da cuenta Lisbeth.

—Bueno —empieza el hombre—. Me han informado del asunto un poco deprisa y corriendo. Salud, por cierto, y bienvenida a Gasskas. Esta IPA se fabrica localmente y se vende incluso en Systembolaget. Si te fijas, tiene unas claras notas cítricas y un ligero sabor a piña.

Mira por encima de la jarra antes de tomarse unos buenos tragos. Acto seguido se limpia la espuma de la barba y suelta un:

—Aaaah, llevo todo el día esperando este momento. Una cerveza fría en una jarra de verdad.

Luego es como si se cachara a sí mismo. Como si de pronto se acordara de que quizá resulta inapropiado beber en horas de trabajo y de que tiene un asunto de carácter formal que tratar. Tras hurgar en un viejo y achacoso maletín de piel, da con unos lentes de lectura y una carpeta de plástico. Se reclina en la silla y se pone los lentes, sólo para quitárselos enseguida. Se inclina hacia delante hasta que la barriga dice *stop* y mira a Lisbeth como un profesor mira a una alumna que ha hecho algo inesperado. No necesariamente algo malo, ni tampoco bueno.

—Se trata de Svala —dice—. Tu sobrina, si lo he entendido bien.

—La hija de Ronald Niedermann —responde Lisbeth—. No nos conocemos.

—Ya, es verdad —contesta el hombre—, pero figuras como la persona de contacto de Svala. Sin número de teléfono ni dirección. Al parecer, hemos tardado bastante en localizarte, pero ya estás aquí.

Ella intenta averiguar cómo lo han conseguido, pero él no lo sabe.

—Yo no soy más que un simple trabajador social —dice—, no un *hacker*.

Lisbeth también toma unos tragos de cerveza. Maldito pulso. Maldito dolor de cabeza que se niega a remitir. Y maldito Niedermann, que debería haber muerto sin tener hijos. ¿Cómo podría haber sabido ella que tenía una niña? Y aunque lo hubiera sabido, ¿habría cambiado algo?

Se trataba de él o ella, así de sencillo. Y fue él quien fue tras ella, no al revés. Bueno, quitando la última vez, quizá. Esa escena sigue siendo una de sus favoritas. El gigantesco cuerpo de Niedermann, incapaz de moverse, con los pies clavados en el suelo. Su rabia, después la mirada vacía y un murmullo en alemán. El ruido de las motos que se acercan. Y Lisbeth regresando a la ciudad con el sabor de la libertad en la Honda color vino.

Conclusión: de todo el mal que ha infligido a otros, la muerte de Niedermann está entre lo mejor. No se arrepiente de nada. Ni siquiera una niña huérfana logrará que se arrepienta.

—¿Sabes algo del padre? —pregunta Niskala.

—No —dice Lisbeth—, nunca lo conocí.

—¿De modo que no sabes hasta cuándo estuvo presente en la vida de la niña?

—No —repite Lisbeth.

Lisbeth Salander se queda mirando a Niskala tanto tiempo que al final él baja la mirada.

—Bueno —dice manoseando la carpeta—. Voy a ir al grano. Necesitamos encontrarle un hogar temporal a la niña y ella ha sugerido irse a vivir contigo.

—¿Conmigo? —dice Lisbeth—. Yo no puedo ocuparme de una niña. No lo voy a hacer. He accedido a verla, nada más —continúa, pero sin acordarse de por qué accedió a eso—. Tiene abuela. ¿No sería mejor que viviera con ella?

—Justo por eso queríamos verte hoy. El problema es que la abuela de Svala murió anoche. La encontró la niña.

—Maldita sea —dice Lisbeth—. ¿De qué murió?

—No lo sé —contesta Niskala—. Probablemente de un infarto. Yacía muerta en el suelo del recibidor de la casa.

—Maldita sea —repite Lisbeth, pero piensa ¡mierda! Si había una posibilidad de zafarse del tema, esa oportunidad acaba de esfumarse. Como es lógico, podría decir que no, y los servicios sociales buscarían una familia de acogida y Lisbeth nunca más tendría que preocuparse por ella. Pero los servicios sociales son unos auténticos maestros metiendo la pata, piensa. Seguro que acabarían llevando a la niña a casa de algún pedófilo local.

—Naturalmente, estamos trabajando para encontrar una familia de acogida permanente para la niña —dice Niskala.

—¿Cuánto tiempo? —pregunta Lisbeth.

—Difícil saberlo, tenemos varias familias adecuadas en la región. Puede ser bastante rápido.

—No —dice—, no puedo. Tengo que volver a Estocolmo —añade, cosa que también es mentira. Ella va y viene cuando quiere; no necesita ninguna oficina para hacer su trabajo. Pero una niña. Una adolescente. No. No aceptaría acoger ni a un bicho palo.

El hombre abre la carpeta y hojea los papeles.

—A la niña no le pasa nada —asegura mientras busca algún pasaje apropiado para leer en voz alta, se arrepiente y acaba entregándole toda la carpeta a Lisbeth—. Piénsalo hasta mañana —continúa—. El asunto está clasificado, pero voy a hacer una excepción —dice entre risas apagadas—, al fin y al cabo, trabajas en el mundo de la seguridad.

Capítulo 15

Katarina da Silva ya está en la oficina. Pone unas tazas de café en la mesa y empieza a cortar una trenza de pan de canela en rodajas.

—¿Crees que ese tipo de gente come pan dulce? —dice Salo.

—La canela es buena para la amabilidad. Puede ser necesario. ¿Sabes lo que quieren esta vez? —pregunta Katarina.

No le ha hecho la menor gracia tener que interrumpir el fin de semana para participar en una reunión de negocios de Salo.

—Asegurarse de que estoy de su lado, supongo.

Le ha hablado de la reunión en el hotel de Britta y de la ambición de Branco de hacerse con la mayoría del terreno y no dejar más que pequeñas parcelas a los demás.

La amenaza, si es que se trata de eso, ha evitado comentarla.

—Es bueno que tú estés presente —dice Salo—. Todo tiene buena pinta sobre el papel, pero algo pasa con el propietario, Marcus Branco. Creo que hay que tantearlo un poco más. Una exigencia es que una parte de la electricidad se quede en la región, si no, se va a la basura toda la idea. Gasskas ya es un lugar atractivo gracias a la energía hidráulica, pero para que los proyectos del futuro sean posibles, tenemos que garantizar una capacidad de suministro mucho mayor.

—Ya lo sé —dice Da Silva—. ¿Qué sabes de The Branco Group, o sea, de la empresa en sí?

—Poco más de lo que ya hemos comentado. En el fondo se trata de una empresa de seguridad que ha invertido en minas, inmuebles e industrias de producción. Sede en Umeå. Un capital sólido.

A las cinco para la una, Salo se acerca a la entrada para recibirlos. A la una en punto, Branco entra rodando en su silla de ruedas acompañado por Lo.

—Una cara nueva —dice Salo haciendo como si no se conocieran—. Bienvenida al ayuntamiento de Gasskas. He pensado que estaríamos más cómodos en la sala de conferencias. Adelante, es aquí a la derecha.

—¿Y tú eres la abogada? —pregunta Branco mirando a Da Silva.

—Soy la jurista municipal. Una jurista jubilada, pero me llaman cuando me necesitan. Como hoy —contesta ella, y suelta la liga de la carpeta—. Hemos debatido su propuesta, se la hemos presentado a los políticos y hemos llegado a la conclusión de que la decisión original sigue siendo firme. Tres empresas y el terreno dividido en tres partes iguales.

Branco no dice nada, hace una pausa a efectos dramáticos mientras por la ventana mira la ciudad, el río, la comisaría de policía y la oficina nacional de cobro ejecutivo. No está irritado, sino más bien esperanzado.

—Si las señoras nos disculpan, me gustaría hablar con Henry Salo en privado —dice al final.

Da Silva emite una débil protesta antes de dirigirse a Lo.

—Pues tendremos que ir a la sala del personal un rato.

—Tengo entendido que conoces a Märta Hirak —dice Branco cuando los dos hombres se quedan solos.

—Sí —confirma Salo—. ¿Por qué?

—Nos gustaría hablar con ella sobre una cosa, pero no hemos conseguido localizarla.

—He oído que ha desaparecido de la ciudad —dice Salo—, pero ¿qué tiene que ver conmigo?

—Hemos hecho una pequeña investigación. Hirak y tú fueron pareja. Una historia de amor de la adolescencia con un lamentable final.

—Hace treinta años, ve al grano.

—Si he entendido bien a mi fuente, la ves todavía.

—Sigo sin comprender adónde quieres ir a parar —dice Salo.

—Mi fuente asegura que te preocupas por ella. Quizá incluso más que por tu futura mujer. Sería una pena tanto para ti como para ella que le ocurriera algo. ¿Verdad?

Con todo su cuerpo, todos sus sentidos y lo que sea que se llame intuición y toda la puta cosa, quiere levantarse y gritar: «Fuera de mi vida. A la mierda tu parque eólico. ¡Déjame en paz!».

—Hablando claro —continúa Branco—, garantízame el terreno, si no, Hirak desaparecerá. Además, sé que tienes también tu familia oficial. Tu futura mujer, por ejemplo, Pernilla. Y seguro que es fantástico que el abuelo del niño, ¿es Mikael Blomkvist su nombre?, se lleve tan bien con Lukas.

—Gracias —dice Salo—, es suficiente.

Una de las pocas cosas que se adscribe a sí mismo es la capacidad de mantener la cabeza fría cuando el alma está en llamas. Ahora evalúa los grados del infierno en función del momento y la persona.

Märta Hirak.

Märta Hirak... Se despiertan en uno de los nidos de pájaro del hotel de Britta. Han pasado horas, aunque lo vive como si fuesen minutos. Sigue con las piernas entrelazadas con las de ella. Si la agarra suficientemente fuerte, igual se quedará con él.

—Tengo que desaparecer una temporada —dice—. Te llamo.

Dos palabras es lo único que ha recibido desde entonces. «Te extraño.» Sigue alimentándose de ellas.

—Pueden hacer lo que quieran con Märta Hirak —dice Salo—, no es mi problema. Lo siento mucho, pero no los puedo ayudar. Las reglas son las reglas. Y si no hay nada más, quizá podríamos dejarlo aquí.

Que este tipo se vaya antes de que diga algo más.

Pero Branco se limita a salir rodando en su silla sin agradecimientos ni despedidas.

Capítulo 16

Erik Niskala se va y Lisbeth Salander se queda. Abre la carpeta y la vuelve a cerrar. Intenta centrar sus desordenados pensamientos y formarse una opinión, pero se rinde. Se mete la carpeta dentro de la chamarra de piel y se dirige al bar.

El sitio se ha ido llenando de gente contenta de que haya llegado el fin de semana. En esta ocasión pide una Coca-Cola con mucho hielo. No le ha dado más que un sorbo a la bebida cuando algún maldito imbécil le da tal empujón que se le cae el vaso al suelo.

—Uy, perdón. Te has manchado, espera, voy por un poco de papel —dice alguien.

Ese alguien es una chica pelirroja con uñas también rojas. Uñas mordidas, advierte Lisbeth, y una chamarra de piel más o menos como la suya y botas parecidas.

—Uy —dice de nuevo—, veo que tú y yo nos compramos la ropa en el mismo sitio. ¿Qué bebes? —pregunta—. Parecía ron con Coca. Te invito otra.

—Okey —dice Lisbeth.

—Jessica —se presenta la chica tendiéndole la mano.

—Lisbeth —responde ella.

—No eres de aquí, ¿verdad? —pregunta—. En tal caso, te habría visto.

—No, no lo soy —confirma Lisbeth—. ¿Y tú?

—Yo sí. Nunca llegué más allá de Skellefteå. Allí conocí a mi marido. Él también era de Gasskas, y cuando tuvimos hijos volvimos al pueblo.

—Así que estás casada —dice Lisbeth más que nada por decir algo.

—Divorciada —puntualiza Jessica.

Permanecen en silencio un rato observando al barman, que mezcla cocteles con brazos musculosos bajo las ceñidas mangas de su camiseta.

—Fuimos compañeros de clase en la escuela —explica Jessica señalando con la cabeza a Tom Cruise—. Sólo hay dos tipos de personas en esta ciudad: deportistas y fanáticos.

—¿Y tú de qué tipo eres?

—Del segundo, supongo. Mi ex es jugador de hockey sobre hielo. Pero estoy harta de ese mundo. Quizá tenga que inventarme otro tipo de persona. El adicto al trabajo, por ejemplo. O la madre estresada. Y tú, ¿de qué tipo eres? —pregunta a Lisbeth.

La vengadora, la *hacker*, la asesina.

—Del tipo adicta al trabajo —contesta—. Y la deportista. Entreno y trabajo, nada más.

—O sea, que no tienes niños.

—No, nada de niños.

—¿Ni marido?

—¿Hay que tenerlo?

—En absoluto —responde Jessica—, importa un pepino. Al menos, los pepinos no juegan al hockey.

—Ni hablan —añade Lisbeth.

—¿Bailamos? —propone Jessica—. La pista de baile está abajo.

—¿Bailar?

—Sí, ya sabes, levantar los brazos al aire y mover un poco las caderas. Y así también te libras de hablar. ¡Anímate, vamos! —dice, y se quita el pasador del pelo, dejando caer la larga melena por la espalda.

Lisbeth no odia bailar. Es sólo que lleva mucho tiempo sin hacerlo.

La música está alta y la pista, llena de gente. No es que sea un espectáculo muy elegante, la verdad; más bien se parece a una especie de ritual grupal con un rebaño de borrachos eufóricos que saltan y acompañan el estribillo gritando.

Allí donde el lucio nada entre los juncos y el zorro pasa furtivo el puente,
allí donde preparas tu aguardiente en el garage,
allí, maldita sea, allí quiero vivir.

En medio de la ondeante multitud de gente, Jessica agarra a Lisbeth y grita ella también.

Porque, ¿quién quiere vivir en un hormiguero
donde la gente es soberbia y malvada,
donde las nevadas les dan pánico
y espantan los mosquitos
y donde están acobardados?

El pelo de Jessica le da en la cara a Lisbeth. Relámpagos estroboscópicos hacen que el rojo se torne lila y los contornos de la cara se afilen como pizarrón blanco.

Como una bruja, una bruja terriblemente alta y sexy. Lisbeth tira de ella hacia sí. Siente el olor a sudor por el baile y el perfume, el contacto de su cadera, el brazo lleno de pecas y la mano que agarra con fuerza la suya. Pero cuando la música se vuelve más tranquila y la multitud se dispersa, Jessica da un paso hacia atrás, se recoge el pelo con el pasador y dice que tiene que beber algo.

Beben algo. Jessica se ha enfrascado en un amistoso tira y afloja verbal con Tom Cruise y Lisbeth no puede hacer otra cosa que quedarse al lado como una niña olvidada.

O, mejor dicho, sí podría hacer otra cosa. Podría subir a su habitación. Repasar el contenido de la carpeta y dar una respuesta negativa. No, no, no. No necesita ninguna niña adolescente en su vida ni tampoco ninguna otra chica. Sin embargo, ahí se queda esperando, hasta que Tom Cruise dedica su atención a otros clientes y Jessica vuelve a hacerle caso.

—No te has ido —dice—. Bueno, creo que me voy a casa, pero encantada de conocerte.

La intimidad de la pista de baile se ha esfumado, hay un tono de rechazo en la voz de Jessica, pero Lisbeth se arriesga. La gente es tradicional, piensa, pocas veces siguen sus instintos. A veces necesitan un empujón en la dirección correcta.

—Yo me hospedo en el hotel —dice—. Si quieres podemos tomar algo en mi habitación y luego te llamo un taxi.

Jessica la observa un buen rato. Saca el celular, manda un SMS, se toma los últimos restos de vino como un cuidadoso ritual antes de contestar.

—No —dice—. Sólo tengo niñera hasta las doce.

Capítulo 17

Son cuarto para las cinco cuando un Transporter blanco entra en el camino que lleva al centro de refugiados Fridhem, situado al norte de Gasskas y destinado a niños y adolescentes refugiados que han llegado sin sus padres.

No se trata de una entrega. Sino de una recogida. Una orden, simplemente. Emitida una hora antes.

Un par de niños de unos siete años están pateando un balón contra la pared. El personal de día se va a casa, Frej Aludd tiene el turno de la tarde. Es un día de lo más normal, un viernes.

El balón acaba delante de los pies de Varg. Le pone el pie encima, lo lanza al aire y le da una buena patada para mandarlo tan lejos como puede.

—Buen tiro —dice Björn—. Así se entretienen corriendo un rato los pequeños negritos.

Se dirigen hacia la oficina. Unas cortinas cubren las ventanas de cristal y hay una puerta que casi siempre está abierta.

—Pero bueno... Frej, ¿qué tal? Cuánto tiempo. ¿Haciendo horas extras?

Frej Aludd se agacha instintivamente detrás de la mesa. Baja la pantalla de la computadora portátil y se acerca el teléfono, como si lo hubieran sorprendido unos ladrones.

—¿Qué quieren? —pregunta—. Ya les he dicho que no habrá más veces.

—Pero aquí estamos —replica Varg, y empieza a toquetear las carpetas que hay encima de la mesa.

—Si no se van, llamo a la policía —advierte Frej.

Un alivio, una luz, se extiende por el cuerpo de Varg. La situación está bajo control, ahora puede limitarse a reclinarse en la silla y disfrutar.

—No creo —dice—. Si no quieres que hablemos con tu mujer. Aunque, sí, es verdad... —chasca la lengua—, ya hemos hablado con ella. Te manda saludos y dice que se queda con la casa y que va a pedir la custodia exclusiva de los niños. *Bye, bye*, niños. No supondrá una gran pérdida para ellos, supongo. Quién quiere un pedófilo de padre.

—¿A qué han venido? —articula Frej con la voz quebrada de un miserable.

—A lo mismo que la última vez. Ni más ni menos. Menor de dieciocho años preferentemente, y negra.

—Pero ¿no se dan cuenta de lo mal que está lo que hacen?

—No me parece peor que cobrar por ellas, como lo haces tú.

—Eso no es verdad y lo saben —dice Frej—. Soy el director de este centro, no un proxeneta.

—Bueno, pues mucha suerte cuando intentes explicarle a la policía los ingresos en tu cuenta. ¡Vamos, a trabajar! Que no tenemos toda la tarde. ¿Por dónde empezamos?

Cerca de la oficina se encuentran las habitaciones de los más pequeños, en el centro la sección de los chicos adolescentes y al fondo, la de las chicas. Es hasta allí adonde se dirigen con Frej a la cabeza. Un Frej reacio que arrastra los pies para ganar tiempo.

Varg camina detrás de él sonriendo. El cuerpo de Frej Aludd pide a gritos una salida. Las piernas arácnidas tropiezan con sus propios pies y el trasero caído y carnoso resulta sencillamente demasiado apetitoso como para dejarlo en paz. Una patada perfecta arroja a Frej unos metros hacia delante, donde aterriza a cuatro patas como un perro.

—Por favor —gime—, no me peguen, los obedezco.

—No tienes otra salida —dice Varg, y le da la mano para ayudarlo a ponerse en pie—. Así que caminando.

Toca la puerta de la primera habitación. Una voz dice «espera».

—¿Esperar a qué? Vamos, entremos.

La chica acaba de salir de la regadera y hace lo que puede para taparse. La mirada esquiva se mueve hacia Frej.

—Perdona —dice Frej—. No queríamos interrumpirte entrando así.

—Demasiado flaca —concluye Varg—. ¡Siguiente habitación!

Sin tocar, abre la puerta de un tirón y la cierra de un portazo con la misma rapidez.

—¿Pero esto qué es? ¿Un centro de refugiados o una puta clínica para enfermos de sida? —espeta al tiempo que le retuerce el brazo a Frej Aludd—. La última oportunidad, si no, nos vamos a la sección infantil.

—¡Ay, no, ay, suelta! —gime ahora como un gato atormentado—. Tienen que creerme, no hay más chicas. Quizá puedan encontrar a alguien en el pueblo.

Varg le arrea al gato unas patadas. Las dos habitaciones centrales están vacías. La última tiene el cerrojo puesto.

—No tengo llave —asegura Frej.

El cuello de Frej es débil. La mano, fuerte. La pared del pasillo, dura.

—Abre la puerta, pedazo de idiota. —Y el idiota abre.

—Ja, ja, ja —se ríe Varg todo contento—. Ahora entiendo por qué querías esconder a este bombón.

—Sophia no —protesta Frej en un intento por detenerlos—. Déjame al menos que hable con ella primero —pide, y se sienta en la cama.

—¿Qué quieren? —pregunta Sophia.

—Sólo quieren hablar —dice Frej—. Creo que

se trata de tu familia. Quizá tienen información nueva.

—¿De qué? —quiere saber ella.

—No lo sé, quieren que los acompañes a la comisaría.

—No parecen policías.

—No todos los policías son iguales—explica Frej.

Su piel, sus manos, sus labios, sus ojos, su luz. Frej intenta mantener la voz estable.

—Haz lo que te digan y estarás de vuelta para la hora de acostarse —dice, y la rodea con el brazo—. No tengas miedo.

Se acabaron las tonterías. Una muñeca se rompe. Un corazón se destroza. Dos guerreros y una chica salen por la puerta de atrás.

Al cabo de unos minutos todo vuelve a ser como antes. Cena a las seis. Película a las siete. Un Transporter blanco con matrícula falsa se dirige hacia el norte.

Capítulo 18

La primera nevada le resulta igual de extraña todos los años. A pesar de que Jessica Harnesk nunca ha vivido en un lugar sin invierno.

De repente, la nieve está allí, sin más, y siempre por la mañana. Una pintura blanca que ha cubierto con gruesas pinceladas el otoño que hace tiempo abandonó la riqueza cromática para cambiar al marrón.

El barrio permanece en silencio bajo los copos de nieve. Coches de camino al trabajo pasan deslizándose. Le gusta que las cosas sean así. Consideradas.

Semana par. O sea, la semana de Henke con los niños. ¿Por qué demonios se le ocurrió salir el viernes pasado? Fue una cosa espontánea. Hanna la llamó para preguntarle si quería que la ayudara como niñera. ¿Y qué no haces por una hermana pequeña que necesita dinero? Pues dices que sí y quedas con un chico para salir. Que luego no aparezca es otro tema. Qué más daba, total... Un amigo de Henke. ¿En qué estaba pensando? No pensó.

El odio en la mirada. Las cosas que la llama.

—Por cierto —dice cuando se ven en el recibidor para hacer el cambio semanal con los niños—. Me crucé con Hanna en el supermercado. ¿Tan desesperada estás, que tienes que salir aunque sea la semana que te tocan los niños?

—No es asunto tuyo —replica, pero sí que lo es, ya que es el padre de los niños, etcétera.

Opta por no llevarle la contraria. Últimamente nota algo en los ojos de sus hijos, algo que es aún peor. Súplicas. Una voluntad de instaurar la paz entre sus padres.

Henke se calla cuando no encuentra oposición. En su lugar manda un SMS que ella tampoco contesta.

Quita la nieve del coche. Qué alivio poder irse al trabajo.

A otros les duele el estómago el lunes por la mañana. A ella, los domingos. O los niños se van a casa de Henke, y tendrá que aguantar una semana entera hasta volver a verlos, o regresan de su casa, a punto de estallar de una nerviosa rabia que ella a veces tarda días en neutralizar.

Por supuesto, en casa de Henke no ocurre nada de eso. ¡Cómo! Allí los niños son superfelices de poder estar con él.

—Quizá debería tener la custodia exclusiva —dice él.

—Quizá no sería buena idea —contesta ella.

La gente se divorcia para gozar de más libertad. Qué necedad.

Suena el celular. En el trabajo la llaman Harnesk a secas.

—¿Estás en camino? —pregunta Birna Guðmundurdottir, a quien por razones prácticas llaman por su nombre de pila.

—Estoy entrando en el garage.

—Bien, ¿has desayunado?

—No. Hoy tampoco.

La comisaría de Gasskas es una de las más pequeñas del país, a pesar de que ha crecido durante los últimos años. Cuando Jessica llegó hace once, eran veinte policías. Ahora son unos treinta, pero deberían ser todavía más. Si alguien está de baja, como hoy, se nota enseguida.

—Simon se ha quedado en casa porque tiene a los niños enfermos, Tania está en el dentista y el marido de Monika ha sufrido un infarto. Aunque al parecer no es muy grave —explica Birna—. Vendrá por la tarde. He llamado a Snoris como refuerzo. Está en casa de su abuela en Kåbdalis, pero vendrá si las cosas se ponen críticas. Tenemos un servicio externo esta tarde, igual podría ocuparse él.

Snoris es el aspirante más reciente a la brigada de delitos graves. Tiene veintitrés años, aunque parece un niño de doce. Además, sus padres lo le hicieron un favor con el nombre de Klas-Göran. Un nombre imposible para un niño de doce.

Birna pone en la mesa una tarta casera de pan, mantequilla y queso.

Jessica tira del pan blando y algo correoso hasta romper un trozo y lo remoja en el café hasta que el queso se derrite. La sensación de malestar tras el encuentro por la mañana con Henke persiste. Con un gesto rápido, mete el trozo de pan en la servilleta y echa el café en el fregadero.

—Vamos, empecemos la reunión —grita Faste, aunque ya están todos reunidos. Se sienta en el lugar de Jessica, del que se ha apropiado, y se reclina en la silla—. Bueno, otra vez lunes —constata—. ¿Qué tal el fin de semana?

—Llamaron desde el centro de refugiados —dice Birna—. Falta una persona.

Deja un informe sobre la mesa.

—¿Tiene permiso de residencia? —pregunta Jessica.

—Sí —contesta Birna—. Está en el último curso de la escuela. Una chica lista. Acaba de conseguir un departamento. Se muda a finales de mes.

—Apuesto lo que sea a que se ha ido con algún novio —dice Faste.

—¿Y si no es eso? —insiste Birna—. Desapareció el viernes. Su compañera de habitación llamó el sábado por la mañana, pero estábamos cortos de personal. Se consideraron más importantes la inauguración del mercado y el partido entre el Gasskas y el Björklöven, así que este tema se ha quedado a la espera hasta ahora.

—Sigo creyendo que se trata de algún chico —insiste Faste—, pero bueno, Harnesk y tú acérquense por allí.

Jessica toma el primer *snus* del día. El tabaco le pone en marcha el estómago, pese a no haber sido capaz de comerse el trozo de pan. Va al baño y se sienta en el inodoro intentando planificar el día en la cabeza.

Ting.

Ni siquiera eres capaz de asegurarte de que tengan mudas. De verdad que eres un maldito desastre.

Ting.

¿Por qué demonios no me has dicho que la reunión con el profe fue el martes pasado?

Ting. Silencia el teléfono.

—¿Cuánto tiempo vamos a aguantar? —pregunta Birna.

—¿A Henke?

—A él también. Pero me refiero a Hans Faste.

—No creo que nos quede elección. Tiene muchos años trabajados, experiencia en unidades de violencia, no tiene niños, etcétera, etcétera.

—Es que es tan asqueroso... —dice Birna—. ¿Has oído cómo llama a Tania? La gatita.

—Hablaré con él —dice Jessica—, si ella no lo ha hecho ya.

—Lo ha hecho. Y ahora la llama la gata.

Atraviesan el puente del río y giran hacia Jokkmokk.

El centro de acogida de refugiados Fridhem se ubica en una antigua escuela de cocina, a unos veinte kilómetros al norte de Gasskas. La nieve nocturna ya está derritiéndose. Gotea desde el tejado. Un gato cruza el patio corriendo.

—Qué bien que hayan podido venir —dice Frej Aludd, y las invita a pasar a su despacho. O dirección, como él mismo dice—. Soy de Motala —añade tiritando de frío—. Todavía no me he acostumbrado al frío.

—Ahora empieza la mejor temporada —asegura Birna, y le arranca una sonrisa a Jessica. El primer invierno de un sureño en Gasskas no es cualquier cosa. Birna le desea treinta y dos grados bajo cero durante al menos tres semanas y tormentas de nieve justo cuando las primeras flores primaverales se hayan asomado y los novatos piensen que el invierno ha pasado.

Jessica opina que con el verano tampoco se juega. En cuanto llega el calor se incuban los mosquitos. Y cuando los mosquitos le han chupado todo el jugo a la gente que intenta disfrutar de las agradables noches estivales, aparecen los tábanos. Los tábanos muestran aún menos consideración. Ven a todos los seres humanos como filetes. Y cuando los tábanos, mosquitos, avispas y otros insectos voladores se deciden a dejar en paz a la humanidad, es el momento de las moscas negras, y contra ellas no sirven las barras ni los espráis antimosquitos. Les encantan los ojos. Se cuelan en las comisuras, chupan la lágrima y ponen huevos en la pus.

—No puede haber nada peor que las garrapatas —dice Frej, y habla con gran detalle de su sufrimiento al contraer borreliosis en las tierras del sur hasta que Jessica lo interrumpe.

—La chica —dice—. Sophia Konaré. ¿Crees que se ha ido voluntariamente?

—No lo sabemos —contesta—. El viernes no trabajé. Según su compañera de habitación, les tocaba cocinar a ellas, pero Sophia no apareció.

—¿Pueden entrar y salir a su antojo? —pregunta Jessica, que nunca había visitado el centro.

—Por supuesto —dice Frej—. A los más pequeños los controlamos más, evidentemente, pero Sophia era mayor de edad.

—¿«Era»? —interviene Birna con su habitual suspicacia.

Ella es así. Directa y un poco rígida. Hija de una islandesa cuya mirada es capaz de congelar la lava. Aunque es querida y respetada. Aun así, Jessica apenas sabe nada de ella; tiene una forma de ser que frena las preguntas personales antes de que siquiera se hagan.

Es a Birna a quien se parece. Lisbeth, la mujer del bar. Jessica piensa todavía en esa noche. Bailaron y luego... Bueno, y luego ella tomó un taxi para regresar a casa con los niños, y da gracias a su buen juicio por haberlo hecho. Lo último que necesita ahora es un sentimiento de culpa. Henke tiene ojos por todas partes.

—Es mayor de edad —se corrige Frej, notablemente irritado por el comentario—. Estaba bien vivita y coleando el viernes pasado cuando me llamó. Hablamos de que pronto se va a mudar a su propio departamento. Me ofrecí a echarle una mano con el traslado.

—Muy amable de tu parte —dice Birna.

La habitación es pequeña. Hay dos camas, una mesita de noche común, un ropero también para compartir y una cómoda con un cajón para cada una de las chicas. Tampoco necesitan mucho más para guardar sus cosas. Aparte de la ropa para diferentes estaciones y libros de la escuela, la habitación está desnuda como la celda donde los borrachos duermen la siesta.

—Ya podrían colgar unos cuadros en la pared, ¿no? —dice Birna—. O al menos poner una alfombra.

—¿Y por qué no un *spa* en el sótano? —replica Frej.

—Necesitamos hablar con la compañera de habitación —dice Jessica—. ¿Está por aquí?

El gerente consulta el reloj.

—No —responde—. Fatma estudia en la escuela en la ciudad. Creo que viene en el autobús de las cuatro.

—Entonces volveremos —anuncia ella.

—Son bienvenidas —dice Frej.

—Hasta luego, Frej, y gracias, ¿eh? —se despide Birna.

Capítulo 19

La muñeca está sentada en el borde de la cama cuando Marcus Branco entra en la habitación por una puerta lateral con su silla de ruedas. Le han pedido que se quite la bata y se acueste. Aun así, sigue sentada, abrazándose a sí misma.

Él muestra su mejor sonrisa. Muy guapa, piensa. Sin duda, con carnes firmes y jugosas. Suele ser así con las negras. Este bomboncito es del tipo un poco más rellenito. ¿Hay algo mejor que dejarse hundir en las carnes de una mujer y ser acogido por unos brazos maternales?

Ahora su sonrisa se hace aún más amplia, al ver que los ojos de la muñequita se abren de par en par, llenos de terror.

Espera y verás, piensa, cuando deje caer la bata de seda...

—¿Tienes nombre? —dice, y ella susurra algo inaudible—. No hace falta que seas tímida conmigo —continúa, pero la verdad es que es la timidez lo que lo excita. Las mujeres atrevidas que hablan con voces altas y se las dan de autosuficientes se las cede con gusto a otros. Es como una pequeña conejita ahí sentada en la cama. Una coneja salvaje, capturada, que tiembla ante la certeza de que nunca recuperará su libertad y ante la incertidumbre de cómo va a morir—. Dime cómo te llamas, muñequita, y todo irá bien.

—Sophia —dice al final—. Sophia Konaré.

—El apellido no me interesa, pero ya que lo mencionas tengo que preguntarte si eres familia de Alpha Oumar Konaré.

Ella no sabe cuál sería la respuesta correcta.

—Konaré era un gran hombre —continúa Branco—. Un visionario que por desgracia acabó mal, pero no hablemos de él ahora, sino de ti. ¿Cuántos años tienes, preciosa?

—Catorce —miente ella con la esperanza de que la corta edad cambie la situación para mejor.

Branco entiende que está apelando a su sentido moral. Al fin y al cabo, una niña es una niña. Y un agujero un agujero, mientras no sea el de un cerdo.

—Ya sabes que tendrás que desnudarte quieras o no —dice—. Si te decides a colaborar, todo será más fácil, tanto para ti como para mí.

Ella afloja un poco los brazos con los que se rodea, pero luego vuelve a apretarlos como si dudara sobre qué hacer. Probablemente porque cree que existen alternativas. Y, en efecto, en eso tiene razón. Podría enviarla sin más preámbulos a la eternidad. Pero con un poco de suerte, será tan maravillosa como se imagina, y entonces a lo mejor la dejará vivir un poco más.

Por fortuna, resulta ser lo suficientemente estúpida como para creer que gana tiempo siendo complaciente. Se quita la bata enseguida y se mete bajo las sábanas.

A él se le marca el miembro bajo la bata de seda. Pronto se la quitará. Le encanta la primera reacción de las muñequitas. Los ojos que se abren como platos. El *shock* cuando descubren los muñones. El contraste entre los muñones de las piernas y su magnífica erección.

—No pasa nada —dice—. No eres la primera que se asusta al verme. Es grande, pero no peligroso. Si te mueves un poco... —continúa, y apoyándose en las manos se echa en la cama. Las piernas no le sirven de nada. Desaparecieron por el camino, a las pocas semanas de gestación. Hace mucho que dejó de llorar por lo perdido. Las prótesis sólo las usa en momentos de absoluta necesidad. Este momento no lo es. Los brazos, en cambio, le funcionan bastante mejor. Ahora los emplea para bajar la cabeza de la chica hacia su entrepierna—. Vamos, muñequita, acaríciame las piernas, es tan agradable...

También las bromas viejas pueden tener gracia.

Las lágrimas caen por las mejillas redondas de la chica, que no parece tener mucho sentido del humor.

—Chsss, chsss, muñequita, no llores, papá te va a consolar. Mmm.

Cuanto más llora, más lo excita. Sabe que la tiene bajo su poder. Que hará lo que le pida.

Ya está más tranquila. Se ha acomodado un poco para llegar mejor.

—Eso es, muñeca, ahora papi también va a poder disfrutar un poco.

Pero justo cuando las cosas van tan bien y la chica ha entendido lo que debe hacer, tocan la puerta.

—Fuera —grita—. Estoy ocupado.

—Es importante. No puede esperar.

Él la mira. La muñequita tiene los ojos cerrados. Quizá esté durmiendo. La satisfacción sexual puede provocar cansancio.

Sophia cierra los ojos y mantiene la realidad alejada de ella. Se acerca la caída de la noche. El pueblo es como suele ser a esa hora. Lleno de mujeres y niños que regresan a casa después del trabajo o de la escuela.

Cuando los soldados entran con los Kalashnikov cargados en las manos y cinturones de cartuchos alrededor del cuerpo ya es de noche.

No hacen preguntas. No piden una reunión con el más viejo del pueblo ni dan explicaciones. Disparan. Disparan sin contemplaciones a todo lo que se mueve.

Sophia está sentada al lado de su tía. Cuando una bala alcanza a la tía, el cuerpo se desploma sobre ella.

La sangre le corre por el rostro, entrándole en los ojos.

—No te muevas —murmura la tía—. Hazte la muerta.

Es lo último que oye decir a alguien.

Debe de haberse quedado dormida. Ha salido el sol. Bajo el brazo muerto de la tía, ve soldados que también se han despertado. Que comen los restos de los platos. Que tocan a personas ya muertas con el cañón de sus rifles para asegurarse. Incluso a los niños. Incluso a Joseph. Aunque el cuerpo está destrozado y no muestra ninguna señal de vida, disparan una vez más. Se sobresalta. ¡Estaba vivo! Su hermano pequeño estaba vivo.

«Mátame a mí también», dice, pero nadie la oye.

El cuerpo de la tía yace pesado sobre ella. Quiere cerrar los ojos, pero se obliga a abrirlos. Si no, ¿quién lo contará?

Por primera vez piensa en el aspecto de esos hombres. Desplaza la mirada sobre sus caras, sus uniformes.

Algunos tienen el mismo aspecto de siempre. Compatriotas. Algunos son más jóvenes que ella. Niños. Pero los otros; extranjeros. Uniformes sin banderas. Cuerpos fornidos con la piel roja por el sol.

Unas botas se acercan. Ella cierra los ojos.

Las botas patean el cuerpo de la tía. Sophia intenta seguir el movimiento. Acaba de lado. Él está tan cerca. Se inclina sobre ella. Le pone la mano en la mejilla. Un par de dedos en el cuello.

Ella abre los ojos. Que la atrape, que la mate. Lo que sea. Está preparada.

Sus miradas se cruzan un instante. Él le cierra los ojos con la mano. *Stay dead*, dice. *Stay dead*.

Branco se levanta de la cama ayudándose de los brazos y se pasa a su silla de ruedas Permobil.

Dios creó el sol para iluminar a Lucy, la primera mujer sobre la Tierra, la madre de la humanidad. Los últimos rayos del sol de la tarde hacen arder su piel. Con toda seguridad, él volverá más tarde. Que así sea.

Capítulo 20

La oscuridad cae sobre Gasskas y las noches son más largas que los días. Por cada día que pasa, la noche gana varios minutos.

Los que viven aquí afrontan el invierno de diferentes maneras. Muchos lo adoran; se dan de alta las motos de nieve, se preparan los esquís y se encienden fogatas para hacer asados.

Cuando los días son más cortos que las noches, la nieve es la salvación. Ilumina el paisaje y ayuda a orientarse, y hace que la gente diga cosas como que en el sur, allí es aún más fastidioso, nosotros al menos tenemos la nieve.

Un mes y pico ha pasado desde que Märta Hirak besó a su hija en la cabeza y se despidió de su madre con un gesto antes de cerrar la puerta tras de sí, ponerse el gorro y echarse a caminar hacia la zona industrial de Berget.

Ha decidido contratacar. Eliminar a Peder Sandberg y salir de Gasskas. Está preparada. Nadie puede ponerlo en duda. Diez años. Mínimo.

Que todos, incluida la niña, vayan a pensar que está muerta es algo con lo que tendrá que vivir. Lo hace por la niña, pero debe llevarlo a cabo a su manera. Con paciencia.

Empieza bien. Mejor de lo que esperaba. Ha aprendido del mejor. Al menos, según los criterios locales. Al principio se las ingenia para salir con el vicepresidente de los motociclistas de Svavelsjö, aunque le resulta repugnante. Cierra los ojos y piensa en la reina, ¿no es eso lo que dicen los ingleses? Bueno, contener la respiración y despacharlo lo más rápido posible también se vale. Sonny está enamorado. Ella lo... apoya, quizá. Lo deja llorar en su hombro cuando nadie lo ve. Hace que confíe. Como un apuntador, le susurra todo lo que debe hacer y luego deja que se atribuya el mérito. Nadie conoce el mercado mejor que ella.

Al mismo tiempo, tiene a Peder Sandberg vigilado y controlado. O sea, el objetivo. Él adora a Sonny, como admiran los niños a los chicos grandes. Que se iba a quejar de la relación entre ella y Sonny es algo con lo que ya contaba. Porque, aunque él ya no la quiere, tampoco soporta que nadie más se acerque a ella. Pero cuando se trata de Sonny, todo se perdona. Peder incluso se ha mudado a Berget. ¡Muy bien! La cuestión es dónde esconde las cosas que le pertenecen a ella, y a nadie más que a ella. Además de a Svala, claro.

Rebobinado rápido: Svala hereda una cantidad de dinero cuando Niedermann muere. Märta sabe que Peder va a gastárselo, de modo que, en lugar de ingresarlo en una cuenta, compra bitcoins. No porque tenga mucha idea de lo que son. Borracha como un bulto, una noche se mete con algún friki informático en el Buongiorno que la acompaña a casa para tomar la última. Ya el día después se arrepiente. Necesitan el dinero para el alquiler. Pero en lugar de seis mil en la cuenta, tiene un *login* a otra cuenta. El único problema es que no se acuerda de la contraseña. Bueno, ¿qué se le va a hacer? La deuda del alquiler se comunica a la maldita oficina de morosos y otra mancha más en su expediente.

Estamos hablando del año 2010. Un bitcoin apenas vale una corona. Y cuando hablamos de 2021, un bitcoin cuesta 68,408 dólares. Multiplicado por seis mil. Märta no está segura de cómo se lee 4,553,406,000.

Sea como fuese, cuando la computadora se estropea la lleva a Gamestop, donde la ayudan a pasar el contenido a un disco duro externo. Hay fotos que quiere guardar. Sólo por eso. La cuenta bitcoin la ha olvidado hace mucho tiempo.

Todo coincide de una manera extraña. Peder Sandberg se va de casa. Se lleva todas las cosas de valor, incluyendo la televisión y la colección de estampillas de la niña. Y... el disco duro. No es hasta ese momento cuando empieza a pensar en la herencia de Svala de nuevo, algo que al parecer también hace Peder. El mundo está lleno de discos duros rotos con cuentas bitcoin. Una suerte que ese idiota no entienda de qué tipo de cantidad se trata.

Una noche, cuando el idiota acaba tan borracho y drogado que se duerme en el suelo, ella se levanta sigilosamente y busca en su habitación...

Aunque el invierno apenas ha empezado, hace frío. Para mantener el calor, camina rápido. Todos los años en otoño piensa que va siendo hora de comprar una chamarra más gruesa y cálida, pero siempre acaba aplazándolo.

Es más difícil con la niña. Ella sigue resbalándose por ahí en sus falsos Converse blancos con las suelas rotas y calcetines cortos. Al menos se adapta bien al entorno. Llevar botas sami con forro de lana ha pasado totalmente de moda. Además, nunca se queja. Es como si flotara por encima de todos y de todo, como un ser que no pertenece al mundo real. Si hubiera dado más molestias, tal vez le habría comprado zapatos nuevos.

A Märta Hirak le sobran los motivos para sentir culpa por su hija. Empezando por el hecho de que naciera. Si rebobina hasta el encuentro del espermatozoide con el óvulo, el error cardinal reside en el donante del esperma, pero también en ella misma. Se necesita una considerable predisposición a la autodestrucción para acabar en la cama con Ronald Niedermann.

En fin... Era joven, quería alejarse de su familia y pasó lo que pasó. Las cicatrices del alma las ha encapsulado lo mejor que ha podido. Las físicas las ha cubierto sistemáticamente con tatuajes.

Gracias a Dios, la niña no se parece en nada a él. Y gracias a Dios, se murió. Cualquier problema resulta insignificante después de sufrirlo a él. Aparte, claro, del problema de la hija: Svala Inga-Märta Niedermann Hirak, que no exige ni comida ni ropa, pero cuyo cerebro demanda una alimentación constante.

En una familia culta, o en cualquier familia medianamente de bien, ya la habrían declarado un genio. Podría haberse saltado cursos en la escuela, habría acabado entre iguales, animada por entusiastas profesores especiales, pero resulta que ha nacido en un entorno muy diferente y ha tenido que contentarse con lo que había.

Märta no es ajena a la inteligencia de su hija, pero no sabe muy bien qué hacer con ella. Ya tiene suficiente con sus propios problemas.

Consulta el reloj. Pasea la mirada a su alrededor. Da una vuelta más al estanque y se detiene detrás de un árbol para asegurarse de que nadie la sigue.

Suelen verse en la misma banca en el Gruvparken.

Con los años, los sauces mimbreras y los espinos la han envuelto hasta la invisibilidad. Incluso en invierno hay que saber dónde está para encontrarlo. A Märta le falta poco para llegar, ralentiza el paso y se enciende un cigarro.

—Hola, ¿querías hablar de algo?

Märta mira a su alrededor. Hay ventajas con la oscuridad, y desventajas.

—Si esto se llega a saber, estoy muerta —dice en voz baja.

—Como ya te he dicho, podemos protegerte.

—Ya, claro —responde Märta—, pero sabes que eso es imposible.

—En tal caso —dice la otra persona—, ¿por qué me lo cuentas?

—Eso ya lo sabes. Peder Sandberg —responde—. Si es que sabes quién es. Mi ex.

—Sí, lo sé —contesta la mujer, y anota algo en un cuaderno—. ¿Qué le pasa?

—De repente, está forrado de dinero —dice Märta.

—Ya disponemos de esa información. Pero, como sabes, no es ilegal conducir una moto.

—En serio —dice Märta—, ¿no creerás que todo un club de motociclistas se traslada a la maldita Norrland para disfrutar de aire limpio?

—No —contesta la otra—, ¿y entonces qué propones?

Ella podría hablarle de una persona sin nombre que lo dirige todo desde arriba. También podría hablar del tráfico de drogas de siempre. Del que se encargan padres de familia muy formales que acuestan a sus niños con una mano y matan a los niños de otros con la otra.

—Hay nieve en el aire —dice en su lugar al tiempo que saca otro cigarro del paquete.

—Vamos, Märta —contesta la mujer—. Eras tú la que quería verme.

Ha tenido tiempo de sobra para urdir un plan. Desde que él tomó sus cosas y se mudó, lo ha estado siguiendo. Pequeñas pistas la han llevado a suposiciones. De momento ella sólo quiere compartir las sombras. En las sombras, Peder es el rey. A todo el mundo le vendría bien que lo capturaran.

—Peder se ha juntado con los de Svavelsjö. De momento se limitan a sacarles brillo a las motos y poco más, pero el plan es conseguir el control del tráfico de drogas de todo Norrbotten. El problema de Peder es que es incapaz de aceptar su posición en la jerarquía de Svavelsjö. Sigue con sus propios negocios a escondidas de los demás.

—Suena como si quisieras deshacerte de él.

—Así es —contesta Märta.

—¿Por qué?

—Para proteger a mi hija.

—¿Qué le pasa a tu hija?

—No es asunto tuyo —dice Märta.

Svala es diferente. Desde que era muy pequeña, Peder ha intentado explotar su cerebro, aprovecharse de ella para su propio beneficio; pero, aun así, lo más importante se le escapa. Svala es mucho más que una memoria prodigiosa para los números y el cubo de Rubik. Ella está, piensa Märta, *iluminada*, aunque es otra palabra la que busca.

Cuando Peder se va de casa, Märta se asegura de contraer una deuda. La deuda la va saldando a cambio de favores. Puede que sea un plan idiota, pero paso a paso se va acercando al círculo más íntimo, para el que trabajan tanto el perdedor de mierda de Peder como el club Svavelsjö.

Su promoción interna, de *dealer* a «organizador», tal y como se llama a sí mismo ahora, no significa un avance hacia la cima, que con toda seguridad es lo que él piensa. Los mocosos a los que provee de drogas, al igual que él mismo y el comercio que llevan, creyendo que controlan toda una región, no son más que una cortina de humo. Detrás de esa cortina existe un mundo completamente diferente, ella lo sabe. Ser del pueblo, conocer a gente en las altas esferas y en los bajos fondos tiene sus ventajas.

—Me vas a perdonar —dice la otra—, pero suena muy difuso.

—Lo que no lo hace menos verdadero. Está preparando algo grande —asegura Märta antes de meter un papelito en el bolsillo de la chamarra de la otra mujer.

Se despiden allí donde los faroles empiezan. La otra se encamina hacia su coche. Märta no se apresura, va con calma. Le gustaría tomarse una copa en algún sitio. Por la niña ha hecho un verdadero esfuerzo, limitándose a no beber más que un poco de vino a veces, pero nada más fuerte. Esta noche se merece una cerveza. Poder estar sola un rato y reflexionar. El alcohol abrirá sus pensamientos, agudizará su mente.

Para que el plan salga bien, tiene que sostenerse hasta el final, pero hay un factor X, o varios, la verdad. El cerdo de Peder es la parte más sencilla. No es tonto, pero tiene tendencia a resbalar en la nieve y caerse de espaldas, por mucho que se haya preparado. Un psicólogo lo explicaría refiriéndose a una baja autoestima, un odio hacia sí mismo profundamente enraizado en su interior que compensa con un concepto desmesurado de sí mismo. La soberbia.

Lleva diez años con él, o más. Y todo, en realidad, por una deuda. Y no una de dinero, sino una deuda moral. Fue Peder Sandberg quien la ayudó a dejar al padre de la niña. Sin Peder y otros cuantos, ella estaría muerta.

Y él se lo ha recordado todos estos años, obligándola a mostrar gratitud.

Se mira las manos, es como un tic. En el baño, bajo las sábanas, en la regadera. Siguen fuertes y lisas. Si el futuro está en sus manos, tiene buena pinta. Hasta ahora ha estado en manos de otros, en robustas manos masculinas que se mueven hacia las partes blandas sólo porque pueden. Pero eso se ha acabado. Ha tomado una decisión. Cuando quiere, Märta Hirak puede ser una cabrona muy terca.

Al principio sólo caen unos copos aislados que mueren al dar contra el asfalto, pero de repente el viento arrecia y pronto cae una avalancha de nieve. Se detiene bajo un farol, levanta la mirada hacia la luz y abre la boca. Un instante de felicidad, unos segundos de una repentina alegría que pasa por ella y se va. No necesita más.

Por el ruido del viento no advierte el coche hasta que es demasiado tarde. Se detiene justo detrás de ella. La puerta de la minivan se abre deslizándose con un sonido sibilante.

El golpe le hace zumbar los oídos. La saliva le sabe a sangre. El golpe la desconcierta, pero no la deja inconsciente. Siente cinchos de seguridad cerrarse alrededor de sus muñecas y la cinta aislante que le envuelve una y otra vez la boca y los ojos. El olor a coche nuevo y algo más. Café.

Märta calcula que el recorrido ha durado poco más de media hora. Al principio le resulta fácil orientarse. La calle Föreningsgatan bajando hacia Storgatan. Luego a la derecha, o sea, van en dirección oeste. Se detienen en un semáforo. Si están a la altura de Max, no tienen otra alternativa que seguir todo recto. Giran a la izquierda. O sea, el semáforo debe de ser el último de Storgatan antes de que la calle termine y se una al camino maderero. Atraviesan el puente y entonces tuercen a la derecha. Avanzan a lo largo de la orilla oeste del río o... Espera. Giran a la izquierda, donde el camino los llevaría a un barrio junto a un callejón sin salida. Hacia delante, otra vez izquierda, directamente a la derecha. Ya no sabe dónde están ni en qué dirección van. El coche acelera. Han dejado atrás la ciudad. Van pisando el pedal al fondo. Al cabo de un rato ralentizan la velocidad. Después aún más, hasta que avanzan a paso de tortuga. El coche se para. Alguien baja del vehículo y vuelve a subir. Cinco minutos más tarde han llegado. Dios sabe dónde.

Capítulo 21

Varg abre la puerta lateral de la minivan adaptada para sillas de ruedas. Saca a Märta Hirak del coche tirándola al suelo para acto seguido ponerla de pie. No le han hecho daño de verdad. Sólo la han dejado indefensa.

Las órdenes de Branco funcionan así. Siempre resultan en la misma eficacia: en el preciso instante en que se da la orden, la ejecución se pone en marcha.

Tráeme a la vieja novia de Sandberg y, *voilà*, aquí está.

Varg pone el dedo en el lector digital y marca un código. Unos minutos más tarde la conducen a empujones a la sala de espera y piden a Lo que llame a Branco.

La sala de espera da pared con pared con la sala de conferencias del búnker. Difícilmente puede considerarse acogedora, pero las sillas son cómodas. Varg coloca a la mujer en una de ellas y se sienta en otra.

Ella está inclinada hacia un lado. Con los ojos y

la boca ocultos bajo la cinta gris, es un cuerpo, no un ser humano. Pero Varg ha comprobado el pulso y el corazón late. Y así se había dicho: «Tráemela viva».

Esperan. Él espera. Arranca una hoja de un cuaderno y hace un avión.

Falla. El papel vuela por encima de la cabeza de Märta. Hace otro. Acierta. En toda la nariz. Suelta una carcajada y se dispone a doblar otra hoja más cuando se oye un ruido en la puerta y Branco entra en su silla de ruedas.

Varg conoce a Marcus tan bien como se conoce a sí mismo. O incluso mejor. Cada cambio de humor, cada variación en el tono de voz, por pequeña que sea, con independencia de que esté contento, irritado, molesto o furioso, su oído los registra a la perfección.

Ahora mismo está irritado.

—¿Y ésta es...? —dice.

—La mujer de Peder Sandberg —contesta Varg.

—Qué rápido —aprecia Branco con dos décimas menos de irritación en el tono.

Se acerca a ella. Le quita la cinta de la boca y la observa unos instantes.

—Tiene llagas en la boca. Qué asco —dice antes de retroceder unos metros y hacerle una señal con la cabeza a Varg—. Pregunta si la boca puede hablar.

Varg pregunta si la boca puede hablar, pero ésta sólo quiere lamerse las llagas y pedir agua.

—No me parece interesante —constata Branco—. Si no tienes nada más que contarnos, podemos deshacernos de ti enseguida. Tú eliges.

Entra Lo con una tetera con té recién hecho y un plato de pan.

—Lo que pasa —dice— es que me has molestado en medio de algo importante. Estaba justo a punto de... —Se interrumpe para servir el té. Se acerca la taza e inhala el aroma del caliente vapor—. Los chinos son muy buenos en muchas cosas. Ejecuciones, esterilizaciones forzadas, copias piratas. Pero cuando se trata de té, son magistrales. —Toma un sorbo, lo degusta moviéndolo por la boca y el paladar antes de tragarlo con un sonoro «ahhh»—. Oolong de la comarca de Anxis, en la parte sureste de la provincia de Fujian. Uno de los tés más perfectos del mundo, para mi gusto. Pero, perdón —añade—, por supuesto te habría invitado a probarlo si no fuera por... —Branco se da unas palmaditas en la boca antes de girarse hacia Varg—. Tiene exactamente un minuto.

—Tu querido novio —empieza Varg— ha metido la pata.

Ella carraspea. Se le pegan los labios, pero sabe lo que va a decir.

—Ha hecho su propio negocio —dice ella.

—Eso ya lo sabemos.

—Ya —dice ella—, pero no de la manera que creen.

—¿Qué creemos? —pregunta Branco.

—Que se ha unido al club de motociclistas, pero

que hace lo que quiere en el este. ¿No es por eso por lo que me han buscado? —dice—. Para presionarlo.

Varg y Branco cruzan la mirada. Esto promete.

—Continúa.

—¿Pueden darme un poco de agua primero? —pide Märta.

Branco toma la tetera y se acerca a la mujer. Levanta la tetera por encima de la cabeza y vierte la bebida recién hecha, de modo que chorree por la cara de ella.

Ella grita, intenta zafarse del líquido echando el cuerpo hacia los lados. Es cierto que Branco no tiene piernas, pero a sus brazos no les pasa nada.

—Una lástima —dice Branco—. Cuando llueve té del cielo, el pobre no tiene taza. ¿Sabes por qué te hemos traído?

—Para conseguir información sobre Peder Sandberg —responde ella.

—Eso sí que tiene gracia —dice Branco—. Ya disponemos de toda la información que necesitamos. No, en tu caso, la cosa es un poco más lamentable que eso. Lo que pensamos es que el bueno de Sandberg sufriría si le pasara algo a su amada Märta. Mmm. ¿No crees?

—No somos pareja —aclara ella—. Sonny y yo...

—Vaya, vaya, aún mejor —la interrumpe Branco—. A él también le vendrá bien que le recordemos para quién trabaja.

El plan que tenía, las palabras que había preparado con tanto cuidado, las conspiraciones que deberían haber hecho una impresión, todo se ha esfumado.

Para ganar tiempo, parlotea sobre la fábrica que han reformado convirtiéndola en un laboratorio donde los cocineros de Peder preparan metanfetamina como en una cocina industrial hacen sopas de chícharos. Sobre sus planes de proveer a toda Norrland con metanfetamina, heroína, cocaína y todas las putas drogas que uno se pueda imaginar.

No suena especialmente creíble. Si pudiera quitarse la cinta que todavía le tapa los ojos... Hablarle a la oscuridad, sin ver quién recibe sus palabras, le produce inseguridad. ¿Y qué demonios les importa un pequeño laboratorio de mierda donde unos traficantes que ni importan pueden hacerse saltar por los aires en cualquier momento? Tiene que inventarse otra cosa. Lo único que se le ocurre es Henry Salo.

—¿Qué lo pasa? —pregunta Varg.

—Qué *le* pasa —corrige Branco.

—El jefe administrativo de Gasskas —dice Märta.

—Sabemos quién es.

Mierda.

—Lo conozco —aclara ella—. Me ha hablado de los planes con el parque eólico.

—Estupendo —dice Branco para, acto seguido, poner las manos alrededor del cuello de la mujer y apretar. Ni poco ni mucho. Carraspea y lanza un escupitajo perfecto—. Sólo tienes una oportunidad.

«¿Una oportunidad a cambio de qué?», quiere preguntar. Pero tras un simple gesto a Varg, la cinta le tapa de nuevo la boca.

—Que duerma en la habitación de los cojines.

Dicho así, suena acogedor. Una habitación llena de cojines y paredes acolchadas. Y lo es. Sólo faltan los ositos de peluche. Aquí, otras personas prometedoras han encontrado su descanso eterno. Märta Hirak al menos ha garantizado su supervivencia unas horas más.

—Contacta a Sandberg por Squad —dice Branco una vez que han cerrado la puerta de la habitación acolchada y han regresado a la sala de conferencias—. Y busca a la hija.

Märta Hirak puede gritar todo lo que quiera detrás de la cinta plateada y las paredes acolchadas. Nadie la oye y a nadie le importa.

Al final, se acuesta. Decide ahorrar la energía. Ojalá hubiese sacado la lengua cuando él le escupió.

Cuando llueven escupitajos del cielo, el pobre no tiene lengua.

Capítulo 22

27 de octubre, 20:25
Videoconferencia por Squad
Nivel de seguridad 10

—¡Mira quién está aquí! Qué bien que hayas sacado un rato para pasarlo con nosotros. Hemos recibido una visita especial esta tarde.

Peder Sandberg aguarda. Branco hace una pausa.

—¿Alguien que conozco?

—La conoces muy bien. Märta Hirak. Lamentablemente, se encuentra indispuesta. O, mejor dicho, si me perdonas el lenguaje: de la mierda.

Levanta el celular para que Sandberg pueda ver el bulto que está hundido en una silla con la cabeza colgando cual prisionera de guerra.

—Tenía cosas interesantes que contar. Entre otras, algunas sobre ti.

—A las mujeres les encanta hablar de mí —dice Sandberg, y se reclina en la silla—. Y ésta nunca tiene suficiente.

—Corta el rollo. Nos hemos enterado de que te has orientado hacia el este. Y supongo que no es hacia La Meca. En otras palabras, has roto el acuerdo y, por lo tanto, recibirás el castigo que te corresponde. O más bien lo harán tus seres queridos.

Sandberg se echa a reír.

—¿Mis seres queridos? Haz lo que quieras con esa puta. A mí me gustaría hacer lo mismo.

—Interesante —dice Branco—. No creo que a Sonny le haga mucha gracia.

—Si tomas algo que pertenece a otros, debes ser castigado. Deben cortarte las manos.

—Aún más interesante. Pero volvamos a ti y tu pequeño laboratorio de aficionado en la fábrica de pescado. ¿En qué estabas pensando?

—Ah, eso —dice Sandberg respirando aliviado—. Se desmontó hace mucho.

—Se quemó, querrás decir. Qué pena. Pero es igual, te voy a dar otra oportunidad.

—¿Sí?

—Henry Salo. ¿Te suena?

—Todo el mundo conoce a Henry Salo.

—Bien. Entonces ¿también conoces a su madre?

—Tanto como conocerla..., sé quién es.

—¿Y dónde vive?

—Creo que sí.

—Estupendo. Te doy dos días. Luego vuelves a estar dentro y borrón y cuenta nueva. Por cierto, antes de que colguemos. La puta, como la llamas, mencionó que ha recuperado algo que le pertenecía. ¿Qué es eso tan interesante que te ha robado?

Sandberg duda. Por otra parte, ella tiene lo que

se merece; nunca ha entendido todo lo que ha hecho por ella y por su asquerosa hija. Que haya acabado con Branco resulta casi cómico. Mierda, lo que le espera...

—Un disco duro —dice—. Invertí unos ahorros en bitcoins hace mucho tiempo. Y la puta robó el disco duro y eso. No sé cuánto puede valer ahora, pero seguro que bastante.

Branco sí lo sabe.

—¿Y también la contraseña? —dice Branco.

—No, ni puta idea de cuál puede ser, pero no habrá más que cambiarla por una nueva, ¿no? O utilizar a la niña. La facilidad que tiene con los números es impresionante. He intentado localizarla. Sólo para hablar un poco, pues. Una niña muy escurridiza. Demasiado lista para su propio bien.

Capítulo 23

En la suite de la planta superior sólo se oye el susurro del aire acondicionado. Lisbeth está delante de la ventana paseando la mirada por la ciudad. Se parece a cualquier otro pueblo de mala muerte. Un centro con edificios de departamentos de tres o cuatro pisos. Urbanizaciones de chalets con jardines cuadrados. Algún tipo de agua, quizá un río, y en el lugar con mejor vista: una fábrica.

Por la calle peatonal, la gente vuelve a casa después de la hora de cierre.

Debería dormir, pero no puede. La decepción se le ha quedado pegada como un chicle en el tacón, pese a que tampoco hay mucho por lo que sentirse decepcionada. ¿Una tipa que no quiere acostarse con ella? No, no se trata de sexo. Más bien de..., de la palabra más fea que existe: *soledad*.

La soledad es un refugio cuando ella lo elige, o sea, lo que sucede al menos trescientos sesenta días al año. En cuanto elige salir de la soledad y entrar en una especie de comunidad, aquélla cambia de color. Como esta noche. Por una vez resultaba fácil hablar. Podría haber dicho cualquier cosa, charlar sin parar sobre sus historias, o no haber dicho nada; pero qué más da. Se desviste, aparta un sillón y cuenta hasta cincuenta. Ya en treinta y ocho se le acaban las fuerzas. Treinta y nueve, cuarenta, cuarenta y uno. No, no puede más. Los brazos flaquean. Tiene que seguir, dos más, cuatro, ocho, doce y, pum, acaba con la nariz en la alfombra.

Se queda tumbada un rato. Recuperando el aliento y dejando que el ácido láctico baje.

La niña.

Podría irse del hotel y tomar el primer avión de vuelta.

La niña.

Podría verla, tomar un café y explicarle por qué Lisbeth no es alguien con quien convenga vivir. La lista es interminable. No sabe cocinar, apenas tiene amigos, sigue unas rutinas que no se pueden alterar, trabaja siempre, odia a la gente, no limpia ni recoge nunca y, encima, prácticamente ha matado al padre de la niña.

La niña.

Lisbeth se coloca en el centro de la habitación, se inclina, separa los pies y cierra los puños. En un flujo uniforme con la dosis justa de *kime* para una noche de viernes, va pasando de *kata* en *kata*. Desde *Heian shodan* hasta *Kanku dai*. Luego vuelve a la cama y al expediente de la niña.

Hay similitudes entre la vida de la niña y la suya. Una madre incapaz de poner límites. Un cerdo de padre. Un padrastro sospechoso de unos crímenes de los que ha salido absuelto. Pocos amigos. Una solitaria que se pelea con quien haga falta. Hay un incidente en el que un compañero de clase acabó con la nariz rota (algo que probablemente se merecía). No la acosan, pero tampoco está integrada.

Aunque tonta de remate no parece, piensa Lisbeth. Buenas notas en todo menos en matemáticas, pese a que ha faltado mucho a clase. No se le conocen problemas con drogas. Habitación ordenada. *Habitación ordenada*. Vaya estupidez. Eso es más o menos como absolver a un violador porque la víctima llevara tanga. Siempre igual con esos malditos funcionarios.

Ningún contacto con el padre biológico.

«Pues considérate afortunada, querida.»

Sufre de la enfermedad de Vittangi. Neuropatía hereditaria sensorial y autónoma tipo V. Un defecto congénito que la hace insensible al dolor, el calor y el frío, lo cual aumenta el riesgo de autolesionarse.

Lisbeth se detiene en la lectura. La enfermedad de Vittangi. Insensibilidad al dolor. Niedermann debía de tener lo mismo. Eso explicaría por qué ese montón de carne apenas reaccionaba al sufrir una violencia que habría paralizado a cualquiera. Cuchillazos, tiros, golpes o patadas. Nada hacía daño a ese monstruo. Lee la frase otra vez mientras su vida le pasa centelleando por la cabeza. Al menos algunas partes de ella.

Conclusión: seguro que se trata de una niña bastante normal a pesar de todo. Es Lisbeth quien no lo es. Cuando son ya cerca de las cinco y todavía no ha logrado conciliar el sueño ni tomar una decisión, saca la computadora.

> **Wasp a Plague:** ¿Puedes echar un vistazo a una persona de Gasskas? Peder Sandberg. Probablemente nacido en los años ochenta. Residía en la calle Tjädervägen hasta hace un par de años. No busco nada en especial. Sólo curiosidad.

> **Plague a Wasp:** ¿Gasskas es un lugar? Suena a vómito. De inmediato.

Peder Sandberg sin duda también será para vomitar, piensa Lisbeth. Se mete bajo el edredón a esperar una respuesta.

Unas horas más tarde la despierta alguien tocando la puerta. Echa un vistazo al reloj y se da cuenta de que en media hora tiene que estar en la reunión con los servicios sociales.

La señora de la limpieza se disculpa y Lisbeth se viste deprisa y corriendo. Se pasa la mano por el pelo, olisquea bajo las axilas, que ahora huelen a sudor seco de discoteca mezclado con desodorante masculino. El desodorante es para la niña y el resto para los de los servicios sociales. Hurga en la mochila hasta encontrar un chicle suelto, ya que se ha olvidado el cepillo de dientes en casa, y mira el celular. Un número desconocido la ha llamado dos veces. Ya se encargará luego. Lo último que hace antes de salir es conectarse al servidor de Plague. Ha contestado.

Sólo condenas por delitos
menores en Sandberg.
Te escribo si encuentro
algo más. Cuídate.

En el taxi decide no tomar una decisión. Se dejará guiar por su instinto.

Con cinco minutos de retraso, inspira hondo y toca el timbre.

Capítulo 24

Cinco minutos más tarde, Lisbeth Salander sigue delante de la puerta de los servicios sociales esperando. Le dan ganas de fumar, aunque ya hace tiempo que lo dejó, y está a punto de irse varias veces. Si ni siquiera le abren la puerta no tiene mucho sentido, se dice. Toca una última vez y les da dos minutos.

—Bienvenida, perdona que te hayamos hecho esperar —oye Lisbeth junto a otras frases de cortesía a las que ni contesta, pero acepta un café.

—Enseguida pasamos a ver a los otros —dice Elsie Nyberg—, sólo quería informarte de un par de cosas antes. Svala sigue viviendo en el departamento. Se niega a mudarse a un hogar temporal y no tenemos recursos para trasladarla hasta después del fin de semana. O, mejor dicho: no queremos hacerlo a la fuerza. Sin duda se encuentra bastante mal después de todo lo sucedido.

—Ya —dice Lisbeth—. ¿Y?

—Independientemente de lo que decidas hacer, nos preguntamos si podrías considerar quedarte allí un par de noches con ella.

Lisbeth dice que no sin dudarlo. Por instinto siempre dice que no si no tiene las cosas bajo control, y no las tiene. Toda la situación le dice a gritos con absoluta claridad: «¡Vete a casa! ¡Toma el primer taxi al aeropuerto o a la estación de tren o a Estocolmo de una vez, pero vete a casa!».

—Dale una vuelta —dice la persona de los servicios sociales—, estaría bien que un familiar se quedara con Svala.

—No nos conocemos —replica Lisbeth. «Y fui yo quien mató a su padre», eso no lo dice.

—Sé que no se conocen, pero a veces la familia significa algo de todos modos —argumenta la mujer, y le habla de una reunión de primos que no se habían visto en treinta años, pero aun así lo sabían casi todo el uno del otro.

—No tengo primos y no sé nada de la chica —dice Lisbeth—. Y ella tampoco sabe nada de mí.

—Al menos comparten el mismo ADN —dice Elsie como un último argumento mientras avanzan por el pasillo camino a la sala de visitas.

No necesariamente, piensa Lisbeth sin contestar. Podría dar toda una conferencia sobre el ácido desoxirribonucleico si creyera que la mujer está capacitada para entenderla.

Pero sí, hay cierto parecido, piensa Lisbeth con un escalofrío cuando ve a la niña por primera vez. El mismo pelo rubio y rasgos de una dulzura empalagosa. Nacida, muerta y enterrada. Resucitada del reino de los muertos, sentada a la derecha de su padre para juzgar al mundo. Camilla. La hija favorita de Zalachenko, su hermana gemela. Incluso la voz es la misma cuando abre la boca y dice hola con voz ronca.

«¿Por dónde demonios va a salir esto?»

Aparte de ese ronco saludo, la niña permanece callada durante toda la exposición que realiza el funcionario de los servicios sociales sobre la situación y los planes de futuro que han pensado para ella. En la mano sostiene un llavero y en el llavero hay un cubo de Rubik en miniatura. Apenas necesita mirarlo, los dedos se mueven sobre los campos cromáticos con habilidad. En un minuto y pico lo ha resuelto y vuelve a empezar.

Cuando Elsie Nyberg al final le pregunta a la niña lo que piensa sobre los planes, ella levanta la mirada y pide que repita la pregunta. No dice «¿qué?» como lo haría cualquier niñata adolescente, sino «perdón, no he captado bien la pregunta».

—¿Qué piensas de los planes? —repite la mujer.

—Eso ya lo saben —contesta Svala.

—Yo no —dice Erik Niskala, y se incorpora en la silla con esfuerzo buscando una posición más cómoda.

—Pues entonces tendrás que consultarlo con tu compañera —replica Svala—, ella parece más preparada.

—Aprovecho para ir a buscar un poco más de café —dice la compañera—. Así pueden empezar a conocerse un poco. Lisbeth, ¿por qué no le cuentas a Svala algo de ti?

—Artes marciales, trabaja en una empresa de seguridad, dueña de una Honda 350, vive en Estocolmo —enumera Svala—. En Fiskargatan. Södermalm.

Sus miradas se cruzan sobre la mesa. Incluso el color de los ojos es el mismo.

—¿Cómo sabes eso? —pregunta Lisbeth.

—Me he preparado —responde Svala.

—Bien —dice Lisbeth—. Eso es todo lo que necesitas saber.

—No —replica Svala—. Necesito saber si puedes quedarte en el departamento durante dos noches para poder librarme de una niñera.

Capítulo 25

Toman un taxi a Tjädervägen. Un par de manzanas antes de llegar, Svala empieza a intentar localizar el coche, con discreción, para que su tía no se dé cuenta. Hay que mantener a todos al margen. Este problema es de Svala y de nadie más. Además, es la única herencia que le ha dejado su Mamá Märta. Al menos, que ella sepa. Según su abuela, existe un papel. Un testamento redactado al dorso de un menú de la pizzería Buongiorno, pero aún no ha aparecido. En cualquier caso, es imposible que contenga fortunas desconocidas ni ninguna otra cosa de valor económico. Mamá Märta sufría de insolvencia crónica. Por cierto, no está muerta, Svala lo siente.

El alquiler está pagado hasta el último día de octubre. Luego tendrá que mudarse a casa de alguna familia desconocida que ha hecho un cursito con los servicios sociales para obtener el derecho a ocuparse de los hijos de otros a cambio de dinero. Es como si te vendieran en una subasta de niños. «Lamentablemente, la familia Nygren ha dicho que no, prefieren un niño más pequeño. Hemos estado hablando con la familia Nilsson, pero en estos momentos no se sienten con la capacidad de acoger a un adolescente.» Etcétera.

De momento carece de un plan concreto, pero lo que está claro es que no va a ir con ninguna familia de acogida. Ahora mismo Lisbeth Salander es su escudo contra la sociedad y tendrá que funcionar hasta que sepa qué hacer. Se las arregla bien sola, siempre lo ha hecho.

Localiza el coche en el sitio donde solía estacionarse Pederpadrastro. Cristales tintados y al otro lado dos de las jetas más feas que ha creado la genética.

La cuestión es si se atreverán a dejarse ver mientras su tía esté con ella. ¿Es así como debe llamarla? Mira de reojo a Lisbeth. El flequillo le cubre la mitad de la cara. Aparte del rímel que le hace los ojos aún más oscuros, no lleva maquillaje y la piel es casi blanca.

Tiene un aspecto extraño. Como una niña con cara de adulto, piensa Svala. Sudadera gris con gorra bajo una chamarra de piel negra. Jeans negros y tenis blancos. Por detrás, cualquiera podría tomarla por una chica de escuela.

Svala se tira del suéter con coderas de piel ciñéndolo más fuerte a su cuerpo y se hunde un poco más en el asiento. Le pide al taxista que las deje lo más cerca posible del portón, con la esperanza de que el soporte donde cuelgan las bicicletas las oculte de la vista del coche. Cuando bajan del taxi, Svala evita mirar hacia el estacionamiento.

Mierda. Se le ha olvidado que la alfombra sobre la que estuvo el cuerpo de su abuela sigue ahí. La vejiga se vació y quizá algo aún peor. La enrolla pidiendo disculpas. Contiene la respiración al atravesar la sala y se detiene unos segundos antes de abrir la puerta del balcón y tirarla fuera. En el patio, todo está tranquilo. No hay ni niños ni bandidos.

—No hace falta que te disculpes —asegura Lisbeth. Es lo primero que dice desde que salieron de los servicios sociales—. Vamos a limpiar. Yo puedo trapear el suelo.

Trapear el suelo. ¿Lo ha hecho alguna vez? No tiene ninguna cubeta de esas para trapear como la que Svala acaba de sacar de un mueble de la entrada y que está llenando con agua y jabón. Como mucho, pasa la aspiradora por el suelo del departamento cuando se acuerda de que es algo que la gente hace de vez en cuando.

—¿Cómo se hace? —pregunta, y la niña le devuelve una mirada cargada de intención.

—Moja, retuerce y trapea —dice Svala—. No es difícil.

Mojar, retorcer y trapear es el trabajo de Svala desde siempre. Igual que pasar la aspiradora, lavar los platos y lavar la ropa, sacar la basura, limpiar el refrigerador y el horno y recoger tras su Mamá Märta y el cerdo de Pederpadrastro. Por el trabajo le dan una paga semanal, pero ella lo habría hecho de todos modos. Odia la suciedad y el desorden que dejan. Odia que estén juntos. Juntos son como personajes de Botticelli en el Infierno de Dante. Los dibuja a escondidas. Desnudos, asquerosos, con serpientes que reptan tanto alrededor como dentro de sus borrachos cuerpos de un color rosa pálido como los cerdos. Después le entra culpa y hace una bola el dibujo. No es culpa de Mamá Märta. Ella quiere a su hija, ¿verdad?

Lisbeth trapea el suelo y Svala pasa la aspiradora. No porque el piso esté sucio, sino más bien para poder perderse en el ruido.

No ha pensado llorar la muerte de su abuela. Y menos en compañía de otras personas. Todo el mundo tiene que morir en algún momento y la abuela era muy vieja, tenía al menos sesenta años.

Lleva la aspiradora a su habitación, cierra los ojos y deja correr las lágrimas. Es así como llora. En silencio, para que nadie la oiga. Una válvula que se abre, deja salir el exceso de presión y luego vuelve a cerrarse.

Cuando abre los ojos, Mamá Märta está sentada en el escritorio.

Hola, dice. ¿Por qué lloras?

Porque no lo voy a conseguir. Me están buscando.

Tienes la llave, que no se te olvide.

¿La llave de qué?

De todo.

Capítulo 26

Después de la limpieza, la cosa mejora. Lisbeth vacía la cubeta de agua sucia en el inodoro. El jabón se ha llevado el tufo a orina. Le rugen las tripas de hambre. Queso caliente y pegajoso que casi quema el paladar. Los bordes de la masa muy tostados. Y para acompañar, una Coca-Cola muy fría.

La niña también parece tener hambre. Se queda mirando el interior del refrigerador un rato, luego pasa a la despensa y de vuelta al refrigerador.

—Kétchup y macarrones, ¿te parece?

—O pizza —dice Lisbeth.

—No hay ninguna pizzería cerca —replica Svala, y pone una cacerola sobre el fuego. Mientras permanezcan en casa, pueden negarse a abrir la puerta o, en el peor de los casos, llamar a la policía. En la calle no tienen nada que hacer.

Su plan es bajar por el balcón una vez que Lisbeth Salander se haya dormido. El departamento de abajo está vacío, de modo que nadie la verá. Desde la parte de atrás puede ir por el sótano hasta el número cinco, desde el que se ve el estacionamiento. En el mejor de los casos se habrán cansado y se habrán ido. Incluso los engendros necesitan dormir a veces. Entonces puede tomar la bici e ir a la estación de autobuses atravesando el parque. El último autobús a Boden sale poco antes de medianoche. Después tendrá que improvisar.

—Alguna habrá que las traiga a casa al menos, ¿no? —dice Lisbeth, y saca la computadora.

La pizzería Buongiorno se encuentra a tan sólo un par de calles. La niña miente. Lisbeth piensa que debe de tener que ver con el coche. La puerta que se abrió cuando Svala bajó del taxi. El hombre que se retiró al ver que no estaba sola.

La vigilancia constante es tan innata en Lisbeth como la necesidad de comer, cagar y dormir. Sin girar la cabeza siquiera, escanea el entorno y almacena las impresiones en su cerebro, en el archivo que se llama información de supervivencia. De la misma manera escanea a la gente. Repara en rasgos de la personalidad, características especiales, aspecto físico, voces y modales.

Nada escapa a su mirada. Svala no constituye una excepción. La niña tiene miedo. Posiblemente también está triste. Es probable que esté sufriendo con la pérdida tanto de su abuela como de su madre mientras espera que nadie lo advierta. Hace ya mucho tiempo que los idiotas de la vida le enseñaron la definición de fuerza y de debilidad. Fuerte es el que nunca muestra sentimientos. Más o menos como ella misma, reconoce Lisbeth. Débil es el que muestra su vulnerabilidad. Pero una cosa es ser consciente de los defectos de uno, otra tener trece años y someterse a la herencia que ha recibido.

Se sienta en el sofá con la computadora en las rodillas y hace como si buscara comida para llevar. En realidad, necesita tiempo para serenarse, idear un plan y sacarlas a las dos de allí.

El primer paso es conseguir que la niña hable. Si se ha metido en un algún tipo de aprieto, Lisbeth necesita saber por qué. Podría tratarse de tonterías que se solucionan con dinero, pero también podría tratarse de otra cosa, de algo que se halla al margen de modelos de solución sencillos.

Se maldice a sí misma. Debería haberle pedido a Plague que investigara a la madre también.

—¿Qué tipo de pizza quieres? —grita a Svala, que se ha metido en su habitación.

—Vegetariana, por favor —contesta—. Y ensalada de repollo blanco, si te parece bien.

«Si te parece bien. Una niñita educada, ésta.» Lisbeth pide una *capricciosa* con extra de todo y le añade extra de todo también a la pizza de la niña. Tiene pinta de necesitar comida de verdad. Al final decide encargar raciones dobles de espagueti a la carbonara y un par de pizzas más, por si acaso, y un pack entero de latas de Coca-Cola. Puede que tengan que quedarse un tiempo en casa. Dirección: Tjädervägen, 7. ¡Ojo: entrada por la puerta de atrás!

Wasp a Plague: Märta Hirak.
La misma dirección.

Podría haberlo hecho ella misma. Entrar en los archivos policiales de la policía es pan comido, pero para salir del sistema sin ser descubierto hay que crear un *crash*. Y como no sabe cómo evolucionará el día, existe el riesgo de que más tarde presione el tiempo. Tendrá que hacerlo Plague.

Denunciada como
desaparecida. Ya que tiene
por costumbre desaparecer
y no existen indicios de crimen,
el asunto se archiva.

¿Tiene antecedentes?

Sí. Internamiento forzoso por
adicción, pero hace mucho.
Algunas otras cosas también.
Tenencia de armas.
Obstrucción a la justicia.
Posesión de drogas. Delitos
de lesiones. Bueno, creo que
eso es todo.

Luego tocan la puerta. Recemos para que sea el repartidor de pizzas.

Capítulo 27

¿Cómo hablas con una adolescente?, piensa Lisbeth mientras se corta otro trozo de pizza. La única adolescente a la que tiene como referencia es a ella misma, lo cual no supone una gran ayuda. Lisbeth Salander, trece años. ¿Quién era? Hasta que Kurt Angustiasson entró en su vida, Lisbeth siempre había enviado sus recuerdos al basurero del cerebro. El problema es que nunca se descomponen. En cualquier momento se activan y se extienden como la contaminación. Como ahora.

Por lo poco que sabe de Svala, sobre todo tras leer los informes de los servicios sociales, puede ver que tienen similitudes. No en cosas superficiales como el aspecto físico o la voz. No, el parecido reside en un plano más profundo. Más o menos como unas piedras que, debido a unas condiciones geográficas determinadas, se han ido formando idénticamente.

Debe intentar llegar a la niña. Ganarse su confianza. Si no, nunca le contará nada. Ni de su madre ni de los hombres en el coche que hay fuera. Sólo existen dos posibilidades y la otra es amenazarla.

—¿Qué te gusta hacer? —pregunta.

—No sé —dice Svala—. Leer. Dibujar, quizá.

—¿Me puedes enseñar algún dibujo que hayas hecho? —pregunta la aprendiz de monitora Lisbeth Salander.

—No —responde Svala—. Nunca los guardo.

—¿Y no tienes otros *hobbies*? He visto lo rápido que has resuelto el cubo de Rubik.

—No es un *hobby* —contesta Svala—. Es simplemente algo que hago.

—Vi un documental sobre el campeonato del mundo del cubo de Rubik —dice Lisbeth—. ¿Lo has visto?

—No, no tenemos tele —replica, y Lisbeth ya había reparado en eso. Tampoco tiene computadora ni ningún modelo medianamente nuevo de smartphone. Apenas ropa en el clóset y pocas pertenencias personales. Si Märta Hirak ha ganado dinero vendiendo droga, aparte de su trabajo como asistente personal, desde luego no lo ha hecho para que su hija nade en la abundancia. Toda la casa huele a pobreza.

Cuando casi han terminado de comer, vuelven a tocar la puerta. Svala suelta el trozo de pizza y se levanta tan rápido que vuelca la lata de Coca-Cola.

—Espera —dice Lisbeth agarrándola del brazo—. ¿Son los tipos del estacionamiento?

El cruce de miradas dura unos instantes. Svala necesita tomar una decisión.

—¿Por qué crees eso? —pregunta para ganar tiempo.

—No importa —responde Lisbeth—. ¿Quiénes son?

—No lo sé —contesta con una voz que posiblemente ha decidido decir la verdad—. Mi Mamá Märta les debe dinero. Y cuando yo iba a...

—Okey —la interrumpe Lisbeth, y lleva a la niña a empujones a su habitación, donde pueden hablar sin correr el riesgo de que las oigan—. Escúchame. No vamos a abrir. Ni siquiera nos vamos a acercar a la puerta, ¿entiendes? —La niña entiende—. ¿Conoces a alguien en el edificio?

—Sólo a Ingvar —dice Svala—. Es viejo.

—Bien —dice Lisbeth—. ¿Tienes su número?

—No, solemos vernos en el parque.

Me he enterado de que tu madre ha desaparecido. Debes de estar muy triste, dice él.

Volverá, responde Svala. ¿Qué pasa con Malin, ha vuelto a casa? El hombre niega con la cabeza. Permanecen callados contemplando los papamoscas que entran y salen de una pajarera en el abedul. A Ingvar se le da bien estar callado. Es lo bueno que tiene.

—El apellido —dice Lisbeth.

—Bengtsson. Vive en el cuarto.

Con esos datos, Lisbeth encuentra el número en el directorio telefónico en internet.

—Ahora vas a hacer lo siguiente —indica, y le

da su celular—. Llámalo y dile que baje dos pisos. Y que les explique a los tipos que están delante de tu puerta que aquí ya no vive nadie. Que los servicios sociales han venido a buscarte y que tu abuela se ha muerto.

—No se lo van a creer —replica Svala—. Nos han visto llegar.

—Da igual —dice Lisbeth—. Volverán, claro, pero no les gusta tener público.

—¿Y si le hacen daño? —se preocupa Svala como alguien que ya hubiera pasado por esto antes—. Quizá es mejor que me vaya con ellos.

—Ni hablar —dice Lisbeth—. Yo soy responsable de ti dos días más.

—¿Y si llama a la policía?

No es posible con la niña, piensa en todo.

—No van a llegar a tiempo —asegura Lisbeth.

—Me hará preguntas.

—Dile que se lo explicarás luego.

Svala llama. Esperan.

—Quédate aquí —ordena Lisbeth, y se dirige a la puerta con sigilo.

Oye voces. No sabe exactamente lo que dicen, pero son voces. Se acerca a la puerta. Pone el ojo en la mirilla. No, no puede ser. Las mirillas pueden distorsionar las caras, pero a esos tipos los reconocería aunque llevaran bolsas de plástico en la cabeza. Cuando uno de ellos desplaza la mirada de la casa del vecino a la puerta de Lisbeth es como si la mirara a ella. Lisbeth se aparta. El pulso se desboca. Apenas es capaz de respirar. Svavelsjö

MC. ¿Cómo demonios es posible que hayan resucitado del burbujeante fango del purgatorio?

Si son los de Svavelsjö MC quienes buscan a la niña, están acabadas. No porque sean muy listos, pero son completamente despiadados. Al parecer, ni siquiera les importa que se trate de un niño.

Se apoya en la puerta de nuevo al tiempo que un escalofrío le recorre el cuerpo. Clonados y descendientes en línea directa del banco de genes del diablo. Tipos nuevos, pero con los mismos aceitosos bigotes y grasientas coletas. Los mismos jeans de piel y los mismos chalecos.

El taconeo de las botas vaqueras se aleja hasta desaparecer del todo. Puede volver a respirar. La escalera está vacía. Les han dado una breve tregua.

Lisbeth busca empresas de alquiler de coches en Google. Se olvida de las grandes y llama a Rent a Wreck.

—Te doy tres mil coronas más si me lo acercas. Estaciónate en el lugar de discapacitados en la parte de atrás del edificio y deja la llave encima de la llanta delantera.

—Cinco mil. Y si roban el coche, me compras otro nuevo.

—Mándame un SMS cuando llegues —dice Lisbeth, y se voltea hacia Svala—. Ahora te toca a ti decidir adónde vamos a ir.

—Rovaniemi —responde Svala—. En Finlandia.

—¿Conoces a alguien allí?

—No directamente —contesta Svala.

—Okey —dice Lisbeth—. *Perkele!** Rovanie-
món de mierda, allá vamos.

—Rovaniemi —la corrige Svala.

Capítulo 28

Como si no hubiesen tenido suficientes contratiempos por un día, empieza a nevar. Primero ligeramente, luego un poco más y al final tanto que los últimos kilómetros los recorren a paso de tortuga.

La niña lucha contra el sueño, se duerme un ratito, pero se despierta cuando se da con la cabeza en la ventana.

Lisbeth ha intentado sonsacarle más información sobre la madre. Se nota que la niña está acostumbrada a no bajar la guardia. En realidad, no ha dicho nada que Lisbeth no supiera ya.

—Puedo conducir si quieres —dice Svala.

—Ya, seguro —dice Lisbeth.

—No, en serio —insiste Svala—. Suelo conducir.

Y qué se contesta a eso. Nada.

—Muy bien, Svala —dice—. ¿Sabes quiénes son esos motociclistas de Svavelsjö?

—Algunos. Se unieron a la pandilla de Peder-padrastro hace un año y medio.

—¿Sabes cómo se llaman? —pregunta Lisbeth, pero la niña no responde.

Pase lo que pase, pregunte quien pregunte, no digas nada.

—No lo entiendes —sigue Lisbeth—. Svavelsjö no es un club de motociclistas normal. Hacen que los Hells Angels parezcan unos novatos. Viven de las desgracias de otros. Asoman sus feas jetas en cuanto sienten el olor a violencia o dinero. Preferentemente las dos cosas a la vez.

Lisbeth tiene que dejarlo bien claro y la niña tiene que hablar.

—Matarían a un vagabundo por un mísero billete de cien coronas —continúa Lisbeth—, así que cuéntamelo. ¿Qué es lo que quieren de ti?

—Aunque te lo contara, ¿qué podrías hacer tú al respecto? —dice Svala mientras le dedica una mirada cargada de intención al cuerpo de Lisbeth, que apenas asoma por encima del volante.

—Todavía no lo sé —contesta—. Pero, como seguramente comprenderás, nunca te los quitarás de encima sin ayuda. Si quieren algo de ti, te perseguirán hasta conseguir lo que buscan. Así que, ¿qué es lo que buscan?

Pase lo que pase, pregunte quien pregunte, no digas nada.

Lisbeth suspira y sigue conduciendo. La entiende. Probablemente habría hecho lo mismo. Pero Svavelsjö..., ¿cuáles son las probabilidades? A novecientos kilómetros de Estocolmo. Deben de traerse entre manos algo muy especial.

—Si quieres hacer algo útil, quizá podrías buscarnos un hotel —dice Lisbeth—. Al menos cuatro estrellas y con servicio de recepción veinticuatro horas.

Svala entra en una página de reservas de hoteles. Al cabo de un rato deja el celular y se apoya en la ventanilla.

—¿Cómo vas? —pregunta Lisbeth.

—No tiene sentido —contesta Svala—. No vamos a poder pagarlo de todos modos.

—No te preocupes por el dinero —dice Lisbeth—. Los servicios sociales nos han dado una buena suma que podemos dedicar a lo que queramos.

—Ya..., seguro —repone Svala—. Todos los marginados que cobran una prestación social pueden ir a Rovaniemi una vez al año. Y a Mallorca en verano a cambio de mandar una tarjeta postal.

—Todo un detalle por su parte, ¿verdad? —dice Lisbeth—. ¿Has encontrado algún hotel?

—Sí. Cinco mil la noche.

—Llama —pide Lisbeth.

—¿En serio?

—En serio.

—Me llamo Svala Hirak —dice—. Me gustaría reservar una habitación para... —Se voltea hacia Lisbeth—. Dos noches, por favor. Preferentemente una cabaña, por favor. Sí, con sauna, gracias.

—Y minibar —añade Lisbeth.

—Y con minibar, por favor. ¿Tarjeta?

—De contado.

—Pago de contado, por favor.

Svala mira de reojo a Lisbeth. En su mirada se puede leer el agradecimiento.

Lisbeth sube el volumen de la radio. La música le resulta familiar, sin que se le ocurra qué es. La música sólo forma parte de su vida de manera esporádica. La mayor parte del tiempo prefiere el silencio.

—¿Puedo subirle? —pregunta Svala.

—¿Te gusta la música? —responde Lisbeth, y la niña apaga la radio.

Los limpiaparabrisas golpean el cristal con un ruido sordo y el ventilador chilla.

—No hace falta que te esfuerces tanto —dice Svala—. Mi plato favorito es el *palt*.* Soy la mejor cliente de la biblio. Juego al hockey sobre hielo con el equipo femenino júnior de Gasskas. O, mejor dicho, jugaba, mientras tuve patines. No hace falta que me preguntes si me gusta la música sólo porque quiero subir el volumen.

—Perdón —dice Lisbeth, y se da cuenta de que es ella quien está en una posición de inferioridad. Svala no es una niña en el sentido que Lisbeth entiende cuando contempla a la chica de trece años luchando por mantenerse despierta. Al igual que a ella misma, las circunstancias la han conformado. Una persona que ha tenido que crecer demasiado

* Plato típico del norte del país. Se prepara con patata rallada, harina de centeno, carne picada o panceta y mantequilla. Suele acompañarse con confitura de arándanos rojos. (*N. de los t.*)

rápido y que ha desarrollado una estrategia de supervivencia, en la que no se incluye ser complaciente y agradar, a menos que resulte imprescindible. Todo lo contrario, piensa, y vuelve a encender la radio.

—Si no te gusta la música, te aguantas —dice, y se pone a cantar.

Svala sube el volumen aún más.

—Me gusta su voz —dice, y canta las palabras sueltas que sabe.

—Es danés —explica Lisbeth—. Por desgracia, está muerto.

—Puede que mi madre también lo esté —dice Svala—, pero yo creo que no.

—Entonces, seguro que no —contesta Lisbeth; duda un momento, vuelve a comprobar el GPS antes de girar para entrar en un estacionamiento y mirar a su alrededor—. ¡Maldita sea! ¿Dónde demonios estamos? ¿En el infierno de Santa Claus?

Lámparas de colores cuelgan de guirnaldas entre los árboles y por todas partes hay figurillas de Santa Claus y más Santa Claus y Santa Claus y cuando no: renos, paquetes de regalo, árboles de Navidad y todo tipo de bolas y adornos y otras baratijas propias del infierno navideño.

—Vive aquí —informa Svala.

—Pues si vive aquí, debe de ser un puto psicótico, mierda.

—Dices muchas palabrotas —dice Svala en voz baja—. Santa Claus es una buena persona.

—Santa Claus no es una persona, es un mito.

—No, Santa Claus existe.

El vestíbulo del hotel está aún peor, si es posible. Aparte de paredes cubiertas de madera barnizada de marrón oscuro y decoradas con cuernos de reno, de un reno entero disecado que tira de un trineo lleno de regalos de Navidad y otro Santa Claus de mierda, los villancicos lo cubren todo como una asfixiante alfombra mohosa.

«Una odia la Navidad y la otra adora a Santa Claus. ¿Cómo va a terminar esto?»

La gota que colma el vaso para Lisbeth es que quien las recibe no es un recepcionista, sino un elfo. Le tiende la cartera a Svala y se deja caer en un sofá de tela de rayas rojas y verdes, lleno de cojines brillantes y cubierto de pieles de reno que pican.

—¿Me pueden dar una cerveza, al menos? —grita—. O una copa. Mejor una copa.

—¿Es necesario que bebas? —se queja Svala devolviéndole la cartera.

Hace un momento era una chica grande. Ahora es pequeña. Una niña que esquiva la mirada. Una adolescente de trece años que no baja la guardia. Una niña de ocho que se encierra en el baño para escapar de manos borrachas que la buscan. Una niña de cinco que esperaba expectante el árbol de Navidad y los regalos y que tiene que acostarse con hambre. Una niña de tres años a la que los padres dejan sola cuando tienen asuntos que atender en la ciudad.

Mierda. La cabrona insensible de Lisbeth no se

ha dado cuenta de la gravedad del tema hasta ahora.

—Perdón —dice—. Me tomaré una Coca-Cola, pero puedo esperar hasta que lleguemos a la habitación.

Las dos llevan poco equipaje. La mayor parte de la mochila de Svala la ocupa el muñeco de peluche.

Para una niña que como mucho se ha alojado en un albergue alguna vez, la cabaña es una orgía de lujo. La niña pedante, o mejor dicho, demasiado madura, siempre tan contenida y controlada, no puede evitarlo: recorre a la carrera las dos habitaciones, el baño y el sauna como una vaquilla en el primer pasto primaveral, y no se da por vencida hasta haber inspeccionado todos los rincones, incluidos los muebles.

Lisbeth sólo quiere dormir. Le da pereza desnudarse del todo, de modo que se limita a quitarse los jeans y deja que el cuerpo se hunda bajo el edredón.

—Ven —le dice a Svala—. ¿Has visto que el techo es de cristal?

A diferencia de Lisbeth, Svala se ha puesto un camisón y se ha lavado los dientes antes de meterse bajo las sábanas junto con su muñeco de peluche y apagar la luz.

—Hay otro dormitorio si quieres un poco de privacidad —dice Lisbeth.

—Gracias, igualmente —replica Svala.

El firmamento que se ve a través del techo es

una masa gris sin meteoritos cayendo ni estrellas que parpadean.

—¿Sabes algo de agujeros negros? —pregunta Lisbeth.

—Un poco —contesta Svala—. La gravitación impide que la luz se escape.

—Exacto. Imagínate que eres un astronauta que cae por el espacio y te acercas a un agujero negro.

—¿El horizonte de sucesos, quieres decir? Demonios con la niña, sabe de todo.

—Sí.

—Sólo quería confirmar que no te referías a la singularidad —dice Svala—, porque entonces ya estaría muerta desde hace mucho.

—Como los copos de nieve cuando caen sobre el tejado de cristal —completa Lisbeth.

—Aunque no es lo mismo —dice Svala, bosteza y se da la vuelta—. Además, cualquier idiota puede googlear «agujeros negros» y lo primero que sale es la gravitación y la singularidad. Para mí que no son más que palabras bonitas. ¿Podemos dormir ya? Tengo sueño. Y el muñeco también.

Hasta ahí el cuento para dormir.

Capítulo 29

Desayuno de hotel, ¿hay algo peor? Lisbeth se forma en la fila de la máquina de café. Cuando llega su turno, el café se ha acabado.

Hordas de desconocidos que insisten en dar los buenos días se mueven como una lenta culebra en torno a los platos. Además, el lugar está lleno de Santa Clauses, tanto vivientes como en forma de muñecos, a pesar de que todavía es octubre.

Una elfa exageradamente simpática charla con los huéspedes en diferentes idiomas mientras repone comida en los platos del buffet. Ahora rodea a Svala con el brazo señalando los waffles mientras Lisbeth busca una mesa lo más alejada posible de elfos y familias con niños, lo cual resulta imposible. Tan imposible como escaparse de Bing Crosby, que brota de los altavoces y va directo a tus oídos como si fuese un limpiador de cera.

Todo el mundo parece haberse despertado a la misma hora. No hay mesas vacías. La mejor alternativa es un chino que habla por el celular en voz muy alta y su hija.

—*Please* —dice, y con un gesto las invita a sentarse.

Para asegurarse de no tener que intercambiar frases de cortesía con el chino y su hija, Lisbeth toma un ejemplar del periódico, *Helsingin Sanomat*.

—¿Sabes finés? —quiere saber Svala antes de atacar las salchichas, los huevos revueltos, los waffles con crema batida, los diferentes tipos de pan, los patés, los quesos cremosos y los buñuelos.

—No, pero las fotos no están nada mal —responde Lisbeth, y se queda mirando al ministro de Familia sueco.

Le da la sensación de que la situación requiere soltar un silencioso vaya idiota con los labios.

Cuando la elfa pasa recogiendo platos, Lisbeth le pide que se lo traduzca.

—Se trata de una intrusión informática —dice, y toma la taza de Lisbeth.

—¿En la oficina del ministro de Familia? —pregunta ella.

—En su computadora privada y en la de su mujer.

—Mierda —suelta Lisbeth, y revisa el celular. Sin batería. ¿Cómo se ha podido quedar sin batería? Ella, que siempre está conectada, siempre con el celular cargado...—. Tengo que hacer una llamada —dice, y se levanta para irse a la cabaña.

—¿Lo has visto? —pregunta Lisbeth cuando Dragan Armanskij contesta el teléfono.

—Llegó a nuestro conocimiento el viernes —dice—. Pensé que ya tenías bastante con lo tuyo. La situación está bajo control. ¿Cuándo vuelves?

Lisbeth mira hacia Santalandia. La capa de crema batida recién puesta adorna los tejados. Santa Claus nunca duerme.

—No sé. Ha surgido un problema.

—Me lo puedo imaginar. ¿Qué tal con la niña?

—Bien.

—¿Y eso significa...? —insiste Armanskij, y Lisbeth suspira.

—Estamos en Rovaniemi.

—¡Vaya! En Finlandia —dice Armanskij, y se ríe—. ¿Has conocido a Santa Claus?

—A muchos, incluidas sus putas elfas y renos sarnosos —responde Lisbeth, y le pide que vaya al grano.

Dragan Armanskij, anterior dueño único, al igual que fundador, de Milton Security, da un sorbo a su café matinal mientras mira la ciudad. Desde hace poco más de un año, Lisbeth Salander es socia de la compañía y nadie se alegra más que él. Bajo las condiciones de Lisbeth, por supuesto: presencia física en las oficinas una vez por semana, menos si se puede, despacho propio, informes diarios y acceso total a los proyectos de todos los colaboradores.

A ojos de éstos, Lisbeth es un pájaro raro.

A ojos de Dragan Armanskij, ella pertenece a una especie única de la que existen pocos ejemplares.

El trabajo de seguridad en el Ministerio de Asuntos Sociales se ha desarrollado durante todo el otoño, a petición del propio Departamento Informático de la Secretaría General del Gobierno. El proyecto terminó hace un par de semanas con un resultado aparentemente exitoso.

—¿Y qué ha pasado? —pregunta Lisbeth—. ¿Son Dick y Pick los que han metido la pata o ha sido otra cosa?

El verdadero nombre de Pick es Patricia, pero como trabaja en equipo con Dick ahora se llama Pick, al menos en la lista de contactos del teléfono de Lisbeth.

—Aún no sabemos nada —dice Armanskij— más allá de lo que a estas alturas sabe toda Suecia, que su mujer es pelirroja, tanto arriba como abajo, y que el amante es un turco condenado por asesinato que debería haber sido expulsado del país hace años, cosa que de por sí resulta bastante irónica, ya que De Deus se ha dado a conocer como un político que aboga por la mano dura con los delincuentes y por la expulsión inmediata de inmigrantes que hayan cometido algún delito. ¿No has leído los periódicos? Sueles controlarlo todo, esa niña debe de haberte alterado bastante.

No lo dice con un tono malvado, sino más bien con esperanza. Lisbeth sabe que se preocupa por ella. Cada dos por tres la invita a comer o a cenar a su casa en Nacka, donde su simpática mujer, Nadia, prepara una comida rica y nutritiva. Lisbeth por lo general declina la invitación.

No es bueno estar sola, la familia es la mejor protección que tiene una persona.

—*¿De verdad? —contesta Lisbeth.*

No me refiero a los padres, sino a una familia propia. Un buen marido, un par de niños que los unan, una casa.

Lisbeth acostumbra pedirle que cierre el pico cuando empieza con el sermón de la familia, como un disco más rayado aún que uno de 78 revoluciones de Evert Taube. Ella ha hecho su elección y la asume. Las relaciones son una lata. No sabe ni siquiera si es capaz de sentir algo más profundo por otra persona que el simple deseo sexual. Sea como sea, no piensa indagar más en el tema. Hay más cosas en la vida que las personas. Los números primos, por ejemplo.

—Mándame lo que tengas y te llamo cuando lo haya visto —dice—. Espera, otra cosa. ¿Has sido tú el que les ha dado mi número a los servicios sociales?

—Nunca haría algo así.

—¿Seguro?

—Seguro —repite unas décimas de segundo demasiado tarde.

Cierra con llave la cabaña, una entre los centenares de cabañas idénticas que se mezclan con antiguas casas de madera, hoteles, restaurantes, tiendas de diseño y... quizá un quiosco. A pesar de que dejó de fumar hace ya tanto que ni siquiera recuerda cuándo fue, a veces compra cigarros. Los guarda unos días y luego los tira.

—¿Sabías que el quiosco se construyó cuando Eleanor Roosevelt iba a venir de visita?

El chino del desayuno ha entrado en el quiosco por el mismo motivo. Al parecer, con la necesidad de hablar también.

—No, no lo sabía —dice Lisbeth—. ¿Para hacer una visita a Santa Claus?

—Ja, ja, no exactamente, no —contesta el chino—. Santa Claus se instaló aquí más tarde. Esto fue un par de años después de la guerra. Los alemanes quemaron toda la ciudad en 1944. No se salvaron más que algunas casas sueltas —dice, y continúa, quizá porque el esfuerzo de Lisbeth por mostrarse interesada le da cuerda—. Los rusos obligaron a los finlandeses a rechazar la ayuda del Plan Marshall, pero Estados Unidos quería contribuir con algo de todas formas. De modo que cuando la señora Roosevelt decidió hacer una visita, construyeron la casita y la colocaron en el círculo polar ártico para poder contar una buena historia, a pesar de que el verdadero círculo polar se halla más al sur. Luego ella estuvo sentada aquí dentro escribiéndole tarjetas postales a Truman.

—Querido Harry —dice Lisbeth—, Santa Claus existe.

—Tu hija dice que son suecas —comenta el chino.

Lisbeth opta por obviar lo de la relación madre-hija. Eso no es asunto suyo.

—¿A que son unas instalaciones fantásticas? —dice el chino señalando con un gesto toda la zona—. Pero perdóname, debería haberme presentado. Kostas Long. Estuve aquí con mi hijo hace muchos años y por una casualidad tuve la oportunidad de invertir en el parque, así que ahora vengo con mi hija todo lo que puedo. Quizá suene infantil, pero me encanta la Navidad. ¿A ti también?

—No —contesta Lisbeth.

—Y Finlandia —continúa Long—. ¡Qué país! ¡Qué gente! ¿Ya os ha dado tiempo a divertiros un poco?

—No —repite Lisbeth.

—Entonces, quizá os podría hacer de guía.

—No sé —dice Lisbeth.

—Me he tomado la libertad de reservaros entradas para un par de eventos —explica, lo que le reporta una mirada fija de Lisbeth.

—Kostas —dice Lisbeth—. ¿Eres griego?

Ahora es él quien no responde.

—Tu hija y Mei quieren dar una vuelta en trineo con los renos —dice—. Tú también estás invitada, por supuesto. Prestan ropa de abrigo en la recepción. Quizá no habías contado con el frío que hace aquí arriba.

—Gracias —responde Lisbeth—, ya veremos lo que hacemos.

Una hora más tarde, a pesar de todo, Lisbeth está en la recepción acompañada de Svala y un grupo de chicas japonesas que no paran de soltar risitas y hacerse selfis vestidas con trajes prestados en tonos pastel.

—No puede ser —dice Lisbeth—. Antes me muero de frío. Mejor entrenamos un poco. Todo Santa Claus que se respete sin duda tendrá un *dojo*.

La mirada de Svala se pasea de un lado a otro por el alegre grupo japonés. Lisbeth habría hecho lo mismo. Aunque han pasado muchos años, recuerda con la agudeza de un cortador de diamantes cómo el mundo exterior normal estaba fuera de su alcance, cómo lo vislumbraba por destellos rápidos en la tele o al otro lado de las ventanas de la clínica, con su inequívoco mensaje de que ella no pertenecía a él. Eres una friki, Lisbeth, decía el mundo. Los frikis no pueden estar ahí.

—Ven —le dice a la niña—. Hay una tienda de deportes por allí. Podemos comprar ropa nueva, total... Elige lo que quieras y no te preocupes por el precio. Los de servicios sociales nos han enviado más dinero.

—Se portan cada vez mejor —dice Svala mientras pasa la mano por chamarras de plumas en distintos colores y modelos.

No es hasta ese momento cuando Lisbeth empieza a pensar en cómo va vestida la niña. Bueno, la verdad es que algo sí ha pensado. Ha visto las suelas despegadas en los tenis y los jeans que no le llegaban más que a la pantorrilla, pero ha supuesto que se trata de una despiadada moda juvenil.

—Éstos también te podrían ir bien —dice—. Y éstos. —Los recuerdos llueven sobre Lisbeth como gotas de bequerelios sobre Chernóbil—. Nunca se tienen demasiados jeans, y suéteres, ¿necesitas un suéter?

—Tengo que volver a la escuela pronto —dice Svala—. Nos han puesto un examen.

—¿De qué? —pregunta Lisbeth.

—Historia. La historia de Norrbotten.

—¿Te gusta la historia? El orden sucesorio, los reyes guerreros, los años importantes.

Svala pone cara de no entender la pregunta.

—Historia es probablemente la asignatura más importante de la escuela. ¿Cómo piensas que la gente va a entender el futuro si no conoce la historia?

—Bien dicho —dice Lisbeth. «Esta niña no puede tener trece años. Más bien treinta y tres»—. Necesitas una computadora, también —dice—, y un celular nuevo.

—Me gustaría tener una computadora, pero el celular todavía me sirve.

—Mantienes toda la información cuando cambias, las fotos también.

—Preferiría conservar el que tengo.

Capítulo 30

—Voy a dar una vuelta —dice Svala, y deja a su tía inmersa en números y signos que se deslizan por la pantalla de la computadora.

La nieve sigue cayendo copiosamente mientras ella se abre paso hacia la oficina de correos de Santa Claus.

«No tengo frío. Ni siquiera en los pies.»

No es que suela tenerlo. Poner la mano en una placa de cocina incandescente tampoco supone un problema. Pero el entorno... Ésos que la evalúan de arriba abajo ahora ven un par de botas de verdad, no unos tenis de deporte que se han quedado pequeños y llevan la suela despegada, aunque estén a bajo cero. Alguien se ha preocupado por ella. Y eso lo es todo para Svala.

Correos está lleno de gente que toquetea los ositos de peluche y que compra tarjetas postales. Se sitúa unos instantes junto a un grupo de italianos con guía. En la escuela en Gasskas sólo existe la optativa de alemán. Por eso estudia italiano, español, chino y ruso en una aplicación en su celular.

Hasta el momento no es más que una principiante, pero aun así pesca alguna que otra palabra. Hace lo posible por aparentar ser parte del grupo; quizá incluso pueda dar la impresión de que está aquí con su familia.

—Perdón —le dice a la elfa que atiende en la caja—, todas las cartas que llegan dirigidas a Santa Claus, ¿dónde acaban?

—¿Le has escrito? —quiere saber la elfa, pero Svala no contesta—. Aquí —sigue la elfa—, Santa Claus y sus duendes las leen todas. Luego las guardamos en un mueble especial. ¿De qué país vienes?

—Sudáfrica —responde Svala, y la elfa señala el compartimento dedicado a las cartas de Sudáfrica.

—El mueble está cerrado con llave, pero quizá puedas ver la tuya de todos modos —dice ella—. O redactar otra.

No quiere hacer eso. Sólo pretende asegurarse de que la oficina de correos de Santa Claus existe y de que las cartas se leen. Después continúa su paseo y sigue las flechas que conducen a The Christmas House.

Las escaleras de madera serpentean hasta el piso superior. Aunque no es una niña, y nunca lo ha podido ser, ante el encuentro con Santa Claus siente mariposas en el estómago. Hay una sensación de solemnidad.

Sí, quiere que le tomen una foto y que la conversación se grabe y se guarde en una usb.

Se sienta en la silla al lado. Permanecen callados un rato. Svala se siente muy pequeña a su lado. Él está resfriado.

—Suelo escribirte —dice Svala—. Quizá sabes quién soy, Svala, de Suecia.

Una pregunta tonta, una apuesta muy poco probable, pero Santa Claus asiente con la cabeza.

—Sé quién eres —asegura—. Santa Claus lo sabe todo.

—Como Dios —dice Svala.

—Como Dios —responde él.

—Entonces sabes que mi madre ha desaparecido —sigue ella, y él vuelve a asentir con la cabeza—. Quizá puedas decirme dónde está. O al menos si está viva.

—Cuando yo era pequeño, no más que un duendecillo, mi madre desapareció, así que sé lo que se siente.

—¿Volvió?

Santa Claus tarda en contestar.

—Nunca abandoné la esperanza —dice—, y un día, de repente, regresó a casa.

—¿Dónde había estado?

—En unas vacaciones muy largas. Tu madre quizá también se ha ido de vacaciones.

Svala entiende que Santa Claus no sabe dónde está su madre; aun así, le sienta bien hablar con él. Da vueltas a qué más preguntarle. Santa Claus se suena la nariz.

—¿Puedo pedirte una cosa? —dice Svala, y se mete la mano en el bolsillo.

—Claro que sí. En casa de Santa Claus puedes pedir lo que quieras.

—Quiero darte algo —dice sacando un paquete rectangular, envuelto en papel de regalo navideño dibujado por ella misma—. Es para ti, pero no puedes abrirlo antes de Navidad.

—Claro que no, no olvides que soy Santa Claus. Lo pongo entre los demás paquetes, mientras tanto.

—No, quiero que te lo lleves a casa. Te he escrito muchísimas veces sin recibir respuesta, así que esto me lo debes.

Santa Claus se rebulle incómodo. Vuelve a sonarse y toma un trago de *glögg* o lo que sea que beba Santa Claus.

—De acuerdo —dice—. Quedamos en eso. Te lo prometo. Lo juro por mi honor.

De gente que jura por su honor Svala sabe bastante. Una pequeña amenaza nunca viene mal, como suele decir Pederpadrastro.

—Tengo una grabación de esto si por casualidad se te olvidara —dice Svala antes de levantarse y darle a Santa Claus unas palmaditas en el hombro y desearle que se mejore pronto.

Lo raro es que él en realidad sí sabe quién es ella. Es su primer otoño haciendo de Santa Claus, pero todas las vacaciones durante la escuela y la carrera de periodismo en la facultad ha trabajado en Santalandia. En general se ha dedicado a abrir cartas, leerlas y a veces contestarlas. Como su padre es sueco, le han encargado siempre los montones de cartas que llegan desde Suecia.

A diferencia de lo que se pueda pensar, hay más adultos que niños que escriben a Santa Claus. Historias tristes sobre pobreza y divorcios, enfermedades incurables y soledad, donde la última esperanza se deposita en Santa Claus.

Las contesta lo mejor que puede. Que ya se solucionará. Que si no se abandona la esperanza y el deseo, todo mejorará. Más no puede hacer.

Las cartas de la niña, sin embargo, se diferencian de las demás. Ella no escribe cartas, sino poemas.

Los poemas le hacen reír y llorar. Sobre todo, la niña utiliza un lenguaje que tiene su lugar natural en la historia de la literatura. Así de bien escribe; él se siente capaz de determinarlo como el poeta aficionado que es en la intimidad. Ojalá hubiera podido contestar las cartas, pero ella las termina con la firma «Svala H», nunca con la dirección.

Ésa es la razón por la que se ha tomado ciertas libertades. Ha hecho fotos de los poemas y los ha usado como propios bajo el pseudónimo de Svala H. Al principio eran palabras o frases sueltas, y con el tiempo poemas enteros. Incluso —y ahora le da tanta vergüenza sólo de pensarlo que se toma un descanso para ir al baño— los ha traducido al finés, los ha enviado a una editorial y la editorial los va a publicar. Sólo es cuestión de semanas antes de que salgan. Y, maldita sea, cómo suda ahora bajo el traje. La barba le pica y los lentes le presionan las sienes.

Es un impostor. Un idiota que ha robado los textos de una niña y los ha hecho suyos. Ahora que encima la ha conocido se siente aún más avergonzado. Cierra la puerta del baño de un portazo, baja las escaleras corriendo y sale a la plaza de Santa Claus, pero no ve a ninguna Svala H con una chamarra de plumas azul y un gorro rosa entre todos los turistas vestidos con trajes que les han prestado en el hotel.

—*Hello, Santa, take a picture with us!* —grita alguien pidiéndole una foto a Santa Claus, y la oportunidad de encontrarla se ha esfumado del todo.

Puede que Santa Claus sea un mito, una figura ficticia de la infancia que vuela por el mundo en su trineo para repartir regalos. Pero en Santa Claus Village es alguien sumamente real. Se sitúa en medio del grupo y pone sus sólidos brazos sobre hombros frágiles mientras muestra una sonrisa paternal hacia la cámara.

Obedeciendo el deseo de Svala, se lleva el paquete a casa al terminar la jornada laboral.

Eeli Bergström podría abrirlo y quizá encontrar una dirección, pero decide dejarlo como está. Lo hecho, hecho está. Permitirá que el poemario salga publicado con la esperanza de que sólo sea en finés.

Svala lo sigue con la vista desde la ventana de la tienda de Marimekko. Ve cómo baja corriendo las escaleras con el traje revoloteando como si fuera una falda. Busca a alguien. Precisamente por eso, ella se mantiene oculta, por si se ha arrepentido y quiere devolverle el paquete.

Capítulo 31

Mikael Blomkvist echa una moneda de diez coronas en la máquina de café mientras piensa que tiene que recordar hablar con Salo sobre la biblioteca.

Para un municipio de veinte mil habitantes, dentro de poco treinta mil, es una biblioteca ridículamente pequeña. Una sección de historia con enciclopedias locales. Una sección de narrativa que incluye poesía, ensayo, biografías, colecciones de relatos y fantasía. Una sección bastante más grande de novela negra y otra, del mismo tamaño, de novela romántica. El resto, más de la mitad del espacio, está dedicado a la literatura infantil y juvenil, cosa que está muy bien. Y bueno, también media estantería de libros arcoíris. Todo repartido en una superficie que no supera la de la sala de una casa.

En la sección de revistas, la cosa mejora un poco.

Como en todas las bibliotecas, la gente se reparte entre mesas y sillones donde se sumergen en artículos de prensa y reportajes. Mikael Blomkvist toma el único periódico de la capital que encuentra y se sienta en una mesa con vista al río y la comisaría.

¿Qué tan gris puede ser un día? ¿Qué tan pequeñas pueden parecer las personas, qué tan grande puede construirse un ayuntamiento y cómo diablos se puede vivir aquí?, piensa mientras da sorbitos a su café y contempla el día a día por la ventana.

Una mujer sale de la comisaría. La sigue con la mirada. El viento le enreda el pelo en el rostro. Busca algo en el bolsillo. Doma la cabellera con un chongo bien tirante. Da un resbalón en un charco de hielo, recupera el equilibrio y saca el celular.

¿Es así en las ciudades pequeñas? Nadie puede permanecer en el anonimato porque por todas partes hay algún cabrón aburrido en un café, en una gasolinera, en un coche o en una biblioteca, estudiando el entorno con lupa, como un coleccionista de estampillas examina una estampilla rara.

Mira a su alrededor. A nadie le ha pasado inadvertida la presencia del forastero con fleco castaño oscuro que le cae sobre una mejilla derecha delicadamente picada. Difícil no fijarse en su manera de apartarse el pelo de los ojos, el saco de pana demasiado delgado para el tiempo que hace y el maletín de la curtiduría de Böle que le costó medio sueldo y que es el único producto de lujo que se ha permitido jamás. Él y Göran Persson, el anterior primer ministro.

Una mujer vestida con un abrigo gris entra en la comisaría. Un hombre que lleva un traje gris sale. Un momento... Le resulta familiar. Mikael

Blomkvist hurga en la memoria y los viejos recuerdos regresan. Algunos le tensan los músculos, otros le producen dolor en el escroto. Le pican los brazos. Las mejillas se sonrojan. La espalda se pone rígida. El hombre que acaba de salir a la calle es uno de esos recuerdos que hacen que le piquen los brazos.

Hans Faste. Sin duda uno de los peores policías de Suecia, sale de la comisaría con una sonrisa en los labios. No le sujeta la puerta a la mujer que entra, es probable que ni siquiera la vea, sino que se limita a dirigirse con pasos apresurados al coche que está mal estacionado en un lugar para discapacitados.

Hans Faste. Colega de Sonja Modig, Jan Bublanski y ¿cómo se llamaba?... Curt algo. Svensson, quizá.

Y todos estos recuerdos no son más que el antecendente de otra persona completamente diferente.

Ella no es policía.

Nunca lo será.

Ella odia la sociedad como el vegano las albóndigas, y es alguien eternamente vinculado a su pasado: Lisbeth Salander.

Al principio Mikael le escribió un correo por semana, al menos. Cuando se interpuso el ajetreo del día a día, a lo mejor uno al mes. Ahora la felicita en Nochebuena. Ella nunca le ha contestado. Eso no quiere decir que haya dejado de pensar en ella. A veces vislumbra una espalda, un pelo que le suena, pero nunca es ella.

En lugar de abrir el periódico, le envía un mensaje.

> Hola, Lisbeth, cuánto tiempo.
> Estoy en Gasskas, en Norrbotten,
> y acabo de ver a Hans Faste. He
> pensado en ti. ¿En qué andas
> metida estos días? Abrazo / M.

Cuando el celular emite un ting unos pocos segundos después, se queda genuinamente sorprendido.

> Suerte con ese idiota.
> Hablamos. Lisbeth.

Bueno, qué esperaba. En realidad, nada. El picor en la yema de los dedos le indica que escriba otro mensaje, pero desiste. Ahora al menos sabe que ella conserva el mismo número de celular de prepago.

Ella está en algún sitio. Quizá le baste con saber eso.

—Pero bueno, tú por aquí.

Sobrio, con el pelo recién cortado y la cara más triste que nunca. IB, el de la Säpo, el hombre del tren.

—Oye, hola —saluda Mikael—. Me alegro de verte. ¿Qué tal?

—Bien —dice—. Sobreviviendo.

Lo gris, al parecer, puede ser aún más gris.

—No era Malin la chica que habían encontrado, así que de vuelta al punto de partida.

—De todos modos, no es una mala noticia, ¿no? —comenta Mikael—. Significa que existe la posibilidad de que siga viva. Siéntate, ¿quieres un café?

—Sí, gracias —responde IB; da la vuelta al periódico y se ríe—. Siempre la misma historia, no cambian —añade.

—¿Ha pasado algo? —pregunta Mikael.

—Nada nuevo, al menos, pero parece que Thomas de Deus ha metido la pata. Tanto él como su mujer.

A Mikael sólo le ha dado tiempo de ver el titular. Así que se trataba de ellos, pero ¿a quién demonios le importa en realidad? Desde que los Demócratas de Suecia hicieron su entrada en la política del país, el listón está tan alto que difícilmente se puede superar. Pasar de golpear en la calle a negros, su propia definición de refugiados africanos, a que te nombren responsable de cuestiones jurídicas del partido no representa el menor problema. Pasar del saludo hitleriano en una fiesta a responsable de la política educativa del partido tampoco resulta problemático. Cómo consiguen salirse con la suya no lo entiende nadie, pero al igual que Donald Trump puede mentir, calumniar e incluso hacer que una multitud asalte el Capitolio sin pagar las consecuencias, los Demócratas de Suecia van por la vida negándolo todo rotundamente.

No, yo no he usado el saludo hitleriano, me estiré para tomar una cosa en el anaquel superior de la estantería. No, yo no he golpeado a un refugiado indefenso, estaba aterrado, convencido de que iba a morir. Fue en defensa propia.

Aun así, ellos no son los peores, ya que por alguna misteriosa razón también puede entenderlos. Tienen una vocación, un tema que defienden apasionadamente, aunque es algo repugnante de por sí. Los peores son los otros, los políticos de siempre. Los partidos de toda la vida, que hoy en día mantienen sus promesas más o menos el mismo tiempo que se tarda en redactar unas nuevas.

«Nunca vamos a aceptar tratos con los Demócratas de Suecia.» ¡Ya, por supuesto!

Y aunque entienda que los políticos no se pueden permitir pensar a largo plazo, cuando la gente basa sus opiniones políticas en alzar un dedo al aire para ver de qué lado sopla el viento en las redes sociales, no puede evitar sentir tristeza por sus ansias de agradar. Deberían estar más curtidos; parecerse un poco más a él y negarse a apuntarse a todas las modernidades.

Los titulares versan sobre el amante común del democristiano Thomas de Deus y su mujer Ebba. Se envían fotos entre ellos que son interceptadas por un *hacker* que amenaza con mandarlas a la prensa si no le pagan. El señor De Deus opta por pagar, puesto que se considera un poco más cercano a Dios que los demás y no quiere correr el riesgo de que lo paren en las puertas del cielo, cosa que en la vida terrenal se traduce en la pérdida de su cargo de pastor y la credibilidad como diputado.

El *hacker*, contento, se embolsa el dinero y envía las fotos a la página web *Dagens Sanning*, que las publica facilitando así el camino a otros medios de comunicación.

El amante tampoco le queda bien. De Deus se ha dado a conocer por defender una política de mano dura contra la delincuencia, así como una fuerte limitación del número de refugiados que se debe acoger. Resulta que el amante ha sido condenado por homicidio y se ha dictado contra él una orden de expulsión permanente del país, pero aun así vive cómodamente en un ático en un edificio de departamentos de reciente construcción en el barrio de Kista.

—En fin... —suspira Mikael—, cómo es posible que sean tan vagos. Si hubiesen investigado un poco más, tan sólo otra decena de búsquedas en Google y unas cuantas llamadas de teléfono, podrían haber construido un reportaje de mucha más enjundia que éste. De Deus estuvo a discusión hace unos quince años. En aquel entonces se trató de una violación. La chica se suicidó y De Deus salió absuelto por falta de pruebas.

—Tú eres periodista, ¿no? —dice IB.

—Sí —admite Mikael.

—¿Y estás diciendo que eres mejor que éstos?

—No, pero me aseguro de llegar hasta el fondo antes de publicar. No sólo de arañar la superficie.

—Y aun así no ves lo que está pasando delante de tus narices —dice IB.

—Ah, ¿no? —dice Mikael—. Suena interesante.

—Henry Salo. No entiendo que nadie le haya bajado los pantalones a ese payaso. Y no sólo a él, sino al resto de los políticos y administradores corruptos de Gasskas que comen crema batida a lengüetazos de sus sucias manos.

—Pareces enojado —dice Mikael.

—Y lo estoy —responde IB—. Si se sale con la suya, mil cien turbinas eólicas darán rienda suelta a sus aspas. Todo el bosque, que por el derecho de acceso común pertenece a todos y cada uno de los ciudadanos de Gasskas, se convertirá en un terreno industrial. Vamos a movilizar todas las fuerzas para defender la industria verde, gritan los políticos al unísono. Salo incluso ha llegado a decir que le encantan las minas. No que las minas son un mal necesario, sino que le encantan. Para Salo y sus amiguitos se trata de mucho más —continúa IB—; quieren pasar a la historia como los hombres que abrieron el camino a una nueva Norrland. Pero no es una nueva Norrland. Lo siento, Salo, es que hay pocas cosas nuevas bajo el sol. Son los mismos explotadores, chupasangres y avariciosos colonizadores los que vociferan hoy que hace quinientos años. La única diferencia es que el rey ya no se preocupa por la plata, las pieles de reno ni la pesca del salmón, ahora es el medio ambiente lo que le apasiona. Qué pena que ya no tenga ningún poder.

—¿De verdad están tan mal las cosas?

—No, están peor. ¿Aunque quizá no lees Flashback?

—A veces —dice Mikael—. Pero no puede ser sólo decisión de Salo que ese terreno sea explotado. La política a nivel municipal no funciona así.

—Ah, ¿no? —replica IB—. Pues ya me dirás cómo funciona.

—Bueno, por medio de decisiones políticas. Los funcionarios presentan propuestas que son aprobadas o rechazadas por el concejo municipal, o sea, los políticos elegidos en las urnas. ¿No te parece que señalar a Salo como un dictador autócrata es un poco exagerado? —argumenta Mikael.

—Pero si los políticos, los funcionarios, los representantes de la industria y la banca son todos miembros del mismo club de caballeros donde acuerdan cosas, ¿no te parece que la palabra *corrupción* encaja bastante bien? —contraargumenta IB.

—¿De qué estás hablando?

—La Orden del Diente de Tigre. ¿No has oído hablar de ella?

—No —reconoce Mikael—. De la recolecta de lentes viejos y medicamentos caducados del Club de Leones posiblemente sí, pero de la Orden del Diente de Tigre, no.

—Me han dicho que Salo es tu futuro yerno —dice IB, y hace que suene como una palabrota—. Es uno de los líderes, quizá el líder supremo. Pídele que te lleve a una reunión. A veces aceptan aspirantes. Y hablando de Salo —continúa—, apuesto lo que sea a que tiene algo que ver con la desaparición de Malin. No puedo probarlo, pero estoy seguro.

IB no es una persona cualquiera. Acaba de retirarse de la Säpo. Conoce a gente en la policía. O quizá sólo sea un padre profundamente desgraciado que quiere encontrar a su hija y que se aferra a la esperanza de que siga con vida.

—¿Y cuál sería el perfil criminal de Salo, entonces?

—Corrupto, falta de autoestima, múltiple personalidad, trastorno de empatía.

Mikael silba.

—Vaya partidazo para mi hija.

—Tú tómatelo de broma —dice IB—, pero te voy a dar una idea para que le eches un vistazo. Se trata de Malin, pero en realidad no sólo de ella, sino de varias personas jóvenes que han desaparecido durante los últimos años. Malin fue testigo de un incendio. Una pareja joven y su bebé de dos meses fallecieron en las llamas. Debían dinero. Meses después de la desaparición de Malin, su tía encontró un teléfono celular que entregó a la policía.

—¿Lo entregó directamente a la policía o a ti? —pregunta Mikael.

—Okey, de acuerdo —admite IB—. A mí. Y yo se lo pasé a la policía.

—¿Y qué tiene que ver con Salo?

—El celular contenía un mensaje con unas coordenadas que conducían a la casa de Salo. La había comprado, pero todavía no se había mudado allí.

—¿Y eso te hace suponer que Salo ha tenido algo que ver con la desaparición de Malin?

—Exacto. No puede ser una casualidad. No creo que Salo tenga las manos limpias, por mucho que se las haya podido lavar con cloro.

Mikael consulta el reloj. Dentro de diez minutos va a comer con Pernilla.

—Las coordenadas, ¿las tienes todavía?

—Sí.

—Por cierto, te has llevado un buen libro. *Demócratas de Suecia, el movimiento nacional*, de Stieg Larsson y Mikael Ekman. Creía que lo habían expurgado de la biblioteca hace mucho.

—Sigue con la misma actualidad que cuando se escribió. Además, el año que viene hay elecciones. Apuesto lo que sea a que entrarán en el concejo municipal.

«O en el gobierno.»

Un SMS de IB hace ting en su celular justo cuando acaba de sentarse en un banco en el puesto de tacos del mercado a la espera de Pernilla. Busca el número del ayuntamiento y lo comunican con Salo.

—Hola, oye, ese club de caballeros, la Orden del Diente de Tigre, tiene reunión dentro de poco, ¿verdad? ¿Yo podría acudir?

—No —dice Salo—, se necesita la recomendación de un par de personas.

—¿Tú y...? De verdad, me vendría bien un poco de vida social entre hombres; lo extraño.

—Okey, okey —dice Salo con voz estresada—, me tengo que ir ahora. Veré lo que puedo hacer.

Mikael Blomkvist tiene algo en lo que hincar los dientes. Lo más probable es que no lo lleve a ninguna parte, pero en el mejor de los casos quizá pueda dar un paso dentro del poder y la gloria, amén.

Por primera vez en mucho tiempo se siente un poco animado.

Capítulo 32

Al parecer, Svala ha conocido a un alma gemela, constata Lisbeth cuando se apretujan bajo la piel de reno. Tienen la misma edad y Mei, que así se llama la chica, ha conseguido algo con Svala. Ha conseguido que hable. Lisbeth intenta escuchar disimuladamente. No hablan de chicos o música u otros temas que con toda probabilidad serán los habituales entre adolescentes, sino de libros. O quizá ni siquiera de libros. De literatura.

—Sin embargo, me pareció un poco demasiado larga —comenta Mei refiriéndose a *Ulises* de James Joyce.

—Sí —dice Svala—, pero imagínate si el libro hubiese sido tan corto que ciertas frases no hubieran tenido cabida.

—Es verdad —asiente Mei antes de tenderle media tableta de chocolate finlandés a Svala.

—*Xiè xie* —responde la niña, porque, claro, habrá aprendido chino durante la tarde, piensa Lisbeth al tiempo que se tapa a sí misma y al chino-griego con la piel de reno.

Hay poco espacio. Las piernas se tocan. O, mejor dicho, él se esfuerza porque así sea.

—Qué hija más inteligente tienes —dice Long, y a Lisbeth le sigue dando pereza explicar su posición exacta en el árbol genealógico. Con la verdad llegan las preguntas. Prefiere librarse de ellas.

—El estreno de la temporada —grita hacia atrás el conductor del trineo, un chico joven con el cuchillo sami colgando de un ancho cinturón.

—¿Vamos a cazar osos?

—Vamos a dar una vuelta de unos cuarenta y cinco minutos —dice—. Permanezcan en silencio y disfruten del paisaje.

La nevada ha terminado y ha sido sustituida por un prudente sol que pronto se pondrá. El chino-griego parece poseer un amplio vocabulario para describir la belleza, y es cierto que todo es tan bonito como en una postal, pero Lisbeth no deja de pensar en el trabajo, y cuando ya no le da más vueltas al trabajo dedica su atención al mensaje que le ha enviado Plague:

Seguí hurgando. Peder
Sandberg guarda fotos en
una nube. Parece que le
gusta mucho tomar fotos.

¿Porno infantil?

No, pero igual de repugnante.

Parece que le gusta el dolor.

O sea, el dolor de otros.

«¿Sale una chica rubia que se parece mucho a Camilla en las fotos?», escribe, pero luego borra el mensaje antes de mandarlo. En su lugar escribe:

Copia los archivos.

Hecho.

Lisbeth mira a Svala, que a su vez mira a Mei. De repente, el rostro siempre tan serio se abre en una sonrisa que la convierte en una persona del todo única, lejos de ser una copia de Camilla. Una persona que probablemente nunca se integrará por completo entre la gente normal y corriente, pero que tampoco tiene por qué acabar con los miserables de la sociedad. Lisbeth no está segura. Es un paseo por la cuerda floja, también para ella. Cuando la vida es un asunto de vida o muerte, entonces no puedes echarte atrás, lo sabe demasiado bien.

¿Eras consciente de hasta qué punto estabas asumiendo una gran responsabilidad?, le preguntará Kurt Angustiasson muchos años después. No, contestará Lisbeth, pero no tenía elección. Así que ya está allí de nuevo. Primero fue la chica que jugaba con fuego,* ahora es la chica que no tenía elección. Patético.

* «La chica que jugaba con fuego» es la traducción li-

Un viaje en trineo con renos reacios a correr no va muy rápido. En realidad, discurre con tanta lentitud que el factor de Lorentz de $E=mc^2$ no resulta aplicable. Lisbeth casi se ha dormido cuando siente que una mano le acaricia la pierna.

—¿Qué haces? —pregunta sin quitarla.

—Descansa un rato si estás cansada —dice Long mientras continúa recorriendo despacio el cuerpo de Lisbeth con la mano.

—Piensa en las niñas —susurra Lisbeth—. Lo más cerca que han llegado en la biología es a algún dios marítimo al que seduce una sirena.

—Recomiendo encarecidamente el pato laqueado a la pekinesa —dice Long un par de horas más tarde, cuando están sentados a la mesa en un restaurante chino con la carta delante.

Lisbeth se niega.

—Si no son capaces de servir una pizza decente, que pongan al menos un rib eye con papas fritas y salsa bearnesa —replica—. Pero que no se les ocurra echarle la maldita mantequilla de ajo y perejil.

Son como dos grupos dispares a los que por error han colocado en la misma mesa.

—Tu hija es muy guapa —dice Long.

—La tuya también —dice Lisbeth, y piensa

_____

teral al español del título original en sueco del segundo libro de la serie Millennium. (*N. de los t.*)

244

que va progresando en el tema de la cortesía—. Quizá quieran dormir en la misma cabaña —añade—. Tenemos dos habitaciones, puedes instalarte en una de ellas.

«Por Dios, Lisbeth, si ni siquiera te gusta.

»Quizá no, pero no quiero estar sola.»

Una parada de taxi más tarde, para aprovisionarse de papas, dulces y refrescos, se despiden de «las hijas» y cierran la puerta con llave.

—¿Te apetece un sauna finlandés? —pregunta Lisbeth mientras manipula la estufa.

—¿Por qué no? —dice Long—. Nunca lo he probado.

Mientras el sauna se calienta, comparten una botella de champán. O, mejor dicho, Lisbeth hace un intento sincero, pero al final abre una lata de Coca-Cola.

—El champán está sobrevalorado —dice.

—La Coca-Cola también —replica él, y luego pregunta a qué se dedica Lisbeth.

¿A qué se dedica y hasta qué punto quiere revelar su vida privada? ¿Dentista? Fácil de fingir. Todo el mundo sabe lo que hace un dentista. Pero quién sabe si el chino-griego no habrá sido dentista en una vida anterior.

—Informática —dice, «cosa que al menos se acerca a la verdad»—. Desarrollo actualizaciones para Microsoft. Word es mi especialidad —añade. «¿Eso era realmente necesario?»

Lisbeth se desnuda. Primero los jeans, después la camiseta y al final las pantis, que aterrizan en el mismo montón en el suelo. Le dio pereza ponerse sostén.

El chino se desabotona la camisa y la cuelga en un perchero. Dobla los pantalones respetando la raya y los coloca encima de un puf de piel de reno. Los calcetines los mete uno dentro del otro para que no se pierdan. Y encima de éstos, deja los calzones.

«*Shut up, Santa*, no te rías.»

El banco del sauna quema la piel. Apenas han pasado unos minutos cuando Long ya no puede más.

—Si no te parece mal —dice—, igual podríamos...

Lisbeth ve que está sufriendo. Piensa que no le vendría mal sufrir un poco más.

—El sauna es algo muy sano —asegura—. Es bueno para el corazón.

—Disculpa —balbucea Long antes de salir tambaleándose.

Para apoyar su argumento, ella aguanta un poco más antes de meterse en la regadera.

Él está tumbado en la cama y parece medio muerto.

—¿Estás vivo? —pregunta Lisbeth.

—Creo que sí —responde.

—No eres lo que se dice un hombre duro —comenta ella, y se acuesta a su lado. Apaga la luz y se encienden las estrellas.

—Increíble. Ahora entiendo por qué el techo es de cristal. Tendríamos que habérselo enseñado a nuestras hijas —dice—. Seguro que son capaces de distinguir las constelaciones, con independencia de dónde se encuentran en el mundo.

—Yo no soy la madre de Svala —reconoce Lisbeth.

—Lo sé. Mei me lo dijo.

El pelo que ha llevado peinado pulcramente hacia atrás ha caído como una suave ola sobre la cara. Ella apenas lo ha mirado. Sólo como un cuerpo. Un posible cuerpo al menos.

—¿Qué?

Él acaricia la sien de Lisbeth con suavidad.

—Nada.

Con el rabillo del ojo ve colores extenderse como acuarelas derramadas sobre el tejado de cristal.

—Mira —dice ella, y le gira la cara hacia arriba.

—Increíble —repite Long, y, pasándole el brazo por debajo, la atrae hacia su hombro—. ¿Hacemos el amor bajo la aurora boreal o nos limitamos a observarla?

—A observarla.

—De acuerdo —dice arrimando más el cuerpo de ella al suyo.

Hay algo con su olor. Ella lo aspira como aire fresco. Y hay algo con sus manos. Están en brazos que se han esforzado. Registra tatuajes en su cuerpo y advierte el anillo, pero qué importa... Esta noche el chino-griego puede ser tanto un asesino a sueldo como un marido infiel, total.

Si no fuera por las últimas palabras de la niña: «No hagas ninguna tontería».

Ella le aparta las manos, que rápidamente vuelven, no sólo las manos. *Come here, little girl with the dragon tattoo.** La boca, la lengua, los dientes, el pito. ¿Ha vencido alguna vez la moral al deseo? Él la vuelve bocabajo y le muerde la nuca. Le inmoviliza los brazos. Pone todo el peso de su cuerpo sobre la espalda con el tatuaje del dragón antes de penetrarla con un rugido de león. Él es el dueño. Ella, la propiedad.

Al día siguiente, el cielo de la aurora boreal está gris como el granito. El león se ha convertido en un gato castrado. A ella le da igual. Él no era más que un cuerpo.

—Perdóname por lo de anoche —dice, y gira el anillo en el dedo—. Creo que me pasé con el champán.

Lisbeth da gracias a Dios de que no se le ocurre hablar de su largo y aburrido matrimonio.

Cuando él por fin se va, hace veinte flexiones extras y cien abdominales. Cuatro *kata* y el *kiho* de la segunda cinta negra. Toma una decisión. Sea lo que sea lo que hayan hecho la niña o su madre, ya basta. Económicamente podrían quedarse a vivir con Santa Claus hasta que se mueran, pero Lisbeth ha tomado una decisión. No puede ir arrastrando por ahí a una adolescente, por muy encantador

* Referencia a la primera novela de la serie Millennium, que en inglés se tituló *The Girl with the Dragon Tattoo. (N. de la e.)*

que pueda sonar. Extraña su casa. Su casa de 320 metros cuadrados de soledad sin muebles, niñas de trece años, chinos-griegos, elfos, Santa Clauses ni otros payasos.

Capítulo 33

—¿Te has acostado con él? —pregunta Svala en el coche de vuelta a Gasskas.

—¿Eso es asunto tuyo?

—Está casado.

—Eso es problema suyo, ¿no?

Permanecen calladas hasta cruzar la frontera entre Torneå y Haparanda.

—¿Vieron la aurora boreal? —pregunta Lisbeth para romper el silencio.

—Claro, pero tú seguro que ni siquiera sabes cómo aparece —responde Svala con voz agresiva.

—No, pero seguro que tú sí.

—Sí, porque yo presto atención en las clases de física. La *aurora borealis* se produce cuando las partículas cargadas, sobre todo los electrones, han alcanzado una alta velocidad en ciertos lugares de la magnetosfera y luego caen en picada a la atmósfera, donde chocan con moléculas y átomos. Éstos, a su vez, reciben energía de los electrones.

—Electrones que han tomado anfetaminas —dice Lisbeth—. Eso cualquier idiota lo saca de Google.

Svala la mira y niega incrédula con la cabeza.

—Cualquiera diría que yo soy la adulta en este coche, pero okey, vamos, usemos tus metáforas: cuando el éxtasis sale del cuerpo, se forman fotones, si es que te acuerdas de lo que son.

—Sí, son camas japonesas.

—Fotones, no futones. ¿Te lo explico o no?

—Sigue.

—El fotón es la cantidad de energía más pequeña que puede ser transferida por la radiación magnética, y surge cuando, por ejemplo, un átomo pasa de una energía elevada a una más baja. Es en ese proceso que los colores diferentes de la aurora boreal se forman. Para relacionarlo con tu mundo, quizá recuerde al centelleo de las lámparas en una *rave*. El azul es extremadamente raro, así que espero que anoche no apartaras la vista del cielo. —Pese al enojo que tiene, no puede contener su entusiasmo sobre la luz azul—. Moskosel, 2010 —añade—. Fue la última vez que alguien vio el azul. Está bastante cerca de Gasskas.

—Hablando de Gasskas, le he dado alguna vuelta a lo de la deuda de tu madre. ¿Qué sabes de eso?

—Nada. Esos tipos aparecieron cuando ella desapareció. Me obligaron a robar en una casa, pero cuando abrí la caja fuerte, estaba vacía.

—Suena raro. ¿Por qué iban a obligarte a robar si no había nada?

—¿Y yo cómo voy a saberlo?

—Además, suena a cuento, porque las cajas fuertes no se abren así como así.

—Es por los números. Los veo de alguna manera. O los siento. No sé. Es como estar en otro estado mental.

—Entonces, me parece muy raro que sólo tengas un aprobado en matemáticas.

—Mi profesor piensa que le hago preguntas difíciles. Así que finjo que no entiendo.

«Una pequeña visita a la escuela quizá vendría bien. Meterle la calculadora por la garganta a ese idiota.»

Tras terminarse un par de pizzas con extra de queso bastante decentes, siguen su camino hacia Gasskas. El río Kalix se desliza reptando lentamente a su lado como un cocodrilo. En pequeñas islas donde el río se ensancha, se ubican algunas casas aisladas. Pequeñas casas rojas de muñecas con esquinas blancas e inodoro exterior. El escondite perfecto. Vistas despejadas y ningún contacto con tierra.

—¿Cómo era mi padre? —dice Svala.

La pregunta llega de repente, pero la esperaba.

—Grande y callado. Apenas lo conocía. ¿Y tú? —se obliga a sí misma a preguntar—. ¿Recuerdas algo de él?

—Creo que sí —contesta Svala—. Solía llevarme en sus hombros. Me sujetaba agarrándolo por el pelo. Era negro.

—Blanco —dice Lisbeth—. Como el tuyo.

—Okey, sería blanco entonces —replica ella—. Desapareció cuando tenía dos años.

«Probablemente antes de que nacieras.»

Ya que están en plan sentimental removiendo el álbum de fotos familiar, quiere saber cómo era «el abuelo».

«Un psicópata. Una persona que disfrutó ejerciendo la violencia. Un cerdo al que alguien debería haber ahogado con un cojín al nacer.»

—Mis padres se divorciaron cuando era muy pequeña —dice Lisbeth—. Él nos visitaba a veces.

—¿Crees que no sé googlear? —dice Svala—. En internet se puede leer media vida tuya como si fuera una novela. Entiendo que no quieras hablar de él, pero aun así me gustaría saber cómo te sentiste.

—¿Cómo me sentí con qué?

—Cuando le lanzaste la bomba molotov.

—Quieres hacer lo mismo con Peder Sandberg —dice Lisbeth.

—Quizá —responde Svala.

Por segunda vez durante el viaje, Lisbeth entra en un paradero de la carretera y apaga el motor. La nieve cubre el parabrisas enseguida. Temperatura: cuatro bajo cero. Ha caído la noche pese a que todavía no son ni las cinco de la tarde.

—Okey —dice Lisbeth—. Has googleado, pero no todo lo que se dice en internet o lo que se escribe en los periódicos es verdad.

—Claro que no. Ya lo sé, el análisis de las fuentes se me da bien.

—De acuerdo —cede Lisbeth—. Pues la mayoría de lo que se ha escrito sobre Zalachenko es verdad. Tu abuelo..., mi padre, maltrataba a mi madre a la mínima oportunidad. Se presentaba cuando le apetecía desahogar su rabia con alguien, en este caso mi madre. La golpeaba tanto y tan fuerte que acabó con importantes daños cerebrales, mientras mi hermana y yo lo oíamos todo desde la habitación de al lado. Ésa ha sido la versión corta.

Terreno resbaladizo. Pero esta niña no es una niña cualquiera. «¿Cómo me sentí al vengarme?»

—Hice lo que nadie más quería hacer: intenté salvar a mi madre. No me acuerdo de lo que sentí. Como si fuese algo necesario, quizá. Como algo que tenía que hacer, aunque esperaba que se solucionase de otra manera. Es difícil explicarlo. A lo mejor ahora se les da mejor a los servicios sociales ayudar a las familias.

Palabras vacías en un coche que pronto quedará enterrado bajo la nieve.

—Y, sea lo que sea que has pensado respecto a Peder —añade—, hay otras formas de vengarte, si eso es lo que quieres.

—¿Como qué?

—La policía, la justicia.

Palabras aún más vacías en un coche que rápidamente se va quedando helado. Vuelve a arrancar el motor. Camiones enormes pasan atronadores. Se enciende la radio. Svala la apaga.

Un reno desorientado las rebasa por el lado

equivocado de la valla de protección. Un coche entra en el paradero a sus espaldas.

—Para mí es lo mismo. No es la venganza en sí lo que me interesa. Sólo quiero salvar a mi madre.

—¿De qué? —pregunta Lisbeth, y se acerca al corazón de las tinieblas.

—Creo que intenta que capturen a Pederpadrastro para salvarme a mí.

—No parece que le vaya muy bien.

—No.

No han pasado más que unos días desde que llegó, aun así, la noche del bar del hotel le resulta lejana. La mujer pelirroja también.

Se registran en la misma suite que Lisbeth tuvo antes. El bar está vacío. Svala la sigue cabizbaja unos pasos por detrás cuando se dirigen a la habitación.

—Okey —dice Lisbeth—. La vida es una puta mierda, pero siempre queda el ejercicio físico. ¿Has probado el karate alguna vez?

—¿Puedes dejar de decir tantas palabrotas, por favor? Y no, no lo he probado.

—Okey. Regla número uno. Todo karate empieza y termina con una reverencia.

—¿Te lo ha enseñado Long?

Hay una auténtica vieja moralista habitando el interior de esta niña.

—Los chinos hacen kung-fu. Los griegos no lo sé. Retsina quizá.

Los talones juntos. Los pies hacia fuera. Los

brazos a lo largo de los costados. La mirada respetuosa. Y reverencia.

Una hora más tarde, Svala ha aprendido cuatro técnicas de golpes, *tsuki*, tres de defensa, *uki*, y dos patadas, *geri*, así como las posiciones corporales más habituales, *dachi*.

—Ya sé contar en japonés.

¡No puede ser con la niña!

Esta noche, Svala opta por dormir en su propia cama. Se encierra en su habitación sin decir buenas noches.

La inquietud pica como piojos dentro de Lisbeth. Necesita un plan. No tiene. ¿Lo necesita de verdad? ¿No puede simplemente dejar a la niña con los servicios sociales y luego regresar a casa? Ya ha hecho bastante más de lo que se puede pedir. La niña ha podido conocer a Santa Claus. Ha nadado en lujo como un respiro temporal de su vida de mierda. Ha hecho una amiga y ha visto la aurora boreal azul. En definitiva, Lisbeth no le debe nada. Pero los piojos quizá no sean sólo un signo de que está inquieta. La niña es como un puente entre ella y su pasado. El puente que hizo saltar por los aires hace mucho tiempo.

No es que Lisbeth sea el único familiar de la niña. Es al revés.

Abre una lata de Coca-Cola, se quita los cojines de la espalda y continúa con la lectura de los papeles de los servicios sociales. Hay tantas cosas que no cuadran. Por todos los demonios, la niña es un puto genio que han descuidado con comentarios del estilo «es percibida por ciertos profesores como una alumna con tendencia a la provocación y al conflicto» y «se aprecian dificultades para la interacción social». Dejarla con los lobos le duele más de lo que esperaba. Se devana los sesos pensando en las alternativas. Llevarla a Estocolmo. No. Dejarla desprotegida en Gasskas con alguna familia de acogida cuyo único objetivo es ganar dinero. No, tampoco.

Sigue repasando las alternativas. La madre. Märta Hirak tiene familia en algún sitio por la zona.

Samis criadores de renos. Dos hermanos y una hermana. El padre muerto hace un par de años. La madre, o sea, la abuela de Svala, parece haber vivido alternando entre la casa de Märta y las de sus hermanos. Probablemente habrá hordas de primos y demás familiares. Sin duda, alguno de ellos debería poder compadecerse de ella.

—Hemos intentado contactar con ellos —dice Erik Niskala cuando se reúnen en las oficinas de los servicios sociales el día siguiente—. La última vez hace unos tres o cuatro años. Nos dejaron muy claro que no querían tener nada que ver con Märta ni con su hija.

La hija mira por la ventana. A todas luces, sin el menor interés en la conversación. Ha traído la computadora y se la ha colocado en las rodillas. De vez en cuando escribe algo.

—¿Queda totalmente descartado que se quede

contigo hasta que encontremos una buena alternativa?

Lisbeth también mira por la ventana. No sabe qué contestar.

—¿Y si digo que no? —responde al final.

—En el mejor de los casos, podemos encontrarle un hogar temporal. En el peor de los casos tendrá que pasar unas semanas en Himlagården.

—¿Qué es eso?

—Es un centro municipal de acogida —dice Svala—. Seguro que está genial. Al menos aprenderé a drogarme y a perfeccionar mis habilidades para robar.

—Suena como un complemento interesante a la física de partículas elementales —comenta Lisbeth.

—Sí, los quarks y los leptones ya empiezan a aburrirme. Es hora de pasar al siguiente nivel.

—Allí tendrás tu propia habitación, comida caliente y te ayudarán con la tarea —intenta Niskala.

Tanto Lisbeth como Svala lo contemplan con una especie de distancia divertida. No se parecen físicamente, pero aun así es como si se fundieran. Por parte de Niskala, su autoridad se derrite como el helado en un sauna. A ojos de ellas, probablemente no es más que un patético trabajador social con recursos muy limitados. Más o menos como se ve a sí mismo. Sobre todo, desde que se fue Marie. Se pregunta a veces dónde está y con quién. Con alguien mejor, claro. Uno que es un experto con el trabajo manual y que como mucho bebe media botella de un buen vino con el rib eye los viernes para cenar, que hace ejercicio cuatro veces por semana y acaba entre los doscientos primeros en la carrera de Vasa.

—Haré lo que pueda para buscar un hogar temporal —dice—. Pero hasta entonces, lo que podemos hacer es buscarte un departamento.

—Ya, en el barrio de Svartluten, ¿no? —dice Svala.

—Sí —responde Niskala—. ¿Cómo lo sabías?

—Porque es donde acaban los lectores de James Joyce, ¿no?

—Para nada —suelta Lisbeth—. Nos quedamos en el hotel.

Capítulo 34

Consigue entrar en la tienda justo antes de que cierren. Cinco minutos más tarde ya está preparando el *dip* ranchero con crema agria.

—Está *Kill Bill 2* en el cuatro —dice Lisbeth—. ¿Has visto la primera?

—Creo que no.

—Entonces vamos a ver la primera para empezar. El hotel tiene Netflix. Beatrix Kiddo —dice Lisbeth.

—Que es... —dice Svala.

—Inmortal.

—¿Y Bill no?

—No, Bill, no.

Svala sigue la película con un ojo mientras está pendiente de los SMS con el otro.

Algo bueno está pasando. Su cara adquiere un matiz más suave.

—Pareces contenta —dice Lisbeth.

—Mmm. Me estoy escribiendo con Mei. A lo mejor vienen a Suecia después de Navidad.

—Pero no a Gasskas, espero —dice Lisbeth, y lanza una mirada a Svala.

—No es culpa nuestra que ustedes se hallan acostado—replica.

A Lisbeth le gustaría saber qué es lo que tiene Mei de especial, en vista de lo mediocre que le ha parecido su padre. Svala no parece tener amigos. ¿Novio?

—No es asunto tuyo —dice Svala.

—No, efectivamente. Y en cuanto a Long: ya que está casado, como dices, dormimos en habitaciones separadas.

—Ya, seguro —dice Svala—. Por cierto, ¿sabías que en el siglo XVII daban sangre de oveja a la gente enferma?

—No, ese detalle se me ha debido de escapar.

—Pues sí, o sangre joven, que era considerada rejuvenecedora, hasta que los pacientes de repente murieron. Hoy se conocen más de cien grupos sanguíneos diferentes y se siguen descubriendo nuevos. ¿Sabes cuál es el tuyo?

—Uno de los más normales. ¿Y el tuyo?

—Uno muy raro, creo.

—¿Nunca has estado ingresada en el hospital?

—Sólo por unas fracturas. La clavícula, las costillas, el fémur, las muñecas y el hueso craneal —dice, y hace que suene como lo más normal del mundo—. Es que tengo una enfermedad.

—La enfermedad de Vittangi —completa Lisbeth—. Lo he visto en tu historial.

—¿Has leído mi historial? Pensaba que ese tipo de documentación era confidencial.

—Bueno, perdona —dice Lisbeth, y apaga la tele cuando empiezan a pasar los créditos de la película—. No es que haya planeado publicarlos en *Gaskassen*. —Consulta el reloj. No es muy tarde y es miércoles, un buen día para salir por ahí—. Me voy a dar una vuelta, si no te importa.

—Para nada —dice Svala—. Asegúrate de volver antes de medianoche.

—Prometido. Llámame si pasa algo.

—Lo mismo digo.

Capítulo 35

Lisbeth toma el ascensor y baja al bar. Su existencia ha dado un giro radical. Y no sólo su vida, toda ella.

Antes no se preocupaba más que por sí misma. Tener otra persona en su vida complica otras cosas. El trabajo, por ejemplo.

No son amigas, eso está claro. Si Lisbeth juega en la segunda división de hockey sobre hielo, Svala juega en primera. Al menos, eso es lo que la niña piensa, y de acuerdo, sabe cosas, absorbe conocimiento como una ballena devora plancton. Pero es joven. No tiene experiencia. No todo en la vida es teórico.

Puede ser erótico también.

El bar está a reventar. El ruido de las exaltadas voces de los jóvenes macho probablemente ha sobrepasado la barrera decente del sonido hace mucho.

Se sitúa en un extremo de la barra y busca el contacto visual con el compañero de Tom Cruise. Tom parece tener el día libre.

Mira el celular. La transformación de una loba

solitaria en aprendiz de buena madre se manifiesta de otra manera nueva: ¿se atreve a beber alcohol? ¿Y si la niña llama?

Qué más da. Un par de semanas más y luego volverá a Estocolmo. La niña puede ir a verla alguna vez. Le encantaría la ciudad. El departamento. La vista. El *dojo*. Las pizzas.

Y soltaría un suspiro ante la pobre vida solitaria de Lisbeth.

Lee el mensaje de Micke B una vez más.

Estoy en Gasskas, en Norrbotten.
He pensado en ti.

Con cada mensaje que le manda, en general por Navidad, al principio se alegra y luego... se enoja.

Los recuerdos aparecen y se registran, pidiendo la suite real, y se quedan hasta que los echa a patadas. No puede hacer lo que hacen otros, borrón y cuenta nueva y olvidar. En cuanto ve su nombre, llega la vergüenza. Lo quería. Estaba dispuesta a apostar por él. Pero justo cuando se había armado de valor para ir a verlo, sale de un portal tomado del brazo de esa bruja de la revista: Erika Berger.

«Forma parte de tu personalidad —dice Kurt Angustiasson—. A ciertas personas les cuesta más olvidar que a otras. Probablemente tienes también una excelente memoria visual —dice—, es algo que suele estar relacionado. Los cerebros brillantes no olvidan con facilidad. Deben acercarse a sus demonios de otra manera.»

Percibe el perfume unos instantes antes de que una mano se ponga sobre su hombro. Aun así, se sobresalta.

—Uy, perdón, soy yo, Jessica, no sé si te acuerdas de mí.

Tiene un aspecto diferente. Sin maquillaje parece otra. Más frágil. Más abierta.

El robot de inteligencia artificial Lisbeth Salander escanea a Jessica Harnesk en cuestión de segundos. Pelo recién lavado, las uñas sin pintar, jeans desgastados y un suéter de mangas muy amplias metido en los pantalones con un perfecto descuido. Botas, las mismas que la otra vez, un collar con placas rectangulares con nombres, probablemente los de sus hijos, un brazalete de piel con bordados de plata, sin duda artesanía sami. Un bolso pequeño, contenido desconocido, así como una parka de unas dimensiones exageradas que ahora ella cuelga de un gancho debajo de la barra mientras busca la mirada del barman.

—Quería arriesgarme —dice ella—. Pensé que a lo mejor estarías. ¿Qué quieres tomar? ¿Un *gin-tonic*?

Lisbeth está a punto de pedir Coca-Cola, pero se arrepiente.

—Una cerveza —dice—. Si es grande y muy fría.

—Grande y calentito tampoco está mal —repone Jessica—. Perdón —añade, y se sonroja por primera vez en al menos quince años—. Veo que no se me ha quitado el vocabulario del trabajo.

—¿En qué trabajas? —pregunta Lisbeth, decidida a jugar bien sus cartas en esta ocasión y no comportarse como un tipo cualquiera.

«¡Interésate por tu entorno! ¡Haz preguntas! ¡Y sigue con nuevas preguntas!

»Cállate, Kurt Angustiasson —dice estirándose por la cerveza—, déjame en paz esta noche.»

—Salud —dice Jessica—. Vamos a jugar a adivinar la profesión.

—¿Bibliotecaria?

—Disléxica.

—¿Peluquera?

—Caliente. A veces corto a la gente.

—Corredora de Bolsa.

—Me encantaría cobrar lo que cobran.

—O sea, algo público. Enfermera. Vigilante de seguridad. Asistente social. Controladora de estacionamiento.

—Haz un coctel de todo eso y tienes la respuesta.

Un malestar va creciendo dentro de Lisbeth. Se acercan a una respuesta inevitable. No es posible. Debe de ser la niña quien la ha hecho volverse una insensata.

—Eres policía.

Jessica asiente con la cabeza.

No, no puede ser. Colaborar con los servicios sociales es ya suficientemente malo. Y ahora encima una policía. Bucea un poco en la sensación que le provoca. Acostarse con una tira. Como acostarse con el enemigo.

—Entiendo que te caigan mal los policías —dice Jessica.

—No, no entiendes nada —replica Lisbeth.

Todo su ser quiere irse de allí, pero Jessica insiste.

—No te vayas —dice—. Quiero que te quedes. No es que haya husmeado, ni siquiera sabía cómo te apellidabas, pero estaba googleando a otra persona y tu nombre apareció. Nombre, fotografías, y lo admito: he leído todo lo que se ha publicado sobre ti, incluido lo de Flashback —continúa—. *No secrets.*

«*No secrets.* Seguro. ¿De verdad crees que todo lo que soy es información pública?» Se acercan a la esencia de la aversión de Lisbeth a los policías, y no sólo a los policías. A las autoridades en general. A los juristas. A los psiquiatras. Personas que pretenden saber algo de ella, incluso los que se las dan de especialistas, y aquí hay otra más. Una que googlea y devora trozos de su vida. Que estudia con detenimiento fotos de la pobre víctima. La niña indefensa. La chica enojada. La mujer aún más enojada.

Jessica pone su mano sobre la de Lisbeth, ésta retira la suya.

«Quédate en lo que sientes. Elige estar presente en el momento.» Kurt Angustiasson no se rinde.

No quiere sentir nada. Quiere acostarse con una mujer alta y pelirroja con piernas de Barbie y luego irse a casa. Y ahora da la casualidad de que el objeto de su deseo es policía.

Permanecen calladas unos instantes. Se terminan las cervezas. Piden otro par de cervezas más.

—Esperaba encontrarte aquí esta noche —dice Jessica—. Desde que nos conocimos te he tenido en la cabeza.

—No es mutuo —dice Lisbeth.

—Okey, quizá no lo sea. Yo me dejo guiar por mis propias sensaciones.

—¿Sobre qué?

—Sobre las personas que me interesan. No ocurre muy a menudo. Llevo una vida muy poco glamurosa. Voy al trabajo, recojo a los niños, vuelvo a casa. Preparo la cena, acuesto a los niños, veo alguna serie en la tele y me acuesto. Cuando Henke tiene a los niños hago horas extras, voy a casa, veo alguna serie en la tele y me acuesto. A veces me veo con mi hermana. Excepcionalmente con mi padre.

Menos los niños, no se diferencia mucho de la vida de Lisbeth.

—¿A quién estabas googleando cuando salió mi nombre?

—A mi jefe, Hans Faste.

—Hans Faste, vaya cabrón —dice Lisbeth.

—Al anterior jefe le dio un ictus. Desde entonces yo he estado de jefa interina. Así que solicité el puesto cuando se convocó. Pero la ganó Faste y empezó a trabajar después del verano.

—¿Y? —dice Lisbeth.

—Uf, no sé —suspira Jessica—. Seguro que es

bueno en lo que hace. El problema es que en la brigada estamos acostumbrados a un ambiente más tolerante, a debatir sin jerarquías ni egos. Y Faste emite juicios sobre todo lo que se dice y se burla de cualquier opinión que no salga de su propia boca. Quiere ser el gran líder paternal, pero más bien parece un viejo cansado. He decidido seguir esforzándome un poco más, a ver si consigo que me caiga bien.

—Suerte. En ese tipo no hay gran cosa que le pueda caer bien a nadie.

—Es posible, pero al menos tiene mucha experiencia. Delitos graves es una brigada nueva. Dicen que necesitamos un jefe competente. Uno que no tenga niños pequeños. Así que supongo que me tocará aguantar hasta que se jubile. ¿Por qué te cae tan mal? —quiere saber Jessica, más que nada para intentar ganarse de nuevo su confianza.

—Es un racista misógino —contesta Lisbeth—. Algo que, ciertamente, comparte con muchos de tu gremio. Parece ser uno de los criterios que encabezan la lista de requisitos para entrar en el cuerpo. Si a eso añades falta de inteligencia y de empatía, ya tienes el prototipo de policía sueco.

—No creo que la cosa esté tan mal —dice Jessica sonriendo por el categórico resumen de Lisbeth—. Al menos, no en nuestra comisaría. Hay un cierto vocabulario y algunos que se creen tipos duros, por supuesto, pero la mayoría es buena gente que sólo quiere hacer su trabajo. Racismo y misoginia suenan bastante extremos.

—Aun así, el cargo se lo dieron a él, no a ti —puntualiza Lisbeth.

—Y a ti, ¿qué te trae por aquí arriba? —pregunta Jessica alejando el foco de atención de sí misma.

Ahora le toca a Lisbeth suspirar.

—Ocuparme de un familiar —responde—. Una sobrina con unas relaciones familiares muy complicadas. Es sólo temporal, espero poder volver a casa pronto.

—¿Y eso dónde es? —quiere saber Jessica, y su mirada adquiere un matiz raro.

—Estocolmo, dónde más. ¿Quieres otra cerveza?

—Sí, por favor —dice Jessica—. Voy al baño un momento.

Capítulo 36

—Ya veo. Así que eres tú la que se coge a mi mujer. Podría tener un poquito mejor gusto, digo yo.

Lisbeth se da la vuelta y levanta la mirada hacia un hombre de constitución fuerte con ojos molestos.

—Creo que te has equivocado de persona —dice—. No sé quién es tu mujer, pero conmigo no está, en cualquier caso.

—No, porque acaba de ir al baño. Es mi mujer y no alguien que se acuesta con engendros lésbicos.

El engendro lésbico no contesta. ¿De dónde demonios salen todos esos tipos idiotas y celosos? ¿Los incuban en granjas especiales y después los reparten por ahí para amargarles la vida a las mujeres o son portadores de un gen defectuoso que se replica una y otra vez?

—No sé qué es lo que te imaginas —dice Lisbeth—, pero independientemente de las perversas fantasías que tengas, no es asunto tuyo con quién hablo o no. Y si quieres conservar a tu mujer, creo que deberías dejarla en paz a ella también.

—Exmujer —interviene Jessica—. ¿Dónde están los niños?

—Eso —responde el hombre agarrándola del mentón— es algo que no incumbe a tu cabecita. Mi semana, mis hijos.

Está borracho. Contestarle sólo lo empeoraría todo. Muchos años de preparación le han enseñado a no perder los estribos nunca, a no elevar la voz. Él suele tranquilizarse al cabo de un rato.

—Déjalo —dice Jessica apartándole la mano.

Cuando esa mano vuelve por tercera vez, es la gota que colma el vaso para Lisbeth. Entre la aglomeración, la gente vociferando y la ventaja de ser bajita, Lisbeth agarra con fuerza el escroto de la persona que al parecer se llama Henke —«Gracias, Dios, por haberles dado a los hombres de genes defectuosos pants deportivos como uniforme»— y gira la mano hasta que el tipo se pone de puntillas.

—¿Dónde están los niños? —pregunta.

—En casa de Jessica —consigue pronunciar con dificultad.

Lisbeth aprieta un poco más. Ahora mismo ni su constitución fornida ni su estatus de estrella local le dan ninguna ventaja. Desde el fondo de su dolor sale un bramido tan fuerte que hace que el vigilante de seguridad acuda corriendo.

Cuando Lisbeth lo suelta, se dobla de dolor y el grito se convierte en el gemido de un gato atropellado.

—Déjala en paz —le da tiempo a decir a Lisbeth justo antes de que el vigilante lo saque a la calle—. Si no, la próxima vez te corto todo el paquete. —Se voltea hacia Jessica—. Con los reflejos autónomos del dolor no se juega —dice, y se termina la cerveza.

—¡Dios mío! —dice ella—. Eso ha sido... Bueno, ha sido. Una auténtica estupidez. Ahora nunca me dejará en paz.

—Quizá deberías empezar a poner límites —contesta Lisbeth—. Se aprovecha de ti porque eres buena y no se la devuelves.

—Seguramente, pero no es tan fácil cuando los niños son rehenes —explica, y se pone la parka. Da unos pasos hacia la puerta, se da la vuelta y mira a Lisbeth.

» ¿Vienes?

—No siempre ha sido así —dice Jessica cuando están sentadas en el sofá, cada una con una taza de té en la mano y la tarta de Birna delante empapada en mantequilla de suero de leche.

Ahora lo vuelve a decir. Esa patética frase que supuestamente disculpará el comportamiento de su ex. Porque en realidad es una persona maravillosa. Considerado y generoso, el hombre perfecto para elegir como padre de sus hijos y un amante maravilloso. ¿Alguna pregunta?

—Menos mal que al menos había acostado a los niños —continúa ella.

—Pero dejarlos solos, ¿qué persona normal

hace una cosa así? —dice Lisbeth—. Maldita sea, eso es delito.

El nombre de Svala le viene a la cabeza. Debería comprobar cómo está. Pronto, en todo caso. Pero tampoco es una niña. ¿O sí? Trece años. La niña Lisbeth con trece años nunca ha existido. La niña se las arreglará una noche sin niñera.

A la tenue luz de la lámpara de pie, el pelo le brilla aún más rojo. Lisbeth no puede resistirlo. Tiene que tocar ese cabello sedoso que resbala entre los dedos como los flecos de un mantel de seda. Acerca la cabeza de Jessica hacia sí y la besa.

El chino no fue más que los preliminares. Ahora el deseo se apodera de ella al instante, hace que sus manos paseen por el cuerpo de la mujer, entrando en todos los rincones, por debajo de la ropa. Policía o no. Quiere poseerla. Comérsela. Enterrarse en ella. Fundirse con sus largos brazos y piernas de Barbie, deslizarse por su sudorosa piel como una foca que toma el sol encima del hielo y sólo disfrutar.

Jessica responde quitándole el suéter a Lisbeth.

Jeans, calcetines, pantis, todo va fuera.

Las bocas se enganchan. Los dientes chocan. Lengua contra lengua y dedos que, con habilidad, dan con puntos sensibles, y la piel, más elástica y fina, que se hincha y se moja.

—Mamá. ¡Mamá!

—Maldita sea, no lo puedo creer...

—Es Jack —dice Jessica, y se envuelve en una

manta—. Se habrá despertado. No te vayas, ahora vuelvo.

Lisbeth se sirve más té. Una prenda tras otra vuelve a su sitio.

Desde el piso de arriba no se oye nada. Escribe una línea al dorso de un ticket y cierra la puerta tras de sí.

En la calle está nevando, y la nieve recién caída se extiende por la zona como una capa de crema. Hay luz en algunas ventanas. Camina tan rápido como las desgastadas suelas de sus tenis Stan Smith aguantan. Según el GPS, debe abrirse camino entre la nieve hacia el oeste durante 2.2 kilómetros. Donde se asoma algo de asfalto entre la nieve lo atraviesa corriendo. Corta por un parque. Da la vuelta a los grandes almacenes Åhléns, cruza una calle con el semáforo en rojo y casi la atropella un motociclista que no parece haberse dado cuenta de que es invierno. Se da la vuelta, sigue la moto con la mirada y se fija en la espalda de la chamarra de piel. La cruz celta y el hacha. El emblema de Svavelsjö MC. El mal ha resucitado. Y en la resurrección le ha dado por un cambio de aires.

Ella. Micke B. Hans Faste. Svavelsjö MC. Todos están en el mismo lugar. No en un barrio de Estocolmo que, al fin y al cabo, podría haber tenido su explicación natural, sino en Gasskas. Un pueblo perdido en el interior de Norrland con una población de 3.4 personas por kilómetro cuadrado y el resto es bosque.

Tiene que haber una conexión.

Capítulo 37

—Que lo pasen muy bien en el club de viejitos —dice Pernilla, y para el coche delante de una casa de piedra una manzana al norte de la estación de autobuses.

—La Orden del Diente de Tigre tiene una sección para las esposas también —dice Salo—. Ya sabes que puedes participar, si quieres.

—¿Para hablar de decoración de interiores y trenzar estrellas navideñas para el árbol? No, gracias, no podría con tanta emoción. Los recojo a las once como máximo; si no, tienen que tomar un taxi.

La casa tiene una fachada recién revocada y las ventanas, cristales pintados.

Salo debería estar acobardado por dejar que Mikael conozca al círculo más íntimo del club, al fin y al cabo es periodista. Nada le haría soltar el hueso una vez clavados los dientes en él.

Por supuesto, Salo cuenta con ese riesgo. Pero cuanto más piensa en ello, mejor se siente. El periodista podría hacerle el juego sin darse cuenta siquiera. Con los medios de comunicación de su parte, media batalla estaría ganada.

—Tendrás que tomarlo por lo que es —dice Henry—, pero recuerda que eres mi invitado. Lo que se dice aquí se queda aquí. La gente se siente segura sabiendo eso. Al menos, desde hace ciento diez años.

—¿Con qué frecuencia se reúnen?

—Cada quince días. Anders Renstad y yo te hemos recomendado como miembro. La recomendación de al menos dos miembros es un requisito. Conviene que lo sepas. Pero, lo dicho, esta noche eres mi invitado.

—¿Quién es Renstad? —quiere saber Mikael.

—El director general de las empresas municipales, conocidas popularmente como Kommunala Gasskas Bolagen, o la KGB.

La Säpo y la KGB presentes en el mismo pueblo. Esto promete.

La puerta se cierra al mundo. Ni ruidos ni luz penetran en la antigua casa de doscientos años que originalmente se construyó para ser el juzgado.

—Mucha gente esta noche —comenta Salo—. Quizá el tiempo tenga algo que ver.

Va saludando a todo el mundo, dándoles la mano o con un movimiento de cabeza, y charla con algunos.

—¿Es ahora cuando hay que beber sangre y blandir palos con calaveras? —susurra Mikael.

—Eso me suena a los masones —replica Salo—. Nosotros no hacemos nada parecido.

—¿Y qué hacen?

—Nos vemos y hablamos. Lo más espectacular es el anillo —dice, y baja la mirada a su mano. Un anillo de sello con un símbolo estilizado que probablemente debe de representar el diente de un tigre—. Supongo que se parece a ser miembro de una asociación deportiva o una congregación religiosa —continúa—. Nos vestimos bien y nos tratamos como caballeros. Traje oscuro, camisa clara y corbata es la etiqueta. Aparte de eso, no nos dedicamos a nada raro.

Menos mal que Mikael ha traído el traje para la boda.

—Así que es más bien como un club para hombres —resume.

—Sí, podría decirse así.

—Pero no se meten en el sauna —dice Mikael.

—Puede ocurrir —dice Salo.

—Intenté googlear la Orden del Diente de Tigre, pero no hubo ningún resultado. Es muy raro, ¿no?

—Un poco de misterio no está mal. Estamos abiertos a la mayoría de las personas, con la condición de que se tenga una buena actitud.

—Pero nada de mujeres.

—No, mujeres no. Gracias a Dios. ¿No decías que extrañabas tener vida social con hombres? Un poco menos de chisme sobre cómo se siente uno y un poco más sobre cómo se hacen las cosas.

—Algunos de mis mejores amigos son muje-res —constata Mikael.

Al menos mi mejor amigo, piensa. ¿Dónde mierda se habrá metido? Debe de haberla llama-do diez veces como mínimo desde que vino al norte. *Hola, soy Erika Berger, deja un mensaje y te llamo más tarde. Hola, soy Mikael, ¿no podríamos intentar hablar del tema por lo menos? Perdón. Llá-mame. Besos.*

—Los hombres también pueden ser bastante patéticos. Los temas de conversación de las muje-res a menudo son más interesantes —continúa Mikael.

—Maquillaje y decoración de interiores —dice Salo—. Cosas que hacen progresar el mundo, ¿ver-dad? Por favor.

—Quizá no vemos al mismo tipo de mujeres —matiza Mikael.

—Yo no veo a mujeres, punto. Bueno, aparte de Nillan, claro. Ella es diferente.

La gente se instala en la biblioteca. Se reparten entre los sillones Chesterfield color sangre de toro y los sofás con patas de león.

—¿No hay ninguna jerarquía dentro del club?

—Sí —susurra Salo—. Se empieza como apren-diz y con el tiempo se sube de categoría.

—¿Y tú qué eres? —pregunta Mikael.

—Príncipe heredero.

—¿Que es...?

—Importante.

El maestro de ceremonias hace tintinear la copa de cristal y el murmullo va cediendo.

—Bienvenidos —dice—. Me alegro de que hayan podido venir tantos esta noche. Por petición general, vuelve a visitarnos Jens McLarsson. En esta ocasión vamos a sumergirnos en varias cosechas de Speyside, una región de whiskies novedosa para nosotros. Pero primero les quiero presentar a un invitado. Adelante, Mikael Blomkvist.

—Eh, hola —dice Mikael, y se levanta—. Es un placer poder estar aquí esta noche. Gracias a mi futuro yerno, Henry Salo, que pronto se casará con mi hija Pernilla. En fin... —dice mientras intenta pensar de qué hablar—. Soy periodista. De visita en Gasskas, pero con la intención de instalarme aquí.

¿Qué ha dicho? ¿Vivir en Gasskas, en este pequeño lugar alejado de la mano de Dios? Bueno, que piensen que es así. Las comisuras de unos cuantos labios se mueven un poco, de todos modos. Un estocolmiense que quiere mudarse al norte es un reconocimiento a que hay mundo más allá del centro de la capital.

—Durante algo más de treinta años he trabajado en la revista *Millennium*. Quizá no llegaba hasta aquí, pero era..., es... una revista que pone el foco en la importancia del periodismo de investigación. O sea, textos muy trabajados centrados, por ejemplo, en las estructuras de poder, el racismo, el neonazismo, alianzas impías entre el capital y la política. Un tema bastante nuevo es el cambio climático —dice.

No resiste la tentación de provocarlos. Alguno pone los ojos en blanco, otro bosteza.

—Actualmente *Millennium* existe como pódcast, de modo que si quieren que traiga a alguien para hacer un reportaje en directo, sólo tienen que decírmelo.

Era una broma. Nadie se ríe.

Anders Renstad levanta la mano para hacer una pregunta.

—Los miembros de la Orden del Diente de Tigre suelen ser políticos, empresarios o asociaciones, pero también tenemos un par de miembros con un perfil más cultural. Como Jan Stenberg, redactor jefe de *Gaskassen* —Stenberg asiente mirando a Mikael—. La cuestión es —continúa Renstad— si te admitimos como miembro, ¿qué piensas que puedes aportar al club?

—Bueno —contesta Mikael—, depende de lo que quieran que aporte.

—Otra red de contactos nunca está de más.

Quizá debería agradecer la visita e irse. El chisme y el nepotismo no son lo suyo, pero hay algo de este grupo de personas que despierta su curiosidad. Aquí está sentada la flor y nata de la ciudad. Directores de empresa, altos funcionarios municipales, representantes de los medios de comunicación, políticos, etcétera, quitándose los piojos unos a otros como monos. Con un pie dentro de esta selecta asamblea sin duda podría sacar alguna que otra cosa interesante.

Como siempre, es Salo quien desentona. Pernilla guarda silencio y Salo desentona. No sabe muy bien por qué. Por Lukas va a intentar averiguar más. Una orden con voto de silencio que sólo admite hombres es un buen comienzo.

—Mi red de contactos tendrá el mismo aspecto que la suya, con la diferencia de que en su mayor parte están en Estocolmo y en el extranjero. No sé qué más decir, sólo que el periodismo de investigación también es una cuestión de *timing*. Supongo que dar con la noticia acertada en el momento más oportuno es parecido a encontrar una idea para un negocio que se ajusta bien a los tiempos.

Sigue parloteando y al final va calando. Recibe aplausos y se sienta. Media batalla ganada.

—Enseguida vamos a darle la palabra a McLarsson —dice el maestro de ceremonias—. Y después, por supuesto, vamos a cenar bien y a pasárnosla lo mejor posible esta noche nublada y gris.

Seis tipos de whisky más tarde, el nivel de ruido ha subido, permitiendo una conversación distendida sin que nadie te oiga. Mikael tiene a Renstad a un lado y al presidente del concejo municipal, Olofsson, al otro.

—No estoy muy al tanto de la política municipal de Gasskas —admite Mikael; una pregunta indirecta que, al parecer, resulta fácil de contestar.

—No es muy complicado —responde Olofsson—. Tenemos una mayoría socialdemócrata estable, con políticos experimentados que trabajan en colaboración con el sector industrial y comercial y con las asociaciones y organizaciones que hay. El desempleo es bajo, las escuelas reciben buenas evaluaciones en las valoraciones nacionales, no hay escasez de viviendas y tenemos un equipo de hockey sobre hielo a punto de entrar en primera división.

—Suena como un municipio ejemplar —dice Mikael, todavía con la intención de darle rienda y, con suerte, parecer más tonto de lo que es.

—Naturalmente, tenemos problemas, pero los solucionamos mediante unos ágiles procedimientos de toma de decisiones —continúa Olofsson al tiempo que hace un gesto señalando el local—. La política, como es evidente, no es un fin en sí mismo, por así decirlo, sino todo aquello que afecta a los ciudadanos. Cuanto más estrecho sea el contacto con ellos, mejor es la política. Ésa es al menos mi opinión.

—Pero no creo que la gente de esta sala sea representativa del ciudadano normal y corriente —dice Mikael—. O quizá me equivoque —añade por si acaso.

—No directamente, pero sí de manera indirecta. Son los que crean empleo, conceden créditos, gestionan clubes deportivos, construyen viviendas, etcétera. Si podemos afianzar una política socialdemócrata de reparto en los estratos sociales más altos, favorecemos a todos los ciudadanos. En mi opinión y la de mis compañeros de partido, creo que puedo decir que hemos llegado lejos gracias a una colaboración cercana con la industria y el comercio. Sin duda no será como en Estocolmo, pero, e insisto, considerando nuestra población, somos un municipio con una tasa de desempleo muy baja y una buena economía. Nuestra estadística de delincuencia tampoco es alarmante. La gente de por aquí quiere trabajar y ganarse la vida de forma honrada.

—¿Y los Demócratas de Suecia? —quiere saber Mikael—. ¿Van a entrar en el ayuntamiento?

La pregunta le provoca una carcajada a Torben Olofsson.

—Gasskas es un municipio sólidamente socialdemócrata, con alguna pequeña intervención de la izquierda y unos pocos de la derecha de toda la vida. El apoyo a los Demócratas de Suecia es insignificante. No creo que vayamos a tener que librar las mismas batallas aquí que en Escania. La cuota de recepción de refugiados es modesta y los que llegan son bien recibidos. La delincuencia sigue estando en un nivel muy bajo en comparación con el resto de Suecia, así que el partido de los DS simplemente no tiene de qué alimentarse.

—Pero —insiste Mikael— ¿qué crees que va a pasar cuando empiecen a entrar esos miles de millones de coronas en todos los nuevos proyectos industriales? La mina, por ejemplo; el parque eólico y demás.

—No vemos indicios de que el desarrollo industrial vaya a resultar en más delincuencia. Todo lo contrario. La gente viene aquí para trabajar, tanto personas con formación superior como trabajadores menos cualificados. Estamos preparados para dar el próximo paso en el desarrollo del municipio. Por cierto, Pernilla es una chica muy agradable —dice, y la voz adquiere otro tono—. Nos vemos a veces, o sea, las parejas. Pernilla y mi mujer son buenas amigas. Y dentro de poco hay boda. Una época un poco desapacible para una boda al aire libre, pero aquí estamos acostumbrados a un tiempo de perros. —Baja la voz y se arrima más a Mikael—. Que Salo siente la cabeza con Pernilla le favorecerá mucho de ahora en adelante. Se le ve más tranquilo desde que se conocieron. Más sensato, de alguna manera.

—Eso suena bien —dice Mikael—, pero ¿y cómo era antes?

—Decidido y eficaz, igual que ahora, pero difícil. O *agresivo* quizá sea una palabra más apropiada, y eso es fácil de entender.

—Sí, claro —asiente Mikael, y piensa en la noche del sauna.

—Brindemos por eso: ¡salud! —dice Torben Olofsson—. Nos vemos en la boda.

Entre el whisky y la cena, se levantan, circulan e intercambian unas palabras, relacionándose unos con otros, antes de sentarse de nuevo.

Pensar que una red de contactos se crea como la araña a su telaraña es algo engañoso. La araña teje sus hilos según unas pautas dadas, no partiendo de quienquiera que se quede atrapado en ella.

Si alguien dibujara líneas para describir los movimientos de las personas de la Orden del Diente de Tigre, aparecería un patrón evidente.

Hay personas clave, Salo es una de ellas. El director de la KGB es otra. Hasta ellos, las líneas se concentran como si de una autopista se tratara.

—Propongo que revisemos la decisión del parque eólico —dice Salo—. Es que Fortum ya es un actor dominante. También los holandeses. Personalmente considero que el tercer interesado es el más apropiado para el cometido. Están preparados para empezar a construir ya a finales del año próximo, mientras que los otros fijan el comienzo de las obras a tres años vista como mínimo. Está claro que lo más importante para el municipio es garantizar el suministro de energía. Quién sabe lo que se le puede ocurrir al maldito Putin. Sabotear el Nord Stream o lo que sea.

—Ahora creo que estás exagerando un poco, pero es verdad que la energía es importante, desde luego.

En los extremos, el tráfico quizá no es igual de frecuente, pero estable. Aquí se encuentra, por ejemplo, Olofsson y su colega Lennart Svensson.

Luego hay personas que están por encima del concepto «contacto importante» y por eso no tienen el mismo tráfico de visitas. Douglas Ferm, por ejemplo, el director ejecutivo de Paperflow, la fábrica de pulpa de papel ubicada en el mejor sitio con vista al río y que a su vez es parte de Swedish Wood.

Ferm no tiene nada que ganar estableciendo una red de contactos ni con políticos o funcionarios, subcontratistas o bancos. De eso se encargan sus subordinados. Alex Ljung, por ejemplo. A pesar de ser el más joven de todos con sus veintitrés años, las empresas zumban a su alrededor como abejas en torno a las flores de trébol.

La empresa que más trabajo da en la zona, aparte del propio municipio, reparte los contratos entre los que mejor trabajan y menos piden.

A Douglas Ferm le interesan más valores esotéricos como el arte y la cultura. Traza una línea en dirección a Mikael Blomkvist y pregunta si quiere compartir una botella de vino con él y hablar del último número de *Millennium*.

—Con mucho gusto —dice Mikael—, sólo voy a ir al cuarto de caballeros primero.

Ir al cuarto de caballeros. ¿De dónde le ha salido esa ridícula expresión? Por Ferm, quizá. Los miembros de la orden son personas simpáticas, oriundas de la región y bastante sencillas. Como la mayoría de la gente. Douglas Ferm es otra cosa. No sólo por su atuendo, los anillos y el pelo perfectamente cortado. Tiene carisma. El tipo de carisma que poseen ciertos líderes. Los que han nacido tanto para el éxito como para el fracaso pero que nunca han tenido que abrirse camino en trabajos de mierda. Al igual que Mikael, es un *outsider* en ese grupo.

Mikael cierra la puerta del baño y saca el cuaderno. Apunta nombres, aspectos físicos, frases que ha cachado, bromas. Aunque sean cosas que seguro nunca le servirán de nada. Aprovecha también para googlear a Ferm. No viene mal saber de qué van a hablar.

Nacido en Guernsey en 1964. El padre fue el fundador de una de las mayores empresas fabricantes de pintura, con sede central y fábrica en Gasskas. La empresa se vendió a principios de los años ochenta, y después la fábrica se trasladó a Estonia. Familia: divorciado.

Director ejecutivo desde 2017. Miembro del consejo de administración de la compañía minera Mimer. Anteriormente su carrera profesional se desarrolló sobre todo dentro de la minería internacional.

Cuando vuelve a salir, ya se ha servido el primer plato. Tostada con caviar de Kalix. Cerveza y *shot* de aguardiente para quien quiera. De camino a su sitio, lo para Jan Stenberg, el redactor jefe del periódico.

—Sólo quería saludarte. Buena intervención, por cierto. En la anterior reunión estuvo invitado Jan Emanuel. ¡Qué tipo! Totalmente subestimado en el debate sueco. Y, por cierto, ahora que tenemos un reportero de armas tomar en la ciudad, ¿crees que podrías pasar por la redacción un día y darnos una charla sobre métodos de investigación? Bueno, no es que no sepamos hacerlo, todo lo contrario. Pero lo había pensado más bien como fuente de inspiración. Le pido tu número a Salo. Que pases una agradable velada.

«Una pena que no acepten mujeres. Entonces podrían haber invitado a Katerina Janouch también, total... ¡Qué tipa! Completamente subestimada en el debate sueco.»

Douglas Ferm sólo toma vino y agua. Mikael piensa que es una buena idea. La cata de whiskies la sigue notando en el temblor de piernas. Además, Ferm parece saberlo todo sobre *Millennium*. Va enumerando los reportajes cumbre de la revista y hace preguntas de conocedor.

La más interesante la comparten los dos: ¿dónde se ha metido Lisbeth Salander?

Alrededor de las diez y media, Mikael decide que es hora de irse a casa. Le manda un SMS a Pernilla diciendo que puede tomar un taxi.

En absoluto, contesta ella. Voy enseguida.

—¿Qué tal el debut? —pregunta Pernilla—. ¿Has conocido a alguien simpático?

—Bueno, bien —responde Mikael—. Ha sido una noche interesante. Torben Olofsson te manda saludos.

—Ah, ¿sí? —dice ella—. Me manda saludos.

—¿Hay algo raro con eso?

—No, no. Es simpático.

—Al parecer, su mujer es amiga tuya.

—Amiga quizá sea algo exagerado. Es mi jefa.

—¿En UMO?

—Exacto.

—¿Cómo están realmente, Salo y tú? —continúa Mikael con el coraje que le ha dado el alcohol.

—¿Por qué? —quiere saber ella.

—Por nada en especial, sólo me lo preguntaba. Parece que discuten bastante. No soy más que un simple padre que hace preguntas simples —se excusa.

—Simple, dijo Bull.* Nunca te has interesado demasiado por cómo me va —replica ella.

—Puede que no, pero siempre he estado cuando me has necesitado. Al menos económicamente. Intento hacerlo mejor con Lukas —dice, pero con la cabeza en otra parte. Es que Salander ha contestado. Igual debería enviarle otro mensaje.

—Buenas noches, papá —dice ella, y le da un abrazo—. Lukas se ha quedado a dormir en casa de un amigo. Si quieres, puedes ir a recogerlo a la guardería mañana.

La piel debajo de los ojos está negra. La mirada quiere dormir.

—Con mucho gusto.

* Referencia a Bull, el personaje gatuno de los conocidos libros infantiles Pelle Svanslös, sobre la vida del gato del mismo nombre, escritos por Gösta Knutsson. Bull tiene un compañero llamado Bill, también gato, y uno siempre repite lo que dice el otro. (N. de los t.)

Como todos los padres, quiere ayudar a su hija. Y como muchos padres, no sabe cómo.

Ya es adulta. Alarga el abrazo todo el tiempo que puede.

Antes de dormirse, le manda otro mensaje a Lisbeth.

¿Podemos hablar?

Capítulo 38

Debería haberse ido a casa, pero se pone el gorro y se dirige hacia Berget.

La nieve ya no rechina bajo los pies, sino que chapotea y hace el camino lento y resbaladizo, pero, como suele decirse, lo que la nieve esconde el deshielo lo revela.

Cuando llega a la valla, saca los binoculares. Intenta recordar la zona en detalle de lo que ha estudiado en Google Maps. Preferiría no tener que orientarse con la ayuda del celular. Porque si va a buscar a Märta Hirak, sin duda va a necesitar las dos manos. La probabilidad de que alguien que ha desaparecido se encuentre con los cerdos del club de motociclistas es bastante alta. Es un buen sitio para empezar a buscar.

Hay una puerta en la valla. Por la noche seguramente estará cerrada. A través de los binoculares lee los letreros. A pesar de ser una zona industrial que alberga numerosas actividades diferentes, cualquiera pensaría que se trata de la entrada a un chalet, ocupado por una persona paranoica con miedo a los robos.

Cuidado con el perro.

La zona está vigilada por cámara.

Prohibida la entrada a toda persona no autorizada.

Se denunciará a los transgresores.

También hay un letrero antiguo en el que partes de las letras se han borrado con el tiempo:

Estacionamiento de visitantes a la izquierda. Solicitar acceso en la caseta del guarda.

Quizá un letrero de la antigua fábrica de pulpa de papel.

Por lo que puede ver, no hay señales de la existencia de ninguna cámara. Puede ser mentira. La cuestión es si se atreve a arriesgarse.

La alternativa es dar una vuelta a la zona, cortar la valla y entrar por la parte de atrás.

Tendrá que apartar de su mente la posible existencia de perros y otros problemas.

«Imagínate que se trata de un labrador. Torpe y baboso, ciertamente, pero simpático.»

Camina entre ruinosos edificios de madera con la valla entre ellos y el bosque. Avanza despacio. El terreno está en pendiente y el suelo, resbaladizo por la aguanieve y las hojas podridas.

Cuando ha llegado a la fachada lateral del edificio, queda un trecho largo antes del siguiente bloque. No se atreve a correr el riesgo. Saca las pinzas y corta un agujero lo bastante grande como para poder entrar por él. Vuelve a colocar el alambre de la valla para que tenga más o menos el mismo aspecto de antes.

En la fachada lateral hay una puerta. Si consigue entrar, tendría una visión mejor de la parte delantera.

Mueve la manija con cuidado. La puerta no parece cerrada con llave. Al jalar se abre una rendija arriba, pero parece atascada por abajo. Agarra la manija con las dos manos y jala con todas sus fuerzas. De repente cede con un estruendo que se propaga por toda la zona. Entra deprisa y cierra la puerta tras de sí. Se queda quieta aguzando el oído.

No hay ladridos de perros. Ni voces. Sólo su corazón, que bombea fuerte por la adrenalina.

Tranquila, se dice. Tranquila. Saca el celular e ilumina el suelo durante un par de segundos.

Esos instantes resultan suficientes para comprender dónde habría acabado si hubiese dado un par de pasos más. Directo a un fondo desconocido por un suelo desplomado.

Hay muchas maneras de morir. No es la muerte en sí lo que la asusta, ni tampoco el dolor, dicho sea de paso, sino el tiempo. La prolongada muerte sin sentido causada por un error.

Con toda probabilidad, también es un error estar aquí, piensa, pero de momento no tiene alternativas. Bueno, sí las tiene: podría llamar a la policía, o sea, a Jessica, que no va a venir de todos modos, ya que estará durmiendo plácidamente acompañada por sus niños.

La misión es suya y de nadie más. Si la madre de la niña se halla en este lugar, le toca a ella encontrarla.

Vuelve a activar la linterna del celular, orienta la difusión de la luz con la mano y decide mantenerse pegada a la pared con la esperanza de que el suelo aguante.

Avanza con lentitud. Pisa tanteando si el suelo se sostiene o no antes de dar un par de pasos y detenerse de nuevo. Las ventanas están situadas cerca del techo. Nadie la puede ver desde el otro lado, pero ella tampoco puede ver fuera. Se agacha, pasa la mano por el suelo y se huele los dedos. Aserrín.

El silencio sigue siendo tan intenso que sólo puede oírse a sí misma, pero un nuevo problema surgirá pronto: la luz matinal. También tiene que salir de allí, de ser posible sin que la vean, porque si hay alguien a quien los motociclistas de Svavelsjö MC reconocen es a ella.

La buscaron durante mucho tiempo. La obligaron a mantenerse oculta. Luego pasaron los años. En la vida de un criminal las células se sustituyen con rapidez. Muchos mueren, otros ingresan en prisión de por vida. No necesariamente han de ser las mismas personas ahora que antes. Puede que una generación más joven, más lista, haya convertido el club en una *start-up*. Pueden haber comprado la marca comercial, tomado prestado un poco de dinero del club original y haberse reinventado con nuevas ideas para un negocio más acorde con los tiempos.

Como instalarse en Norrland y obligar a una niña de trece años a forzar una caja fuerte.

La rabia empuja a Lisbeth Salander hacia delante. Así ha sido siempre. Y siempre lo será.

La rabia ha salvado tanto su vida como la de otros, diga lo que diga Kurt Angustiasson sobre el tema de que nunca es tarde para conseguirse una infancia feliz. Una infancia así no le serviría de nada.

«¿No es justo eso lo que estás haciendo?», arguye él.

¿Qué quiere decir?

«Ayudando a la niña te ayudas a ti misma. Asumiendo la responsabilidad sobre ella, haces lo que otros deberían haber hecho por ti.»

Un ruido, cerca. Se detiene. El ruido desaparece, pero vuelve a oírse enseguida. Se acerca, se aleja.

Está delante de una pared corta. Ha llegado al fondo. El edificio debe de continuar al otro lado.

La pared es lisa. No hay relieves ni rendijas. Enciende la linterna del celular una última vez, luego se muere la batería. La palma de su mano está blanca de yeso. Acerca el oído a la pared y escucha de nuevo el ruido. El ruido y otra cosa. Una voz. No, dos voces. Dos voces y un motor de algún tipo.

—He preguntado por ahí, pero nadie parece saber lo que ha pasado.

—Has oído lo que dijo Sonny. Si no la encontramos, estamos perdidos.

—Sonny, Sonny... Que ponga a Peder a buscarla. Es su mujer, ¿no?

—Exmujer. Sonny vuelve mañana. Asegúrate de encontrar a esa puta antes.

«En otras palabras, no tienen a Märta.»

—¿Y la niña? Ella debería saber dónde está su madre.

—Aunque lo supiera, no diría nada. Ni siquiera la tortura la afecta, pero bueno..., supongo que merece la pena intentarlo.

—Estarás de acuerdo en que era mejor antes, ¿verdad? Antes de que vinieran los de Svavelsjö. Extraño a la vieja pandilla. Es que nos conocemos desde la puta guardería, maldita sea.

—Hablando de la vieja pandilla y la niña. Se rumorea que tú y Buddha han intentado conseguir unos ingresos extras. Se habla de un robo en casa de Salo.

—Para nada. Además, ese tipo sería el último en el que se pensaría para un robo. Casa muy bonita, pero salario de funcionario municipal y aficionado al juego. Mala combinación.

—Ja, ja, sí, tienes razón. Pero que no se te olvide llamar a Buddha. Hay una fiesta el viernes.

—Sí, no te preocupes. Se habrá metido con alguna tipa en algún sitio.

Las voces se alejan. Por las ventanas del techo entra luz matinal. Lisbeth jadea buscando aire.

Sonny. Sólo puede haber uno. Un hijo de puta, un cerdo asesino que odia a las mujeres y que debería estar pudriéndose en la cárcel donde otros presos se lo cogeran para al final acabar ahogado en sus propios excrementos, pero que al parecer está en la calle vivito y coleando.

Podría haber acabado con él. «Perdona, Kurt

Angustiasson, pero determinadas personas no merecen una segunda oportunidad.» Es su error haberlo perdonado. ¿Fue así? Esperó demasiado tiempo y de repente desapareció. Da igual.

No se trata sólo de un mierda como los demás. Este tipo es peor.

Se dirige hacia la puerta por la que entró, se detiene en el agujero en el suelo y mira con fijeza hacia la oscuridad de abajo. Restos de una escalera que va directa al infierno.

¿Por qué la vida nunca puede simplemente dejarla en paz?

Vaya donde vaya, se mueva en la dirección que se mueva, el pasado siempre la alcanza.

«Es por eso por lo que debes seguir viniendo. Aún no has terminado con tu pasado, pero yo puedo ayudarte.

»Lo siento, Kurt, pero ahora mismo no creo que tu método me ayude.

»Prepárate para la guerra, Lisbeth. Asegúrate de que la niña esté segura y vete de aquí.»

Capítulo 39

Día de boda. Hora de casarse. El lado de la cama en el que duerme Salo está vacío. Pernilla se queda un rato esperando la sensación. Esa sensación de júbilo que debería recibirla sentada en el borde de la cama. Hoy me caso, ¡viva!, pero las discusiones de los últimos tiempos flotan en el aire como la niebla sobre el río. Y quizá no sólo las discusiones. Las sospechas.

Su voz. Frases inconexas y balbuceantes dirigidas a una tal Märta. *Deberíamos haber sido nosotros.*

Ha intentado buscar un momento para preguntar, pero ese momento no llega nunca. De todos modos, lo más probable es que lo negara todo rotundamente. ¿Infiel? ¿Yo? Pero Pernilla, por favor, tienes que haber oído mal.

Tras despertar a Lukas, se mete en la regadera. Se sienta en el suelo y el agua caliente le chorrea encima. Debería haber una ley que dictase que hay que casarse como mucho un año después de la primera cita, cuando el enamoramiento ha alcanzado su punto álgido y el futuro parece luminoso. Antes de que todo empiece a ir cuesta abajo.

Invitados. Padres, familia, amigos. Bueno, sobre todo amigos de Henry. Gente con la que van a cenar a veces. Horas que pasan con lentitud con el municipio de Gasskas de fondo. Ella en su papel de la atenta anfitriona. Ahora no puede echarse atrás.

Tocan la puerta.

—Espera —dice mientras se envuelve en la toalla—. ¿Qué pasa?

—Vamos, abre.

Henry. Podría haber esperado.

¿Qué día es? ¿Qué día es? No es un día normal, porque es el día de la boda de Pernilla, viva, viva, viva.

Con los brazos llenos de rosas, contempla a su futuro marido. El pelo que aún no ha sido domado por la cera. La red de cicatrices, como pinceladas sobre la espalda. El cuello. Las manos de leñador. La sonrisa cuando se pone delante del inodoro a orinar con tanta fuerza que la orina salpica el aro del asiento.

—¿Qué tal, Nillan? Va a ser una fiesta que nadie olvidará en años.

—¿Quién es Märta?

—¿Por qué preguntas eso?

—Contéstame.

—Una novia de cuando era joven. Éramos vecinos.

—¿O sea que no es alguien a quien ves ahora?

—Fue hace muchos años.

Cierra la tapa de la taza de golpe, le da una nalgadita y saca la máquina de afeitar.

El objetivo es la novia, ¿no?
Depende de las circunstancias. Mejor el niño.

La procesión avanza serpenteando sobre la roca hasta que llega al extremo del Storforsen. Aquí se va a celebrar la ceremonia, acompañados por el ruido ensordecedor del agua del rápido. Sólo el oficiante oirá si los novios dicen sí o no.

Para los que no han estado en la región de Norrbotten, algo que le sucede a la mayoría de la gente, el Storforsen es uno de los rápidos con cascadas más largos de Europa. Durante más de cinco kilómetros, el agua corre atronando con un descenso de ochenta y dos metros. Y, a pesar de que la región es conocida por sus heladas temperaturas, hasta cuarenta grados bajo cero en invierno, en el rápido nunca se forma hielo.

Ya en el siglo XIX mucha gente fue hasta allí para trabajar en el transporte de troncos de madera por el río Pite hasta el mar. Para que las masas de agua no destrozaran los troncos se construyó un canal paralelo: la Cascada Muerta.

Es un lugar bonito, con arroyos que rodean piedras enormes y rocas lisas como la gamuza.

Era en la Cascada Muerta donde Pernilla imaginaba que se iba a celebrar la ceremonia. Un día soleado de verano con flores de Venus, orquídeas de Dama y flores gemelas brotando entre las rocas. Pero, en su lugar, es un día gris y nublado de octubre y la novia está en una rampa de madera, adaptada para discapacitados, con una valla que los separa de las violentas masas de agua que fluyen debajo. Es un lugar amedrentador. Se esfuerza por no bajar la mirada.

Una idea típica de Henry Salo. *Breathtaking*, que quita el aliento, tal y como él mismo lo expresa.

Salo pasa por aquí cada vez que puede. A veces, todos los días. Sube a la barandilla. Se sujeta con las piernas, se inclina hacia el abismo y deja que el bramido del rápido le absorba la mirada.

Pernilla da la espalda al rápido y se sube la capucha para proteger su peinado de boda. Mejor terminar esto cuanto antes, total...

—¿Quieres recibir a...?

Ella levanta la mirada. La desliza a lo largo del fleco de Henry, peinado hacia atrás y luchando por liberarse del gel, por los ojos, que están fijos en la espumosa agua del rápido, y el rostro increíblemente hermoso, hasta dirigirla dentro de su cerebro.

El chico que lleva en su interior. ¿Es a ese chico al que intenta encontrar? El que se intuye bajo las capas de personalidades superpuestas con pegamento.

—Sí —dice ella.

—Sí —dice él, y lo dice de verdad. Se voltea hacia Pernilla y repite el sí una vez más a la mujer que mira a través de él como si estuviera hecho de cristal transparente.

Es su esperanza. Que ella lo descubra. Que descubra el fraude que es. Librarse de tener que fingir y poder rendirse por fin. Poder viajar por el camino de vuelta a través de la coladera de la vida y salir escupido a una nueva infancia. Con el mismo hermano, pero con otros recuerdos.

En algún sitio ahí fuera está Joar. Probablemente tan extraterrestre como el propio Salo, en un envase atractivo. Los hermanos Bark siempre han sido unos chicos muy guapos. Eso no se lo puede quitar ninguna infancia. El problema está en el interior.

Salo gira la cabeza y mira a Lukas. Hace lo que puede para querer al niño, pero Lukas es muy sensible y a los niños sensibles les va mal.

Su padre nunca les pegaba porque se enojara o porque quisiera educarlos. Les pegaba como un pasatiempo. Para entretenerse durante el fin de semana.

«Que Dios proteja a Lukas de esa frivolidad hereditaria.»

La ceremonia ha terminado. Dentro de cinco minutos vuelven al autobús.

El filete de reno se derrite como mantequilla en la boca y los discursos son numerosos. Ahora mismo es el turno del discurso del novio dirigido a la novia.

—Querida Nillan —dice Salo—. Por fin hemos logrado estar juntos. Hemos caminado por un sendero sinuoso donde cada piedra bajo la suela ha merecido la pena. No sólo eres bella, sino sabia como un búho y, además, una madre fantástica para Lukas. Espero que podamos disfrutar de una larga vida juntos. —Etcétera, etcétera. El discurso está al alcance de una búsqueda de Google, libre para descargar para cualquiera que así lo desee. Pernilla sonríe y todos los demás también, menos Lukas, que no escucha.

Desde el principio se ha sentado junto a Mikael con su abuela enfrente. Ahora está en las rodillas de Mikael y recuerda el verano en Sandhamn poniendo las redes de pesca. El sol está a punto de salir. Es cuando más pican los peces. Por la noche preparan los arenques recién pescados a la parrilla y hacen sándwiches con pan crujiente.

—¿Podemos ir otra vez el verano que viene? —pregunta Lukas—. Puedo quedarme contigo todas las vacaciones.

—¿Crees que tu madre puede estar tanto tiempo sin ti? —responde mientras mira a Pernilla, al otro lado de la mesa. La mirada de ella se ha quedado fija en un punto más allá de la gente que la rodea. Ni siquiera se da cuenta de que Salo se bebe de un trago su copa, la deja vacía delante de ella para acto seguido agarrar la suya, que ella apenas ha tocado.

La boda probablemente habría sido un evento menos formal en Raimos Bar. Emborracharse y bailar no sólo es del gusto de Henry Salo, entre los vestidos y trajes elegantes también hay amigos de infancia embutidos en sus mejores galas, pero con ganas de estar en otro sitio. Han sacrificado un fin de semana de caza por Henry. No porque les caiga especialmente bien, en los últimos tiempos se ha vuelto un cabrón muy engreído, pero desde que se ha hecho jefe administrativo del municipio conviene estar en buenos términos con él. Es a Salo a quien hay que llamar si uno necesita un atracadero para el barco en el río o quiere prioridad para alquilar un departamento en la empresa municipal de vivienda.

La cena, sin embargo, no se ha hecho en vano; pronto atravesarán el corto trecho hasta Raimos Bar. Sólo queda terminarse el postre de zarzamoras y acabarse la copita de algún licor de chicas.

Una pausa. Pernilla se dirige a los baños, se arrepiente y va hacia la salida. El ambiente del local es sofocante. Necesita aire.

Nos centramos en la novia. Está saliendo. El niño también está fuera.

¿Los agarramos a los dos?

Esperen.

—Mamá —la llama Lukas a gritos—. ¿Adónde vas?

—A ningún sitio —dice ella envolviéndolo en la tela del vestido—. Es que hace mucho calor dentro. ¿Salimos a dar un paseo?

—No —responde él—. Tengo frío.

Le acaricia el pelo. El viento cortante ha cesado, igual que la lluvia. La temperatura ha bajado. Hace frío, pero el cielo está despejado. La luna menguante cuelga sobre el bosque.

Capítulo 40

La cena se acerca a su fin. Durante la última hora, Mikael Blomkvist ha ido al baño dos veces para pasar unos minutos en paz. Ha llamado a Erika Berger sin obtener respuesta y, ante todo, ha conversado con la madre de Pernilla sobre todo lo posible, desde la artrosis hasta su divorcio de Arne. Además, ha pronunciado un discurso.

¿Cómo diablos se le ha podido pasar por alto eso? La institución fundamental en el sistema patriarcal del matrimonio, aparte de la entrega de la novia al futuro marido: el discurso del padre de la novia.

Cuando le llega el turno, resulta imposible zafarse sin humillar a Pernilla. Elogia lo bien que cuida de su hijo, su musicalidad y su sentido para la palabra escrita. Pero cuando llega el momento de hablar de Henry no se le ocurre nada que decir. Da igual que hayan estado en el sauna juntos. Incluso haber llorado en su presencia. No lo conoce. Y lo poco que lo conoce no le convence nada.

Puede que *Millennium* sea un capítulo concluido en su vida y que él sea una nulidad con un trastorno relacional, pero tiene algo que nadie le puede negar: intuición.

De momento está siendo débil todavía, sólo se manifiesta en palabras o frases sueltas, pero ahí está. Hasta el momento nunca lo ha defraudado.

Se voltea hacia Salo y suelta unos cuantos comentarios sobre el amor y la seguridad. La igualdad y la atención. Amén.

Aplausos de cortesía se extienden por las mesas. Pernilla lo mira con ojos cálidos y Salo derrama sin querer su vaso de agua.

Cuando la atención se desvía hacia otra dirección, Mikael saca el cuaderno del bolsillo interior de la chamarra.

Empieza con IB, el tipo del tren.

Suceden cosas extrañas en Gasskas. Gente desaparece. Averigua quién.

El municipio: Henry Salo. ¿Quién es? ¿Pasado? ¿Formación? Busca documentación. Lee artículos. La mina. El parque eólico. ¿Otros proyectos? Habla con los colegas de Salo.

Pasea la mirada por los comensales de su mesa. Es un grupo muy dispar. Como una representación de la escala social, al menos en apariencia.

«Habla con los invitados» es lo último que le da tiempo a escribir antes de que Lukas de nuevo insista en sentarse en sus rodillas.

Los rizos negros le hacen cosquillas en el mentón. Acerca al niño más hacia sí.

—¿Podemos salir a pescar mañana? —pregunta Lukas—. Puedes tomar una de las cañas de Hen..., de papá.

—Claro, pero ¿crees que pescaremos algo a estas alturas del año?

—Eso no importa —responde Lukas, y hace tintinear el vaso. Como nadie le presta atención, vuelve a hacerlo mientras se baja de las rodillas de Mikael. Espera hasta que todos se quedan callados—. Quería decir algunas palabras —dice, y saca un papel del bolsillo—. O, más bien, es un poema. A mi madre —dice, y dirige la mirada hacia ella.

Sólo nosotros hemos estado
tú y yo y nadie más.
El queso brie nunca me ha gustado
cuando sonríes eres la más guapa de las mamás.
No tengo ningún regalo de bodas que dar
sólo una piedra que he encontrado para ti.
El abuelo ha hecho un cordón para un collar.
Nunca te olvides de mí.

Le tiende la mano a Pernilla sin mirar a Henry. Una piedra en forma de corazón en un cordón rojo se desliza en la palma de la mano de Pernilla. Se miran con caras serias. Pernilla se pone el collar. Si Henry no hubiese hecho sonar su copa con tanta insistencia, los aplausos habrían retumbado en la sala.

Lukas se sienta. Henry se levanta y alza la copa.

—Un brindis por los novios —pide—. Y ahora la fiesta en Raimos Bar. ¡Barra libre!

Capítulo 41

Mikael hace lo mismo que la mayoría de los demás invitados. Se acerca a la barra para intentar pedir una cerveza.

En un abrir y cerrar de ojos, el nivel de ruido ha pasado de un educado murmullo a unas voces que hablan a gritos cortándose la palabra. Le supone un alivio. Nadie puede exigirle que participe en ese ruido. En su lugar, puede dedicarse a contemplar a la gente desde fuera. El agrupamiento de las mesas se ha disuelto y ahora los que ya se conocen forman grupitos. Mediante la elección de la vestimenta, su forma de expresarse y comportarse, trazan líneas de separación entre ellos. Los funcionarios municipales, los políticos y empresarios, por un lado. Los cazadores y trabajadores por el suyo, así como otros grupos menos numerosos y más difíciles de categorizar. Los amigos de Pernilla quizá, y familiares, como su propia hermana y su familia, que encuentran la seguridad estando cerca unos de otros. Ve a Annika en medio de la muchedumbre, que recibe una llamada y se abre paso entre la gente en dirección a la salida.

La tía de la novia.
Sin importancia. Esperen más instrucciones.

—¿No se te antoja una cerveza?

Mikael se gira.

—Si consigues que el mesero te haga caso, a lo mejor me puedes pedir una para mí también —dice la mujer mientras tiende la mano—. Soy Birna. Amiga de Pernilla.

—Mikael Blomkvist, el padre de Pernilla.

—Ya lo sé —dice ella—. Has pronunciado un discurso. Quizá no al nivel de Obama, pero te comprendo. No puede ser fácil decir algo bueno de Salo.

—Es que no lo conozco —se justifica Mikael.

—Yo tampoco. Sólo sé lo que veo en el periódico. Quizá sea la persona más simpática del mundo en privado. Si Pernilla se casa con él, por algo será.

—¿De dónde se conocen? —quiere saber Mikael.

—Estamos en el mismo club de lectura. Hablamos de libros media hora y después bebemos vino el resto de la noche. Es así como se conoce a la gente.

—*In birra veritas* —dice Mikael, y le pasa una cerveza.

—Efectivamente. Un brindis por la conversación entre borrachos —propone ella—. Aunque de Salo no cuenta gran cosa. Habla más de ti.

—¿De mí? —se sorprende Mikael.

—Sí, o quizá no tanto de ti como persona. Está escribiendo una novela negra con un periodista de protagonista. Es buenísima. Suele leernos un capítulo de vez en cuando.

—No me ha dicho nada —dice Mikael—. No hemos tenido mucho tiempo para hablar, la verdad. Llegué hace tan sólo una semana.

—Me lo dijo —comenta Birna—. ¿Es verdad que te has acostado con cuatrocientas mujeres pero que nunca te has casado?

Poco le ha faltado para que su cerebro empezara a contar mujeres antes de caer en la cuenta de la ironía.

—Por lo menos —dice—. Soy un mujeriego de gran celebridad. Ten cuidado.

—Lo tendré en cuenta. ¿Quieres otra cerveza? —pregunta antes de abrirse paso entre la muchedumbre y conseguir la atención del barman con un silbido.

—Impresionante —dice Mikael—. Ser mujer tiene ciertas ventajas.

—Y desventajas —replica Birna—. Tú al menos no notarás una mano desconocida alrededor de la cintura y otra tocándote la nalga.

—No, lamentablemente no —contesta Mikael justo cuando la banda empieza a tocar y la gente encuentra una pareja de baile con la misma naturalidad que un ternerito recién nacido encuentra la ubre de su madre.

Para no tener que bailar, se disculpa y va al baño.

Mira el celular. No hay llamadas perdidas de Erika, ni SMS; ¿qué diablos esperaba? Quizá que ella le endulzara el oído. Al menos que intentaría convencerlo, aunque él jamás cedería. No quiere convertirse en ningún maldito periodista de pódcast.

—¿Y qué quieres hacer? —pregunta Birna.

Se han retirado a una mesa un poco alejada de la pista de baile. Sin tenerlo previsto, saca el tema del auge y la caída de *Millennium*. Cuanto más habla, más tediosa resulta su charla. Exactamente como ese terco conservador en el que según Erika se ha convertido.

—Quiero hacer lo que siempre he hecho —contesta—. No sé hacer otra cosa.

—Solicita un puesto en el periódico —dice ella—. Están buscando un redactor jefe de noticias.

—¿En *Gaskassen*? —pregunta antes de soltar una carcajada—. Eres la segunda persona esta semana que piensa que debería trabajar allí. Bueno, bueno..., eso sí que sería la cereza del pastel en mi carrera profesional.

—¿Qué tiene de malo? —pregunta Birna.

—Nada, sólo que es un periódico local que dedica la primera página a la inauguración de un mercado y un suplemento entero al hockey sobre hielo.

—Pues ahí está. Como jefe de noticias tienes la oportunidad de cambiar las cosas.

—Parece que trabajas allí.

—No, pero por lo que veo ha llegado el momento del pastel —dice, y se levanta—. Ven, se me antoja algo dulce. Luego te explicaré por qué debes solicitar ese puesto.

Capítulo 42

Justo como Salo había esperado, hay un ambiente estupendo. La barra libre nunca falla, especialmente en un sitio como Raimos Bar. Se respira tradición por los cuatro costados. Incluso ha conseguido traer a camareras tailandesas que apenas se dan abasto llenando las copas de whisky. Quizá no del todo legal, pero una fiesta es una fiesta y Norrbotten es Norrbotten. Como una especie de catarsis para los hombres que se han visto forzados a cambiar la ropa de caza y la escopeta por un traje. Como él mismo, sin ir más lejos. Filas de trajes en el ropero no te convierten en funcionario. En el corazón siempre será el hombre salvaje. Un oso de circo que ansía librarse de las cadenas. El alcohol es la vía de escape civilizada. Una libertad líquida. Antes de que termine la noche se dirán muchas verdades, los baños se llenarán de vómitos y, en el mejor de los casos, se repartirá uno que otro golpe entre los invitados. Al menos, si de él depende.

Busca a Pernilla con la mirada. Dijo algo del pastel. Las mujeres ya han empezado a acercarse a la mesa de los postres. Bien puede aguantar una última obligación. Luego piensa beber hasta acabar como un bulto.

Revisen los pasamontañas. Nada de descuidos. Disparen si hace falta.
Atrapen a X, maten a Y.

El presidente del concejo municipal, Torben Olofsson, se abre paso entre el montón de gente arrimada a la barra del bar con la vista puesta en Salo.

Mierda. Ese tipo, no, por favor. Salo lleva todo el día evitándolo y también la semana anterior. Levanta la mano.

—¡Para! —dice—. Prohibido hablar de trabajo el día de mi boda, muchas gracias.

—En tal caso, tendrás que empezar a contestar tus correos —replica—. Todo ese proyecto del parque eólico empieza a parecerse a una especie de ajuste de cuentas de la mafia.

—Ah, ¿sí? —dice Salo—. ¿Ha pasado algo en especial?

—Pasan cosas especiales todo el tiempo, diría yo. Entre otras, amenazas anónimas. ¿Estás al tanto de eso? Se las hemos pasado a la policía, por supuesto, pero no podemos seguir así. Que políticos elegidos democráticamente reciban amenazas es una amenaza contra la propia democracia.

Blablablá. Salo lo lleva hacia los baños, donde pueden estar tranquilos.

—Otra cosa —dice Olofsson—. Te mencionan en uno de los correos. Enviado a mi Gmail personal. Afirman que has aceptado dinero por debajo de la mesa. Sobornos, Henry, ¿en qué demonios estabas pensando?

Y tú, ¿cómo chingados piensas, Olofsson? Casa en la mejor zona con vista al río, un atracadero para el barco justo debajo, derecho a caza sin ser propietario de ninguna tierra.

—Escúchame —dice Salo—. No hay ningún soborno. Sólo intentan presionarnos. Voy a averiguar todo lo que pueda y hablamos el lunes por la tarde.

Tras el último encuentro con Branco, no ha sabido nada más. Salo está todavía contento de haber tenido la última palabra. Las negociaciones pueden ser duras, pero para nada se considera a sí mismo un blando. No le tiembla el pulso a la hora de mandar en el municipio. El mismo pulso que tampoco le temblará al tomar la pala del pastel. Pero primero tiene que ir a orinar.

¿Y qué diablos ha sido eso? ¿Han empezado con los fuegos artificiales ya?

Querías un poco de acción, Henry Salo, bang, bang.

Creíste que yo no era más que un pobre lisiado, bang, bang.

Esto no es más que un aperitivo, bang, bang.

Felicidades el día de tu boda, bang, bang.

Por fin. Una excitación rozando lo sexual recorre el cuerpo de Varg. Hacía mucho tiempo.

Once a soldier.

Se pone el pasamontañas.

Pasea la mirada entre Järv y Björn, ningún error. Señala con la cabeza a Lo.

Always a soldier.

El río ruge al fondo. La luna desaparece detrás de unas nubes rápidas. Un fumador apaga el cigarro con el tacón antes de regresar adentro.

¡AHORA!

La sensación cuando abre la puerta y con una patada devuelve al interior a la persona que sale en ese momento resulta indescriptible. El AK 5 descansa tranquilo como un bebé durmiente contra la cadera. Lo siguen Järv y Björn.

Los segundos antes de que los invitados se den cuenta de lo que está pasando, ¿cómo describirlos? El paso de la fiesta al terror. La negación —esto no puede ser verdad— de una verdad que provoca reacciones diferentes en todos.

Si un antropólogo pudiera sentarse en un rincón a observar las pautas de conducta y las reacciones, podría escribir el tratado del siglo sobre el comportamiento de huida del ser humano. Algunos gritan, otros corren, empujan, se caen. Tropiezan con las piernas de otros, se rompen muñecas, pisan cuerpos de niños para poder entrar en el baño con la esperanza de que allí dentro podrán salvarse la vida. Bang, bang. Un par de tiros atraviesan la puerta. Así que esa estrategia no era muy eficaz que digamos.

Pero ahora no se trata de una matanza. Varg disfruta con el miedo. Es él quien tiene el poder sobre la vida y la muerte. El miedo tiene un olor que penetra a través del perfume y la loción. El miedo se orina encima, se caga encima. Se aparta a un lado para dejar paso al que tiene el poder.

Varg tiene el poder. Desde su primer disparo en Afganistán hasta el día de hoy, está en poder de su vida, sus actos y su dignidad. No se arrepiente de un solo día. Sólo desea que llegue el siguiente. El siguiente conflicto, la siguiente orden que hace que la adrenalina bombee como esteroides a través de la sangre.

Järv, Björn y Varg. El amor que hay entre los tres. El placer que comparten.

Un tipo duro que se ha puesto su mejor traje trata de proteger a su mujer.

Con qué belleza se rompería una hilera de dientes si se viera a cámara lenta.

Una madre levanta a su niño y corre hacia la salida.

Una pena por el pelo peinado de manera tan bonita en la coronilla.

Nunca falla. Un disparo al techo. Y Björn grita *nobody moves* y todo se detiene. Todos se rinden. Ruegan. Suplican. Rezan.

Segunda fase: los pensamientos casi se oyen, así de sintonizados resultan. No nos movemos. No me mates. Déjame vivir. Tengo niños. Me falta poco para jubilarme. Mi anciana madre me necesita.

Varg ni siquiera necesita usar la violencia. Como un rey, pasa deslizándose entre la aterrorizada muchedumbre con la mirada clavada en el chico. Allí está. Igual de paralizado que los demás. Los ojos han comprendido. No va a protestar.

Si no fuera por una mujer que de repente da un paso y se pone delante del chico.

No parece tener miedo. La mirada se sostiene fija en los ojos de Varg.

Respeto. Eso es lo que siente por ella antes de golpearla en la sien con el arma y tomar al chico en brazos.

Ni siquiera grita. Cuelga como un muñeco de trapo con la cabeza abajo golpeando en el muslo de Varg.

Aseguren a X. Y fuera del alcance de la vista. El tiempo se ha acabado. Vuelvan.

Podría haber terminado ahí. Nadie se mueve. No es necesario hacer más que retroceder con un niño bajo el brazo acompañados de las suaves y románticas melodías de la colección de *Kramgoa låtar*, volumen 29.

Si no fuera por el niño.

Si no fuera porque el niño, cuando llegan a la puerta, abre la boca y grita «abuelo».

Mikael Blomkvist no piensa. Corre hacia la puerta, hacia Lukas, hacia la voz que sigue llamándolo a gritos. Sale por la puerta, tras el niño, baja por la escalera, que ahora resbala como el jabón por culpa de la lluvia y el frío.

Corre detrás del ruido. Llevan ventaja. Ya no los ve. Ya no ve al niño y la voz se ha callado. La cara seria. La tímida sonrisa. ¡Lukas! Una vez, varias veces, y allí. Allí los descubre de nuevo. Oye la voz del niño. «Más rápido, puedes alcanzarlos, recupera al niño, corre, maldita sea, Blomkvist, ¡corre!».

Bang.
Bang.

Primero el ruido, luego el cuerpo. Los pies que se resbalan. Malditos zapatos. Tengo que levantarme. Lukas. Mikael Blomkvist cae hacia atrás. Se golpea la cabeza en el asfalto. La sangre se extiende cual rojo carmesí sobre una acuarela mojada. Tiene calor.

Es verano. Los periódicos están sobre la mesa. 14 de julio. Mil novecientos algo, el año concreto lo tapa una taza de café. Los tobillos están llenos de picaduras de mosquito.

Enfrente de Mikael está su padre en traje de baño y desnudo de cintura para arriba. El cuerpo luce blanco, aparte de la cabeza, que en poco tiempo ha ido adquiriendo un matiz rosado. Acaba de llegar a la casa de campo. O, mejor dicho, el cuerpo ha llegado pero la cabeza no. La cabeza sigue todavía en la oficina.

Quiere subirse a las rodillas de su padre, pero no se atreve. Annika, en cambio, ya está allí. Ella es pequeña. Ella a lo mejor no ha entendido que todo lo que hay alrededor de su padre tiene que desaparecer primero. Ella quiere que él le lea.

—Luego, papá tiene que descansar primero —dice, y levanta a la niña y la sienta en la silla. Toma un sorbo de cerveza. Mira al mar, que por él se ha quedado como un espejo.

Van a cenar en la terraza y ahora sale su madre con una charola. Pone la mesa con la mejor vajilla, la que saca cuando hay invitados.

Mikael ha pescado la cena. Percas estupendas de un tamaño que le parece perfecto al abuelo. No demasiado pequeñas, de modo que apenas se dejen limpiar. Y no demasiado grandes, para que la carne no resulte amarga.

Es ese tipo de cosas las que quiere contarle a su padre.

Filete de perca con papas cocidas, mantequilla derretida, finas rebanadas de pan y rábanos de su propia huerta.

—Qué rico el pescado —dice su padre mientras toquetea el filete con los cubiertos como si estuviese lleno de espinas—. Oye, Micke, tú que corres rápido, ¿quieres ir por una cerveza para tu padre?

Se toma el *shot* de aguardiente en un trago. Se sirve más cerveza de la botella que ha traído Mikael y eructa.

—Ya falta poco —dice—. Ya falta poco para que uno vuelva a ser una persona.

Aparece un brillo en la mirada de su padre y Mikael guarda la esperanza. Lo ha extrañado tanto. No todo el rato, de eso no tiene tiempo, pero de vez en cuando.

—Mañana vamos a salir con el barco —anuncia, y Mikael puede volver a respirar tranquilo.

Pide permiso para levantarse de la mesa y baja al embarcadero. Se tumba cabeza abajo y mira el agua. Pequeños espinosos se mueven rápidamente en bancos. Para ver mejor mete la cabeza en el agua. No es muy profundo, máximo un metro. Los peces más audaces le rozan la mejilla, hasta que de repente salen raudos de allí. Al principio no entiende qué es esa sombra que ha puesto a todos los peces en fuga hasta que reconoce la boca de un lucio.

Ahora abre la boca. Toma impulso con la aleta caudal y apresa la cabeza entre sus fauces. Grita, pero gritar bajo el agua resulta imposible. Y gritar entre las fauces de un lucio es como hacerlo dentro de una celda de aislamiento. Nadie lo oye, nadie ve cómo su cuerpo, centímetro a centímetro, baja triturado por la garganta del monstruoso lucio.

Capítulo 43

Después surge otra forma de caos. Cuando el último disparo ha resonado delante del local de la celebración, los primeros SMS ya se han enviado a familia y amigos. Estoy vivo, no te preocupes. ¿Qué quieres decir? ¿Dónde estás? Se añade un *hashtag* especial en Facebook: «Estoy bien».

Y, naturalmente, se contacta con los medios de comunicación.

Al mismo tiempo que Birna informa a la policía de Gasskas y pide refuerzos de todo Norrbotten, el teléfono de avisos del tabloide *Aftonbladet* en la redacción de Estocolmo recibe una confusa llamada.

—¡Unos putos terroristas han atacado la fiesta de la boda en Raimos Bar! Esto es una locura.

—¿Dónde está Raimos Bar? —pregunta el periodista con un bocado del sándwich de media tarde todavía en la boca. Puede oír el ruidoso murmullo de voces al fondo y se pregunta si se trata de otro tiroteo en algún barrio de las afueras.

—Maldita sea, el jefe administrativo de Gasskas se ha casado hoy y, en medio de la fiesta, de repente entran unos locos y se ponen a disparar a su alrededor. Ha sido ahora mismo, carajo.

—Gasskas, ¿estás hablando de Norrland? Okey. ¿Algún muerto?

—Seguro, yo qué sé. Hay un caos total y absoluto. Pero agarraron al niño. Los locos, los que abrieron fuego, se llevaron al niño.

—¿Qué niño? A ver, con calma. Me has dicho que dispararon y ahora que se han llevado a un niño.

—Al hijo del jefe administrativo del municipio, se lo llevaron. Una cosa demencial. Te mando el video.

Once minutos después de que la primera señal haya llegado a Estocolmo, se han puesto de acuerdo sobre una cierta recompensa para la persona que dio el aviso y el primer flash de noticias de *Aftonbladet* se publica en la página web del periódico.

AFTONBLADET
Boda en el norte termina en baño de sangre

En el pequeño municipio de Gasskas, en la provincia de Norrbotten, unos hombres provistos de pasamontañas irrumpieron en la fiesta de una boda y abrieron fuego indiscriminadamente a su alrededor.

Testigos afirman a *Aftonbladet* que el objetivo era el secuestro de un niño. La policía no quiere hacer declaraciones de momento. Manténganse informados en *Aftonbladet*.

*TT**

Niño secuestrado en boda

Según declaraciones de la policía de Gasskas, un niño ha sido raptado esta tarde.

Un grupo de hombres provistos de pasamontañas entraron en la fiesta de una boda en Gasskas, Norrbotten. Los hombres efectuaron varios disparos antes de alejarse del lugar. La policía aún no ha informado acerca del posible número de heridos o muertos. Los autores siguen en paradero desconocido.

GASKASSEN

El hijo del jefe administrativo de Gasskas, secuestrado

La boda de Henry Salo, el jefe administrativo del municipio, se tornó en tragedia. Unos hombres armados forzaron su entrada en la fiesta y secuestraron al hijastro de Salo, de nueve años.

«Es incomprensible. ¿Quién quiere hacernos tanto daño?», dice Henry Salo a *Gaskassen*.

En la fiesta se disparó al suegro de Henry Salo, Mikael Blomkvist, conocido periodista de la revista *Millennium*. Según la información recibida, las heridas son de gravedad, pero no constituyen una ame-

* Tidningarnas Telegrambyrå (TT) es la agencia de noticias sueca. *(N. de los t.)*

327

naza para su vida. Otros heridos han sido atendidos y llevados al hospital.

FORO FLASHBACK

Disparos y secuestro en Raimos Bar. ¿Qué está pasando?

¿Qué ha pasado en Raimos Bar esta noche? ¿Quién ha estado y puede contar algo? Acabo de leerlo en *Aftonbladet* y en *Gaskassen*. ¿Y no podrían haber acabado con Micke Blomkvist de una vez por todas? ¿Y por qué se llevaron al niño? Apuesto lo que sea a que el padre del niño es un puto negro y que es él quien está detrás de todo.

Apenas hay negros en Norrbotten. Seguro que eran rusos. Los rusos saben lo que hacen. Normal, con un líder tan competente.

EXPRESSEN

¿Conflicto de custodia detrás de violento secuestro?

Cuando la madre del niño de nueve años volvió a casarse con el jefe administrativo de Gasskas, los criminales atacaron. Con armas automáticas secuestraron al niño y siguen en paradero desconocido.

«Hemos pedido refuerzos a todas partes para poder localizar a los autores», declara Hans Faste en la brigada de delitos graves de la comisaría de Gasskas.

Según las fuentes de *Expressen*, puede haber un conflicto sobre la custodia detrás del violento tiroteo y secuestro de un niño pequeño en Gasskas, Norrbotten.

También en la comisaría de Gasskas es fin de semana. Desde que Birna Guðmundurdottir da el aviso, pasan treinta y cinco minutos hasta que llega el primer coche patrulla. La ambulancia aparece primero. Luego los reporteros *freelance*.

En medio del caos, la borrachera, el llanto y el pánico, Birna hace lo que puede para consolar a la gente, pero también para obtener cuantos testimonios sea posible.

—Eran tres.

—Eran al menos cinco.

—Los oí hablar en ruso.

—El niño los siguió sin problema. Debía de conocerlos.

—Salo tiene la culpa. Apuesto lo que sea a que está detrás de esto. Se encerró en el baño. ¿Quién chingados hace algo así?

—Tres personas. Ropa enteramente negra, no muy diferentes del Grupo Wagner. Dos con ojos azules. Uno, marrones. Armas automáticas rusas, probablemente el AN-94, también llamado Abakan. Asimismo, podría haber sido el AK5D del ejército sueco o, posiblemente, el M4A1 americano. Sin embargo, excluyo el FX-05 mexicano, que tiene una culata distinta.

—Pareces saber bastante sobre armas —dice Birna—, ¿eres militar?

—No, bibliotecario.

Capítulo 44

Tras los interrogatorios, varios interrogatorios realizados por diferentes personas, los llevan a casa. Todavía tienen puesta la ropa de fiesta. Pernilla sube directamente al dormitorio. Un desgarrón le recorre el vestido del muslo hacia abajo. La tela le pica como si fuera sarna. En lugar de pedirle a Henry que la ayude con el cierre, tira con fuerza hasta que las costuras revientan. El brassiere, las medias y las pantis acaban en el mismo montón en el suelo. Ahora se queda de pie, desnuda, apretando con las dos manos la piedra en forma de corazón que le cuelga del cuello mientras se contempla en el espejo. Apenas se percata de que Henry entra. Él le pasa una copa. Ella la aparta con la mano.

—Whisky —dice—, es tu solución para todo, ¿verdad?

—Estoy igual de triste que tú —replica Henry cabizbajo.

Pero ella no siente tristeza. Ahora mismo no. Otros sentimientos la embargan. Ella siente. Sí, ¿qué siente? Odio, quizá.

La cabeza gacha de él, el pelo peinado hacia atrás que ha perdido la forma y le cuelga sobre las mejillas. Los brazos que no saben cómo comportarse. Al parecer, sabe interpretar cualquier papel con maestría.

—Podrías quitarte ese ridículo traje al menos —dice ella, y lo empuja. Una vez, dos veces. Henry se tambalea y cae a la cama.

Ella es Pernilla. La sensata, la buena. Una persona en la que se puede confiar. Una mujer para tener a su lado, una que siempre conserva la tranquilidad cuando se desata la tormenta. Ella lo mira. De momento las palabras sólo existen en su interior: si tienes algo que ver con la desaparición, como dicen, te despellejaré vivo. No te mataré primero y luego te despellejaré, sino al revés. Sufrirás como yo. Como Lukas. No. No decir su nombre. Sólo pensar con frialdad. Mantener los sentimientos alejados.

Ya no se trata de ellos, de ella y Henry Salo. Aunque apenas llevan un día casados, sabe que ya se ha acabado.

Se baña, se pone unos jeans y un suéter, se quita el anillo, lo deja caer al inodoro y tira de la cadena.

Ha evitado acercarse a la habitación de Lukas, pero de repente empieza a pensar en la ropa que llevaba puesta. Camisa blanca, pantalones negros, zapatos de vestir. La chamarra la colgó ella misma en un gancho en el ropero de Raimos Bar. Echa un vistazo al termómetro. Ocho bajo cero. Tiene frío.

La puerta está entreabierta. La cama sin hacer. Salieron a toda prisa a Storforsen. Se mete en la cama de Lukas. Toma el conejo de peluche y cierra los ojos, consciente de que no será capaz de dormir. El miedo, el terror, las imágenes persisten como una sensación de ahogo en la garganta. La almohada guarda su olor. El de su niño. Su niño sensible, bueno y sensato. Con pensamientos tan grandes ya, y tan perspicaz.

¡No te olvides de mí!

¿Y no fue precisamente eso lo que ella hizo? Antepuso sus propias necesidades y lo obligó a seguirla.

No quería mudarse, Henry nunca le había caído bien. Estaba a gusto en Uppsala, en la escuela, con sus amigos, cerca de la abuela. Pernilla tiene la culpa de todo. Debería haberlo pensado mejor. Pero en lugar de eso, apretó los dientes esperando que todo se arreglara con el tiempo. Ni siquiera la infidelidad de Henry le hizo abrir los ojos. Pero ahora que se han abierto, como la mirada del águila sobre el nido del campañol, lo ve todo con nitidez. Tiene que encontrar a su niño. Es lo único que tiene alguna importancia ahora. Quizá sea demasiado tarde ya.

Capítulo 45

Lukas se despierta al amanecer. Lo primero que nota es el olor a humo y piensa que a lo mejor el abuelo ha prendido fuego para ahumar pescado. Ese nanosegundo de tranquilidad es la única tranquilidad que podrá experimentar en mucho tiempo porque, aunque la luz apenas dibuja el lugar en el que se encuentra, sabe que no está ni con el abuelo en Sandhamn ni en su casa.

Está en una cabaña.

Las paredes son de troncos de madera, aparte de las pequeñas ventanas y una puerta.

Al lado de la cama en la que está acostado hay una silla. Un poco más allá, una mesa y otra silla.

En ella hay un hombre sentado. Acaba de conseguir prender fuego sobre corteza de abedul y astillas con la ayuda de un encendedor. Ahora alimenta el fuego con leños de abedul. Humea. El chico se duerme de nuevo.

Han pasado casi veinticuatro horas desde que el limpiador fue a recoger al niño al lugar acordado. No ha dormido todavía, a pesar de que el niño sigue en la misma posición, con la respiración y el pulso aparentemente normales.

—Un niño. ¿Por qué un niño?

—¿Y eso qué importa? —dice el entregador.

—No lo quiero aquí —responde el limpiador—. Éste no es un sitio para niños.

—Por lo que yo sé, tienes un cometido —replica el entregador.

—Que no incluye niños. Ni mujeres tampoco, por cierto —puntualiza el limpiador.

—*No women no kids*, Léon. Comprendo. Si quieres te puedo traer una planta con su maceta y así la película está completa. Pero es que tú tienes un contrato. Y en ese contrato no dice nada acerca de sexo o edades. Y con las mujeres no sueles poner ninguna queja. Pero a este niño hay que mantenerlo vivo hasta que nosotros te digamos otra cosa. ¿Entiendes? Vivo.

No contesta. Estar vivo es un concepto muy amplio. ¿Se mantenía con vida su madre? Clínicamente, sí. ¿Su padre? Su padre cobró vida privando de vitalidad a su madre. ¿Y él mismo? La muerte de una persona es la vida de un águila. Y si la muerte de uno supone la vida de otro, entonces ¿quién tiene derecho a decidir qué vida es la más importante? Al final son las circunstancias las que deciden. Mantener con vida a un niño no es ninguna obviedad en sí misma. Pero ahora y quizá durante un tiempo el chico está vivo porque forma parte del acuerdo. Vivo. Mantener al niño vivo. Porque si no... Del «porque si no...» no sabe nada, y lo sabe todo.

—El niño tiene un nombre —dice el entregador.

—Seguro que sí —responde el limpiador, y conduce hacia la cabaña.

Quién sabe con qué han dormido el cuerpo. No sólo se golpea la cabeza en una raíz al resbalarse de la cuatrimoto, sino que también se engancha el pie en la puerta sin que se despierte.

El cuerpo no pesa más que un zorro. Mete el zorro en la cama, la única, y lo tapa con la manta, y no es por consideración. Sólo asoma el hocico. Quince horas más tarde, sigue durmiendo sin nada que indique que vaya a despertarse.

Comprueba que el niño todavía duerme y cierra la cabaña con llave. El sol acaba de salir. Se lleva la cubeta con tapa, la llena con trozos de carne y baja al comedero. Cuanto más se acerca, más animado se siente. El bosque es profundo, los árboles gruesos, algunos pinos tienen varios siglos de edad. Aquí el bosque ha sido entresacado a mano y luego ha podido autosembrarse y crecer libremente. Aquí el musgo nunca ha sido arrancado por los neumáticos de un autocargador de cuarenta toneladas, y puede extenderse como una suave alfombra sobre senderos y tocones. El liquen, esa extraña mezcla de hongos y algas, cuelga como cabello de ángel de los árboles y da vida a piedras y rocas con sus muchos y sutiles cambios de matices, que van desde el verde claro al negro.

A diferencia de la mayoría de la gente, que piensa que los árboles crecen en filas rectas, el limpiador sabe apreciar esta belleza diaria con la que se rodea. Se detiene ante un árbol caído y toquetea con cuidado en las desmenuzadas entrañas de la carne arbórea con la esperanza de que se asome alguno de sus habitantes. Tiene suerte. Un escarabajo sube trepando con dificultad hacia la superficie, pasa por su nudillo, pierde el equilibrio y se queda bocarriba pataleando para darse la vuelta. *Quien da la vuelta a un escarabajo que se ha quedado bocarriba recibe el perdón de sus pecados.*

Sigue caminando, hacia el nido de águilas. A diferencia de otras aves, el águila marina sólo construye sus nidos en pinos muy viejos y gruesos. Desde abajo, el nido se parece a una cesta trenzada. Años de taponamiento con ramitas, ramas, plumas y musgo han creado un lugar seguro para las madres que incuban sus huevos y un poco más tarde, hacia la primavera, para las crías.

En torno al nido reina el silencio. Quizá sienten ya el olor a carne, piensa, y sigue caminando hacia el comedero. Ya a bastante distancia ve que algo va mal. Deja la cubeta en el suelo y se acerca corriendo.

—No, no, no, no, no —repite en voz alta—. Tú no, pobrecito, si te habías recuperado. Todo iba tan bien.

Una de las crías que salió del cascarón en primavera yace sin vida en el suelo. El limpiador se deja caer de rodillas encima del húmedo musgo. Pasa la mano por la cabeza del águila. La levanta y la mece en sus brazos.

Debe de haber sucedido hace poco. El cuerpo aún está caliente. No hay signos de violencia externa ni tampoco de enfermedad. Las plumas de un marrón oscuro brillan en tonos verdes bajo la luz suave del sol. Lo deja en el suelo. Regresa sobre sus pasos para recoger la cubeta, vuelve al comedero y lo vacía. Acto seguido, levanta del suelo el cuerpo del pájaro y se encamina a casa.

Cerca de la cabaña, bajo un abeto cuyas ramas forman un escondite, deposita el águila bajo musgo, liquen y ramitas. Al final pone un par de piedras grandes sobre la tumba y entrelaza las manos para rezar.

«Dios, recibe a este mi niño. Deja que vuele entre los árboles del paraíso por los siglos de los siglos. Amén.»

Capítulo 46

Lukas tiene frío. Le gustaría taparse mejor con la manta, pero no se atreve a moverse.

Hasta el momento sólo ha abierto los ojos para volver a cerrarlos enseguida. Es como si su cuerpo hubiese comprendido que tiene que dormirse de nuevo para poder despertarse en un sitio mejor, así que hace un intento.

Piensa en el verano, como suele decirle su madre. Mete la lombriz en el anzuelo, tira el sedal al agua y se pone a esperar. El sol le quema los hombros. Ningún pez muerde el anzuelo. Es mediodía. Ni siquiera los gobios. Deja la caña de pescar en el embarcadero y mira a su alrededor.

«No mires, vuelve a cerrar los ojos y piensa en..., en mamá no.» Ella no tiene tiempo. En Henry. No, si no lo obligan a hacerlo. Le da tiempo a ir de Ylva, con quien juega a veces, a Åke, el entrenador de ping pong, que acaba de enseñarle a rematar, a la abuela, a quien no conoce mucho, y a Daniel, que se encarga del jardín. Aunque, a pesar de que es el encargado del jardín, no ha visto el pájaro que ha chocado con la ventana del sótano. Lukas lo ha arreglado él solo con una tabla y clavos.

Al final los pensamientos llegan al abuelo y entonces ya no puede más. El recuerdo lo alcanza y, en contra de su voluntad, los ojos se abren de par en par.

—Así que te has despertado —dice el limpiador mientras echa agua a la olla que cuelga sobre el fuego—. ¿Tienes sed?

Tiene que responder que sí pese a que no quiere decir nada. Nunca ha sentido la boca tan seca. Apenas es capaz de abrirla. El tazón está oxidado y el agua, fría. Se incorpora en la cama para poder beber. Intenta sentarse en el borde, pero el pie se niega a acompañarlo hasta el suelo.

—Parece que me he enganchado con algo.

—En un cincho de seguridad —aclara el limpiador.

—Me hace daño —dice Lukas, e intenta sacar el pie de la atadura.

—Cuanto más tires, más se te ajustará. Y deja de llorar. Puedes hacer lo que quieras: gritar, hablar o callarte, que es lo mejor, pero no llorar. A nadie le gustan las lágrimas. Ni a las águilas ni a mí. Las águilas marinas tienen picos que son como azadones afilados. Pueden atacar tanto a los perros como a los niños si tienen suficiente hambre.

Deja de llorar. Acto seguido vomita agua, restos de la cena de la boda y el miedo que se pegaba como un guiso de hígado en la garganta.

—Bien —dice el limpiador—, aprendes rápido.

Se acerca al niño, toma la manta y la tira al fuego.

—El problema es que ahora vas a pasar frío. Sólo hay una manta.

Cuando el agua hierve, echa un cucharón de arroz y aparta la olla del fuego.

Con el otoño llega el frío. En cualquier momento vendrá el invierno de verdad, lo que tiene sus ventajas. La naturaleza es su refrigerador. Cuando el frío se estabilice, podrá almacenar caza y pesca. De momento tendrán que contentarse con arroz, papas y *gahkku*.*

Le tiende un tazón y un trozo de pan al niño en la cama.

—Come —dice el limpiador—, es lo único que te voy a dar hoy.

—No tengo hambre —replica desviando la mirada—. Quiero irme a casa.

—¿Dónde está tu casa? —pregunta, y Lukas tiene que pensar. Extraña la que tenían antes de la mudanza, se ha esforzado por no olvidar, por que su nueva vida en Gaupaudden no le gusta.

—Quiero irme a casa con mamá —consigue decir.

No puede controlar las lágrimas. Al menos, son silenciosas.

—Yo no tengo madre —dice el limpiador—. Y tú tendrás que arreglártelas sin la tuya. Uno se acostumbra. Al principio el cerebro quiere pensar

* Tortas de pan típicas del pueblo sami. *(N. de los t.)*

en la mirada de la madre, en cómo te acaricia fugazmente el pelo, pero el cerebro olvida rápido. O sea, tener padres está sobrevalorado —sentencia—. Cuanto más rápido entiendas eso, más fácil será todo.

No comprende cómo surge el llanto de un niño. Ha de reflexionar un rato. Cierra la puerta y se sienta en la roca que hay fuera.

El llanto es probablemente la manera en la que un niño puede llamar la atención. «¿Y qué demonios será lo que quiere este maldito niño? Le he dado la única cama que hay. Que haya tenido que quemar la manta ha sido culpa del niño. Se niega a comer. Esto no puede seguir así.»

El limpiador busca la sierra y el hacha y baja al borde de la turbera, donde crecen los árboles con el tamaño adecuado. Le lleva la mayor parte del día talar árboles, quitarles las ramas y descortezar los troncos y finalmente arrastrarlos hasta la cabaña.

La cabaña dispone de un cobertizo. También hecho de troncos. El tejado se ha caído. Los troncos de la parte de arriba también. En el suelo de tierra hay maleza que ha crecido tan alta como un árbol, pero los cimientos tienen buen aspecto, sólo hace falta repararlo en algunos sitios.

Para cuando la última carga de maleza, tierra y restos de madera podrida de las paredes y el techo se ha vaciado y la cuatrimoto ha quedado escondida de nuevo bajo las ramas de abeto, el sol se ha puesto.

El chico está sentado en la cama mirando fijamente a la oscura eternidad.

—Si no lloro —dice—, ¿me puedes soltar el pie?

El limpiador enciende la lámpara de queroseno. Un ambiente acogedor se difunde por la estancia. Corta unos trozos de carne seca y pone café a hervir. El chico se calienta las manos en torno al cucharón sami de madera.

Cuando lo están pasando tan bien, de repente el niño tiene que hacer pis.

Se miran. ¿Será un truco?

—De acuerdo —accede el limpiador, y corta el cincho. En su lugar le pone una cuerda alrededor del cuello y lo lleva fuera como si sacara un cachorro a pasear—. Hazlo —dice, y levanta la mirada al cielo. Mañana toca alimentar a las águilas. Un rato que le hace ilusión. Si hubiese tenido niños, los habría llevado a verlo. Les habría enseñado todo lo que sabe. Los habría educado para que quisieran a las águilas tanto como las quiere él. Incondicionalmente. Con la misma inquietud que él siente por que les ocurra algo.

Mira al niño. La frágil espalda que intenta taparle la vista.

«Si te portas bien, dejaré que me acompañes.»

Vuelven a la cabaña. El momento de debilidad ha pasado. Vuelve a meter el pie del niño en un nuevo cincho y le recuerda que está prohibido llorar.

Este año el abrigo de invierno viene bien pronto. Se lo tira al niño. Él, por su parte, se echa en una vieja piel de reno con el forro polar encima como manta. Ha sido un día largo. Los músculos se relajan al sentir la áspera superficie de la piel animal.

—Y ahora a dormir —dice, y apaga la lámpara.

Capítulo 47

La misericordiosa sensación de irrealidad, esa que hace que Mikael Blomkvist vuelva dormirse, a despertarse y dormirse otra vez más, pasa enseguida.

El hombro le duele, pero para el dolor físico hay remedios. Luego queda el resto.

—¿Qué recuerdas de esa noche? —quiere saber Birna Guðmundurdottir, quien lleva un vendaje en la sien.

Al principio Mikael no entiende la pregunta. ¿Qué noche?

—Me he quedado dormido y acabo de despertarme —dice.

—¿No te acuerdas de la boda? —pregunta ella.

—Claro que me acuerdo —contesta Mikael—, te conocí allí.

«Je, je, je, el viejo seductor sigue en forma.»

—Cierto, ¿y luego?

Mikael intenta poner palabras a aquello que no se deja atrapar, pero la boca busca aire como un pez en tierra. Es un pez en tierra y se le acaba el oxígeno.

—Toma —dice Birna—. Bebe un poco de agua.

Las branquias reciben agua, puede volver a respirar. El pez se desliza entre los juncos del lago cazando espinosos. El chico con lentes de esnórquel. El lucio que abre sus fauces. Un lucio de al menos diez kilos, puede que veinte o cincuenta. Ahora se acerca. Ha descubierto la presa. Se mueve. El lucio abre sus fauces y..., y...

Mikael se incorpora raudo en la cama. Vuelca el vaso de agua. Se quita el edredón y lo tira al suelo. Gira las piernas sobre el borde de la cama. Alguien intenta detenerlo.

—¡Suéltame, maldita sea, tengo que encontrar a Lukas!

—Tranquilo, escúchame, estás en el hospital, en Sunderbyn. Vamos a encontrar a Lukas, todo se arreglará.

—¡Que me sueltes, carajo! —grita, aún más alto—. Las cosas no se arreglarán. Tengo que encontrar al chico. Se lo llevó.

—¿Quién se lo llevó?

—¿Quién va a ser? ¡El lucio! —aúlla—. El lucio, el lucio, el lucio.

Debe de haberse quedado dormido de nuevo. Cuando despierta, es de noche. Una mujer duerme en la silla que hay al lado de la cama. El pelo le cae sobre la cara. La reconoce. Se han visto antes.

—Están a punto de cortar el pastel —dice en voz alta.

La mujer tiene el sueño ligero. La voz de Mikael la despierta.

Pernilla espera a Salo con la pala para el pastel en la mano. Ella rodea a Lukas con el brazo. Le susurra algo al oído.

—Y tú y yo estamos un poco alejados de ellos. Porque tú eres Birna, ¿verdad? —dice Mikael—. No sabía que fueras policía, ¿por qué no me lo dijiste?

—No me lo preguntaste.

—En cualquier caso —continúa él—. Al principio no entiendo lo que está pasando. Hay mucha gente y hablan muy alto. Un par de niños juegan a atraparse. Entonces suenan los disparos. Primero uno, luego otro. Quizá, un tercero. Hay mujeres que gritan, un niño se echa a llorar. Tú te abres paso hacia Pernilla y Lukas. Te pones delante del niño. ¿Por qué haces eso?

—Llego a la suposición de que los novios son el objetivo —explica Birna—. Me dejo llevar por mi instinto.

—Tres hombres con las caras tapadas —continúa Mikael—. Vestidos de negro. Dos en la puerta y un tercero que avanza hacia el pastel. No, hacia ti. No puedo mover las piernas, una mujer se agarra a mí, no consigo soltarme. Te golpean en la cabeza y pierdes el equilibrio. El hombre levanta a Lukas, lo sujeta bajo el brazo izquierdo mientras, con el arma en la otra mano, apunta a la gente.

Cuando casi ha salido, oigo la voz. «Abuelo.» Primero bajito, después más alto. «¡Abuelo!» Consigo soltarme, me abro paso entre la multitud, corro hacia la puerta, salgo, pierdo el equilibrio, me caigo, me levanto y echo a correr en dirección a la voz. Luego..., luego no sé muy bien. Un disparo quizá. O me resbalo.

—Te disparan. Gracias a Dios, es un disparo bastante superficial y en el hombro.

—Una buena historia para contar a los nietos —dice, y de nuevo la realidad le da alcance—. ¡Lukas! Tengo que salir de aquí y buscarlo.

—A su debido tiempo —replica Birna—. Ahora mismo tendrás que confiar en que la policía haga su trabajo.

—¿Y lo están haciendo?

«Esto lo arreglamos solos. Confía en mí. Maldito Faste.»

—Una última cosa —dice Birna—. ¿Te acuerdas de algo en especial antes de que te dispararan?

—Era una noche estrellada —responde Mikael.

—Sí, pero algo más concreto.

—Hay algo con las estrellas. Sólo que no se me ocurre qué.

Capítulo 48

Desde que Svala estuvo en casa de la mujer en el bosque, no ha dejado de pensar en ella. En ella y en el cadáver al otro lado de la montaña. F, también conocido como Buddha.

No es del todo improbable que alguien lo encuentre. Aunque los recolectores de arándanos han vuelto a sus casas, todavía es época de caza. *La ventana rota. La sangre del brazo. Puede haber huellas.*

No está segura, pese a que sólo fue hace un par de días. Aquí es donde debería estar. Desde entonces ha llovido y ha nevado. El sendero apenas resulta visible. Aparte de rastros de liebres y urogallos, nada. En definitiva, ningún cadáver. Ni siquiera la rama con la que lo mató. Regresa sobre sus pasos. Hay luz en la casa. Toca la puerta que una vez debió de ser azul, quizá verde. La mujer tarda mucho en abrir. Marianne Lekatt parece recién despertada.

—Pero, hija mía, eres tú. ¿Has venido caminando desde la ciudad? Vamos, entra, voy a encender la chimenea.

Camina con lentitud. Es como si hubiera envejecido.

—¿No te encuentras bien? —pregunta Svala.

—Sí, sí, estoy bien —contesta ella—. Me duelen un poco las articulaciones. Es el tiempo. Me vendrían bien unas vacaciones al sol.

—Tendrás que viajar a Tailandia, como todos los demás.

—¿Has estado allí?

—¿Yo? No, pero he estado en Finlandia.

—Pues como yo entonces —dice Marianne.

—Traje la computadora —dice Svala, y levanta la pantalla—. Como la última vez comentaste que necesitabas una...

Se sientan en el viejo banco de madera de la cocina. Svala se arrima más a Marianne para que pueda ver bien.

—Primero hay que meter la contraseña. Yo tengo «armiño», como el significado de tu apellido. No puedes decírselo a nadie, es secreto.

—Cómo crees, no te preocupes, ya se me ha olvidado. ¿Se pueden ver mapas en tu computadora?

—Sí, claro —responde Svala—. ¿De qué país?

—De un país, no. Más bien mapas de fincas y terrenos.

—Ahora lo miramos —dice Svala, y se conecta a internet con la ayuda del celular—. El Instituto Nacional de Cartografía y del Catastro, ¿eso te suena bien?

—Perfecto.

—Al parecer, hay que introducir la denominación de la finca —dice Svala—. Sea lo que sea eso.

—Todo terreno es propiedad de alguien —explica Marianne—. La mayoría pertenecen al Estado y a las compañías forestales, pero no todos. «Gasskasliden 1:13.» Escribe eso.

—Tu casa —dice Svala.

—Sí —asiente Marianne, y señala la pantalla—. Justo aquí estamos ahora tú y yo. En La Arboleda, como se le conoce popularmente. Yo nací en el desván. Mi marido y yo nos encargamos de trabajar la tierra cuando murieron mis padres. Sólo tenía dieciocho años. Unos pocos más que tú ahora.

—Yo tengo trece —aclara Svala.

—Y ya eres más sabia que un búho. Llevo toda la vida viviendo en esta casa. Pero ahora quieren echarme de aquí.

—¿Por qué? —pregunta Svala.

—Porque me niego a aceptar que los mandamases construyan turbinas eólicas en mi tierra. Quiero que dejen en paz mi bosque. Tanto por los árboles como por el silencio. Pero vamos, ahora tenemos que comer algo. Tendrás hambre, ¿no?

—Un poco —reconoce Svala.

No suele pensar en ello. Es más fácil así.

Vuelve a meter la computadora en la mochila y pregunta si puede ayudar con algo. O si a lo mejor podría ir al baño.

La pared del baño sorprende a Svala. Alrededor del lavabo, bueno, en realidad por todas partes, Marianne ha pegado recortes de periódico. La mayoría parecen hablar del parque eólico y algunos de la mina.

Como cuando toca concurso sobre las noticias en la escuela; una actividad que no le gusta a nadie de la clase, a excepción de Svala posiblemente.

—Pero si los habitantes de Gasskas no quieren un parque eólico ni una mina, entonces ¿no está mal que se hagan? —pregunta al profesor, Evert Nilsson.

—No se puede decir que no a todo sólo porque arruine la vista o porque los pescadores tengan que comprar el salmón en la tienda como todos los demás. El pueblo necesita esos empleos y el mundo necesita electricidad. Electricidad y minerales.

—Pero, aun así —objeta Svala—. ¿No debe celebrarse un referéndum acerca de ese tipo de cosas? Vivimos en una democracia, a pesar de todo, ¿no? Tú mismo has dicho que la democracia consiste en que todos tengan derecho a manifestar su propia opinión.

—La democracia significa que la mayoría decide —explica el profesor—, pero no siempre. En este caso supongo que debemos confiar en los expertos.

—¿Y quiénes son? —quiere saber Svala, pero el profesor no contesta.

—Ya está bien —dice—. Tenemos que hablar de otros temas también.

Svala da por descontado que uno de esos expertos es un hombre moreno que sale en casi todas las fotos de los recortes que hay en el baño. Sabe quién es. El jefe administrativo del municipio de Gasskas. Ha comprobado la dirección: Gaupaudden 7. Henry Salo. Ese que vislumbró entre los trajes y que despierta recuerdos en ella. O, mejor dicho, retazos de recuerdos que no consigue atrapar en su totalidad.

Tira de la cadena y se lava las manos. Está a punto de salir cuando tocan la puerta.

—¿Otra vez tú? —oye decir a Marianne—. Creía que ya habíamos hablado suficiente para este siglo también.

Aun así, parece que Marianne deja entrar a la persona. A Svala le incomoda salir del baño justo entonces.

No entiende de qué están hablando hasta que el visitante alza la voz.

—Pareces una demente. Las personas dementes no deben vivir solas en una casa aislada. Necesitan cuidados. Y si las personas dementes no entienden lo que es mejor para ellas, puede que haya que considerar medidas coercitivas.

—No sufro demencia ni nada parecido —oye responder a Marianne, también con otro tono de voz—. Si crees que puedes venir aquí e inventarte cosas para quedarte con mis tierras, te equivocas.

Ahora Svala ya no puede oír de lo que hablan. Baja la manija muy despacio, apaga la luz y abre la puerta algún que otro centímetro.

A través de la rendija ve al hombre. Se ha sentado. Cabizbajo. Parece abatido.

—No lo entiendes —dice, con otra voz bien distinta—. Si no soy capaz de garantizar que se pueda construir en Björkberget, acabarán conmigo y con mi familia.

—Así que alguien te ha amenazado —constata Marianne, pero no suena como si le diera pena alguna—. En tal caso seguramente te has metido ahí tú solito. Habrás prometido cosas que no puedes cumplir. Por ejemplo, que yo diga que sí.

—Sí —admite el hombre, y suena miserable.

—No voy a aceptarlo, de todos modos —asegura Marianne.

Svala está a punto de sentir algo de pena por él, cuando el hombre se levanta con brusquedad y grita tan alto que vuelca la silla.

—No entiendes qué tipo de gente es. Si no aceptas, te matarán. ¿Comprendes? Te matarán. Primero a ti y luego a otras personas. Personas inocentes.

El hombre desaparece del campo de visión de Svala.

Ahora sólo oye a Marianne. El grito y el ruido sordo al caer.

Al instante siguiente, el hombre pasa a pocos centímetros de Svala antes de cerrar dando un portazo. Después se hace el silencio.

Svala permanece quieta hasta que oye el coche alejarse.

Marianne está sentada en el suelo. Svala la ayuda a levantarse. Va a buscar un poco de papel para que pueda sonarse y la sujeta con el brazo por la espalda hasta que se sienta en el sofá.

—¿Te ha pegado? —pregunta.

—No, pero me he llevado un buen empujón. ¿Cuánto has oído, pobrecita mía? Debe de haberte dado un buen susto.

—¿Vas a ir a la policía? —quiere saber Svala.

—No, para qué. He visto peores. Durante todo mi matrimonio, por ejemplo.

—¿Tu marido te pegaba? —pregunta Svala, y Marianne asiente con la cabeza.

—Aquello era un infierno. Nadie puede imaginarse cómo era.

Aparte de Svala. Es una experta en el tema. Y de una experta a otra, las tinieblas de su interior se van aclarando, así que quizá exista una salida a pesar de todo.

—Creo que ya tengo que volver a casa. ¿Estás bien o quieres que llame a la asistencia domiciliaria o algo?

—¿La asistencia domiciliaria? Pues no, hija mía, hasta ahí no he llegado todavía, por mucho que se empeñe ese hombre. Pero ¿me podrías dar un vaso de agua, por favor? Y si quieres llevarte una carta y echarla al buzón, te lo agradecería.

—Claro que sí —dice Svala, y se cuelga la mochila.

Marianne le toma la mano.

—Cuídate —dice—. Y ven siempre que quieras.

Capítulo 49

—Ah —dice Pernilla—, así que aquí estás, tirado de brazos cruzados.

Se quedó dormida al final. Encima de la cama de Lukas, con la ropa puesta, sin apenas pensar en su padre; como, según la policía, parecía que se encontraba bien y eso... Al levantarse por la mañana, preparó un té y regó las plantas antes de decidirse a ir al hospital. Quizá fuera el patinazo que dio en la curva después de Harads lo que despertó los sentimientos. El miedo, el dolor por la ausencia de Lukas, la rabia. Sí. Sobre todo, la rabia. Años de rabia. Toda una vida de rabia.

—¿No quieres sentarte? —dice Mikael tendiéndole la mano.

—No —responde ella, y permanece de pie sin tomarle la mano—. No me voy a quedar.

—¿Cómo estás?

—¿Cómo carajo crees que estoy? Mi hijo ha desaparecido. La policía no tiene ni una sola pista, pero quizá tú sí.

—Entiendo que estés enojada, pero ¿por qué debería saber más que ellos?

—Porque a tu alrededor todo va de primicias y exclusivas. ¿Crees que no me he dado cuenta de que te has dedicado a hurgar en la vida de Henry para intentar sacar un montón de mierda? ¡Que por eso querías acompañarlo a la Orden del Diente de Tigre! No se me ha escapado que te cae mal, ese mensaje me ha llegado alto y claro, pero que también tengas que ganarte la vida a su costa me parece muy ruin. ¿Lukas también forma parte del complot?

—Ya está bien, Pernilla —dice Mikael, e incorpora la cabeza en la almohada—. Lukas es mi nieto. ¿No crees que me preocupo por él y que fue el mismo *shock* para mí que se lo llevaran?

—Sí, no me cabe duda, pero no sólo es tu nieto, también es un artículo por escribir en tu computadora. Te conozco demasiado bien. En cuanto te den el alta, empezarás a fisgar en todas partes. El jefe administrativo cuyo hijastro ha desaparecido. ¡Eres peor que *Expressen*, maldita sea! Cada vez que nos vemos es por algo relacionado con tu trabajo. El gran y célebre periodista necesita ayuda y allí voy yo balbuccando como una idiota para echarte una mano. Nunca me llamas si no es por tu propio interés. ¿Alguna vez te has parado a pensar en cómo me hace sentir eso? No sabes nada de mí, ni dónde trabajo, ni lo que hago, ni lo que sé hacer ni lo que me gusta. Soy la hija innecesaria que te endilgaron y que nunca te ha importado.

—Sé que no siempre he sido...

—Tú nunca te has portado como un padre de verdad y ahora piensas cargarle el muerto a Henry por algo que das por hecho que es culpa suya, ¿verdad? Vas a hincarle los dientes en la pierna y no la soltarás hasta que hayas mirado debajo de todas las putas piedras que te encuentres, sin pensar en lo que eso supone para mí. O para Lukas. Él no tiene un padre, pero tiene a Henry. Y que te creas tan importante para él sólo porque ha podido pasar una semana contigo lo dice todo sobre la distorsionada imagen que tienes de ti mismo. ¡Sobre tu soberbia! ¿Me oyes, viejo cabrón? ¡Tu soberbia!

—¡Para ya, maldita sea! —grita Mikael—. No soy ningún santo pero, por Dios, tampoco soy el mal personificado. A diferencia de tu querido Henry Salo, el santo, que ha metido sus sucias manos en todo, hago un trabajo honrado de periodismo. Pero ¿tú tienes idea de lo que está haciendo? ¿De los riesgos a los que los expone para convertirse en algún tipo de cacique local? ¿Y quién salió corriendo tras los secuestradores y se llevó un disparo? ¿Henry? No, él estaba en el bar, intentando impresionar a las camareras.

—Exacto, ni siquiera te das cuenta de lo que dices. Lukas ha desaparecido, se lo llevaron como un saco de papas y tú sigues aquí tumbado como una especie de paciente de lujo con un rasguño en el hombro, quejándote porque he cuestionado tu integridad periodística. ¡Es a mi hijo al que se han llevado! ¡Vete a la mierda! —le espeta Pernilla, y se dirige hacia la puerta hasta que se detiene y se da la vuelta para añadir—: He recogido tus cosas. Tendrás que quedarte en otra parte. Y, por cierto, que no se te olvide pedir otro curita. Seguro que tienen con dibujos del osito Bamse.

Capítulo 50

—¡Te ha dado una regañiza! —Mikael Blomkvist no había advertido que habían metido a otro
paciente en su habitación durante la noche. Los
separa una cortina. Ahora una mano la desco-
rre—. ¿Estás bien?

¿Está bien? No. En absoluto. La cabeza le pal-
pita por las palabras de Pernilla y su propia rabia.
Y lo peor es que ella tiene razón. Desde que se ha
despertado en el hospital no ha hecho más que
pensar en escribir un artículo sobre cómo se gestionan los asuntos del municipio y si eso puede
guardar relación con el secuestro. Y el hecho de
que le hayan disparado tampoco le restará interés
al asunto, más bien lo contrario.

—Mi hija tiene mucho carácter —la justifica
Mikael, sea por lo que sea que lo diga.

El hombre estira el brazo hasta donde alcanza.

—Per-Henrik Hirak.

—Mikael Blomkvist —responde él estrechán-
dole la mano—. ¿Qué te ha pasado?

—Un pequeño accidente de caza —contesta el

hombre—, nada serio. Iba a saltar una valla y me disparé en el estómago sin querer. He pasado un par de semanas en otra unidad. Mañana me dan de alta.

—Demonios —dice Mikael—, qué suerte has tenido al salir con vida.

—Eso dicen —responde el hombre.

—Hirak... ¿No son ustedes los que se niegan a que pongan turbinas eólicas en sus tierras? Por lo menos según las últimas actas de la comisión municipal de gobierno.

—Sí, así es. Aunque, considerándolo todo, es una protesta ridícula. Independientemente de que aceptemos o no, si al final se sigue adelante no nos quedará más remedio que dejar la cría de renos. Tampoco es que importe mucho —añade Per-Henrik, y se vuelve en la cama, tumbándose de espaldas—. De todas maneras, en los renos no hay futuro.

—Suena triste —dice Mikael—. ¿No hay ninguna ley que imposibilite el proyecto?

—El municipio sostiene que las turbinas se construirán de modo que no afecten al pasto de los renos. Y que hay otras zonas que podemos utilizar.

—¿Y existen tales zonas?

—Sí, pero eso quiere decir que tendremos que llevar los renos hasta allí con camiones y un helicóptero, algo que no podemos permitirnos. El municipio piensa que ha cumplido al presentar una solución; el hecho de que no sea una solución realista no les importa. Pero ¿y tú? ¿Qué harás cuando te den de alta y tu hija te haya echado de casa?

—Me las arreglaré. Habrá hoteles, ¿no?

—Perdóname si me meto donde no me llaman —dice Per-Henrik—, pero no he podido evitar oír de qué hablaban. Es que Henry Salo no es precisamente una persona desconocida. Y luego uno ha leído las noticias, claro, sobre el tiroteo y eso. Resulta irreal que haya sucedido en Gasskas. ¿Tienes alguna pista sobre dónde podría estar el chico?

Mikael niega con la cabeza.

—Por desgracia, no.

—Hablando del rey de Roma —anuncia Per-Henrik, y corre la cortina.

—Henry —saluda Mikael—, qué sorpresa.

—Bueno —dice—, es que tenía unas gestiones que hacer en Boden, ¿cómo estás?

—Ahí voy, me darán de alta esta tarde.

—Bien, muy bien. Demonios, vaya lo que sucedió. Alguna que otra pelea de borrachos era de esperarse, quizá, pero ametralladoras pegando tiros al techo y Lukas..., bueno, Lukas...

Se sienta en el borde de la cama ocultándose el rostro entre las manos.

—Vamos —lo anima Mikael—, yo..., la policía..., lo van a encontrar, ya verás.

—Es increíble —se lamenta—, ir por un niño. ¿Crees que es por mi culpa?

—¿Qué crees tú?

—Soy funcionario municipal. La gente piensa que tengo poder, pero sólo ejecuto lo que los políticos me mandan. Levantar turbinas eólicas, construir minas, cerrar escuelas. Debe de estar relacionado con otros temas, pero entiendo que hay asuntos que me señalan. Los periódicos incluso especulan con que se trata de un conflicto sobre la custodia.

—Mece el cuerpo de adelante atrás mientras habla—. Tenemos que recuperar a nuestro chico. No ha hecho daño a nadie.

—¿No tienes ni siquiera alguna teoría de quién podría ser? —pregunta Mikael.

—Supongo que siempre hay gente que se molesta cuando las cosas no salen como les habría gustado, pero así, a primera vista, no.

—¿Y si lo piensas un poco más? —insiste Mikael.

—Casi iba a preguntarte lo mismo —replica Salo—. Quieras o no, es mucha casualidad. Apareces tú y los propietarios de las tierras empiezan a poner trabas, Pernilla está de lo más rara y Lukas desaparece.

—Ahora va a resultar que es culpa mía —dice Mikael.

—No he dicho eso, pero se han empezado a comentar cosas. La gente piensa que hacías preguntas extrañas en la reunión de la logia. Quizá nunca te mencioné el lema de la Orden del Diente de Tigre: tolerancia, hermandad y aceptación. En otras palabras, un ambiente muy abierto a cualquier opinión.

«Tolerancia, hermandad e ignorancia.»

—Soy periodista, Henry, como comprenderás, tu club hace que uno se plantee cuestiones como el nepotismo y decisiones poco democráticas.

—Ya, pero te olvidas del quid de la cuestión. Nos mantenemos dentro del marco de la ley. No hay nada malo en hablar de cosas antes de que acaben en las mesas de los políticos. A unos empresarios que ya sufren una fuerte presión fiscal les puede ahorrar dinero saber lo que hay.

—¿Antes de que los políticos elegidos democráticamente, entre los que también hay mujeres, por cierto, hayan dado su opinión?

—Okey, okey —dice Salo, y se levanta—, sólo quería advertirte. Deja el bolígrafo y regrésate a casa si no puedes ser más útil. Pernilla está fuera de sí de preocupación, para que lo sepas.

Capítulo 51

—Vaya, Kalle Blomkvist... Así que es aquí donde te escondes, en un hospital en medio de Norrland. ¿No puedes ni siquiera ir a una boda sin acabar en medio de una película de acción?

Mucho tiempo. O ninguno, dependiendo de cómo se mire. Pero se alegra. Más que alegrarse, casi se emociona. Al menos, se siente aliviado.

—¡Lisbeth! Maldita sea, cuánto me alegro de verte, ¿cómo sabías que estaba aquí?

—Me mandaste unos mensajes un tanto confusos, algo que no es muy propio de ti. Los tuyos suelen sonar más como los de un viejo engreído que busca compañía. Así que he pensado que mejor comprobaba qué le había pasado al gran detective. Si es que le ha dado un derrame cerebral o si simplemente está senil.

También Per-Henrik Hirak se ha avivado al ver a esa extraña figura que se ha quedado en la puerta y que no parece saber si entrar o irse.

—Debajo de las cosas de Micke hay una silla —indica éste.

—Menos mal que hay alguien educado aquí.

—Per-Henrik se ha disparado a sí mismo en el estómago. Y a mí me han disparado en el hombro.

—O sea que es la habitación de los frikis —dice Lisbeth, pero quien está en la cama al lado de Blomkvist no es ningún desconocido para ella, pues lleva un tiempo investigando a la familia Hirak—. ¿Eres el hermano de Märta Hirak? —pregunta, y advierte que el rostro de Per-Henrik se endurece.

—Sí, supongo que lo soy.

—¿Supones? —dice Lisbeth—. Entonces sabrás que Märta tiene una hija de la que nadie quiere saber nada, a pesar de que ha perdido tanto a su madre como a su abuela.

—No es tan sencillo —contesta Per-Henrik.

—Para mí, sí —replica Lisbeth, y, acto seguido, con el dedo índice toca a Mikael en el brazo y le dice—. ¿Y tú, qué? No puedes quedarte aquí perdiendo el tiempo. Tenemos mucho que hacer. Por cierto, ya he empezado.

—Me dan de alta esta tarde, pero Pernilla...

—Te ha echado de casa, sí, ya lo sé. Totalmente comprensible. Eres un tipo bastante pesado. Bromas aparte, como no me contestaste después de recibir todos esos mensajes tuyos tan raros, la llamé.

—Está enojada —dice Mikael.

—Aterrorizada —lo corrige Lisbeth.

—Ha sido injusta.

—Sincera. ¿Adónde vas a ir?

—No lo sé, a un hotel, supongo.

«En cualquier caso, con nosotras no te vas a quedar. Para nada. Te voy a echar una mano, pero luego es *bye, bye* para siempre.

»Explora ese sentimiento, Lisbeth. Él te hizo daño una vez, pero te cae bien, así que olvídate de aquello de una vez por todas.

»¡Cállate la boca, Kurt Angustiasson!»

—Puedes quedarte con nosotros —le ofrece Per-Henrik—. Tenemos espacio de sobra.

—Pero no para Svala, por lo visto —suelta Lisbeth.

Mikael pone una mano en el brazo de Lisbeth.

—Gracias, Per-Henrik, acepto tu hospitalidad con mucho gusto.

—Y en cuanto a Svala —dice Per-Henrik, y luego hace una pausa tan larga que Lisbeth se levanta para irse—, ¿por qué no vienen un día a casa a vernos?

Le ha costado mucho pronunciar esas palabras, Lisbeth lo entiende. Por ella, pueden irse a la mierda, pero ahora se trata de Svala. La niña necesita un hogar. Y el de la familia Hirak no debe de ser la peor opción.

—Parece que le has caído bien —comenta Mikael.

—A quién no le gusta un encanto como yo —dice ella.

—Espera, te acompaño fuera.

Caminan por el pasillo y se acomodan en unos asientos que hay delante de los ascensores.

—Muy bien, Kalle Blomkvist, ¿por dónde empezamos?

Capítulo 52

—*¿Y tú por qué lloras?*
  —*Vienen por mí ahora.*
  —*Pero tienes la llave.*
  —*¿La llave de qué?*
  —*La llave de todo.*

Pensar como Mamá Märta es lo mismo que estar en lo más bajo. Encontrar una salida, pero nunca la salida.

Svala ha pensado mucho en su madre. Entiende las elecciones que ha hecho. Algunas para protegerla a ella, otras para protegerse a sí misma.

El camino está ahí. Svala sólo tiene que decidirse. Seguir siendo la niña que en realidad nunca ha sido o tomar sus propias decisiones.

Heian shodan, nida y *sandan.* En las secuencias de los *kata* no hay cabida para los pensamientos, sólo el esfuerzo del cuerpo por alcanzar el equilibrio.

Se baña, se viste, se mete la tarjeta llave del

hotel en el bolsillo de atrás y luego cierra la puerta de la habitación. Tiene que empezar por algún sitio.

—Me gustaría ver a Henry Salo —dice—. No hemos concertado una cita, pero si lo puede llamar por teléfono, por favor, y decirle que es de parte de Svala Hirak, se lo agradecería.

«Que nunca se te olvide ser educada —dice Mamá Märta—. La educación abre puertas.»

—Siéntate mientras tanto —propone la recepcionista—. Vendrá a buscarte dentro de un ratito.

Henry Salo tiene un aspecto más amable que el otro día, pero también parece más cansado. Respira pesadamente al subir los dos tramos de escalera hasta su despacho. Cierra la puerta y la invita a sentarse.

No se parecen mucho, Märta y su hija. El nombre le provoca dolor de estómago. *Pueden hacer lo que quieran con ella.* ¿Y si eso es justo lo que Branco piensa hacer? ¿Es realmente posible que esté tan loco? ¿Un hombre de negocios con renombre internacional?

—¿En qué puedo ayudarte?

—He entrado a robar en tu casa.

—Ahora no te entiendo. ¿Hoy?

—No, hace tiempo.

—Pero no hemos sufrido ningún robo. No nos falta nada.

—Ya —dice Svala—, quizá no te hayas dado cuenta. Sé que conoces a mi madre. Märta Hirak.

—Bueno, sí. De pequeños éramos amigos. ¿Cómo está?

—No lo sé. Ha desaparecido. He pensado que quizá tú supieras dónde está.

¡Te extraño!

—¿Por qué piensas eso? No mantenemos el contacto.

—Pero conoces a Peder Sandberg.

—Bueno, sí, sé quién es —dice Salo, y sirve café en un par de tazas—. Tomas café, ¿no?

Sí, toma café.

—¿Quieres un sándwich? —pregunta Henry Salo—. ¿Queso o paté?

—Queso, por favor.

Toman café y se quedan pensativos. Ella quiere algo. Sabe algo.

—¿Por qué querías hablar conmigo? —inquiere Henry.

—Volviendo al tema del robo —replica ella, y revuelve en su mochila. Saca un desgastado muñeco de peluche y pide unas tijeras.

—¿Le has robado un muñeco de peluche a Lukas? —pregunta él.

Esto es de lo más raro. Pero la niña está muy seria, así que Salo va por unas tijeras.

Ella abre un pequeño agujero en la costura y saca una cajita. La agita delante de él y le pregunta si sabe lo que es.

—No sé si tengo tiempo para esto —le advierte él—. Ve al grano.

—La caja fuerte de tu zoológico —dice ella—. Detrás de veinte trajes azul marino.

—Eso es imposible —replica él—. Nadie más que yo conoce el código.

—Tú y yo —contesta ella—. FQZoo81VG. Sé que Mamá Märta te ha dado la llave. Y si ella te ha dado una llave significa que confía en ti. No sé por qué. En cuanto leo algo sobre ti, me digo: «no es de confianza».

La niña se expresa de una forma rara, como una persona mayor. Para gente como ella hay dos caminos: o muere joven o llega muy lejos. Ahora mismo lo tiene acorralado.

—Amo a tu madre —dice él, y le sale de forma tan inesperada que ambos se sobresaltan.

—¿Tienen una relación? —pregunta Svala—. Creí que acababas de casarte, con Pernilla o como se llame.

—Estuvimos juntos hace mucho tiempo, pero se interpusieron algunas cosas.

En concreto, un monstruo albino de dos metros, pero eso no puede contárselo a la niña. Que ese repugnante individuo haya engendrado a la persona que se sienta frente a él resulta incomprensible.

—Tu madre es... Bueno, ¿qué es? Especial.

—Es lo que suelen pensar los hombres —dice Svala, y vuelve a hablar de la llave—. ¿De dónde es?

—No te lo puedo contar —contesta él—. O, mejor dicho, no lo sé.

¿Está mintiendo? Claro que sí. Mentir a un niño es muy fácil. Todos los adultos lo hacen.

—Así que no piensas decirme de dónde es la llave —dice ella.

—No —responde él—. Bastante tenemos con que la hayas robado, ¿no te parece? ¿Quizá debería llamar a la policía?

—O yo —replica Svala, y revuelve de nuevo en la mochila—. Tenemos una amiga en común. Marianne Lekatt.

Y ahora que lo piensa, Salo se da cuenta de que ha visto esa mochila antes. Una cosa azul claro muy de niña encima del banco de madera de la cocina. No encajaba en esa casa. Eso fue lo que pensó, que no encajaba en esa vieja y desgastada cocina, pero no se le ocurrió preguntar.

—Estaba allí —aclara ella, y saca el celular—. Pido disculpas por la calidad del sonido. Si me cuentas de dónde es la llave, borro el archivo. Si no, lo envío.

Al otro lado de la ventana, el río serpentea por la ciudad como una culebra. Quizá ya va siendo hora. Qué fácil sería librarse de todo: un solo paso desde un acantilado y asunto resuelto.

—De acuerdo —accede él.

—Nada de mentiras —dice ella.

Salo suspira.

—No miento. No sé exactamente qué abre —dice, y es verdad—. A mí me parece que es de un buzón postal. O quizá de un *locker*. Tu madre me pidió que se la guardara.

—¿No dijo nada más? —pregunta Svala.

—No —responde él, lo cual casi es verdad.

Märta está tumbada con la cabeza apoyada en su brazo pasándole los dedos por el pelo. Una suave penumbra vespertina flota en la habitación. Un momento de paz. Él puede contarlos todos.

—¿Puedo pedirte un favor? —pregunta ella, y enciende la lámpara de la mesita. Su tono es serio. Y está tan guapa en ese momento que él casi se rompe.

Lo que quieras.

—No es un favor muy difícil —continúa ella, y le pone la llave en la mano—. ¿Puedes guardármela? ¿Meterla en algún sitio o esconderla?

—¿De dónde es? —quiere saber él.

—No importa —contesta ella—, pero si me muero, cuando me muera, quiero que se la des a Svala. Sólo significa algo para ella.

—Okey —dice Svala—, te creo. —Levanta el celular en el aire y borra el archivo—. Dicho sea de paso, tu estrategia con Marianne es errónea. Es una buena persona. No la conoces.

Maldita niña sabelotodo. Sólo pensar en esa vieja bruja lo molesta. Todo es por su culpa, todo ese maldito lío empieza y termina con ella.

—Una última cosa. ¿Sabes dónde está mi Mamá Märta?

Él niega con la cabeza.

—Por desgracia, no —dice—. Si lo supiera, iría a buscarla.

Capítulo 53

—No quiero saber nada de los clientes que «sólo están viendo», muchas gracias. Cuarenta y dos mil, regateado y listo. Tiene sus añitos, pero setenta mil kilómetros no es nada para un diésel.

—Cuarenta mil, ni una corona más —dice Lisbeth—. Y si no aguanta hasta final de mes, sé dónde vives.

—Okey, hazme un Swish con el celular —responde, y le da el número.

—Ni hablar —dice Lisbeth, y pronuncia una breve charla acerca de los riesgos que conlleva conectar servicios con cuentas bancarias. O lo que es peor, conectar diferentes dispositivos entre sí.

El hombre mira fijamente al campo y enciende un cigarro.

—¿Te lo quedas o no?

El costo del coche se carga a la cuenta de gastos imprevistos; una cuenta donde, al parecer, ha recibido un sueldo todos los meses durante al menos un par de años y dividendos de sus acciones. Armanskij debe de estar contento con sus servicios.

Sólo porque puede hacerlo, da otra vuelta más alrededor del coche y patea a conciencia todas y cada una de las ruedas.

—¿Aguantarán todo el invierno?

—Para las señoritas, dos inviernos mínimo.

«Yo sólo veo una señorita aquí»; no lo dice porque necesitan un coche. Le entrega el fajo de billetes y deja que los cuente. Cuando han terminado de firmar los papeles y se estrechan la mano, el hombre le devuelve un billete de quinientos.

—Te has equivocado al contar —advierte.

—Ya lo sé —dice ella.

El hombre sacude la cabeza mientras murmura algo acerca de las mujeres.

—Por cierto —dice Lisbeth—, esa motonieve, ¿también está a la venta?

—¿Bromeas? —contesta él—. Antes vendo a mi mujer.

—Qué suerte que no tengas ninguna —susurra Lisbeth a Svala.

—Qué mala eres —dice Svala cuando avanzan dando tumbos por el camino de grava—. Él sólo quería vender el coche. Su madre murió la semana pasada. Era amiga de mi abuela, Ann-Britt.

—Me lo hubieras dicho antes —replica Lisbeth—. ¿Conoces el camino a casa de los Hirak?

—Obvio

—Me dio la sensación de que nunca habías estado allí —explica Lisbeth.

—El hecho de que no los conozca no significa

que nunca haya estado allí —dice Svala, y gira a la derecha en el cruce.

Lisbeth tiene la típica pregunta de los periodistas deportivos de «¿cómo te sientes?» en la punta de la lengua, pero se contiene. Hablar de los sentimientos de Svala puede significar también que remueva los suyos propios. En algunas situaciones, en la mayoría, es mejor sentir las cosas después. O no sentirlas y punto.

—Los frenos están bien —asegura Svala—. Y tampoco parece que haya nada raro en la caja de cambios.

Ha echado el asiento hacia delante al máximo. La cabeza apenas sobresale por el volante. La profesora de autoescuela, Lisbeth, no necesita advertirla que tiene que mirar en todos los retrovisores. No es la primera vez que Svala conduce un coche.

—Supongo que no corremos el riesgo de cruzarnos con la policía.

—Como si eso nos importara —dice Svala—. Tú pareces tener buena mano para los policías.

«¿Qué demonios querrá decir la niña con eso?»

—Supongo que no has oído hablar de TikTok.

—Claro que sí —responde Lisbeth—. Un sitio en la web donde los niños pasan mucho tiempo.

—Y yo que creía que eras una experta con las computadoras —dice Svala—. Y que trabajabas en ciberseguridad.

—¿Y eso qué tiene que ver?

—En TikTok —continúa Svala— hay dos

videos protagonizados por ti y Jessica Harnesk. Todo el mundo sabe quién es ella. Viene a la escuela al menos dos veces al año, para hablar de drogas. Le cae fenomenal a todo el mundo, sobre todo cuando hace que se libren de mate.

—Para el coche —ordena Lisbeth—. Ahora mismo. Estaciónate aquí. Ahora. Y apaga el motor.

—Vamos a pasar frío.

—Me da igual, apaga el motor y repite lo que acabas de decir.

—En uno de los videos están bailando y en el otro están sentadas en un sofá —explica Svala, y saca el celular.

Allí donde el lucio nada entre los juncos
y el zorro pasa furtivo el puente,
allí donde preparas tu aguardiente en el garage,
allí, maldita sea, allí quiero vivir.

—Bailamos —intenta Lisbeth—. ¿Y qué?

—No me importa, pero teniendo en cuenta que eres mi tía, da bastante vergüenza.

Gira el celular para que Lisbeth pueda verlo.

Los labios en los que lleva toda la semana pensando. El pelo, las piernas de Barbie. Y el resto... Ser una persona desconocida en una ciudad desconocida. Las cosas de las que hablaban. La ligereza. La libertad.

—¿Quién lo ha subido?

—Alguien que aparece como «Henkebacken».

Ahora nunca me dejará en paz.

Quizá deberías empezar a poner límites.

—Tal vez deberíamos cambiar de lugar —propone Svala—. Entiendes lo estúpido que es dejar que conduzca una niña, ¿verdad? Si nos cachan, nunca me darán el permiso de conducir.

—Okey —dice Lisbeth, y la agarra de la barbilla para girarle la cara hacia sí—. Una cosa: no soy tu madre. Sólo y por casualidad, soy tu tía, además, de manera completamente involuntaria. Tú querías conducir. Yo te he dejado conducir. Ya va siendo hora, maldita sea, de que asumas la responsabilidad de tus actos y de que no se la traslades a otros como una maldita mocosa cualquiera.

—Deberías haber dicho que no.

—Y tú no deberías habérmelo pedido.

Capítulo 54

La finca de los Hirak se parece a la mayoría de las fincas alrededor de Gasskas. Una casa roja con las esquinas blancas, otro edificio más pequeño en ángulo, un establo que ha visto días mejores y una perrera donde dos o tres perros spitz ladran furiosamente cuando Svala y Lisbeth bajan del coche.

La niña vacila. Se pone el gorro y baja la vista al suelo.

Lisbeth mira a su alrededor. No hay luz en la casa. No parece haber nadie. La niña parece perdida. *Lo siento, sé cómo es. Intentaré portarme mejor.*

—Tocamos el timbre, ¿no? —dice Lisbeth, pero nadie abre—. Qué raro, habíamos quedado a las cuatro.

—Hay luz en el *fuset.*

—¿Dónde?

—En el establo —dice Svala acentuando cada sílaba antes de seguir unas pisadas que conducen hacia una puerta semiabierta.

Cuerpos de animales despellejados penden de

los ganchos. Y lo más raro de todo es ver a Mikael Blomkvist con un delantal de plástico manchado de sangre en pleno proceso de descuartizar un reno muerto. No sin ayuda. Per-Henrik Hirak sigue con plena atención el cuchillo que lleva Mikael en la mano.

—Hola —dice cuando las descubre para, enseguida, centrarse de nuevo en el animal—. Como ven, me he convertido en aprendiz de descuartizador —añade—. Bastante complicado para un vegetariano de la capital.

—Ya te he dicho que ser vegetariano es sólo para tontos —replica Lisbeth.

—Si cortas la contra demasiado gruesa, vas a echar a perder el redondo —comenta Svala.

—Creo que es mejor que le pases el cuchillo a la experta —dice Per-Henrik a Mikael, y señala con la cabeza a Svala.

—Allí colgado hay un delantal. La hembra y el ternero acabaron entre los coches. Tenemos que descuartizar a la hembra también.

Unna gehtsul várrista, várrista, várrista.

Unna gehtsul várrista, ietján váldáv duv.

Mamá Märta, no sé qué hacer.

Pero, pequeño caracol, ya sabes cómo se hace. Empieza partiendo el cuerpo en dos partes para que puedas sacar el filete enseguida. Luego cortas la falda entre las vértebras, para que los restaurantes tengan su parte favorita.

El cuerpo pesa mucho. Tiene que esforzarse con la pata. Se tambalea, pero al final logra subirla a la mesa.

Entra con el pulgar ahora y arranca el roast beef.

Pone las partes descuartizadas al lado del filete. La tapa, el roast beef, la babilla, el redondo, la contra.

Apenas le quedan fuerzas en los brazos y le sangra un dedo.

—Yo me encargo de la otra parte —dice Per-Henrik—. Puedes limpiar la carne para guisar. Y tú también —añade en dirección a Lisbeth—. Tienes pinta de poder manejar un cuchillo, mientras que al Mikael este lo vamos a poner a empaquetar. —Le tira un plumón—. La fecha de hoy, la parte y el dueño. En este caso debe decir Märta. O quizá Svala —dice mirando a la niña—. Pon Svala.

Eres lapona y tienes tus renos.

Se dice sami.

Sami-sami, tienes tu propia marca. Que no se te olvide.

¿Puedes volver en lugar de estar hablando en mi cabeza?

Pronto. Sólo tengo que solucionar algunas cosas antes, luego voy.

Laura Hirak, la hermana pequeña de Märta, rompe la fina rebanada de pan en dos partes e introduce los trozos en el caldo, que hierve a fuego lento.

Echa una cacerola con carne en un plato y al lado se sirve el pan, que se ha ablandado e hinchado como un pudin.

—Ponte un buen trozo de mantequilla encima también —dice, y coloca el plato delante de Svala—. Empieza por la carne, así sabrás si vas a poder terminarla o no.

—No como carne —avisa Svala.

—Eso lo puedo entender —responde Laura—. Yo tampoco me comería el pollo o la carne que venden en el supermercado, pero esto es carne de reno. Comida más natural imposible.

—El animal no ha pedido morir para convertirse en alimento humano —replica Svala, y corta un trozo del pan mojado y blanducho.

—Es una suerte que tengamos renos todavía —salta Elias, el hermano mayor de Märta—. Tu padre hizo lo que pudo para...

—Hablaremos de eso en otro momento —lo interrumpe Laura—, la niña no tiene la culpa.

—No, pero tiene sus genes —dice él—. Y los de Märta.

—¿De qué no tiene culpa la niña? —quiere saber Lisbeth—. Si han empezado, mejor cuéntenlo todo.

Los hermanos cruzan la mirada. Que el mal salga a la luz.

—Bueno —empieza Elias—. Märta, o sea, su madre, no era como el resto de nosotros. En lugar de formar una familia quería ver mundo. Fue culpa de nuestro padre. Le llenó la cabeza de pájaros.

Decía que poseía talentos que no debería desperdiciar y que estaba destinada a algo más que una vida normal.

—Suena como un padre muy perspicaz —interviene Lisbeth, ganándose miradas irritadas.

—Märta era...

—¿Tenemos que hablar de ella como si estuviera muerta? —lo interrumpe Svala.

—¿Y no es así? —dice Elias.

Svala se levanta con tanto ímpetu que tira la silla al suelo, se pone las botas, agarra su chamarra y sale dando un portazo.

—¿Era necesario decir eso? —le reprocha Laura.

—Yo creo que sí.

—Pues entonces sigue contando y yo voy a ver dónde se ha metido la niña.

—Sí, por favor —dice Lisbeth—. Quiero saberlo todo acerca de las miserias de la familia Hirak, que, por lo visto, son todas culpa de Svala. No está mal para una niña de trece años.

—No es culpa suya —media Per-Henrik—, sino de Märta y de nuestro padre. Märta siguió su consejo. Se marchó para convertirse en alguien importante y regresó un par de años más tarde hecha una yonqui, en compañía del padre de la niña: Ronald Niedermann. Se habían conocido en Estocolmo. Un día aparecieron por aquí y exigieron que les diéramos la parte de la finca que a Märta le correspondía como herencia, a pesar de que nuestros padres todavía vivían. Necesitaban dinero.

Como Märta siempre había sido la niña de sus ojos, a nuestro padre le costó decir que no. Ella se inventó una historia sobre una empresa que iban a poner y el viejo aflojó la billetera. Tampoco es que tuviera mucho dinero, la cría de renos no da para gran cosa, pero algo habría ahorrado durante su vida. Poco después volvieron a Estocolmo. Luego pasaron un par de años sin que supiéramos nada, hasta que de repente la encontramos tirada ahí fuera, medio muerta, con todo el cuerpo lleno de moratones, fracturas y golpes. Dejamos que se quedara a vivir con nosotros. Abandonó las drogas y consiguió un trabajo en el ayuntamiento. Se olvidó de todos los desvaríos de sus sueños artísticos, gracias a Dios. Incluso retomó la relación con Henry y poco a poco volvió a ser la misma Märta de antes.

—¿El mismo Henry que...? —quiere saber Mikael.

—Sí —confirma Per-Henrik—. Henry Salo. Ya de niños eran inseparables. Tampoco es que al viejo le hiciera mucha gracia que digamos, el niño maleante del monte, como lo llamaba, pero Henry no era mal tipo. Al menos no entonces. Seguramente todo habría salido bien si no hubiera sido porque resultó que estaba embarazada. Se hicieron unas pruebas de paternidad y Niedermann salió ganador. Fue entonces cuando empezó el verdadero infierno.

Capítulo 55

Svala consigue con un poco de maña introducir la mano por las mallas del cercado de la perrera. La laika mantiene las distancias, mientras que los spitz de Norrbotten están más que alegres por la visita. Abre la reja sin perder de vista a la laika y se sienta encima de una cubeta de croquetas que pone bocabajo. Los spitz se apretujan buscando su atención. Los acaricia y los perros le responden con lametones. Con el rabillo del ojo ve acercarse a la laika.

Laura se detiene cuando ve que la niña está en la perrera. Alguien debería haberle advertido, pero ¿quién podría imaginarse que se le ocurriría entrar allí? Deberían haber sacrificado a la vieja laika hace tiempo. Ahora no se atreve a gritarle a la niña que salga corriendo de allí en cuanto pueda, un movimiento repentino podría provocar un ataque de la perra.

A tan sólo un par de metros de ella, Svala extiende la mano.

—Tienes miedo —dice—. Pero te atreves a lamerme la mano. Tu amo no parece ser un tipo muy simpático. Entiendo que quieras morderlo. Mamá Märta suele hablar de ti. Cuando ella vuelva, vendremos a buscarte.

Para gran sorpresa de Laura, la perra se sienta al lado de la niña. Apoya la cabeza en sus rodillas y se deja acariciar.

Unna gehtsul várrista, várrista, várrista.

Unna gehtsul várrista, ietján váldáv duv.

—Sólo me sé la de «Pequeño caracol» —dice Svala.

Laura se acerca con pasos lentos. La laika empieza a gruñir.

—Los odia —dice Svala.

—Probablemente —admite Laura—. Y Märta también. Debería haberse llevado a su perra.

—No habría tenido una buena vida con nosotros —replica Svala—. Pederpadrastro le tiene miedo a los perros. ¿Conociste a mi verdadero padre?

—Tanto como conocer... —responde Laura.

—¿Cómo era? —pregunta.

—Regresó para buscarte. Quería que crecieras con su familia, en Alemania. Acababas de nacer. Mis hermanos consiguieron que se fuera, pero no se dio por vencido. Era..., cómo te diría..., daba miedo. Luego llegó el verano. Estábamos en plena separación de los renos y los terneros estaban reunidos para el marcado. Märta —continúa Laura, aunque dudando un poco— había desaparecido y te había dejado con nosotros. Escribió una nota que dejó encima de la mesa de la cocina: «Cuiden a la niña».

—¿Quién me cuidó? —quiere saber Svala.

—Yo —dice Laura—. Te llevaba en un cesto en la espalda. Era tarde, todo el mundo había vuelto a sus casas —continúa—. Mi padre nunca nos contó que había recibido una llamada de Niedermann unos días antes. Cuando regresamos al día siguiente, los renos estaban tirados en el suelo. A algunos los habían matado a tiros, a otros, a cuchillazos. Algunos seguían vivos, pero con heridas graves. Era como si una manada de lobos hubiera pasado por el pasto. Fue terrible. Perdimos a casi todos nuestros renos.

—Pero Mamá Märta volvió, ¿no? —dice Svala.

—Sí —dice Laura—, cuando murió tu padre. Pero, en su lugar, llevaba consigo a Peder Sandberg. Ella afirmó que la había salvado y a ti también. Y ahora había regresado para llevarte con ella. Tanto mi padre como tus tíos intentaron impedirlo. Es que Peder Sandberg ya tenía mala fama en aquel entonces, pero ella aseguraba que, de alguna forma, estaba en deuda con él por Niedermann.

—¿Mató Peder a mi padre? —inquiere Svala.

—No, al menos según Märta. Él se buscó su propia muerte, fue todo lo que dijo. Tú gritaste hasta que se te puso la cara roja. «*Li, li*», gritabas, «no, no», cuando Märta intentaba levantarte.

—¿Hablaba sami? —pregunta Svala con sorpresa en la voz.

—Claro. Además, muy bien. Sólo tenías un par de meses cuando dijiste tus primeras palabras.

—¿Que fueron...? —quiere saber Svala.

—*Eadni* —dice Laura—. «Mamá.»

—Qué raro —dice Svala—. Mamá Märta no estaba.

Pero Laura no contesta, y la mirada se ve vidriosa cuando se gira hacia Svala de nuevo.

—Las últimas palabras de Elias a Märta fueron duras. «Si te vas ahora, no podrás volver. Ni tú ni la niña.»

—Nos echaron —concluye Svala.

—Sé que resulta difícil de entender, pero Märta atraía muchas desgracias. No podíamos permitirnos perder más de lo que ya habíamos perdido.

—¿Y yo?

—Tú —dice Laura, e intenta acariciar el brazo reacio de Svala—. Yo siempre he guardado la esperanza de que volvieras.

La laika vuelve con pasos perezosos al tazón de agua. Los demás perros están tumbados en el suelo. Unas nubes cargadas de lluvia entran sobre el río y unos cuervos se pelean por los restos de la matanza.

—Entonces entiendo por qué no me siento muy querida aquí —dice Svala, y se pone de pie—. Creo que será mejor que nos vayamos a casa ahora.

Capítulo 56

«Gaskassen - Tu parte del mundo.»

Mikael Blomkvist sacude la cabeza, incrédulo, mientras accede al periódico local por la entrada principal. Sube hasta la redacción de noticias y sigue hasta dar con el redactor jefe, al que encuentra al fondo de la oficina abierta, sentado con los pies en la mesa en el único despacho que hay.

—Hombre, Blomkvist, ¿qué tal? Qué bien que hayas podido pasarte por aquí. ¿Quieres un café? —Pulsa un botón en el interfono y enseguida cada uno sostiene una taza de café en la mano.

»Bueno —continúa Jan Stenberg—, están sucediendo cosas en nuestro pueblo. ¿Sabes algo más del chico?

—Lamentablemente, no —contesta Mikael—. La policía no parece haber encontrado ninguna pista. Tampoco puede ser tan difícil, digo yo.

—El bosque es profundo —argumenta Stenberg— y el mundo es grande, pero eso depende, claro está, de por qué se lo hayan llevado.

—Sí, claro —dice Mikael—. ¿Cómo quieres organizarlo?

—Puedes hacer lo que quieras —responde—. ¡Toda la redacción arde de entusiasmo!

Un miembro de esa redacción tan entusiasmada por recibirlo está leyendo una revista de carreras de caballos con el mismo interés que los mormones leen la Biblia y ni siquiera levanta la vista cuando Mikael se presenta.

—Como quizá sepan, llevo trabajando en la revista *Millennium* desde principios de los noventa —dice, y como respuesta se levanta una mano en el aire.

—¿No ha dejado de publicarse?

—La revista en papel, sí, pero en su lugar hay un pódcast y la página web, por supuesto.

—Sí, lo sé —dice el que ha levantado la mano—, pero hace mucho tiempo que ni te oigo ni veo tu nombre.

Mikael carraspea.

—Es correcto. Llevo de sabático una temporada. Ya veremos lo que pasa el año que viene. ¿Y ustedes? —pregunta Mikael—. ¿Quién de ustedes es el responsable de los reportajes de investigación, o sea, de escarbar a fondo?

—¿Eres tú, no, Anna? Como te gustan tanto las plantas y escarbar en el jardín... —dice la voz detrás de la revista de caballos, y se unen todos a la risa.

—No tenemos a nadie así —replica Anna—. Nos ayudamos todos lo mejor que podemos.

—¿Y cómo va?

—La semana pasada publicamos un reportaje sobre la economía detrás de Gasskas IK y el mundo del hockey. Y funcionó bien.

—¿La economía o el artículo?

Mikael lo ha leído. El club Gasskas IK tiene una economía estable que se apoya en la industria y el comercio, así como en el municipio. El artículo no era malo, pero sí superficial e innecesariamente positivo. El periodista se contentó con respuestas obvias. Lo que podría haber sido una pieza de periodismo de investigación se convirtió en un artículo normal y corriente.

—Las dos cosas —contesta Anna.

—¿Y qué más? —pregunta Mikael—. ¿Cómo ha funcionado la cobertura del secuestro?

«Resulta tan irreal hablar de Lukas. Como si fuera cualquiera.»

—Al principio éramos dos reporteros, pero ahora sólo estoy yo.

—¿Y cómo te llamas?

—Janne Bolin.

—Hola, Janne, ¿y cómo estás organizando el trabajo ahora mismo? Porque supongo que siguen de cerca la investigación de la policía.

—Pues claro, hombre —dice Janne—, hemos hecho guardia delante de la casa de Salo, junto con los chicos de *Expressen*, pero no suelta nada. Tu hija tampoco. Pernilla o como se llame.

«O como se llame.»

—Querrán que los dejen en paz —dice Mikael—. ¿No hay algún otro hilo del que tirar?

—No —responde Bolin—. La policía organiza ruedas de prensa con las agentes más guapas, pero no ha salido nada nuevo que no se haya podido leer ya en Flashback.

—¿Y ustedes, con su conocimiento de la zona, pueden sacar algo concreto de lo que escriben en Flashback?

—Sobre todo hablan de personas que han desaparecido y de que la policía no parece preocuparse por ese tema —explica Anna—. Por lo menos, si se trata de desapariciones relacionadas con la droga. Gasskas es como los barrios en torno a Järvafältet, en Estocolmo. Las redes criminales de aquí pueden operar con la misma tranquilidad, aunque es menos espectacular. No hay tiroteos. A los jóvenes se los traga un sumidero, sin más. Alguna que otra persona aparece con la cabeza debajo de una turbera, pero a la mayoría no se le encuentra nunca.

—Y desde el punto de vista meramente periodístico, ¿qué les parece eso?

—Que Flashback apesta —contesta Bolin.

—Cuando el río suena... —dice Anna.

—Exacto —dice Mikael—. Si yo fuera ustedes, pero resulta que ustedes son yo, haría un seguimiento de algunas de las cosas que se dicen en Flashback.

Va transcurriendo la mañana. A las doce en punto todo el mundo sale a comer. Mikael se queda delante de la computadora que suelen usar los becarios y echa un vistazo a los archivos del periódico. Primero hace una búsqueda de Henry Salo y salen tres mil resultados. Para reducir el número, pone un signo negativo delante de Salo y comillas en torno a Henry. Todavía hay centenares de resultados, la mayoría de principios de los años 2000, hablando de una de las grandes estrellas del Gasskas IK, el canadiense Paul Henry.

Cambia de método, retrocede en el tiempo y hace una búsqueda año a año. A las cinco para la una encuentra lo que busca. 3 de julio de 1991: «Niño pierde dedos en una máquina cortadora de leña». Y el subtítulo: «Niños menores de edad quedan bajo custodia tras la sospecha de maltrato y abandono».

Bark. El apellido de Henry antes de la adopción. Joar Bark. Su hermano.

Toma nota del nombre y, cuando los miembros de la redacción vuelven a dejarse caer por la oficina, cierra los archivos.

—De acuerdo —dice—. ¿De qué sucesos, aparte del secuestro, han escrito más durante el último mes?

—La chica refugiada que desapareció tuvo un par de titulares —responde Janne Bolin—, por lo demás, mucho acerca del mercado y el cierre de una de las dos plantas de maternidad. Y el hockey, claro. El Gasskas juega bastante bien. Van en segundo lugar en la liga. Si siguen así, tenemos oportunidad de subir a la SHL.

—Y los planes de la mina, claro —dice Anna—,

pero allí hemos recurrido a bastante material de la agencia TT, al igual que cuando se trata del parque eólico. Es que no hay gran cosa que cubrir antes de que hayan empezado a construir nada.

—¿Por qué dices eso? —pregunta Mikael.

—Una vez que esté hecho cubriremos la inauguración, evidentemente, pero ahora mismo supongo que sólo están en fase de planificación del proyecto.

—¿Y las personas en torno a la construcción? —sugiere Mikael—. Las protestas de los verdes y los propietarios de tierras que dicen que no, ¿no les interesa todo eso? ¿O el proyecto de mina de Mimer y todas las vicisitudes alrededor?

—No, no mucho —contesta Anna—. La gente parece bastante harta de Greta Thunberg y su pandilla.

—¿Y quién tiene la culpa? —dice Mikael.

—Ella misma —interviene Janne—. Aquí arriba nadie aguanta su rollo. La gente necesita el coche. Y eso de que todo el mundo debería conducir vehículos eléctricos es algo que sólo puede salir de la boca de una niñita con padres ricos.

Mikael se serena durante unos segundos. Esto es peor de lo que había imaginado.

—De acuerdo —empieza—. Y si digo que es culpa de los medios de comunicación y no de los políticos que la gente ya no hable del cambio climático, entonces ¿qué me dicen?

—¿A qué te refieres? —pregunta Anna.

—Que son como un rebaño de ovejas —responde, y agita el periódico del día en el aire—, que pastan en la misma parcela hasta que pasan, todos juntos, a la siguiente. Ahora mismo el crimen y el castigo son los temas que ocupan un lugar prioritario en el orden del día, ¿verdad?

—Son importantes —admite Janne—. Tuvimos un reportaje sobre los robos en casas de campo la semana pasada. La gente está asustada.

—¿También en Gasskas?

Se miran de reojo.

—Quizá aquí no —dice Anna.

—Que sí, demonios —salta Janne—. Han venido un montón de inmigrantes y quién sabe lo que se les ocurre con tal de no trabajar.

—¿Eres racista? —dice Mikael, y toma el toro por los cuernos.

—Llámalo como quieras —contesta Janne—, pero no quiero que Gasskas se convierta en un suburbio de mierda, como Rinkeby.

—Ah, ¿no? —dice Mikael—. Entonces, quizá deberíamos hablar de Svavelsjö MC.

—Ya, pero que conste que recaudaron ciento cuarenta mil coronas para el fondo del cáncer infantil el verano pasado. Sé que parecen siniestros, pero ¿quién hace algo así? Criminales no, en todo caso.

—¿Y si no se trata más que de una fachada? —objeta Mikael.

Pero entonces dan las tres, y el cuerpo les pide café y las galletas crujen deliciosamente.

—¿Cuál es la contraseña del archivo? Es que lo

he cerrado sin querer —pregunta Mikael antes de que se vayan—. Voy a ver si les encuentro unos buenos artículos.

—«vamosgasskas», todo en minúscula —dice Anna.

Tras el descanso, presenta unos ejemplos de artículos sobre los precios de la luz y artículos recurrentes sobre personas que se ven obligadas a pasar frío durante el invierno.

—Es un puto escándalo —se queja Janne Bolin—. Jubilados que llevan toda la vida trabajando no tienen dinero para pagar la factura de la luz. ¿En qué país nos hemos convertido?

—Sí —concede Mikael—, así es, pero ¿por qué no profundizan más en la cuestión y reflexionan sobre por qué los precios de la luz se han duplicado, a pesar de que viven en la zona del país que produce la mayor parte de la energía?

—Corta Suecia por el río Dalälven —dice Bolin—. Y que los recursos naturales se queden aquí. Es mi propuesta.

—Una propuesta realmente extraordinaria —comenta Mikael—. Deberías haberte hecho político.

Cuando Janne Bolin va al dentista el ambiente se aligera. A pesar de que la jornada de investigación ha empezado con dificultades, Mikael consigue captar la atención de un par de los reporteros más jóvenes, cuyos ojos quizá no brillen de admiración al mirarlo, ya que nunca han oído hablar de *Millen-*

nium, pero sí con interés al menos. Antes de que termine la jornada laboral han confeccionado un plan para un trabajo de investigación sólido que también incluye a Salo y la Orden del Diente de Tigre, con palabras clave marcadas en rojo como *corrupción*, *infracción de la ley de libre competencia*, *decisiones no democráticas* y, finalmente, la *KGB*, las empresas municipales de Gasskas.

—Que no se les olvide —dice mientras se pone la chamarra de piel encima del saco—. Según preguntes, así te responden. No se conformen con respuestas sencillas sólo para terminar antes. Pidan más tiempo si les hace falta para avanzar. Hagan preguntas incómodas. Una negación también es una respuesta. Una vacilación es una puerta entreabierta y una mentira es una cortina de humo para ocultar algo. La próxima vez hablaremos sobre la importancia de fuentes dignas de credibilidad y quizá también dignas de confianza. ¡Hasta lueguito!

«Hasta lueguito.» ¿De dónde diablos le ha salido eso? Debería haberse conformado con un movimiento de cabeza.

Capítulo 57

Baja los peldaños de la escalera de dos en dos, cruza la plaza en diagonal y entra en el Statt, se acerca a la barra y con un gesto pide una cerveza que consigue que el dolor del hombro disminuya y el pulso se desacelere. Lo necesita.

—Vaya, vaya, si es Mikael Blomkvist. Maldita sea, cuánto tiempo.

Se da la vuelta. La idea se le ha pasado por la cabeza. Sería raro que no acabaran coincidiendo tarde o temprano. Así que ha llegado el momento y aquí está, cara a cara con Hans Faste. Un poco más gordo que la última vez y también más viejo, pero con la misma mirada vacía y esa torcida sonrisa que parece habérsele congelado como si de una parálisis facial parcial se tratara. Vaya susto...

—Creo que te vi hace un par de días —dice Mikael—. ¿Cómo es que has acabado aquí arriba? ¿Estocolmo te pareció demasiado aburrido?

—Ja, ja, no, me dieron un puesto como jefe en delitos graves. Necesitaban un policía con experiencia para liderarlos.

—Y entonces te encontraron a ti —completa Mikael.

—Bueno, uno tiene sus contratos..., eh, quiero decir contactos. Mi mujer es de aquí.

—Pues has pasado directamente de las brasas al fuego. ¿Se sabe algo sobre el secuestro?

—Nada que revelaría a un cazaescándalos.

—No te lo pregunto como periodista —repone Mikael—. El chico es mi nieto.

—Vaya, demonios. Es verdad que vi tu nombre en el periódico, pero no lo relacioné. O sea, fuiste tú al que dispararon... —constata Hans Faste—. Eso merece un brindis: ¡salud!

—No fue nada, sólo un rasguño. Por cierto, ¿no es raro que no hayan detenido a nadie? —pregunta Mikael—. Si no son capaces de encontrar la más mínima pista, ¿no empezarán tus compañeros a plantearse si realmente eres el jefe adecuado?

—Eso ha sido un comentario bastante grosero —responde Faste—. Estamos haciendo un trabajo policial serio y sistemático que al final nos llevará a una detención.

—Perdona —se disculpa Mikael, e intenta otra estrategia—, es que estoy fatal por lo que ha pasado.

Algo que es verdad; más que verdad, de hecho. Lukas lo ocupa día y noche, y luego está la frustración que le provoca que todas las pistas terminan ya a dos pasos de la entrada de Raimos Bar.

—Lo entiendo —dice Faste, y parece triste de verdad—. Nosotros perdimos a nuestro nieto pequeño por culpa de un cáncer el año pasado. Fue duro, realmente duro, así que entiendo por lo que estás pasando.

Mikael eleva las cejas interiormente. Cuando el diablo se hace viejo, se mete de fraile.

—Y un mes más tarde sufrí cálculos biliares —añade Faste—. También un golpe. Después de todo por lo que habíamos pasado.

—La vida puede ser dura.

—No hace falta decirlo.

Mikael se había olvidado de la risa de Faste. Como unas risitas de niña que nunca acaban. Unas risitas de niña encadenadas a un cuerpo de policía de sesenta y tres años. Terrorífico.

—Así que nada de pistas —retoma Mikael.

—Sólo chifladuras —dice Faste, y se seca los ojos de las secuelas del ataque de risa.

—¿Quieres otra? —propone Mikael.

—Muchas gracias —dice, y se lame la espuma del labio superior.

—¿Y qué chifladuras dicen los chiflados? —quiere saber Mikael, con la esperanza de que a Faste no le parezca gracioso y le dé otro ataque de risa.

—Una vidente que ha mirado en las estrellas. Un viejo de una residencia que ha visto al Grupo Wagner desfilar en dirección al monte Björkberget. Un yonqui que afirma que varios de sus conocidos han desaparecido sin que la policía se haya preocupado por el tema. Y un largo etcétera.

—La vidente —dice Mikael—, ¿qué vio en las estrellas?

—Estrellas —contesta Faste—. Esto es de lo más gratificante, pero me temo que tengo que irme a casa. Carola me espera con la cena.

—Que te vaya bien —dice Mikael, y se dirige a la recepción—. Una habitación individual para dos noches, por favor.

Las 04:05. Cada noche igual, siempre a la misma hora de la madrugada, lo despierta algún pensamiento que asoma su hocico e insiste en que le presten atención.

Estrellas. Una camioneta blanca. Busca en su memoria, abriéndose paso entre el sabor a sangre y el ruido de disparos. Una puerta lateral que se cierra y la camioneta se aleja. Estrellas. Una estrella.

Se levanta. Llena el hervidor de agua, disuelve el polvo del café instantáneo en el vaso del cepillo de dientes y vuelve a la cama. Entra en *Gaskassen* con su contraseña —259 coronas dudosas al mes— y navega entre las noticias.

APUESTA A LOS CABALLOS CON EL GANADOR MILLONARIO. SIGUE A BOSSE LUNDQVIST.
55 OSOS CAZADOS EN LA REGIÓN.
LA POLICÍA NO SUELTA PISTAS SOBRE EL SECUESTRO.

Mikael ve confirmado lo que ya sabe: la policía no tiene ninguna pista concreta de los secuestradores de Lukas.

«Ahora mismo nos hallamos en una fase delicada de la investigación», declara Hans Faste, el jefe de la brigada de delitos graves. «Hemos recibido una gran cantidad de testimonios que estamos repasando en estos momentos. Consideramos que varios de ellos resultan de interés. Confiamos en poder encontrar al niño durante los próximos días. Lamentablemente, por motivos técnicos de la investigación no podemos revelar más información.»

A diferencia de Lisbeth Salander, que también se despierta muy temprano, no hace ni flexiones ni abdominales. Se baña, se viste, se prepara otro vaso de café instantáneo y busca el número de Lisbeth.

—¿Estás despierta?

—Ahora sí.

—¿Me acompañas a Storforsen? Tengo que empezar desde el principio.

—¿Dónde estás?

—En el Statt.

Pasaron los días. Poco a poco iban encajando las piezas del rompecabezas de Vanger. Y las noches... No. Eso fue hace mucho tiempo.

«¡Muy bien, Lisbeth, vas progresando!»

—Delante de la entrada a las nueve —dice, y cuelga.

Capítulo 58

Lisbeth se salta el desayuno del hotel. Un entrañable momento matinal con Blomkvist comiendo panecitos que se desmigajan a la mínima no le resulta muy tentador. Prefiere aprovechar el tiempo para llenar el tanque y pensar. Duda antes de mandarle el SMS a Jessica.

¿Nos vemos? ¿Esta noche?

La respuesta llega enseguida:

Perfecto, si puedo escaparme
del trabajo.

Al cuarto para las nueve, el Ranger está estacionado delante del hotel. Los limpiaparabrisas van batiendo un aguanieve que cae sobre la calzada y se extiende como unas rayas resbaladizas.

—Tendrás ruedas de invierno, ¿no?

—Si vas a quejarte, mejor conduces tú —dice

Lisbeth—. Porque te habrás sacado la licencia desde la última vez que nos vimos, ¿verdad?

—Qué graciosa. Y no me quejo, sólo era curiosidad.

—Cuéntame —dice ella—. Delirabas algo sobre las estrellas. La Estrella Perro, la Osa Mayor, etcétera.

Están delante del Raimos Bar mirando la poderosa corriente de agua del rápido. Pero el cerebro de Mikael no reacciona.

—Hasta aquí llegué más o menos antes de recibir el disparo —dice, y señala el camino para coches—. Debieron de estacionarse detrás de la camioneta del catering. ¿Tú cómo te lo plantearías? Acabas de secuestrar a un niño y no quieres correr el riesgo de cruzarte con otros coches.

Lisbeth busca un mapa en su celular y hace zoom de la zona.

—Noroeste, poco más que bosque y caminos forestales.

Siguen la carretera río arriba. Pasan por alto los desvíos a caminos donde ven buzones y botes de basura que indican que allí vive gente, antes de girar a la izquierda en un camino para tractores apenas visible.

—Al menos ha pasado alguien por aquí —constata Lisbeth.

—Pueden haber sido unos cazadores o cualquiera —dice Mikael.

Al cabo de tan sólo unos centenares de metros

se encuentran con una barrera y ya no pueden seguir más.

—Cerrado —constata Mikael.

—Cerrado es para aficionados —replica Lisbeth; desabotona el estuche Leatherman y elige entre las herramientas de la navaja multiusos—. Clic —dice, y acto seguido mete el candado en la chamarra y abre la barrera.

—Parece algo militar —dice Mikael.

Dejan atrás una casa con agujeros visibles en el tejado y un cobertizo de lámina verde. El camino está cada vez en peor estado, para luego terminar abruptamente en la orilla del río.

—Vamos, demos un paseo —sugiere Lisbeth.

Agradecida por llevar las botas de invierno adquiridas en Santalandia, se echa a caminar con pasos firmes subiendo hacia el bosque con una sonrisa en los labios. Mikael va detrás como puede, resbalando con sus zapatos de calle, que enseguida se empapan. «Típico de un estocolmiense, nada de sentido común en la naturaleza.»

Siguen un sendero poco visible, pero que se utiliza lo suficiente como para no estar cubierto de vegetación. Una fuerte pendiente cuesta arriba. Mikael jadea a sus espaldas.

—¿Qué tal estás de forma, Blomkvist?

—Bien —responde—, tú sigue caminando.

En la cima, la vista es extensa. Un tablero de ajedrez de bosque y más bosque mezclado con pedacitos de tierra sin árboles se extiende hasta donde les alcanza la vista, pero ninguna edificación.

Ni humo de chimeneas ni ninguna otra señal de vida.

—Bonito, pero aislado —sentencia Mikael—. ¿Entiendes que la gente pueda vivir aquí arriba?

—Al menos se libran de las personas —contesta Lisbeth, y vuelve a estudiar el mapa.

—Y encima hace un frío de los mil demonios.

Mikael reprime el impulso de acercarse a ella. Quizá rodearla con el brazo. Inhalar su curioso aroma y besarla. Chupar el *piercing* de sus labios entre los dientes y...

«¡Para! Utilizas a las mujeres sólo para autoafirmarte, por eso nunca te enamoras de verdad.

»Erika Berger, ¿de dónde diablos has salido tú?»

Pero tiene razón. Quiere que Lisbeth lo vea. Que vea al hombre, su yo verdadero.

—Podrían haber ido en barco por el río —dice Lisbeth—. O haber tomado otro camino completamente diferente.

—Puede ser, quizá estemos perdiendo el tiempo.

—He echado un vistazo al proyecto más importante de Salo en estos momentos, el parque eólico, y a las empresas que están sobre la mesa para poder construir —explica Lisbeth—. La empresa Fortum de Finlandia es de una transparencia casi ridícula. Los holandeses son un poco más discretos, pero absolutamente visibles una vez que empiezas a buscar un poco. En cambio, la tercera, The Branco Group, es más interesante.

—Ah, ¿sí? —dice Mikael—. ¿Por qué?

—Apenas existen. He puesto a Plague tras ellos, pero hasta el momento no ha encontrado más de lo que aparece en una búsqueda de Google. O sea, fotografías impersonales de oficinas, personas que se estrechan la mano y cosas así.

—Pareces muy contenta —dice él.

«Lisbeth Salander. Tan loca, rara y maravillosa. ¿Cómo diablos pude perderte?»

—Me gustan los problemas nuevos —dice ella—. Mantienen los viejos alejados.

—Pero el municipio tiene que haber recibido algún tipo de informe económico —comenta Mikael—. Y en tal caso debería ser un documento público. Esta tarde paso por el ayuntamiento.

—Dudoso —dice ella—. Las grandes compañías seguramente exigen confidencialidad para compartir sus cifras. En cambio, hemos encontrado cosas sobre Salo. Parece tener deudas de juego. Bastante abultadas. Sin embargo, el otro día alguien por lo visto escuchó sus plegarias. Han entrado seiscientas mil coronas en su cuenta. Por desgracia, resulta imposible rastrear al remitente.

—¿Nunca tienes miedo de que te cachen cuando hurgas en la vida privada de la gente?

—Si tú supieras lo que he encontrado en la tuya... —responde ella pegándole un puñetazo amistoso en el hombro.

—¡Ay! Maldita sea, Salander.

—Perdona.

En el camino de vuelta hacia la barrera se detienen un rato en la casa y el cobertizo. Un letrero roto y medio caído advierte que se prohíbe la entrada a toda persona no autorizada. La zona se encuentra cercada, y de nuevo la herramienta de Lisbeth viene bien.

La casa está más que abandonada. Un árbol ha penetrado la puerta. El papel tapiz cuelga en grandes trozos.

—Qué raro que hayan dejado los muebles —dice Lisbeth, y abre una alacena—. Incluso la vajilla.

—Pero Lukas no está.

La mano del niño en la suya. Sus rizos que le hacen cosquillas en la cara.

Deja en paz a Henry, maldita sea. No es su culpa que Lukas haya desaparecido. Igual es culpa tuya.

El ataque de rabia de Pernilla persiste como una manta de lana mojada que cubre toda su existencia. Quiere esforzarse por llegar a un punto de consenso con ella, apartando la idea de la posible culpa de Salo, pero no puede. La conexión lógica es la que tiene que ver con los negocios de Salo. Ha de seguir indagando en ello, aunque ponga en riesgo la ya frágil relación entre padre e hija. Como padre es un desastre, pero si ni siquiera puede seguir siendo Mikael Blomkvist entonces no es nada.

Lisbeth abre de un empujón la puerta al cobertizo de lámina. Tarda unos segundos hasta que la vista se le acostumbra a la oscuridad.

—La camioneta —dice Mikael mientras activa

la linterna del celular—. ¿Cómo diablos se le ha pasado por alto a la policía?

—Y eso que tienen un jefe tan competentc —comenta Lisbeth mientras se cubre la mano con el suéter y abre la puerta delantera. Aparte de un paquete de chicles entre los asientos, no hay nada.

La puerta lateral se resiste. La abren entre los dos. También vacío. Mikael ilumina los asientos y el suelo.

—Espera —pide Lisbeth—, enfoca entre los asientos de nuevo.

Pasa la mano por el suelo dentro del haz de luz de la linterna y saca una pequeña pieza de metal.

—Un ancla —dice Mikael.

Este collar te protege contra la mayoría de las cosas.

Pero no contra todo.

—¿No tenías tú un collar de algo marinero?

—Sí —dice Mikael—. Se lo regalé a Lukas en el verano.

Tiene que salir. Por aire. Respirar. Pensar.

Lisbeth saca unas fotos antes de cerrar la puerta del cobertizo y poner el seguro.

Mikael ya está en el coche.

—Lo encontraremos —asegura Lisbeth.

Él ahoga un sollozo y apoya la cabeza en la ventana.

—Estuvo conmigo este verano. Al principio yo no quería, eso de cuidar al niño de otro me parecía un fastidio.

—Es el hijo de Pernilla, tu nieto, no es «el niño de otro» —puntualiza Lisbeth.

—Sí, y cuando Pernilla vino a recogerlo, no quería irse con ella.

—Qué niño más raro —dice Lisbeth, y saca una servilleta de papel con el sello de la marca de salchichas Sibylla.

—Sí, lo sé —reconoce Mikael, y se suena—. Perdón, no suelo llorar. Tú tampoco, ¿verdad?

«¿Cuándo fue la última vez que lloraste?

»No me acuerdo.

»¿Cuando murió, a ver, cómo se llamaba, tu tutor legal, Holger Palmgren?

»No.

»¿Tu madre?

»Llorar puede ser liberador.

»Seguro que sí, Kurt Angustiasson.»

—Con un poco de suerte, la policía podrá sacar alguna huella digital. Busca en Google la matrícula DXC711.

—«Florería Sirius de Luleå» —lee Mikael.

—Pues ahí está tu estrella: Sirius, la Estrella Perro —dice Lisbeth.

Capítulo 59

A petición propia, el limpiador ha recibido una entrega de una pila de periódicos recientes, un paquete de chocolate en polvo O'Boy, leche fresca y un kilo de dulces.

—Nunca he tratado con niños —le dice al entregador—. ¿Qué haces con un niño?

—Y yo qué sé. ¿Pasar una entrañable tarde de viernes en familia, quizá?

El limpiador corta los cinchos que rodean los tobillos del pequeño y deja que se siente. Le sirve el desayuno y para él se sirve una taza de café.

El niño toma un vaso de chocolate O'Boy y come un trozo de salchicha. El limpiador aprovecha el momento para hacer un poco de mantenimiento. Saca la Glock y quita el cargador. Separa el resorte de martillo y el percutor y examina detenidamente las diferentes partes. Las limpia con un trapo y vuelve a montarlas.

El fuego chisporrotea en la chimenea. Una atmósfera acogedora se extiende por la cabaña. Es viernes, y, en efecto, hay un ambiente entrañable.

—Hoy vamos a hacer una excursión. Si intentas escapar, te mato enseguida.

El chico sorbe el resto del vaso de O'Boy. Una mosca medio muerta choca lánguidamente con el cristal de la ventana. El eccema del codo del limpiador le escuece como una picadura de mosquito. En algún sitio ha leído sobre una pomada de serpiente y, quién sabe... Puede que se crucen con una víbora en su camino, al igual que una liebre o un zorro.

Se dirigen hacia el primer nido de águilas. El niño va primero. El limpiador no sabe cómo se llama; se lo ha dicho varias veces, pero no se acuerda. No quiere acordarse. Con «el niño» le basta. Se llevan bien.

Le pone la mano en el hombro.

—Espera —susurra, y señala con el dedo las coronas de los pinos. Ramas y ramitas trenzadas como una cesta cuelgan entre las horcaduras. El nido se tambalea con el viento. De los árboles gotea nieve derretida.

—¿Vive alguien allí? —susurra Lukas.

—No, ahora no. La hembra empieza a poner sus huevos en marzo. Empolla cada huevo durante treinta y ocho días antes de que salgan del cascarón. Si yo no las hubiera ayudado con la alimentación, la mitad de las crías habrían muerto.

—¿Por qué susurramos? —quiere saber Lukas.

—Para no asustarlas. Están cerca. Ven y verás.

Siguen caminando un poco más. El niño no

tiene ropa adecuada. Para no pasar frío, lleva el forro polar del limpiador encima de su ropa de boda, sujeto con una cuerda alrededor de la cintura. Avanza tropezándose con los pies metidos en los zapatos del limpiador, que están forrados por dentro con el relleno de un cojín.

El limpiador le hace un gesto para que Lukas se detenga y acto seguido empieza a vaciar el contenido de la cubeta en el claro del bosque.

Lukas podría echarse a correr. En algún sitio tiene que haber un camino. Observa al hombre, que se mueve en torno al comedero. Se queda. La peste de la carnada le llega con el viento. Los ojos le lagrimean. El estómago se le revuelve. Aprieta los dientes. Se queda y espera más instrucciones.

—Ven —dice el limpiador, y se mete gateando bajo las ramas de un abeto. El chico lo sigue—. Siéntate encima de mi abrigo —le ordena, y extiende el abrigo en el suelo.

Lukas aprieta sus piernas contra el limpiador para mantener el calor.

El brazo del limpiador cuelga en el aire encima del niño. La primera águila aterriza en la carnada. El brazo aterriza alrededor de Lukas, que se aprieta contra la axila del limpiador.

—¿Tienes frío? —pregunta el limpiador frotándole el brazo.

—Un poco.

Primero un águila, luego dos. Una tercera lucha por su posición en la jerarquía.

—¿Verdad que son bonitas? —susurra el limpiador, y le tiende los binoculares.

—Sí —susurra Lukas—. Me gustaría dibujarlas. ¿No puedes tomarles una foto?

El limpiador saca el celular. Lo gira de un lado para otro.

—Yo te enseño —susurra Lukas—. Luego aprietas aquí.

Tan rápido como han venido, se van y el espectáculo se ha acabado. Las águilas alzan el vuelo hacia el cielo y ellos regresan a la cabaña.

El limpiador hace fuego de nuevo en la chimenea. Arranca el embalaje de cartón del rollo de plástico transparente y se lo da a Lukas junto con un lápiz. Después saca la bolsa de dulces, la abre y la pone encima de la mesa.

—¿Qué es lo que más te gusta? —pregunta.

—Las gomitas ácidas —responde Lukas—. Mi madre es buena —continúa—. No debería haberse casado. Estábamos bien ella y yo solos.

El limpiador se sirve un poco de whisky en el cucharón.

—Henry es mejor hombre de lo que crees —dice logrando que el niño levante la mirada.

—Henry —repite—, ¿lo conoces?

El instante. La sensación de hermandad. La confianza inesperada.

—Henry es mi hermano mayor —dice, y enseguida se arrepiente.

Ahora no hay vuelta atrás. Y como las palabras no se pueden revocar, ¿por qué no seguir?, total...

—Se puede ver como un cuento —dice el limpiador.

El chico dibuja, el limpiador habla. Se sirve otro traguito de whisky y reúne las palabras. Nunca las ha pronunciado en voz alta. Aun así, siempre han sonado en su cabeza como un disco rayado.

—Mi hermano —continúa— era el más fuerte de los dos. De todos. Yo no tenía más que piel y huesos. Un poco como tú. Pequeño, flaco y débil. Nuestro padre era un cabrón. Nuestra madre, una mariposa. «Corre, Joar, corre al bosque.» Y yo corría. Horas después me atrevía a volver. Henry estaba sentado en el porche. El diablo se había ido. Pero nuestra madre..., nuestra madre... Da igual. Fue hace mucho tiempo. Ya es hora de que te vayas a la cama.

El niño se mira los pies.

—Que sí —dice el limpiador—. Tienes que hacerlo.

Le enrolla los cinchos en los tobillos.

El niño se da la vuelta y se tapa la cabeza con la almohada.

En una cabaña del bosque construida en 1880, el llanto está incrustado en los troncos de madera.

La mañana siguiente, el paisaje luce blanco. Durante la noche han caído unos diez centímetros de nieve. A pesar de que continúa nevando, los rayos de un bajo sol invernal se abren paso entre los árboles. El limpiador se lleva la taza de café al porche. Orina en un árbol y deja que los pensamientos de la noche lo alcancen poco a poco.

El niño duerme. El niño se quedó dormido. Por su parte, se sirvió las últimas gotas de whisky mientras hojeaba los números de *Gaskassen* de la última semana. Repasó despacio las esquelas mortuorias y fantaseó con una nueva vida.

No vive mal. Mejor que la mayoría. Aun así, ha llegado el momento de tomar decisiones.

Nadie sabe quién es. Ni Henry ni nadie más del pueblo. Nadie aparte del niño.

Entra a despertarlo.

Corta los cinchos y lo empuja hacia la nieve.

¿Ve los pies desnudos que pisan la nieve?

No.

¿Ve los brazos con la carne de gallina por el frío?

No.

¿Oye la voz suplicante del niño?

No.

¿Ve el águila marina que baja en picada y entierra sus garras en el hombro del niño?

Sí.

Y oye el grito. El pico que picotea el cuello del niño y el grito.

Una vida por una vida.

Un disparo.

Un pájaro cae al suelo.

Un niño sangra.

El limpiador levanta el cuerpo y lo lleva a la cabaña.

No sabe si el niño vive.

Pero todo lo que había pensado hacer antes de la aparición del águila ha desaparecido.

Calienta agua.

Le limpia las heridas y se las venda con los jirones de una camiseta.

Acerca la bolsa de gomitas a la nariz del niño y reza por su vida.

—Dios —dice—. No soy un asesino de niños. Al menos deja que el niño sobreviva.

Capítulo 60

Seguir con atención las clases de sociales y los tests de temas de actualidad tiene sus ventajas.

—Perdón —le dice a la recepcionista—. Estamos haciendo un trabajo en la escuela y me gustaría pedir la documentación concerniente a las decisiones políticas sobre el parque eólico. Tengo entendido que se trata de documentación de acceso público.

—Claro que sí —responde la chica sentada tras el cristal—. No eres la única persona que ha venido hoy a pedirme lo mismo. Algún periodista de Estocolmo acaba de pasar. Sea lo que sea eso que le interese en este pueblo perdido. Por mi parte, me iré de aquí en cuanto pueda. Sólo hago este trabajo de manera temporal. ¿Quieres la correspondencia por correo electrónico también, o basta con las actas del concejo municipal?

—Todo —contesta Svala—. Nuestro profesor piensa que debemos involucrarnos en los asuntos que afectan a los ciudadanos. Necesito subir nota un poco.

—Suena como si estuvieras en clase de Evert Nilsson —dice la chica con una sonrisa ambigua.

—Has acertado. No es que sea el profesor más generoso a la hora de poner las notas.

—No, pero es muy buen profesor.

Lo será para los débiles y los aburridos. Lo único que quiere es ser siempre el centro de atención. Svala se ha hartado de discutir con él, pues suele acabar con el profesor Nilsson pidiéndole que se calle.

Después de media hora larga de espera con la revista de chisme y romance *Svensk Damtidning*, la chica vuelve con una bolsa de papel que parece contener una lectura que le durará un buen rato.

—Pásatela bien —dice—, y mándale saludos a Evert de mi parte.

Svala va a la biblioteca. Tras un momento de vacilación, le envía un mensaje a Lisbeth.

> Trabajo en grupo en la biblio.
> Llegaré tarde.

En realidad, debería contárselo todo a su tía, de principio a fin. Pero cuanto más sepa, más difícil será para Svala hacer lo que tiene que hacer. La lista no es larga, es muy corta: 1. Encontrar a Mamá Märta. 2. Atrapar a Pederpadrastro.

Le lleva toda la tarde repasar el contenido. «Lo hago por ti, Marianne.» Los planes de cesión del uso de tierras para la construcción de uno de los parques eólicos más grandes del mundo se iniciaron hace años. Va seleccionando la información que pueda ser de interés, como listas de protestas y recursos interpuestos contra diferentes decisiones.

En el fondo no es en la documentación del municipio, sino con toda seguridad en la de la Kommunala Gasskas Bolag, donde se hallan los bocados más exquisitos, y a esos documentos no puede acceder. La KGB se rige por la ley de sociedades anónimas. Aparte de contabilidades anuales normales y memorias del ejercicio, las sociedades se hallan al margen del principio de acceso público a la documentación pública. De todo lo que dicen y escriben, sólo hay un correo redactado el 25 de octubre que no entiende.

De Henry Salo a The Branco Group y la respuesta de éstos: *Tic, tac, tic tac*.

Es igual. No hace falta entenderlo todo. Lo más importante sí lo tiene controlado: Marianne Lekatt tiene la ley de su parte.

Un buzón postal o un *locker*. Se dirige a la estación de tren.

—Vengo a vaciar nuestro buzón postal, pero se me ha olvidado qué número tenía —dice Svala enseñándole la llave a alguien que tiene pinta de ser un empleado.

—Esa llave no es de un buzón postal —aclara el hombre—, al menos no en Gasskas.

—Gracias de todos modos —responde, y baja a la sala de espera.

El tren a Boden está a punto de salir. Otro llega

desde Luleå. Entre la multitud de personas nadie se fija en la niña que va de *locker* en *locker* probando una llave.

Nadie salvo una persona: Mikael Blomkvist. No puede dejar de pensar en Lisbeth. Le gustaría llegar a conocerla de verdad. No sólo como una especie de recurso en situaciones de emergencia, alguien que aparece cuando él la necesita.

—Hola —dice—. Parece que buscas a alguien. ¿Te puedo ayudar con algo?

—No —responde Svala—, pero gracias de todos modos.

—Veo que tenemos la misma bolsa. Y perdona si me meto donde no me llaman.

—¿Vas a escribir sobre el parque eólico? —pregunta ella.

—Sí, ¿y tú?

—Tarea de la escuela. Tenemos que hacer un trabajo.

—¿Y cómo se va a titular? —se interesa Mikael Blomkvist.

Svala tiene varias ideas.

—«Procedimientos poco democráticos en la venta de los derechos del parque eólico.» «Jefe municipal avaricioso se guarda un tanto a su favor.» O ¿qué me dices de ésta?: «La construcción del parque eólico cuesta cara: asesinatos y chantajes».

Mikael Blomkvist lanza un silbido.

—No están nada mal esos titulares —dice—, veo que tengo que cambiar de ángulo. Oye, si quieres tomar un refresco o algo, podemos sentarnos en la cafetería.

Svala duda. Él podría serle útil, pero corre el riesgo de perder demasiado tiempo escuchando educadamente mientras el viejo se enrolla en largas disquisiciones.

—No, gracias, tengo un poco de prisa, pero he encontrado lo que necesito. Puedes quedarte mis notas —dice Svala, y hurga en la bolsa.

Cuando Mikael da vuelta en la esquina del 7-Eleven y desaparece de su campo de visión, Svala acomete la última fila. No lo hace con mucha esperanza. La mayoría de los *lockers* no están alquilados, hay llaves en todos menos en los dos situados más al fondo. Advierte enseguida que la llave entra bien. Mira a su alrededor antes de abrir la puerta. No hay periodistas, ni nadie más que se interese por ella.

Una caja, como de zapatos. La mueve un poco para hacerse una idea del peso. No pesa mucho. La tapa está pegada con cinta gris. Acerca la bolsa y empuja la caja en ella. Luego abandona la estación y se dirige al centro. En Nygatan se arrepiente y camina en dirección contraria.

Detrás, un periodista ha empezado a seguirla, pero está demasiado cansada y tiene demasiada hambre como para poder mantenerse alerta.

Los tenis de deporte se resbalan en el aguanieve. Debería haberse puesto las botas de invierno. Pero desgastar las botas antes de que haya llegado la nieve de verdad es como conducir con ruedas de invierno en pleno verano. Viejo refrán popular de la región de Gasskas, probablemente acuñado por Mamá Märta o alguna otra madre soltera de esas que tienen debilidad por los hombres parásitos y el vino blanco.

Su barriga quiere pensar en comida, así que Svala se centra en algunas palabras para no dejarse llevar por el aroma a pizza que se filtra por la puerta de Buongiorno.

«Bosque. Tierra. Bosque. Tierra.

»El suelo me mantiene abajo.

»Los árboles me tiran hacia arriba.

»Allí en medio sólo hay aire.

»Bosque. Tierra. Bosque. Tierra.

»Para que yo pueda respirar.»

Sin darse cuenta se ha dirigido hacia Tjädervägen en lugar de al hotel. Buongiorno seguramente es un lugar que conviene evitar. Se baja el gorro sobre la cara y se asemeja a una adolescente cualquiera con frío, pero, por lo visto, no para todos.

—¡Espera!

Reconocería esa voz aunque estuviera en la tumba y le hablara a su lápida sepulcral. Pederpadrastro.

Continúa caminando. Ahora más rápido.

—Demonios, niña, he dicho que esperes.

Con barriga cervecera y pulmones castigados por el tabaco, no es precisamente un velocista, pero tampoco ella con sus tenis resbaladizos y la bolsa que le corta la palma de la mano.

Cuando él se ha acercado tanto que puede oír su enfisema silbarle en el cuello, se da la vuelta.

—¿Qué quieres? —pregunta.

—Sólo charlar un rato.

—No —dice ella, y se echa a caminar—. No tenemos nada de que hablar —añade, pero piensa que igual es estúpido, puede que cuente algo sobre Mamá Märta—. ¿Hablar de qué? —dice.

—Bueno, hace mucho que no nos vemos, sólo quiero saber cómo estás.

Cuando la realidad supera la ficción.

—Tengo entendido que se han mudado —sigue él.

—Perdona por no mandarte un aviso de traslado —dice, y se echa a caminar.

Peder la agarra del brazo tan fuerte que casi se le cae la bolsa y tiene que parar.

—Tu madre me ha robado una cosa. Quizá sepas a qué me refiero.

—No soy adivina.

—El disco duro. Mi disco duro.

¿Ha oído hablar alguna vez de un disco duro? No. Svala agarra más fuerte la bolsa.

Un nuevo intento de Sandberg:

—Tu madre me debe dinero. Si no me dices dónde está, tendrás que pagarlo trabajando.

Forma una «o» con los dedos de la mano izquierda y pasa el índice de la otra mano por el agujero una y otra vez.

Ella desvía la mirada.

—¿Te haces el tonto o qué? —dice ella, y siente cómo Peder le aprieta el brazo aún más fuerte—. Pero si ya has mandado a los cerdos de tus esbirros a cobrarme la deuda...

El desconcierto es auténtico. No sabe de qué está hablando.

—Jörgen y Buddha —dice, y explica en pasos pedagógicos qué es lo que la han obligado a hacer y cómo han estado vigilando su casa.

Peder la suelta. Y menos mal, por Dios. Mikael Blomkvist está detrás de la barda de la pizzería Buongiorno siguiendo el curso de los acontecimientos. Cuando el tipo le empieza a agarrar el brazo a la niña, deja la bolsa en el suelo y se prepara para acercarse corriendo. Pero cuando luego la suelta y poco después se echa a caminar de vuelta a la pizzería, Mikael entra en el establecimiento y pide una cerveza en la barra. De espaldas a la mesa de Peder, donde otra persona con el mismo encantador carisma difunde alegría mediante unos ruidosos eructos después de cada trago de cerveza, puede oír la conversación.

—La niña no sabe —le dice Peder Sandberg al hombre sentado enfrente.

—Te has vuelto muy blando —contesta el otro—. Deberías haberle sacudido un poco. Es así como se hace hablar a las niñas.

—A ésta, no —murmura Sandberg—. No siente el dolor. Puedes dislocarle el brazo sin que se inmute. Créeme, lo he intentado. Por cierto, te mencionó, Jörgen.

—Normal —replica el otro—. Las chicas suelen hablar de mí.

Con una rapidez que a Jörgen no le da tiempo de parpadear, Peder Sandberg lo agarra del pelo y le estampa la cara contra la pizza. La sangre de la nariz y la salsa de tomate se mezclan. Una familia con niños que está sentada al lado toma sus abrigos y sale corriendo a la calle.

—Tú y yo vamos a dar una vuelta en el coche —anuncia Sandberg al otro, y lo lleva a empujones hacia un BMW con cristales tintados que está estacionado delante del restaurante.

Por la ventana, Mikael ve cómo con un empujón mete al tipo magullado en el asiento de atrás antes de subir y sentarse a su lado. Mikael toma una foto. Sale la mitad de la matrícula. Le escribe a Lisbeth.

¿Los conoces?

Uno es el padrastro de Svala.
¿Está ella allí?

De camino a casa,
creo.

Capítulo 61

Cuando Jörgen —o Daniel Persson, que es su verdadero nombre, algo que sólo su madre sabe— entiende que están yendo hacia Vaukaliden, empieza a suplicar. Primero a suplicar, luego a llorar.

—Cállate, maldita sea —le espeta Sandberg ahogando el impulso de golpearle la cabeza contra el asiento delantero porque no quiere manchar el coche—. No te va a pasar nada, si haces lo que te digo. Gira y baja hacia Max, vamos a recoger al ruso también —añade mientras le da un puñetazo en el hombro al chofer.

El chofer no tiene otro nombre. Siempre es él quien conduce. Bueno, a no ser que se le pregunte a Svala. Entonces se llama H y se caracteriza por unas patillas estilo Elvis y unos pantalones caídos que le dejan medio trasero al aire. Por consiguiente, el ruso también tiene una letra: J. Callado, pelirrojo, lentes de sol en invierno. Debajo de la E, la letra de Jörgen, sólo hay una palabra: *gordo*.

—Bueno, bueno... —dice Sandberg una vez que el ruso ha subido y el coche se ha parado en el punto más alto de Vaukaliden—. De modo que han decidido hacer lo que quieran.

—¿Cómo que hacer lo que queramos? —protesta Jörgen sólo para encajar un codazo en el costado—. O sea, no era nuestra intención. Sólo queríamos divertirnos un poco, a ver si la niña podía abrir la caja fuerte de Salo. Su madre debe dinero, ¿verdad?, tú mismo lo dijiste. Queríamos nuestra parte, nada más.

—Y por eso se metieron con mi familia. Así, sin más. Sin consultarme. Y encima, una niña.

—La niña se nos escapó.

—¿Y dónde está Buddha? —quiere saber Sandberg mientras le pone un cuchillo a Jörgen en el cuello.

—Desapareció en el bosque. Salió corriendo detrás de la niña y desapareció. Esperé un buen rato, pero cuando no volvió me largué. Es que no quería arriesgarme a que nos cacharan.

—Cierra el pico, idiota. Pero si Salo jamás ha tenido dinero, maldita sea.

—Nos lo dijiste —gime Jörgen con la voz de un niño llorón—. Que tenía una caja fuerte, así que pensamos...

—Basta ya —dice el ruso, y saca a Jörgen del coche a rastras. A diferencia de Sandberg, nunca ha tenido mucha afición por los cuchillos. Confía por completo en su propio cuerpo y la *zastava*. Porque, independientemente de lo que lo llamen, él es bosnio.

Van hacia un acantilado que se conoce como

el Precipicio del Finés, después de que un ciudadano borracho de ese país, un día en los años cincuenta, tropezara allí y cayera.

Por debajo del acantilado pasa el río. Ahora tan negro que no se ve. Un cuerpo en caída libre rebotará en las paredes rocosas hasta zambullirse en la tumba acuática.

—He dicho la verdad, te lo juro. Peder, por Dios, no quiero morir, tienes que entender que sólo era para divertirnos un rato. Escucha, tengo una hija, sé que estuvo mal lo que hicimos, perdón. De verdad, en serio. Perdóname.

—Que te calles, maldita sea —grita Peder Sandberg mientras hunde un poco más la punta del cuchillo en el cuello. Ya ha penetrado un poco en el cuello del cerdo, un par de centímetros más y se le podrá desangrar como a un animal en plena matanza.

El ruso se excita tanto que se le escapa un disparo.

—Sólo queríamos divertirnos un poco —susurra Jörgen, y lleva a Peder al límite ulterior de su paciencia, ya de por sí no muy elástica.

Sin dudar. Sin consideración al hecho de que conoce a Jörgen Persson desde primero de primaria y de que es el padrino de su hija, le quita el cuchillo del cuello y lo empuja al precipicio.

Los depósitos de grasa lo protegen del primer golpe contra la roca. De esa manera, el cuerpo va cayendo a través del arisco aire otoñal con plena conciencia hasta que la cabeza da contra el próximo saliente de la roca y lo envía directamente a otra vida renacido como un conejo.

Un hombre que pasea con su perro piensa que es una época rara para salir a cazar.

Una mujer de la residencia de ancianos se pregunta si han venido los rusos.

Y, en cierta medida, tiene razón.

Si Svala hubiera estado, habría sacado el cuaderno del muñeco de peluche para tachar otro nombre.

E: *Muerto*.

Capítulo 62

¿Es de día o de noche? Märta Hirak no lo sabe. Tampoco el tiempo que lleva encerrada allí. La han trasladado, de eso está segura. Los cojines y el aroma a velas han desaparecido. Se respira un aire pesado y húmedo, como si se encontrara en una bodega de raíces.

La oscuridad al otro lado de la cinta gris es total. En alguna ocasión le han destapado la boca. Un plato de sopa o de pasta. Al parecer, no quieren que se muera. Aunque tiene la sensación de que sus días están contados. Los pensamientos vagan hacia atrás en el tiempo, no tiene fuerzas para quedarse en el presente. Le pasa lo mismo con el idioma. En las viejas palabras se halla una reconfortante tranquilidad.

Los renos corren en círculo a su alrededor. Se siguen unos a otros, una vuelta tras otra. Siempre en sentido contrario a las agujas del reloj.

El pueblo sami se ha reunido para la separación de los renos. Hombres, mujeres, niños. Todas las ma-

nos son necesarias y se trabaja muy rápido. *Antes de que llegue el otoño hay que marcar los terneros, tratar a algunos animales de hipodermosis y seleccionar a otros para la matanza. El pasto veraniego se ha acabado y después de marcarlos hay que trasladarlos hacia el este para que se alimenten bien de cara al invierno.*

Es el primer año que Märta lleva su propio lazo, pero ha practicado desde niña. Ahora tiene catorce, se centra en la marca correcta y calcula la distancia. Su brazada, su salla, *es de un metro con cuarenta. Es la* salla *la que determina lo lejos que puede lanzar.*

Empieza con prudencia, con un ternerito. Yerra el primer lanzamiento, con el segundo acierta. Ahora empieza la lucha, el ternero pelea por su libertad, Märta para meterlo en el corral.

Muchos renos más tarde y con los brazos doloridos por el esfuerzo, está sentada en torno al fuego con los demás. Sabe que el lazo es una herramienta de hombres. No resulta apropiado que se le haya concedido el honor. Märta permanece callada, pero en su interior hay una voz nítida que no la deja en paz. «Quiero estar», dice. «No soy peor que mis hermanos. Tengo mi propia marca. Dejan que cuide de mi propio rebaño.»

—*Como si no lo tuviéramos suficientemente difícil para conservar nuestras tradiciones sin que las mujeres empiecen a emperrarse como unas malditas feministas estocolmienses —dice Elias. Cuatro años mayor, ya es una autoridad. Las mujeres tienen sus*

quehaceres y los hombres los suyos. El lazo es la herra-
mienta del hombre y punto.

Más tarde. Cuando el fuego casi se ha apagado y la
mayoría de la gente se ha ido, su padre se voltea hacia
ella y susurra:

—*Te has defendido bien hoy.*

«Papá. ¿Qué pasó?»

Märta se sacude los viejos recuerdos. ¿Qué son sino más que eso: viejos y recuerdos?

—Oye, te estoy hablando —dice Varg.

La piel alrededor de la boca se desprende cuando le arranca la cinta plateada. Ella intenta hacer una mueca, formar palabras.

—Perdona —contesta—. No te he oído.

—Tú y yo vamos a charlar un ratito —anuncia poniéndola de pie.

Si pudiera ver algo...

—No necesitas ojos para hablar —dice él, y la hace avanzar a patadas.

Varg, ¿es así como se llama? *Varg* significa «lobo». El lobo acecha al reno. Corre por el ternero, al igual que lo hacen el glotón, el lince y el oso. Matarlos a todos a tiros, eso es lo único. Eso la consuela.

La sientan en una silla.

Las manos en la mesa.

El ruido. Un picoteo. Tan familiar, y aun así...

—¡Uy!

Pega un grito cuando el cuchillo se le clava en el dedo. Retira las manos, pero recibe de inmediato un golpe en el cuello.

—Pon los dedos, vamos.

Una nueva voz. Una mujer. El picoteo vuelve a empezar. Con cada golpe del cuchillo, la angustia se intensifica. «Mis manos, no.»

—¡Vaya! Creo que se me ha vuelto a ir la mano.

Märta se obliga a dejar las manos donde están. Tac, tac, tac, tac.

Se abre una puerta. Al no poder ver nada, los sonidos se intensifican. Ruedas, algo rueda, un carrito quizá..., no, una silla de ruedas.

—Yo me encargo a partir de aquí. Y trae algo para limpiar, maldita sea. No quiero mancharme la camisa con esos jirones de carne. Hola, Märta —dice la voz, más tranquila, al final.

Ella consigue articular un «hola».

—Al parecer tienes en tus manos algo que no te pertenece.

—¿Como qué?

—Un disco duro.

Está tumbada, apoyada en el brazo de él. El sol se está poniendo, y la habitación arde como el fuego. Fuego era su cuerpo y el de ella. Él enrolla el pelo de ella en un dedo, lo suelta y vuelve a empezar. Fuera sucede el mundo. Aquí dentro no hay ningún mundo. Ni ella, ni Henry. Sólo un respiro de unas horas. Ella se levanta, se viste. Saca algo del bolsillo. Una llave. ¿Puedo pedirte un favor? Lo que quieras.

Märta comprende que no tiene sentido mentir. El idiota de Peder, claro. Ha visto la oportunidad de vengarse. Qué previsible.

—Ha desaparecido —dice, y recibe el esperado golpe en la nuca. Empieza a conocerlos—. Lo tiré al río. Total, nadie sabe la contraseña...

Otro golpe, ahora más fuerte.

—Quizá quieres un poco de té —dice el hombre.

Ella no responde. Visualiza una capa protectora que le cubre la cara. Y ahí llega. ¡Plas! El hombre sin duda está disfrutando. Ella gime por él. Es el dolor lo que le da placer.

—Tiene que ser un fastidio no tener piernas —suelta ella—. ¿Tienes una parálisis cerebral o es que tu madre yonqui te jodió alguna fase del desarrollo?

Se la juega. Si la muelen a palos hasta que pierda el conocimiento, no podrá hablar. Nunca lo sabrán.

Un error de cálculo. El hombre se ríe.

—Pues sí que tiene sentido del humor ésta —dice.

Los demás lo acompañan con risas serviles. La de la mujer es ronca. Intentará acordarse de eso.

—Siempre hay una elección —explica la silla de ruedas—. En tu caso dos. Uno: nos dices dónde está el disco duro. Dos: matamos a la niña. Svala, es así como se llama, ¿verdad?

También puede elegir no abrir la boca. Ahora mismo se le antoja la mejor estrategia.

¿Es de día o de noche? No lo sabe. ¿Está viva? No lo sabe. Henry le acaricia la espalda. *Siempre seremos tú y yo.*

Capítulo 63

—Ahora vivimos aquí y punto —zanja Lisbeth, toma una Coca-Cola del minibar y pone el diario de Märta en la mesita de noche—. Seguiré leyendo cuando vuelva.

—Aquí me siento como una prisionera —se queja Svala—. Ni siquiera se puede cocinar.

—Puedes ir y venir cuando quieras, pero ten cuidado con los hombres de pelo largo y chalecos de piel. Además, ¿qué hay de malo con el servicio de habitaciones?

—Me apetece tirarme en el sofá y ver la tele —dice Svala—. ¿No puedes quedarte conmigo a ver una película?

—Sí, sólo voy a dar una vuelta antes —dice—. No llegaré tarde. Ponen *Apocalypse Now* en el cuatro. ¿La has visto?

—No. ¿Vas a salir con esa poli otra vez?

—Pues hay que verla, es cultura general —replica Lisbeth—. Hasta luego.

El Ranger ronronea como un gato cruzando la ciudad. Las expectativas ronronean como un tigre. Se estaciona delante de la comisaría. Al cabo de diez minutos, Jessica llama para disculparse.

—Un par de compañeros están enfermos, he tenido un día terrible —dice, y baja la voz—. Fäste ha decidido que vamos a encargarnos del caso del secuestro nosotros solos, sin intervención de la unidad operativa nacional. Ese tipo va de mal en peor, maldita sea. Ha puesto al aspirante en cosas en las que no tiene ninguna experiencia, sólo para quedar bien a ojos de alguien. Así no llegamos a ninguna parte.

—A mí no me importa echarles una mano. Recoge tus cosas, te espero en la entrada.

—Lo siento, Lisbeth, pero no puedo. Hay gente que ha triplicado turnos y necesita dormir.

—Nosotras también vamos a trabajar. Sólo un último esfuerzo, no te vas a arrepentir.

—¿Trabajar con qué?

—Te lo cuento luego.

—De acuerdo, jefa —dice Jessica, y le tiende un café en un vaso de papel a Lisbeth—. ¿Adónde vamos? Y ojalá sea a casa a dormir.

—Pronto. Antes vamos a ir a una fiesta en el club de los Svavelsjö. Puertas abiertas, no hace falta invitación.

—¿Svavelsjö MC? ¿Estás loca?

—Tú, que has leído mi biografía en internet, deberías saber que tengo una relación muy especial con ellos.

—Creo que se me ha pasado esa parte —dice Jessica—. Los estamos vigilando, vamos allí cada dos por tres. Hasta el momento no hemos visto más que una banda de aspirantes a matones que se dedican a lavar sus motos, pero aparecer allí sin uniforme ni armas me parece una pésima idea.

—Bueno, vete por la pistola si así te sientes mejor. Te espero.

—Policía en misión secreta con Lisbeth Salander. Si se llegara a saber, perdería mi trabajo en el acto.

—Vamos, que sólo vamos a ir a una fiesta.

—Okey, sin armas entonces —accede Jessica—. Como una ciudadana cualquiera. Desarmada. Una idiota que va al nido de víboras para hacer una visita de estudio.

—Sólo vamos a estar en la barra y ser guapas. ¿Okey?

—Me gustas —dice Jessica—. Quizá más que eso. Creo que estoy un poco enamorada de ti. —«El pelo. La boca. Las piernas de Barbie»—. Pero supongo que no vas a una fiesta con escoria sin motivo.

—Están relacionados con Salo, al menos indirectamente.

—¿En qué te basas?

—Los negocios de Salo. Supongo que incluso en la policía se habrá hecho esa conexión cuando se trata del secuestro, ¿no?

—Claro, pero no hemos dado con nada que lo vincule a Svavelsjö. El tipo es un idiota con el ego inflado, pero de esos hay muchos sin que por ello tengan que ser criminales.

—Salo no necesita ser un criminal para meterse en líos. Quiere salvar el acuerdo del parque eólico. Y los de Svavelsjö aceptan cualquier trabajo. Por cierto, ¿cómo te va con Henke, tu encantador exmarido?

—Lo han ingresado en el psiquiátrico. Me llamó amenazándome con quitarse la vida, así que mandamos un coche. No sabía que estaba tan mal. Ya sé que es celoso, pero ¿morir?

—Eso lo queremos todos de vez en cuando —dice Lisbeth—. Y a veces pueden ayudarte a conseguirlo.

—Está en el psiquiátrico de Sunderbyn, no en una clínica privada en Suiza.

—¿Has visto los videos en TikTok? —quiere saber Lisbeth.

—Los ha quitado —contesta Jessica—. No es una...

—Mala persona —completa Lisbeth—. Quizá no, sólo un idiota celoso que piensa que debes estar sola el resto de tu vida para que él no la pase tan mal. Si eso no es maldad, no sé qué es.

—Me rindo —dice Jessica, y bosteza—. Podríamos acostarnos pronto también.

—Un último esfuerzo sólo —pide Lisbeth—. Luego nos vamos a tu casa.

—O a la tuya, ¿dónde vives ahora?

—En el hotel, con la niña.

—Ay, sí, la niña... —dice Jessica.

Lisbeth pasa la reja de Berget con el coche y se estaciona lo más cerca de la puerta que puede, al lado de viejos coches tuneados, cuatrimotos y motos.

—El tuyo tampoco es cualquier cosa, ¿eh? —dice Jessica dando unas palmadas en el cofre del Ranger.

—Es que no conviene desentonar demasiado —explica Lisbeth.

Y no desentonan. Al menos al principio. Con chamarras de piel, Levi's negros y botas, no van tan arregladas como las tipas que bailan embutidas en ropa con diferentes grados de lo que podría definirse como piel sexy, pero por lo menos no llaman la atención.

Atraviesan la pista de baile, pasando por delante de tipos con chalecos de piel y otra gente de la que Jessica podría recitar de memoria el nombre, apellido y año de nacimiento.

—Así es ser poli en una ciudad pequeña —dice ella—. Llegas a conocer a la chusma. Pero ¿qué piensas hacer ahora? —pregunta, y se convierte en Jessica la policía—. Espero que no tengas alguna otra cosa en mente.

¿La tiene? No. Sí.

—Es sólo que me he cansado de ver sus feas jetas delante del hotel. Van por Svala. Nos haría falta encontrar a Märta, pero aquí no está, ya he registrado este lugar. Aunque quizá algún chico simpatizante del club podría soltarse a hablar para hacerse el importante.

Jessica empieza a arrepentirse de haber accedido a acompañarla. Ella no es ninguna detective privada, es una policía normal, con la esperanza de tener el futuro de su lado cuando Hans Faste se jubile o se muera repentinamente antes de tiempo. A diferencia de Lisbeth, tampoco es alguien que busque emociones fuertes, sólo aspira a llevar una vida normal y tener la oportunidad de ser una buena madre. Le gusta Lisbeth y se siente atraída hacia ella como el escarabajo de la harina a la despensa, pero ¿Lisbeth como madrastra para sus hijos? Cuesta imaginarse algo así.

—Y hablando de Faste —dice Lisbeth—, hay pistas sobre el paradero de Lukas que la policía no conoce.

—El niño secuestrado —constata Jessica—. En tal caso, quiero saber qué.

—Por supuesto —conviene Lisbeth—, si tú me ayudas, yo te ayudo. Pero primero vamos a tomarnos algo.

—Pero tú conduces.

—Sí —reconoce Lisbeth, y paga un par de cervezas—. Y deja ya de actuar de poli, demonios, que estamos de fiesta.

Tiene que ser el cansancio. Debería haber podido deducirlo con el trasero. Peder Sandberg.

—¿Podemos irnos? —dice Jessica, pero ya es demasiado tarde.

—Jessica Harnesk. No me esperaba verte por aquí. ¿Has cambiado de bando? —Se ríe ruidosamente de su propio comentario y le aparta un mechón de la cara.

—No me toques —advierte Jessica—. Si no quieres que te meta directamente en la celda ya, será mejor que te vayas.

—Uy, uy, uy —dice Peder—. Qué miedo.

—¿Quién es este imbécil? —quiere saber Lisbeth, aunque ya lo sabe.

—Peder Sandberg —contesta Jessica.

—Su ex antes de su ex —añade Peder, y levanta una botella de cerveza mirando a Jessica.

—Nunca ha habido nada entre nosotros.

—Sí, mujer, sí que ha habido. Una auténtica fiera en la cama, quién habría dicho que te harías policía.

Ven, vayamos al río. Estoy harto de toda esta gente. ¿Tienes frío? Ten, toma mi abrigo.

—Leí una cosa el otro día —interviene Lisbeth—. Escrita de una forma algo infantil e inmadura, pero encajaba perfectamente contigo. Creo que incluso era sobre ti. Sí, eso es. Pederpadrastro Sandberg. Ése debes de ser tú.

—Ya —dice Peder, y cruza los brazos—. Y la autora es esa mocosa de mierda, supongo. Ese bicho ni siquiera estaría con vida si no fuera por mí.

—Seguro, algo bueno habrás hecho, me imagino, aunque hace mucho. Pero a esa mocosa de mierda, como la llamas, se le da de maravilla dibujar mapas. ¿Entiendes lo que podría pasar contigo si se enterara la policía?... Uy —dice Lisbeth, y se tapa la boca con la mano—, se me había olvidado que la policía ya está aquí.

Ven, el vestuario está abierto, entremos allí.

Tengo que irme a casa, mi madre me está esperando.

Tu madre lo que estará es abriéndose de piernas en Svartluten. Y no creo que tú seas mucho mejor.

Las mismas manos, los mismos ojos. Otros tiempos, otra misión.

—Yo que ustedes tendría mucho cuidado —advierte Peder Sandberg—. Aquí dentro hay mucha gente que iría por una poli con mucho gusto.

—Ay, me haces bostezar —dice Jessica—. Mejor te regresas con los chicos a pavonearte.

—Es para hoy —dice Lisbeth tocándole el hombro con el índice.

Peder evita que sus miradas se crucen fijando la suya en un punto cercano a los ojos de ella. Luego todo sucede muy rápido, mete la mano entre las piernas de Lisbeth y la empuja hacia atrás.

Ocurre de forma muy repentina. Con todo lo que sabe acerca de Sandberg y las clonaciones genéticas que lo preceden, debería haber estado preparada. Da con la cabeza en la barra improvisada, hecha de llantas y lámina ondulada. Ahora la tiene agarrada por el cuello. «Levanta el brazo por encima de sus manos y dale un codazo en la sien.» Pero, con la falta de aire, llega el pánico, la visión en túnel y las ganas de rendirse. Dentro de unos segundos vendrá la pérdida de conciencia, aunque la muerte tarda otro par de minutos.

«Eres una *bushi*, Lisbeth, una guerrera. Si has perdido tu catana, usa tu propia espada.»

En el instante en el que Jessica consigue aflojar el agarre del cuello, Lisbeth forma una V rígida con los dedos índice y medio y le lanza un perfecto *nihon-nukite* en los ojos.

Y ahí aparece, ese viejo y fiable reflejo autónomo con el que el cuerpo está provisto para proteger las partes vitales. Cuando él suelta las manos en torno al cuello de Lisbeth para cubrirse los ojos, ella le propina un *ura-zuki* hacia arriba, y Peder Sandberg, incapaz de controlar la reacción del cuerpo, se dobla sobre sí mismo.

Con Sandberg neutralizado, al menos de momento, se puede permitir entretenerse un poco. Extiende la mano y asesta un vigoroso *shuto-uchi* en los gordos pliegues de la nuca, que hace que el hombre acabe en el suelo en un montón de desconcertante dolor.

—¿Krav magá? —quiere saber la poli.

—Karate. No hace falta mucho —dice Lisbeth a Jessica—. Se puede neutralizar a un hijo de puta con la mano abierta, basta con apuntar a los sitios adecuados.

Sé que quieres. No te pongas así. Eso es. Bien. Ah. Vaya con la puta, qué gustazo, ¿verdad?

—Fascinante, aunque quizá necesite un último recordatorio —dice Jessica antes de pegarle una patada en el trasero, tan fuerte que Sandberg sale volando a la pista de baile.

Pero en lugar de dejar que se lama las heridas y la humillación, lo patea una y otra vez. Alrededor de ellas, la gente de la fiesta se une a la escena formando un coro bramador:

—Mata, mata, mata.

Al final Lisbeth tiene que tirar de Jessica y alejarla del gimiente cuerpo de Sandberg.

—No hay que matar, sólo asustar. Y, mira tú por dónde, ahí está el gran líder también —dice Lisbeth, y saluda con la mano a Sonny—. Pero ahora creo que es hora de largarse antes de que sus células cerebrales consigan recolocarse bien en la avenida de los recuerdos. Con un poco de suerte, el mensaje ha quedado claro.

Vivir ahora, mirar hacia delante, recordar el pasado.

Eso es, Sonny Nieminen. Que no se te olvide lo que ha sido. Los años en la cárcel. El ascenso y la caída del club. Y, sobre todo, no te olvides de Lisbeth Salander.

Sonny Nieminen cierra los puños.

«Ésa. Otra vez. No puede ser.»

—Arranca —dice Jessica, y luego mira fijamente la carretera hasta que Lisbeth para delante de su casa.

Apaga el motor y deja que obre el silencio.

Algo ocurrió. ¿Qué?

Lisbeth abraza a Jessica. Inhala el aroma del pelo enredado. Pasa la mano por los omoplatos.

«Has vivido cosas que no puedes procesar por ti misma. Si puedes formularlas con palabras, habrás avanzado mucho.

»Gracias, Kurt Angustiasson, pero no, hay personas que sólo entienden el lenguaje de la violencia.»

—Cuéntame —dice.

Jessica se incorpora en el asiento. Se cubre las manos con las mangas del suéter. Los cristales del parabrisas y las ventanas se empañan por el vaho.

—Me violó, y ya está. Hace mucho tiempo. El último día de escuela, en noveno. Después se jactó de ello con cualquiera que tuviera ganas de escucharlo, que probablemente fuera todo Gasskas.

—¿Y tú?

—Supongo que hice como hacemos las chicas la mayoría de las veces, me callé y la pasé mal. Me ha sentado de maravilla poder devolverle el golpe. Casi demasiado bien. Sin ti lo habría matado a patadas.

—Siempre habrá trabajo para ti en mi empresa, si te despiden. Pagamos mejor también.

Jessica niega con la cabeza, abre la puerta del coche y deja entrar el frío nocturno.

—Por cierto, eso que le dijiste a Sandberg, sobre cartas y mapas, ¿de qué iba?

—Nada, mentí. ¿Quieres que te acompañe?

—No, otro día.

El pelo, la boca y las piernas de Barbie abren la puerta del chalet adosado y la cierran sin darse la vuelta.

Creo que estoy enamorada de ti.

Yo también.

Antes de regresar al hotel, busca las coordenadas del lugar donde encontraron la camioneta en la que huyeron los secuestradores y escribe un SMS. Añade un corazón, pero lo quita antes de enviarlo.

Capítulo 64

Están sentadas en la cama matrimonial leyendo en voz alta el diario de Märta Hirak, unos párrafos esporádicos y breves que se extienden desde 2010 hacia delante.

—¿Dónde has encontrado el diario?

—La llave —dice Svala, y continúa leyendo—. Casi toda mi vida. Y la de mi madre. No entiendo cómo podía aguantar.

¿Cómo aguantó la madre de Lisbeth? ¿Por qué no pidió ayuda, se llevó a sus hijas y se marchó?

—Tenía miedo —explica Lisbeth—. El miedo hace cosas con la gente. Les hace tomar decisiones irracionales para sobrevivir.

—¿Aunque perjudique a sus hijos? —dice Svala.

Mudarse, esconderse, confiar en la protección de la sociedad. Él siempre las habría encontrado.

—Sí, también entonces.

Algunos pasajes hablan de la violencia de Peder Sandberg hacia la niña. Lisbeth intenta mantener la tranquilidad. Quizá no debería haber impedido que Jessica lo matara a patadas.

—¿Crees que fue Pederpadrastro quien mató a mi verdadero padre? —quiere saber Svala.

La pregunta es lógica. Pero la respuesta... Por mucho que haya pensado en contárselo a la niña, la verdad no quiere salir. No puede hablar de la muerte de Niedermann sin contarlo todo. Y la niña ya tiene suficientes idiotas a su alrededor. Cuanto menos sepa, mejor para ella.

—No sé —contesta—. Fue hace mucho tiempo, pero no creo que debas extrañarlo. Era un criminal brutal. Peder Sandberg es un juego de niños en comparación.

—Mira quién lo sabe todo de repente —dice Svala.

—Trabajaba para Zalachenko. Tenía muchos enemigos.

—¿Y para el abuelo qué hacía? —pregunta Svala.

—Era su guardaespaldas, se podría decir. Pero cuéntame, ¿cómo es Märta como persona?

—Como tú, un poco. Pequeña y con mucha gracia, aunque más divertida.

—¡Muchas gracias!

—Tú nunca te ríes. Mi madre se ríe casi todo el rato. Si al menos hubiera elegido a Henry Salo —dice Svala.

—Ése está chiflado también, aunque de otra manera —replica Lisbeth.

—Pero sigue enamorado de Mamá Märta.

—¿Cómo lo sabes?

—Me lo dijo. Fui a verlo a su despacho.

—¿Por qué hiciste eso?

Svala lo piensa antes de contestar.

—¿Sabes quién es Marianne Lekatt?

—¿La mujer que no quiere una turbina eólica al lado de su casa?

—Exacto. Resulta que yo estaba allí, por casualidad. Él llegó y la amenazó.

—¿Cómo que la amenazó?

—Primero gritó que él y su familia acabarían mal si ella no aceptaba que construyeran en sus terrenos. Y cuando ella le dijo que él se lo había buscado, la empujó tan fuerte que cayó y se golpeó la cabeza con la cocina. Lo grabé con el celular.

—¿Qué hacías tú en casa de Lekatt?

—Somos amigas —dice.

—¿Y qué hacías en el despacho de Salo?

—Quería que me dijera adónde llevaba la llave.

—¿Y lo sabía?

—No, y le creí.

—¿Puedo ver el video?

—Lo he eliminado. Ése era el trato.

«Bueno. Un archivo borrado siempre se puede recuperar.»

—Tengo mis dudas de que el diario pueda sostenerse como prueba contra Sandberg, aunque tu madre seguramente confía en ello. ¿De verdad no había nada más en el *locker*? ¿Svala?

Svala se estira por el muñeco de peluche.

—¿Tienes una navaja?

—¿Obvio? —dice Lisbeth, y abre el estuche Leatherman que lleva en el cinturón.

—Dios —exclama Svala—. Sí que vas en serio. Al parecer no conoces la ley sobre armas blancas de 1988.

«Tú tampoco deberías conocerla.»

Deshace los puntos de costura y mete la mano.

—Si le hablas del muñeco a alguien, no te dirigiré la palabra nunca más —la amenaza.

—Un disco duro —dice Lisbeth dándole vueltas al disco estudiándolo por todos los lados—. ¿Sabes lo que contiene?

—Lo llevé a la tienda de *gaming*.

—¡Demonios! ¿Y?

—Contiene una cuenta para criptomonedas. Pero sin contraseña no se puede entrar. He probado todo lo que se me ha ocurrido. Probablemente sólo Mamá Märta sepa abrirlo. Tendré que esperar a que vuelva a casa —dice, y se encierra en el baño.

¿El bar del hotel en diez?

OK.

Capítulo 65

—O sea, esto es lo que sabemos —constata Lisbeth tomando una cerveza con Mikael Blomkvist.

—Espera —dice él—. Tenemos que apuntarlo.

—¿No es una lata estar tan senil a tu edad? Yo nunca necesito apuntar nada.

—Eso, tú restriégamelo.

—Joven, joven, joven. Senil, senil, senil.

—Vamos, ¿por dónde empezamos?

—Secuestran a Lukas. ¿El objetivo es él?

—De forma secundaria, al menos.

—En tal caso, debería estar en los alrededores. Parece demasiado arriesgado llevarlo muy lejos.

«No tengas miedo. Te encontraremos.»

—Apuntado.

—Y en lo que se refiere al entorno de Salo. Tu querida hija Pernilla, por ejemplo, ¿qué sabes de ella?

—No lo suficiente —reconoce Mikael.

—Ya me lo imaginaba. Supongo que es mejor que hable yo con ella. Le caigo muy bien.

—Claro, como te pasa con todo el mundo, ¿no?

—Ya ves. ¿Y Salo? —dice, y se guarda para sí un ratito más lo del video en la casa de Lekatt.

—Un círculo muy amplio de conocidos. Tenemos que empezar desde el centro. Desde el corazón, como dice él.

—El ayuntamiento.

—Sí, sobre todo los negocios actuales del municipio. Hay muchas cosas ocultas en la KGB. Se rige por la ley de las sociedades y por lo tanto no tiene obligación de rendir cuentas públicamente sobre detalles, más allá de los informes anuales. La correspondencia, por ejemplo, no es oficial.

—¿Nos apostamos algo? —dice Lisbeth.

—Apuntado.

—¿Qué te dice tu instinto?

—Salo —responde Mikael—. Y la empresa que no existe, Branco.

Llega el momento de hablar de Lekatt. Ella reproduce palabra por palabra lo que Svala ha dicho sobre Salo, que puede estar amenazado por alguien.

—Tiene sentido —dice Mikael—. Por cierto, Svala me dio un montón de apuntes. Debería trabajar en *Gaskassen*. Vaya ojo para los detalles. Sobre todo, parecía interesarle Lekatt, pero también había dado con un correo de Branco. Por lo visto, se comunican a través de algún tipo de dispositivo alternativo. Probablemente el correo se ha impreso y ha acabado en el archivo por error.

—¿Qué decía? —quiere saber Lisbeth.

—Tic, tac, tic, tac.

Últimamente está raro. Me hace preguntas raras sobre personas con las que trato en mi trabajo.

Suena como si tuviera miedo.

Da igual, ¿quieres ver la alberca en la parte de atrás?

—Entonces, estamos de vuelta con Branco —dice Lisbeth—. Pero no entiendo por qué un trozo de terreno puede ser tan importante como para estar dispuesto a secuestrar a un niño para conseguirlo.

—Es cierto que es una finca grande —dice Mikael—. Más de quinientas hectáreas.

—Pero aun así. Tiene que haber algo especial con Branco.

—He empezado a fungir un poco de guía espiritual en *Gaskassen*. Y les he mandado que investiguen el municipio.

—Muy bien —dice Lisbeth—, pero si ni siquiera *Hacker Republic* ha podido encontrar nada, no creo que los periodistas locales lo hagan.

—Quizá no, pero podemos dejarles lo más sencillo a ellos y concentrarnos nosotros en *the big picture*. Intenta averiguar algo de la policía —propone—. He visto que tienes un buen contacto en el cuerpo.

—¿Qué quieres decir con eso?

—TikTok.

—No me digas que ahora fisgoneas en una app de niños... ¡Qué cerdo!

—Por lo visto, tú también.

—Lo que yo haga en mi vida privada no es asunto tuyo.

—Desde luego que no, pero al menos tienes un contacto en la policía. Úsalo.

—Pues tú puedes usar a Faste. Ahí tienes a alguien de tu nivel —suelta Lisbeth, y se levanta.

—Espera, siéntate, por favor. Perdóname si me he pasado. Tenemos que terminar la estrategia.

—Ya la tengo en la cabeza. Voy a hacerle una pequeña visita a Salo, seguro que sale algo de ahí.

—Tomo nota.

—Imbécil.

—También tomo nota.

Capítulo 66

Lisbeth pasa por la habitación para ver si la niña tiene hambre. Por su parte, se comería una... pizza, quizá..., pero la habitación está vacía. Svala ha dejado una nota.

Voy a estudiar con una amiga que vive en las afueras. Quizá pase la noche allí. En tal caso, te aviso.

Sospechoso, pero si es verdad, es bueno. Lisbeth nunca la ha oído hablar de ninguna amiga. Todo lo contrario, cuando se lo pregunta, sólo recibe gruñidos en respuesta.

Saca la computadora. No hay noticias de Plague, pero sí en la intranet de Milton. Lee el informe acerca de la intrusión informática en el Ministerio de Asuntos Sociales y casi se parte de risa.

«¡Mira, Svala, me estoy riendo!»

Dick y Pick montan un golpe para comprobar la ingenuidad de la plantilla. Entran con total tranquilidad, provistos cada uno con un maletín de herramientas, y dicen que van a arreglar un par de computadoras que están dando problemas. Les piden la identificación, cierto, pero nadie pregunta quién los ha llamado. Buffet libre.

De manera sistemática, pasan al menos por una decena de computadoras, plantan un *spyware* y algunas otras cositas. Cuando han terminado, salen sin más con los secretos del departamento en el bolsillo. Pero como son los *good guys*, convocan al personal y les cuentan lo que han hecho. Naturalmente, todo el mundo se queda aterrorizado. Cosa que no impide que, sólo dos días más tarde, dos *bad guys* entren y digan que vienen de Milton Security. También les piden que enseñen su identificación y, tras realizar más o menos el mismo procedimiento, abandonan el lugar despidiéndose educadamente. Tres horas más tarde, De Deus recibe su primera carta de amenazas.

Lisbeth intenta concentrarse en su trabajo, pero se da por vencida. Los pensamientos giran en torno a Salo y Branco.

Hola, Dragan, ¿conoces una empresa, Branco, que, entre otras cosas, se dedica a temas de seguridad? He pensado que a lo mejor habías oído hablar de ellos. Estoy ayudando al municipio de Gasskas con unas cosas.

Hola, Lisbeth, me suena vagamente el nombre de Branco, algo que tiene que ver con relojes. Como sabes, tengo debilidad por los Rolex. Muy típico de un inmigrante, ya lo sé, pero en algo hay que gastarse el dinero. Hace unos años, en una subasta en Nueva York, se vendió un Daytona muy especial que había usado Paul Newman. Dio la casualidad de que me encontraba allí, al igual que el hombre que se lo quedó. Me acerqué a él después para felicitarlo. Me presenté, claro, y él hizo lo mismo. Resultó que era sueco, Marcus Branco. Un tipo muy simpático. Se movía en silla de ruedas por culpa de la talidomida. Tomamos un té y hablamos de ciberseguridad. No creo que mencionara a qué se dedicaba. En fin, sólo una idea que se me ha ocurrido ahora, no sé si te sirva de algo, pero teniendo en cuenta el precio, en torno a los quince millones de dólares, debe de haber sido un pez gordo de algún tipo. Suerte con Branco y con la chica. Un saludo. Dragan A.

Lisbeth se plantea *hackear* el teléfono de Svala ella misma, pero decide encargárselo a Plague. La niña se volvería loca si se enterara. Seguramente se pondría a gritar sobre una violación de su intimidad o, lo que es peor, no abriría la boca durante días como castigo.

> Necesito recuperar un video
> borrado. 073-4358891.
> Máxima prioridad.

Ya que tiene el número delante, llama a Svala. No hay respuesta.

Perdona si interrumpo el estudio.
Sólo quería decir que habrá pizza
para cenar. Qué rico, ¿no?

Me quedo a dormir aquí.
Si hay pizza mañana,
encantada.

«¿Y dónde es "aquí"?», está a punto de escribir, pero se para y lo piensa mejor. Confía en la niña, no es eso. No es el tipo de chica que se emborracha, fuma y sale con chicos mayores. Al contrario, parece que todo lo que hace lo haya pensado antes.

En el mismo pensamiento advierte que el muñeco que ha estado sentado como un vigilante en la cabecera de la cama ha desaparecido. Mira en el baño y en el otro dormitorio. Ni muñeco, ni diario.

¿Tienes miedo de que
te robe el muñeco?
:)

Me ayudan a arreglarlo.
:D

Lisbeth destensa los hombros. Todo en orden. Se conecta con Plague. Aún sin respuesta.

Llama a Jessica por tercera vez. Ninguna respuesta tampoco.

¿Quieres vernos?

Trabajando.

Mierda. Está enojada. Lisbeth intenta encontrar un motivo. ¿Algo que ha dicho o hecho? Enseguida llega otro mensaje.

Tengo que dar prioridad al
trabajo. Nos vemos otro día.

Lisbeth tira el celular a la cama y se mete en la regadera. No porque le haga falta, no han pasado más de tres o cuatro días desde que se bañó, sino más bien para hacer tiempo.

Plague a Wasp: Empieza
la peli.

El sonido no es muy bueno. Lisbeth busca sus audífonos Sennheiser para abrirse paso entre el ruido de fondo. Tal y como la niña había entendido la situación, existen indicios de amenazas contra Salo y su familia. Pero hay otra cosa también, algo que al principio no comprende qué es. Regresa el video y escucha, una y otra vez.

Capítulo 67

—Hola. Lisbeth Salander, Milton Security.

—Ajá, ¿y qué puedo hacer por ti? —pregunta Salo, y la invita a sentarse. Está acomodado detrás de un amplio escritorio meciendo la silla. A sus espaldas se extienden estanterías con carpetas. El orden en los montones de papeles es perfecto, pero el traje se ve arrugado y en la habitación se respira un aire viciado de sudor y viejas borracheras.

—Soy experta en ciberseguridad. Ahora mismo ayudo a la policía de Gasskas con información concerniente al secuestro de su hijo, Lukas. Tengo algunas preguntas.

—*Shoot* —dice Salo—. ¿Quieres un café?

—No, gracias. En la investigación se ha detectado una amenaza dirigida a tu familia. O quizá, sobre todo, a ti.

—De eso no sé nada —dice Salo.

—Referente a la construcción del parque eólico.

—Es un proyecto grande y hay mucho en juego. Siempre surgen diferencias de opinión, claro, si no sería raro, pero ¿amenazas? No. Ya le he dicho todo lo que sé a la policía. Varias veces. La desaparición del chico es un misterio también para mí.

—¿Y tú qué crees? —dice ella.

Eso, ¿él qué cree? Contempla a la extraña mujer sentada enfrente. Le resulta imposible adivinar su edad. Está flaca y demacrada, y va vestida como una adolescente, lleva el pelo teñido de negro y un *piercing* en la nariz. Entre los catorce y los cuarenta y cuatro. No parece real.

66,301252. 20,387050
19:00. Ven solo.

—¿Tienes alguna acreditación? —quiere saber él.

Lisbeth le tiende la tarjeta de identificación de Milton.

—Así que eres tú. Ya me habían dicho que juegas a los detectives con el periodista.

Salo se sirve un vaso de agua de una jarra y deja caer un par de pastillas Treo. El dolor de cabeza y el cansancio se han instalado en su cuerpo como un virus. En casa está Pernilla llorando sin parar. En la oficina, los compañeros corren de un lado para otro como nerviosas presas de caza pensando que también sus hijos se encuentran en peligro, lo que tal vez sea verdad. «Vayan a la policía», es el consejo que les da, «la policía está para protegernos».

Salo es un hombre de acción, el que pone cosas en marcha y soluciona problemas. Pero ahora sólo quiere que la criatura que está en su despacho se vaya para poder cerrar con cerrojo la puerta y volver al sofá y la botella. Lamentablemente, aún no ha terminado el día. *Ven solo.*

—¿Querías algo más? —dice—. Tengo cosas que hacer.

Ella saca el celular. A él le basta con un par de segundos para que sepa qué es lo que le está enseñando. Mocosa de mierda. Que uno ni siquiera pueda confiar en una niña...

—Fuiste a ver a Marianne Lekatt —constata Lisbeth.

—Sí —responde—, para hablar.

—Qué forma más rara de conversar. A mí más bien me parece que la estás amenazando —replica ella, y sube el volumen.

—¡Para! —pide él—. Suena peor de lo que es.

—Lo entiendo, y en realidad me importa un pepino si les retuerces el brazo a los propietarios para que vendan sus tierras a las compañías del proyecto eólico.

—Cedan —corrige—. No venden, ceden el uso y ganan decenas de miles de euros al año haciéndolo. Sin tener que mover un dedo.

—Gracias por la información, pero lo interesante es una cosa completamente diferente —dice Lisbeth, y le acerca el celular un poco más.

Vienen por mí. Tienes que ceder las tierras. Hazlo por mí.

—Bien —sigue ella, y para el video—. O me cuentas toda la historia u organizo una tarde de cine en la comisaría.

Salo se levanta y da vueltas por la habitación.

Se detiene delante de la ventana. El nivel del agua en el río es alto. Ese pensamiento lo tranquiliza. Sería tan fácil. Subir a Storforsen, dar el paso en el precipicio y fundirse con las masas de agua.

—Se trata de tu hijo —insiste ella—. ¿No quieres que lo encuentren?

¿Quiere? Sobre todo, quiere recuperar a Pernilla; la de verdad, no esa ruina de mujer que hay en casa ahora. Y quiere librarse de las acusaciones de que él tiene toda la culpa. ¡Vaya mierda de comienzo de matrimonio!

—Claro que sí —responde—, pero debo hacer las cosas a mi manera.

—Piensas llegar a un acuerdo con los secuestradores —deduce ella.

—Como ya he dicho, no sé quiénes son —dice Salo—. Haz lo que quieras con el video.

—Una última pregunta, luego me iré. ¿Por qué debía acceder Marianne Lekatt *por ti*?

Salo se voltea. Se pasa la mano por el pelo y su mirada se cruza con los fríos ojos de la criatura.

—Porque es mi madre —contesta.

Capítulo 68

Por tercera vez, o más, Salo comprueba las coordenadas y sale del estacionamiento. Excepto por un par de camiones de transporte de madera que van de camino a Karlsborg o Piteå, la carretera está desierta. Pasa el lago Kallak y gira a la izquierda hacia Kåbdalis.

Lo ha visto en el mapa. No es un lugar desconocido para él. A veces va allí. Mete la escopeta en la cajuela y se lleva a algún urogallo que anda por el camino de grava picoteando guijarros.

El coche está al final del camino forestal, donde los camiones madereros dan la vuelta. Una Transporter negra. Se estaciona al lado y baja la ventana.

—Querían verme. Aquí estoy. ¿Qué quieren?

—Sal del coche.

Una voz desconocida. Tiene la boca seca y las piernas le flaquean. Salo no es bajo, pero el hombre le saca al menos una cabeza. Ropa negra y cara cubierta. Es absurdo. Como si fuese un legionario del Grupo Wagner en el pequeño pueblo de Gasskas, un lugar donde la gente no cierra las puertas con llave y nunca necesita mirar hacia atrás cuando camina por la calle de noche. ¿Qué diablos ha pasado?

—Al parecer, no te has tomado la situación en serio —empieza el hombre.

—He hecho lo que he podido —dice Salo—. ¿Dónde está el niño?

—¿Qué niño?

Salo jadea. Tiene el pulso en la garganta y la voz se le quiebra. Lukas.

—La cuestión es ¿qué hacemos contigo? Como no has conseguido convencer a los propietarios de las tierras, ya no nos sirves de nada —expone el hombre, y agarra a Salo por el cuello—. Pero como somos gente legal, hemos pensado que te dejaremos hacer otra pequeña elección.

Se lleva a Salo a rastras hacia las puertas traseras. Otra persona se ha subido al vehículo. Lleva la misma ropa. Sólo los ojos ofrecen alguna pista de quién es. «Muévelo.» Una mujer. Le enfoca la linterna en la cara y abre las puertas.

Cegado por la luz, al principio no se da cuenta de lo que está viendo. ¿Una jaula? ¿Un perro?

—*Voilà* —dice el hombre—. Saluda a una amiga.

Salo se da la vuelta y vomita.

—Uy, qué asco, vaya manera más maleducada de saludar a un viejo amor —dice, y empuja a Salo hacia la jaula. El cuerpo no se mueve. El rostro es una masa sanguinolenta, como si hubiesen sumergido la cabeza en agua hirviendo. Aun así, ve quién es e intenta pasar la mano por las rejas de la jaula para alcanzar la de ella.

Märta, no. Su Märta, no, no...

—Como ves, Romeo, hemos tenido la amabilidad de dejarla con vida. No mucha vida, pero bueno. Como quizá recordarás, fuiste tú quien nos dijo que podíamos hacer con ella lo que nos diera la gana, y ya lo creo que lo hemos hecho —explica riéndose ahogadamente—. Se entiende que te guste tanto.

Sábado. Llega el padre a casa. Henry y Joar están vigilando. Se esconden en el garage esperando el coche. El padre se baja. Henry levanta el martillo.

Lanzando un aullido, aleja a la mujer de un empujón y consigue asestarle un puñetazo al hombre. Y otro y otro. No sabe dónde aterrizan. La risa de la mujer es cruda como una mañana de noviembre en Murjek. Luego todo se vuelve negro.

Mucho más tarde, no sabe cuánto, abre la puerta del coche y vomita. La Transporter ya no está. El frío ha convertido el vaho en hielo. Empieza a raspar el parabrisas mientras deja correr las lágrimas.

En lugar de volver a Gasskas continúa hacia Storforsen. Antes del hotel, gira y sube hacia las cascadas. Una vez allí, comienza a correr atravesando las pasarelas y las resbaladizas rocas hasta que llega al extremo del sendero. Trepa por la barandilla de seguridad y baja la mirada a la estruendosa corriente de agua.

«Dios. Hemos hablado antes. Quieres que viva

y que me ocupe de este problema, pero no tengo fuerzas. ¿Me oyes? Ya no puedo más. Primero Lukas, luego Märta. Vienen por mí, también.

» ¿Cómo he llegado a ser el que soy? Sólo quería que me apreciaran un poco, ¿no lo entiendes? Todo lo que hago es por el bien del pueblo, por el bien de mi familia, por el bien del equipo de caza, pero nadie lo ve. Por eso, Dios, creo que ya es suficiente.»

Suena el teléfono.

«Por el amor de Dios, ahora no.» Pierde el hilo. Saca el celular. Es Pernilla.

—¿Dónde estás? —pregunta.

—En el rápido —dice.

—¿Qué haces allí?

—Voy a saltar.

—Henry. Sal de ahí. Retírate del rápido. Ahora mismo.

—No —dice—, es demasiado tarde. Demasiado tarde para todo. Lo siento, Nillan. No es culpa tuya.

—Primero Lukas y luego tú. ¿Te das cuenta de lo malditamente egoísta que eres?

—Ya, pero las cosas son como son.

—No —dice—. No puedes.

Estaba molesta. Y se desahogó con Mikael. Pero no es tonta, aunque todo el mundo da por descontado que ella es la buena. La de confianza. La que ayuda a los demás.

Que Henry piense así es trágico, pero en esta situación es una ventaja. Él no niega que le oculta secretos. Ella registra su escritorio, hace fotocopias y limpia los bolsillos de tarjetas de visita y números de teléfono. Mira su correo electrónico personal cuando se ha dormido en el sofá y se le ha olvidado cerrarlo.

«Si Henry muere, Lukas no volverá.»

Corre hacia el coche, arranca derrapando y conduce hacia Storforsen. Media hora en coche, mínimo. La nieve cae copiosamente. Quizá tarde más.

Dice cosas. Lo que sea. No importa. Él contesta a veces.

—¿Estás ahí todavía? ¿Henry?

—Sí.

—¿Te acuerdas de cómo nos conocimos?

—Sí —responde.

—Cuéntamelo —pide ella—. ¿Cómo nos conocimos?

—Tú venías de gira con un coro. Yo estaba entre el público.

—Continúa, ¿qué pasó después?

Cuando se baja del coche, grita las palabras, el estruendo de las cascadas la envuelve. La nieve hace que le cueste avanzar por el sendero. Tiene que llegar a tiempo.

—Eras tan guapa —dice él—. Y buena.

—Para nada —grita Pernilla—. No soy buena. Soy una persona normal. ¡No saltes! —grita a través del estruendo del agua. Trepa por la barandilla mientras intenta no mirar abajo—. Estoy detrás de ti.

—No —dice él—. No lo entiendes.

—Quizá no, pero si tú saltas, yo también.

—Tienes a Lukas. Está vivo.

—¿Cómo lo sabes?

—Alguien me lo dijo. Cuando jugué a ser Dios e intercambié una vida por otra.

—¡¿Alguien?! —grita ella—. ¿Quién diablos es alguien?

Henry Salo se rinde. Está claro que hoy no es el día.

—Sal de aquí —grita él—, te sigo.

Sube por la barandilla. Quiere abrazarla y que ella lo abrace. Los cuerpos tiemblan por el frío y la humedad. Sin la adrenalina, las rocas son resbaladizas y la noche, impenetrable, negra. Quiere contarlo todo. Compartir el miedo. Sentirse seguro.

Entran en calor en el coche de Pernilla. Acercan las manos a las rejillas de ventilación. Poco a poco, el caparazón vuelve a crecer en el cuerpo de Salo y las imágenes desaparecen.

—Los oí. Tú la llamaste.

—¿A quién? —dice él.

—A Märta Hirak, vi el número y leí tus SMS. *El cuerpo. La sangre. La jaula.*

—Märta fue un error. Un desliz que no se repitió. Ella apareció un día con una llave. Tomamos unas copas y luego...

—¡Calla! Basta ya.

Voy a arruinarte, cabrón, tenlo por seguro.

El dolor de cabeza se ha aliviado. Decir la verdad es bueno para la paz del espíritu. Por primera vez en meses siente una especie de tranquilidad.

—Recuperaremos a Lukas —dice, y pone su mano sobre la de ella.

Ella retira la suya y mete primera.

—¿Vas a dormir en casa esta noche?

—¿Quieres que lo haga? —pregunta, y baja del coche. Apenas le da tiempo de cerrar la puerta antes de que ella arranque y se marche.

Capítulo 69

Svala se subido al autobús en Harads. Ahora va caminando hacia el hotel de los árboles de Britta.

—Hola —dice—, mi padre ha reservado The Seventh Room. Peder Sandberg. Vendrá un poco más tarde.

—Bienvenida —saluda la recepcionista, y comprueba la reserva—. Efectivamente. Para dos noches. ¿Quieres que esperemos con el cobro hasta que venga tu padre?

Svala vacila. Resulta tentador, pero estúpido. No puede arriesgarse a que el personal empiece a hurgar.

—No, me ha dado dinero —responde, y deposita veintitrés mil coronas sobre el mostrador.

La última vez que estuvo, llegó por la parte de atrás, a través del bosque. Se unió a un grupo de turistas que iba de cabaña en cabaña y lo aprendió todo sobre arquitectos, iluminación y, en concreto, sobre la altura de las diferentes cabañas en los árboles.

Veintitrés mil es casi la mitad del dinero que

había en el muñeco. The Seventh Room, ubicada a una altura de diez metros entre los pinos, es la cabaña más grande y está construida en forma de U. Entre las partes salientes de los dormitorios se extiende una red gruesa, como una terraza colgante. Abre la puerta a la terraza, sale a la red haciendo equilibrios al pisar y se tumba bocabajo para contemplar el mundo desde ahí. Le sobra tiempo. Será de noche.

Media hora antes del encuentro con Pederpadrastro, vuelve por el sendero a la recepción y devuelve una de las llaves.

—Yo me voy ya —dice—, pero papá se queda hasta mañana. He conseguido entradas para el partido. Me va a llevar a Gasskas y luego se registrará.

Peder Sandberg mantiene un perfil bajo. Lo que no significa que su cerebro no haya dejado de albergar pensamientos malvados. Todo lo contrario. Fantasea sobre la venganza. No puede olvidar la humillación. Tirado en el suelo a cuatro patas y la poli hija de puta pateándole el cuerpo. No soporta acordarse de la primera patada, la que le dio en el trasero. La Karate Kid esa directamente le da náuseas. Pero lo peor son los demás. Los de Svavelsjö que están en círculo a su alrededor riéndose de él. No sólo entonces. Ahora, después y para siempre.

Han pasado un par de días y le han dejado de doler las pelotas, pero algo le sucede en las costillas. Rotas, sin duda. Toser resulta imposible. Reírse no lo va a hacer de todos modos, así que ahí no hay peligro. Saca la Glock, la toma con las dos manos y visualiza en su interior cómo la lluvia de balas hace estallar los cuerpos. Brazos, piernas y tórax. Los últimos disparos arrojan masa encefálica sobre toda la pared. Ya se siente mejor.

Está tan obsesionado con la venganza que casi se le ha olvidado que tiene un encargo.

—*En realidad, no mereces más que limpiar lavabos, pero te voy a dar otra oportunidad. Busca a la chica, como sea que se llame. Svala. Eso. Sácale el disco duro y deshazte de ella.*

—*¿Estás diciendo que la elimine?* —*dice, para estar seguro de haber entendido las instrucciones.*

—*Exactamente* —*dice Sonny*—, *siempre y cuando tengas el disco duro. O haz con ella lo que quieras, con tal de que desaparezca del mapa. Empezamos con eso. Después de la niña te daremos un encargo más importante, pero eso podemos comentarlo más tarde.*

Preferiría acribillar a tiros a las polis hijas de puta. No porque le importe la mocosa de mierda, pero algo de decencia le queda en el cuerpo.

Tengo info sobre tu madre,
¿tienes tiempo para vernos?

¿17:00 en Buongiorno?

OK.

Idiota.

Ya a las tres, ella pasa por la pizzería.

—Svala, cuánto tiempo, ¿cómo estás?, ¿tienes hambre?

—No, gracias, acabo de comer. ¿Podrías darle esto a Peder? —pregunta ella tendiendo un papelito escrito a mano que toman las manos blancas de harina del pizzero.

—Sí, claro —dice él, y pregunta por Mamá Märta.

—Bien —responde Svala, y le entra mucha prisa.

No suele sentirlo. Se le da bien tragar. Quizá tenga que ver con el sitio. De repente la vio allí sentada riéndose. Las vio juntas, a sí misma y a su Mamá Märta.

Él tiene la culpa de todo. Y las culpas se pagan.

Peder Sandberg no es tonto. Según él, se pasa de listo. Se mete por un camino forestal algo alejado del hotel, cierra el coche, deja la llave encima de la llanta delantera para no perderla y se dirige hacia las cabañas en los árboles.

El hotel es conocido mundialmente. No sólo por Justin Bieber y otros idiotas que quieren jugar a ser pajarillos, aquí también se han escondido espías buscados en todo el país por la Säpo. Son cosas así las que no se le olvidan a Peder Sandberg. Un día él también será famoso. Iba bien encaminado.

«La poli hijaputa... Tranquilízate. Le llegará

su hora.» Se reúne con Branco la semana próxima. Naturalmente sin que Sonny se entere, pero que él sepa hacer un trío no ha matado a nadie. *Necesitamos a una persona como tú.* Claro, ¿quién no?

The Seventh Room es la última cabaña. Para estar seguro lo ha googleado. Qué niña más tonta. No podría haber resultado mejor. Solos en la habitación de un hotel. No porque piense liquidarla allí. Eso sería MUY estúpido. Pero en la oscuridad nadie los verá salir.

Svala consulta el reloj. Las cinco para las ocho. Enciende la cafetera eléctrica y echa un paquete de galletas Singoalla en un tazón. Una última comprobación.

Hola, Amineh, he leído sobre ti. Tenías trece años cuando huiste de tu familia y te convertiste en una soldado *peshmerga*. Yo también tengo trece años. No huyo de mi familia, ellos huyen de mí. Esta noche voy a ver a mi padrastro. Él reúne en la misma persona la misoginia y la represión de los derechos humanos. Espero ser igual de valiente que tú.

Hola, Svala, gracias por tu mensaje. Me he puesto triste

al leerlo. Nadie de trece años
debería tener que luchar como
tú. A ojos de la ley, eres una
niña. Aun así, te entiendo, y sé
que en ciertas situaciones no
hay elección. Cuídate. Amineh.

¿Peder Sandberg tiene elección?
Claro que sí. Con el mismo frenesí con el que
intenta ser el peor, podría ser el mejor. El ser humano siempre tiene elección. Las elecciones des-
tructivas son las que más a mano están porque no
exigen entenderse con nadie. El guerrero en nosotros, o el cazador si es que se quiere trasladar el
objeto a la fauna, es una función heredada genéti-
camente, mientras que el amor incondicional, el
altruismo y el sentimiento de humanidad se ad-
quieren y, por lo tanto, requieren más energía.

Entonces ¿cómo se va a poder
producir un cambio profundo
de la sociedad? Tenemos que
empezar por los líderes
políticos corruptos que
defienden el globalismo, el
multiculturalismo y la
inmigración en masa. Debajo
de éstos en los sistemas
políticos, en el aparato del
Estado y en los partidos
políticos, también hay muchos

lacayos a los que resulta
necesario eliminar. Sí, amigos
míos, eliminar. Nadie se acerca
a la pregunta de verdad:
¿cómo va a sobrevivir el
mundo?

Hola, he visto la TED-talk.
Increíblemente inspiradora. ¿Hay
alguna organización a la que
poder afiliarse? ¿O podrían
recomendar algunas películas,
o algo?

Peder, mantén los ojos
abiertos. Somos muchos
los que pensamos como tú.
Estamos en camino de
organizarnos, de infiltrarnos
en la sociedad a escala
global. Nuestro momento
está a punto de llegar.
Los Hermanos.

Subir una escalera supone estar en una posición de inferioridad, pero tiene que llegar arriba. Llegar arriba hasta una niña contenta de ver a su padrastro. No tiene nada que perder. De hecho, debe admitirlo, va a ser divertido volver a ver a ese engendro de niña. No está bien de la cabeza, pero ¿quién lo está? Se puede decir lo que se quiera de Svala, pero si es como Märta afirma que es, se entenderán. Sin necesidad de luchas ni problemas. La muerte no tiene por qué ser complicada.

¡¿De verdad, Los Hermanos?!

Exacto, Peder, determinados
individuos no están destinados
a vivir.

Un toque en la puerta. La manija baja. El pulso sube. Que él busca algo resulta evidente.

—Cuánto tiempo —dice, y mira a su alrededor—. No está mal el sitio al que te has mudado. ¿Le has robado a algún pobre pensionista?

—He ahorrado —contesta ella—. ¿Quieres café?

—Sí, por favor —dice Peder. Abre una de las galletas y empieza a lamer el relleno—. De tal palo, tal astilla —comenta, y muestra una sonrisa tan amplia que los huecos entre los dientes se asoman a gritos—. Veo que tu madre te ha enseñado alguna que otra cosa.

—Exactamente —dice ella, y abre el diario—. Me gustaría leerte algo.

—Claro, mientras no sea la Biblia.

La biblia de Mamá Märta.

4 de marzo de 2016. Ha surgido un conflicto con un vendedor en Kalix. Peder quiere que vaya

con él. Cuando le pregunto por qué, dice: «Para que aprendas algo nuevo». Llegamos a un departamento. Es de noche. Un niño abre la puerta, quizá de unos cinco o seis años. Peder se sienta en la cocina para hablar con el padre, o sea, el vendedor. El niño y yo vemos programas infantiles en la tele. Empieza una pelea. El niño se inquieta. Lo encierro en el dormitorio para que no tenga que oírlo. Se echa a llorar.

—¿Qué mierda es ésa? —dice Peder.
—Espera —responde Svala, y continúa leyendo.

Peder ata al vendedor a una silla de la cocina y empieza desde arriba. Corta el lóbulo de una de las orejas. Después el otro. El hombre grita, suplica clemencia, promete pagar su deuda, etcétera. El niño también grita. Le pido a Peder que no siga. «De acuerdo», dice, y saca un arma. Me apunta con ella mientras me tiende el cuchillo y dice que debo elegir entre seguir cortando o morir de un tiro. Elijo morir, pero no es capaz. Nos vamos del departamento. Más tarde, por la noche, le da una paliza a Svala. Pasamos la noche en urgencias.

Svala cierra el diario.
—Doscientas páginas —dice—, copiadas en la biblioteca y guardadas en un lugar seguro.
—¿Qué quieres? —pregunta Peder.
—¿Tú qué crees?

—Dinero, claro. ¿Cuánto?

—No quiero tu asqueroso dinero, quiero saber dónde está mi madre —repone Svala—. Si no me lo dices, el diario acabará en la policía. Sobre todo, si me matas. Entonces ya no tendrás escapatoria.

Ya ha visto que lleva un arma. Ninguna novedad. Lo importante es ir un paso por delante. Peder no es un estratega; es la rabia la que gobierna sus acciones. Además, es un cobarde y odia las alturas. No se atreve ni a salir a un balcón.

—Un diario no prueba nada —asegura—. Cualquiera podría haber escrito esa mierda.

—Tengo más pruebas —contrataca Svala, lo que es verdad. El muñeco contiene muchos secretos. Sólo se trata de enseñar las cartas en el momento más oportuno.

Sandberg se ríe y le apunta con el arma.

—Vamos a dar una vuelta, tú y yo. Primero buscaremos el disco duro, y luego se acabaron los juegos para ti.

—Entonces, primero tendrás que atraparme —dice antes de salir a la red con pasos rápidos.

Ha practicado. Sabe adaptarse a los movimientos de la red. Sabe que él vacilará en la puerta. Saca el celular y enfoca la cámara hacia él. «Di *cheese*, asqueroso Pederpadrastro.» El flash lo congela en una pose perfecta, con arma, su mirada loca y todo. Enviado.

—Sería una estupidez dispararme aquí —afirma ella—. La gente lo oiría. Hay unos turistas franceses alojados en la cabaña de al lado. Si consigues atraparme, prometo acompañarte sin resistencia.

La tierra se mueve cuando Peder comete el error de mirar hacia abajo. La odia. Odia toda la maldita situación. Se ha mostrado blando y enseguida lo castigan por ello. Tomando café y escuchando sus cuentos en lugar de liquidarla directamente. Podría darle un tiro aquí y ahora, pero con la oscuridad y la bamboleante red el riesgo de errar es grande. Tampoco es un tirador de primera, prefiere acribillar a la gente de cerca. Ha dejado el silenciador en casa, en la cama, así que el disparo se oiría en todo el puto bosque. Da unos pasos hacia ella, la red es más rígida de lo que había pensado. Ja, ja, ¿qué se habría creído?, ¿que no se atrevería?

Ella se mueve en arco, manteniéndose cerca de la fachada en dirección hacia la puerta que lleva a la otra ala de la construcción en forma de U. Pederpadrastro va a intentar alcanzarla atajando. Al menos, cuenta con ello. ¿Y si no lo hace? Su único plan B es la foto que acaba de enviarle a Lisbeth, pero la carretera hasta aquí es sinuosa y Gasskas está a media hora. Se detiene. Peder se ha acercado. Está preparada.

Gana tiempo. Haz que el enemigo se desequilibre.

—Si me dices dónde está mi madre, te doy tanto el diario como las copias —dice ella.

Como si él supiera dónde se ha metido esa puta. Ha estado urdiendo algo, lo sabe, pero gracias a él su plan no salió bien.

—Habrá querido jugar con los chicos grandes —dice—, y al parecer no le ha ido muy bien.

—¿Y quiénes son? —pregunta ella—. ¿Los idiotas de los motociclistas?

Si no fuera porque le duelen tanto las costillas, Peder se partiría de risa.

—Déjate de plática —responde—. Ya sabes que voy a agarrarte. Por favor, vayamos adentro, volvamos al pueblo y acabemos con esto de una vez. No tengo nada en tu contra, en realidad, no eres más que un trabajo. Va a ser rápido y no sufrirás.

—Si de todos modos vas a matarme, cuéntamelo, vamos. Total, no voy a poder delatarte...

Qué necia es la hija de puta. Como su madre.

—Me creas o no —dice—, la verdad es que no sé cómo se llaman.

—¿Ni dónde están?

—En un sitio donde a nadie se le ocurriría buscar —contesta Peder—. Tu madre debería haberse quedado conmigo.

Da un paso hacia atrás y otro más.

Mierda. Piensa. Aprovecha su debilidad. Enfurécelo.

—Mi madre estaba con Henry Salo —suelta Svala.

—*Old news* —dice él.

—Quiero decir todo el tiempo mientras estuvo contigo. Lo hizo a tus espaldas. Se acostaba con él cuando podía.

Bien. Ahora da un paso hacia delante.

—Siempre lo he sabido —sigue Svala—. Solemos bromear sobre ti, sobre lo lerdo que eres por no haber visto que ella lleva el anillo de Salo en el dedo. Märta y Henry. Para siempre. Todo el mundo lo sabe. Menos tú, por lo visto.

Peder avanza a lo largo de la fachada, apretándose contra la pared de madera, por el mismo camino que ella. Los jadeos de su respiración se oyen a pocos metros de ella. Mierda, tiene que hacer que vaya al centro de la red.

Peder alza la pistola. La rabia versus la razón. Ya no hay vuelta atrás.

Ella se echa a correr hacia la puerta. Tal como ha previsto, Peder ataja en diagonal para alcanzarla, pero justo cuando ella está a pocos metros de la seguridad que supone la puerta, pisa mal y el pie resbala.

Peder consigue agarrarla del pelo y tira hacia arriba, con la punta de la pistola en el cuello. Justo cuando va a meterla por la puerta de un empujón, ella le da un codazo en las costillas. El dolor le hace ver las estrellas. El cerebro hierve. La agarra del brazo y se lo aprieta con fuerza en la espalda como en los juegos de la infancia.

¿Te duele?

¡No!

¿Y ahora?

¡No!

¡Bang! El ligamento estalla como un disparo en la noche cuando el músculo se desgarra y el brazo se disloca. Por un instante se quedan quietos.

Mae-geri. Una patada directa, la primera que aprende un principiante, y en la situación oportuna, una de las más eficaces. Al menos si se realiza correctamente. Subir la rodilla, extender la pierna, dirigir la fuerza al área del objetivo y dejar que la cadera haga el trabajo con un fuerte movimiento hacia delante.

Otra vez más. Mejor allí. La habitación de hotel es su dojo. *Los cojines, sus manoplas de* karate.

—*Tienes un talento natural* —*dice Lisbeth. Ata el cinturón de una bata en torno a la cintura de Svala y hace una reverencia.*

La manca muñeca de trapo, Svala Hirak, aprovecha la fuerza centrífuga, prepara el *mae-geri* y lo dirige a esa parte del cuerpo cuyo nombre suena como un hotel griego en la playa: *Solar Plexus.* El último viaje a la playa lo hace Pederpadrastro al pasar por encima de la barandilla de cristal que rodea la red describiendo un amplio arco.

Un cuerpo de cien kilos que cae diez metros no grita. Se limita a caer amablemente contra una piedra y romperse el cuello.

Sin miedo. Eres una guerrera. No pienses. Sólo haz lo que tienes que hacer.

El brazo no duele. La enfermedad de Vittangi tiene sus ventajas. Las artropatías y la atrofia son síntomas que llegan más tarde. En cambio, el brazo está inutilizado. Encima, el izquierdo.

Mete el diario en la mochila, limpia la tarjeta llave con lavavajillas y un trapo de cocina y hace lo mismo con el asa de la cafetera. Apaga las luces y cierra la puerta. Se queda quieta un momento escuchando. En el bosque reina el silencio. Baja por la serpenteante escalera con pasos apresurados.

Durante gran parte de sus trece años ha dado vueltas a las diferentes maneras de evitar a Peder-padrastro. Ahora está allí tirado; neutralizado y alejado de su vida para siempre. No es alegría. No es tristeza. Es necesidad.

«Debería haberse contentado con el diario. ¿Cómo te voy a encontrar ahora, Mamá Märta?»

Si nadie pasa intencionadamente debajo de la cabaña The Seventh Room, el cuerpo no se encontrará hasta mañana. Pero ¿y si algún turista lo hace? Intenta levantarlo tirando de una pierna, pero se da cuenta de que pesa demasiado para poder moverlo con un solo brazo. La pistola asoma bajo la barriga. Extrae el cargador y mete las distintas partes del arma en la mochila. Se saca la tarjeta llave del bolsillo trasero y la aprieta un par de veces contra los lacios dedos de Peder antes de introducírsela en el bolsillo de la chamarra.

Se oye romperse una rama. Se detiene y contiene la respiración. Otro ruido más. Pasos. Mierda. Si la descubren ahora, se acabó. Los pasos se mueven. Se alejan. Vuelven. Se tumba en el suelo y empieza a reptar en la dirección opuesta. Si llega al lindero del bosque, estará a salvo.

Un susurro. Su nombre.

—Svala. ¿Estás ahí?

Lisbeth. Se levanta y lleva a su tía hasta la penumbra debajo de la cabaña.

—Cuidado, que vas a pisar el montón de mierda —advierte.

—Parece muerto —dice Lisbeth, y Svala asiente con la cabeza—. ¿Estás segura?

Svala asiente de nuevo.

Las soldados *peshmerga* se internan sigilosamente en la oscuridad protectora del bosque.

Después de una breve visita a urgencias, donde le recolocan la articulación del brazo provisionalmente, Svala llega justo para ver el tercer tiempo del partido. Tres uno a favor del Gasskas contra el Björklöven.

A las veinte para las once se mete bajo las sábanas junto con el muñeco. Con el celular como regla, traza una nueva columna bajo la letra A.

Muerto.

Capítulo 70

Salo sube a su despacho, se acuesta en el Chesterfield e intenta ordenar las ideas.

Debería pensar en Branco e intentar ir un paso por delante. Es lo que Salo hace. Aun así, es la niña quien no se le va de la cabeza. La niña y Märta. Qué diferente podría haber sido la vida.

Sobre todo, piensa en Marianne Lekatt. Es por culpa de la niña, completamente.

Es una buena persona.

Cuando el padre no está, la madre hace fiesta. Se anima, ríe, se preocupa por sus hijos. Salen a recoger setas y bayas y se ayudan con los animales, en una lucha unida contra la pobreza, que siempre tiene un pie metido en el vestíbulo.

¿Por qué se le han olvidado los buenos momentos? Porque así la traición se hace más llevadera.

Ella también era una víctima.

Pero los abandonó. Entró en su propio mundo y los dejó fuera.

Una persona que no puede perdonar se amarga.

Niña repelente de mierda. Se levanta, se calza las botas y camina por el sendero hacia el monte por primera vez desde que se mudaron a la casa.

Se le ha olvidado cómo puede ser el bosque.

El bosque es un lugar donde va a cazar, un campo de batalla necesario con una vegetación más o menos molesta. De repente, toma conciencia de otras cosas. Un solitario pino que se ha arraigado entre unas grietas en la roca y trepa esforzadamente hacia la luz con sus nudosos brazos. Un hormiguero en forma de pan de azúcar, romero silvestre que todavía es verde y desprende un intenso aroma al tocarlo.

Poco a poco, el bosque se desenvuelve, empieza a hablarle y le dice: «El bosque sobrevive a todo, si sólo se le deja estar. El bosque da al que sabe ver».

Los pensamientos de todo lo malo que bordea su existencia se van borrando. El sendero va desapareciendo. Por cada paso que da, otros pensamientos se apartan, no caben bajo las resbaladizas botas.

En lugar de rodear el monte, que es el camino más fácil, continúa hasta el punto más alto y se sienta donde siempre se sentaban, Joar y él. Como águilas vigilando la finca y la gente que vivía allí. Unas enfurecidas zancadas por el terreno eran todo lo que hacía falta para saber si podían volver a casa o no.

Es en este monte donde Branco quiere construir. En la cima, donde más viento hay. El monte de Joar y de él.

La humedad penetra la tela del pantalón, Salo continúa por el camino más escarpado pero más corto para bajar a la casa. Cae la noche. La temperatura desciende por debajo de los cero grados. No se ve ninguna luz encendida. Ni humo saliendo de la chimenea.

Una vez que ha reunido el valor para ir a verla como un ser humano, el ser humano no está. Mierda.

Sube por la escalera, peldaño a peldaño. Toca la puerta. No está cerrada.

Decir hola antes de entrar se ha quedado como un reflejo de la infancia. Si alguien contesta, se puede pasar.

Nadie contesta. Se quita las botas, cuelga el abrigo en un gancho. Enciende la lámpara del recibidor y entreabre la puerta de la cocina.

Lo primero que ve son las piernas. Parecen haberse enredado en una silla.

—Mamá —exclama.

Una palabra olvidada.

Una madre que está más allá de los primeros auxilios yace en una alfombra, tejida con tiras de su infancia. El rojo se ha extendido sobre el azul.

Se sienta al lado. Gira la cara de su madre hacia él, lo que queda después de un tiro que ha dado en la frente y que, con un poco de suerte, ha matado a Marianne Lekatt en el acto.

Va hasta el fregadero arrastrando los pies. Se apoya en la despensa intentando pensar qué hacer. Llamar a la policía sería lo más lógico. Él no tiene nada que ver con su muerte. Aun así, se siente de todo menos inocente. No importa quién lo haya hecho. Ha jugado apostando a su madre y ahora está muerta. Él tiene la culpa.

Capítulo 71

En un sitio donde a nadie se le ocurriría buscar...
Lisbeth echa un vistazo a la niña. Sigue durmiendo. No se acostaron hasta muy tarde. Al final consiguió sacarle toda la serie de acontecimientos. *En un sitio donde a nadie se le ocurriría buscar.* El plan de chantaje y la red rota de la terraza.

Lisbeth tiene dudas sobre esa parte de la historia de Svala. Le parece raro que un hotel de lujo no tenga el tema de la seguridad bajo control, pero no importa. A veces resulta más fácil vivir con una media verdad. La desaparición del señor Peder Sandberg de la vida terrenal no constituye una gran pérdida.

En un sitio donde a nadie se le ocurriría buscar...
La frase la mortifica durante todo el camino a la biblioteca.

Mikael Blomkvist no está solo. Lisbeth reconoce el tipo desde bien lejos. Una poli. La ciudad parece estar hasta arriba de tiras, y efectivamente: Birna Guðmundurdottir le tiende la mano.

—Policía de la brigada de delitos graves —dice—. Mikael me ha contado que intentan esclarecer quiénes están detrás del secuestro.

—Entre otras cosas —responde Lisbeth.

—No he captado tu nombre —dice ella.

—Es que no lo he dicho —replica Lisbeth.

No tiene tiempo para las amigas de Mikael Blomkvist. Compra un café en la máquina y le pregunta al bibliotecario por la sección de mapas.

—Espera, Lisbeth —dice Mikael—, ¿podríamos, por favor, revisar el material una vez más? Me gustaría añadir algunas cosas.

—¿Conoces a un tal Marcus Branco? —le pregunta Lisbeth a la mujer.

—No —contesta—. Sí sabemos que una de las empresas que anda tras el contrato del parque eólico se llama Branco, pero nada de ningún Marcus, no.

—¿Por qué lo preguntas? —dice Mikael.

—Una mala información de Armanskij.

—¿Ninguna otra novedad? —quiere saber Mikael.

«Nada apto para los oídos de la señorita poli, al menos.»

—Estoy en la sección de mapas. Si quieres, pásate por allí cuando termines con ella.

Empieza desde cero con un mapa catastral normal de la zona a escala 1:10,000. Casas, caminos, lagos, etcétera. Por todo el municipio abundan los pequeños caminos que conducen a casas aisladas, a menudo ubicadas cerca de un lago. Investigar presencialmente todas las casas resulta imposible. Tiene que empezar por otro lado.

En lugar de ir por el siguiente tipo de mapa, pide un lápiz y un papel.

¿Dónde no se le ocurriría a nadie buscar?

Túneles de desagüe
Edificios abandonados
Minas cerradas
En el ático del ayuntamiento
En el sótano de la comisaría

Y luego no se le ocurre nada más. Al fin y al cabo, es invierno. Tacha todas las alternativas menos las dos últimas. Después tacha también esas dos, pero vuelve a escribir «edificios abandonados».

Un edificio abandonado no tiene por qué ser una vivienda con la calefacción apagada.

Almacén
Garage
Industria

Muerde el lápiz mientras intenta pensar de forma constructiva. El municipio es el más pequeño de la comarca, en superficie. Pero suficientemente grande como para que no se encuentre nunca a las personas que desaparecen. Por lo menos no a las personas muertas. Por ejemplo, las siete que están recogidas en el diario de Märta. Había pensado poner a Blomkvist a buscarlas. Las risas de la mujer llegan incluso hasta la sección de mapas. ¿Es que no sabe que hay que guardar silencio en una biblioteca?

Lisbeth comprueba tanto *Expressen* como *Gaskassen*. No se han encontrado hombres muertos en Harads. Aún no. Muy lista la niña al pagar dos noches. Quien sea que haya encargado a Peder Sandberg que elimine a Svala va a estar aún más motivado cuando encuentren el cadáver. La niña corre mucho peligro. La cuestión es si se conformarán con el disco duro. Lisbeth ya ha copiado los archivos a su propio computadora. Sin contraseña, el disco duro no vale más que chatarra. Lo cual debería significar, si el razonamiento de Lisbeth no falla, que la persona que tiene a Märta no ha conseguido sonsacarle la contraseña. La pregunta es si está viva.

Por lo demás, la creatividad es inexistente. Hace una bola con el papel y elige con desgana entre los otros mapas. No sabe lo que está buscando. *No*. La cuestión es qué es lo que *no* está indicado en los mapas.

—Disculpa —dice Lisbeth a un señor mayor sentado a unas sillas de distancia—. Hay mapas que lo describen todo, desde la densidad de población hasta las diferencias de altitud del paisaje, casas, fábricas, hospitales, etcétera. Pero ¿hay algo que nunca sale indicado en los mapas?

—Vaya, qué pregunta —dice el hombre—, pero déjame pensar.

Lisbeth mira de reojo hacia donde se encuentra Mikael. Está absorto en el celular. Ella hace otra búsqueda sobre Harads. Sigue sin haber noticias, a pesar de que es ya casi la una.

Ojalá pudiera volver a casa. Meter la llave en la cerradura y dejar el mundo fuera. Sentarse en una ventana a contemplar el tráfico que fluye sobre el puente de Slussen en una corriente interminable mientras la grasa de una pizza le resbala por la barbilla.

—Hum —dice el hombre—. Querías saber sobre los mapas. Lo único que se me ocurre son las instalaciones militares, búnkeres y cosas parecidas. Ni siquiera las construcciones militares abandonadas están indicadas, que yo sepa.

—¿Hay instalaciones así en Gasskas? —pregunta Lisbeth.

—Teniendo en cuenta la cercanía tanto de Boden como de Älvsbyn, debería haber unas cuantas.

—Pero no sabes de ninguna en concreto —insiste Lisbeth.

—Tengo un viejo recuerdo de la infancia. Un conocido de mis padres que compró un terreno en el bosque e incluía un búnker, pero no recuerdo dónde estaba.

Lisbeth vuelve a desplegar el mapa de inmuebles.

—Inténtalo —pide—. Si era una finca, habría una carretera que llevase hasta allí, ¿no?

—No necesariamente. Algunas aldeas, sobre todo, las de pocos habitantes, no tuvieron carretera hasta finales de los años cincuenta. Había senderos, claro, y caminos para caballos y carruajes.

Pasa el dedo por el mapa. Murmura para sí nombrando lugares.

—Por esta zona, creo —dice, y traza un círculo en torno a prácticamente todo el municipio.

A Lisbeth se le está agotando la paciencia. Dentro de poco habrá pasado otro día sin que hayan avanzado nada.

—Okey —dice—, y si tuvieras que adivinarlo así, sin pensarlo mucho. No hace falta que luego sea verdad.

—Aquí —responde el hombre, y deja la huella de un dedo índice manchado de *snus* en un punto en medio de la nada.

Cuando el hombre se ha ido y el bibliotecario mira para otro lado, Lisbeth dobla el mapa y se lo mete bajo la chamarra.

—Me voy —le dice a Mikael, quien ha cambiado el celular por la computadora.

—¿Sabías que Marianne Lekatt es la madre biológica de Salo?

—Sí, me lo contó.

—¿Y has leído las noticias?

—No, ¿sobre qué?

—La han encontrado muerta a tiros en el suelo de la cocina.

—¿Quién la encontró? —quiere saber Lisbeth. De repente el día ha adquirido un nuevo sentido.

—Henry Salo.

Capítulo 72

El mensaje llega por la noche. Lo ve por la mañana.

Haz limpieza y elimina
el objeto.

El niño duerme. Durante los últimos días ha pasado la mayor parte del tiempo durmiendo. El limpiador lo atiende. Consigue que tome un poco de agua, pero nada de comida.

Las lesiones del ataque del águila no se curan, ¿y cómo podrían hacerlo? El pico ha abierto una herida en la cabeza y las garras prendieron su cuerpo en un intento de elevarlo. Un águila marina es capaz de llevarse volando un ternero de reno. En el orden predatorio quizá el niño no está destinado a sobrevivir.

En lugar de preparar café, que es su rutina normal, sale. La nieve ha decidido cuajar. El mes ha cambiado a noviembre. Queda un cuarto de la cubeta de carne. La última carnada.

Se respira un aire puro. Un urogallo asustado levanta el vuelo. Tiene que tomar una decisión.

Los sonidos del águila marina son un misterio para el limpiador. Según los libros de ornitología, es una especie relativamente callada, aparte de la época de apareamiento, cuando cacarea con estridencia como un pájaro carpintero negro.

Las águilas del limpiador gritan cuando descubren los trozos de la carnada que él ha extendido en el comedero. ¡Una cantidad inusualmente grande, gritan, alcanzará para todos!

Un, dos, tres. Las águilas han aterrizado. Pero en lugar de quedarse a observarlas desde su escondite como siempre, vuelve a la cabaña para hacer limpieza.

Limpia para eliminar sus huellas. Limpia y deja correr las lágrimas. Limpia con la certeza de que al menos la mitad de la población de águilas morirá si él no las alimenta. Limpia y piensa en sus dos años en la cabaña. Los cuerpos que han venido y se han ido en forma de crías de águilas que han salido del cascarón para, al cabo de una decena de semanas, dar sus primeros y torpes batimientos de alas.

Menos el niño.

También para personas como el limpiador tiene que haber una excepción.

La decisión está tomada. El niño necesita cuidados médicos. Lukas.

Sólo hay una persona a la que puede dirigirse: Henry Bark. O Henry Salo, como se llama hoy en día.

La voz. *Mi hermano mayor.* La manera en que

siempre le ha costado diferenciar entre la «s» y la «f» desde que le salieron los dientes... «¡Arde en el infierno, viejo cabrón!»

—Tengo algo que quieres —dice una voz.

—¿Con quién estoy hablando? ¿Oiga?

—Joar —dice la voz al final—. Dime un lugar.

—¿Qué tienes que quiero yo? —pregunta Salo.

—Ya lo verás. Dime un lugar —repite la voz.

Salo deja el celular. Igual es una trampa. Sopesa los pros y los contras. Seguir la vida sin Joar o tener la posibilidad de volver a sentirse como una persona completa.

—¿Cómo puedo saber que eres Joar?

—Tienes una mancha de nacimiento grande y roja entre los omoplatos.

Algo que podría saber cualquiera. Henry Salo no se avergüenza de su cuerpo.

—Nuestro caballo se llamaba Pontus y el cachorro que nuestro padre atropelló con el tractor se llamaba Finn.

—Hay una cabaña entre Vaikijaur y Kvikkjokk —dice Salo—. Te mando las coordenadas.

—Voy ya.

—Nos vemos allí.

—Ven solo, si no, te arrepentirás. Aunque seas mi hermano.

Desde que el limpiador llegó a la cabaña ha sabido que algún día todo acabaría. De la misma manera que todo se acabó en Afganistán. En Siria. *En Mali.*

Ha tomado al niño. La cabaña arde. El resto: huesos, cráneos, ADN. Quién sabe.

Un limpiador viene y se va. Mantiene la sociedad limpia durante un tiempo y sigue moviéndose hacia lugares más sucios.

El niño está acostado en una caja de madera. Otros lo llamarían *ataúd*. El limpiador arrastra la caja los kilómetros que hay para llegar a la cuatrimoto. El vehículo se halla cubierto de nieve. Habría sido preferible un coche, incluso una motonieve, pero al menos tiene un remolque y las ruedas, cadenas. La piel de reno sobre la que había pensado sentarse se la echa al niño por encima y al final pone la tapa. Engancha el remolque, amarra la caja y sale a la carretera.

Al cabo de una veintena de kilómetros, se para en un paradero. A mitad de camino, llena el tanque.

Afloja los amarres y entreabre la tapa. El niño duerme. ¿Verdad que sólo duerme? Tiene una expresión serena. «Oye. Despierta. No quería hacerte daño. Sólo obedecía órdenes.» Se mueve un poco. Abre los ojos y los vuelve a cerrar. Los copos de nieve se le derriten en el rostro. El limpiador le seca las mejillas, cierra la tapa y sigue conduciendo.

La tarde da paso a la noche. Las hogueras arden con llamas bajas. La gente se sienta cerca unos de otros. Con los binoculares los observa, de uno en uno. Entre

ellos debe de haber rebeldes. Mujeres, niños y ancia-
nos es todo lo que ve. Ningún hombre.

Algo tiene que estar mal. Ejecución del plan según
lo previsto.

Un solitario tambor marca el ritmo. El sonido de
una ƙora les indica el rumbo hacia la aldea. El fuego
automático es impersonal. Se propaga. Nadie sabe
quién mata a quién. Poco después, se retiran. Duer-
men unas horas. Regresan al día siguiente por la ma-
ñana. Toca un cadáver con la culata del rifle. La mu-
jer se vuelca hacia un lado. Debajo de ella se abren
unos ojos de par en par. La joven mirada de una niña.
Los ojos no tienen miedo. Mátame, dicen. Mátame
ahora mismo.

—Stay dead —*dice Joar*—. Stay dead.

Capítulo 73

La vida de Henry Salo es caótica. Igual que el tiempo. El Instituto de Meteorología ha lanzado una advertencia por tormentas de nieve. Existe el riesgo de que los fuertes vientos hagan imposible la circulación por carretera a Kvikkjokk. Conduce lo más rápido que puede. Ya en Jokkmokk, la carretera está obstaculizada por los montones de nieve formados por el viento, pero no tiene otra elección que seguir. Al menos no conduce un coche eléctrico. Quedan casi ciento diez kilómetros. Tanque medio lleno. Llama a Pernilla por tercera vez.

El número no puede responder la llamada en este momento, pero si dejas... Tira el teléfono al asiento del copiloto y enciende la radio.

Recientemente, la compañía minera británica Mimer ha recibido luz verde del gobierno para seguir adelante con sus planes para la explotación de una mina a cielo abierto al oeste de la cerrada mina de Gasskas.

La decisión se ha tomado a pesar de amplias pro-

testas tanto de los ciudadanos locales como del movi-
miento ecologista. La UNESCO también ha comu-
nicado su punto de vista en el asunto afirmando que
la mina infringe los derechos de los samis. Una deci-
sión de estas características no tiene precedentes, ya
que el gobierno civil había denegado la solicitud de
Mimer.

Por consiguiente, tanto el Instituto de Investiga-
ciones Geológicas como el gobierno central optan por
ignorar la anterior decisión.

—Sven-Åke Nordlund, ministro de Industria,
¿cómo justifica usted eso?

—Tanto Suecia como el resto del mundo necesi-
tan minas nuevas y seguras si queremos garantizar en
el futuro el acceso a las tierras raras, que, entre otras
cosas, se necesitan para la construcción de baterías de
coches eléctricos. La transformación a una industria
verde está entre los avances más importantes que tie-
nen lugar en la sociedad hoy en día. El gobierno con-
sidera que las minas representan un activo para Sue-
cia. Mimer ha accedido a unas condiciones que son
singulares y garantizan que la cría de renos no se vea
afectada.

Justo después de anunciarse la decisión, la activis-
ta Greta Thunberg tuiteó que la decisión tomada por
el gobierno es una vergüenza para Suecia, un abuso
con motivos racistas...

Y ahí la apaga.

Putos lapones y hippies. Están por todas partes,
maldita sea. ¿Por qué diablos no les entra en la cabeza que él sólo quiere lo mejor para el municipio?

Suena el teléfono de nuevo. El mismo número. La voz. *Hermanito*. Grave. Oscura.

—Giro en Vaikijaur ahora. —La tormenta silba en el teléfono—. ¿Cuánto me falta?

—Cuarenta kilómetros hasta Björknäs, allí giras a la derecha hacia Nautijaur.

La llamada se corta.

Joar tenía nueve años cuando se separaron. Treinta y nueve ahora. La cuestión es qué ha pasado durante esos años.

Se obliga a pensar en el presente y Branco aparece de nuevo en su cabeza. El plazo se ha acabado. Märta sólo era el comienzo, luego Lukas, ¿y ahora? Probablemente Pernilla y, al final, él mismo. La llama. Por mucho que ella lo odie en estos momentos, quiere oír su voz. En el peor de los casos podría ser la última vez. Porque, como decía, son treinta años sin contacto con Joar. ¿Quién sabe en qué tipo de persona puede haberse convertido?

—Tú te has metido en este lío y ahora te toca arreglarlo. Yo ya no tengo fuerzas para quedarme aquí —dice ella.

—¿Adónde vas a ir?

—Voy a acompañar a Olofsson a... —Sin oír adónde van a ir, ya se ha adelantado a los acontecimientos. Detalles, palabras, saludos, insinuaciones. ¿Cómo diablos ha podido estar tan ciego?

—Olofsson y tú —dice.

—Vete a la mierda —replica Pernilla, y solloza—. Sólo quiero recuperar a Lukas.

Mierda, no más lágrimas. Él no puede más.

—Un poco mayor para ti, ¿no?

—Qué idiota eres —suelta ella antes de colgar.

Los últimos diez kilómetros conduce a paso de tortuga por los montones de nieve. Va alternando entre luces largas y cortas. Los limpiaparabrisas luchan contra la nieve pegajosa. De vez en cuando tiene que detenerse para quitar los trozos de hielo a base de golpes. Ya puede olvidarse del coche en el último trecho hasta la casa; las huellas de la cuatrimoto ya se han cubierto. Los últimos metros los recorre abriéndose paso entre montañas de nieve de un metro de altura. Una tenue luz brilla en la ventana de la cabaña.

Capítulo 74

En algún sitio, en ningún sitio, en una tierra de bosques, lagos, arroyos y montañas, donde apenas se ven carreteras, hay un hombre en una silla de ruedas que se siente muy contento. Le ha cundido el día. Le ha enseñado algún refinamiento nuevo a la muñeca. Ha tomado té con Märta Hirak. Ahora vuelve a consultar el reloj. Lo mira bastante más a menudo de lo necesario. Quizá se deba a que tiene brazos, pero no piernas. O a la procedencia especial del reloj. No es diestro, pero ponerse el reloj en la muñeca derecha no le gusta. Paul Newman nunca lo habría hecho.

Los demás se le unirán pronto. Disfruta de la quietud. Abre un par de botellas de champán, comprueba la posición de los platos con canapés y prepara un discurso.

Esta noche habrá fiesta en el Nido del Águila. Vigésimo quinto aniversario, nada menos. Ojalá pudieran celebrar otras cosas también, pero ese día llegará, de eso está seguro. Ciertos elementos molestos ya han sido quitados de en medio. Otros esperan su turno.

Se han vestido con sus mejores galas. Saludan con solemnes movimientos de cabeza a Marcus antes de tomar asiento en torno a la mesa semicircular de mármol que, en honor a la ocasión, luce un mantel.

—Ya de niños teníamos una visión —dice Branco antes de hacer una pausa a efectos dramáticos—. Queríamos ganar dinero. Y queríamos ver mundo. Juntos hemos pasado por fuego y guerras, algunos de ustedes literalmente. Es el precio que hemos pagado por lo que vemos hoy. Todavía recuerdo la mágica noche en Nicosia. La azotea, la comida, el vino y el suave aire nocturno. Fue allí donde definimos quiénes queríamos ser y qué hacer para alcanzarlo. Nos encontrábamos en una encrucijada, un momento en el que había llegado la hora de poner punto final al pasado y dirigir la mirada hacia delante. Desde entonces, la actividad en las empresas del grupo Branco ha sido exitosa: inmuebles, minas, seguridad y entretenimiento es una sólida combinación. Aun así, nunca nos hemos conformado, siempre hemos mantenido la ambición de seguir adelante. Me preguntaron por qué ir hacia el norte cuando el resto de nuestras actividades se extendían por todo el mundo y yo contesté: «Vamos a volver a nuestras raíces».

Varg, Järv, Björn, Ulf y Lo. Excepto Lo, los demás se conocen desde que tenían diez años. Han hecho negocios desde que aprendieron a calcular porcentajes. Han ahorrado, invertido, y se han desarrollado. Son diferentes entre ellos y, al mismo tiempo, iguales. Varg es un guerrero en cuerpo y alma. Järv es callado y quizá el más inteligente de todos. Björn es el aficionado a la tecnología. Ulf es el fetichista de las armas, y luego está Lo. Su mirada se detiene en ella. Mujer más fiel no la va a conocer en su vida. Es casi una pena que nunca vaya a servirle a un hombre. Aparte de a él, claro. Y a tener niños tampoco.

«Cáncer», es lo primero que ella dice como respuesta por qué ha elegido llevar una vida diferente. Una vida con ellos. «Mi madre, mi tía, mi hermana. Luego dejé que me lo quitaran todo. Veinticuatro años e inservible como mujer, al menos en el sentido de la reproducción. Pero yo no lo veo así. Yo no llevo ningún reloj biológico en mi interior. Las hormonas no gobiernan mi vida. Tengo una libertad que otras mujeres no tienen.»

Ahora bien, Lo no es la única que es estéril. En una acción común de solidaridad, todos ellos se han esterilizado. La familia y los niños simplemente no encajan con su forma de vida.

—Como es habitual, he pensado iniciar la noche con una charla —anuncia Marcus—. Una charla sobre el futuro, se podría decir.

Varg carraspea.

—Disculpa —dice—, pero ¿se puede comer algo?, tengo bastante hambre.

Si Branco no conociera a Varg, se habría enojado. Varg quizá no tiene todos los tornillos bien colocados en la cabeza, pero en tenacidad no le gana nadie. Bueno, y en lealtad tampoco, la verdad.

También posee una faceta de la que los demás carecen: es empático. Por eso es el único de los caballeros en el que Branco confía en otro pequeño asunto bien diferente: el fin del mundo.

Como todo gran hombre, Branco siente necesidad de plasmar sus ideas por escrito. Pero sin lectores, sin público. Por eso se ven a veces a solas. Marcus lee en voz alta y Varg, con su lento cerebro, cuestiona cada idea hasta que el mensaje queda claro como el agua. Una vez que lo ha entendido, ya no hay vuelta atrás. Está del lado de Marcus. A pesar de que lo llama tanto Hitler como activista de los verdes.

—En el fondo, tanto los verdes como Greta Thunberg tienen razón —asegura Branco—. El ser humano va en camino de destruir la Tierra, que es la propia condición para la vida. Si queremos que la Tierra evite la destrucción, no hay atajos. La amenaza del cambio climático no es un invento de investigadores o chicas jóvenes que buscan atención, es una realidad. El ser humano y sus necesidades de calor, comida, medios de transporte y comodidades son la mayor amenaza contra la Tierra, y, por paradójico que pueda parecer, contra las personas. Esto puede sonar brutal —dice—, pero para que la Tierra sobreviva, una gran parte de la humanidad ha de morir. Transformado en una suave prosa política sonaría más o menos así. —Antes de seguir saca su querido rotafolio y el puntero.

1. Las generaciones fértiles, ahora vivas, son las últimas. El ser humano tiene que dejar de reproducirse hasta que la Tierra haya recuperado el equilibrio.

2. Empresas que fomentan emisiones fósiles y superan los límites establecidos deben ser sancionadas económicamente y se debe suspender su actividad.

3. Todos los vehículos que contribuyan a las emisiones fósiles por encima del límite cero deben prohibirse.

4. Sólo debe producirse una energía climáticamente neutral.

5. Si se requiere violencia para que el mundo se dé cuenta de la gravedad del asunto, deberá recurrirse a ella.

—¿Vamos a meternos en política? —inquiere Järv con sorpresa en la voz—. Yo creí que odiabas a los políticos.

—Efectivamente, así es, pero como saben, hoy en día soplan otros vientos. La gente se ha cansado de tantas precauciones y contemplaciones. Creo que por ahí hay un hueco que se puede aprovechar.

Hay más puntos en la lista de Marcus. La pena de muerte, por ejemplo. Sin embargo, no tiene previsto intentar convertirse en un nuevo Kim Jong-Un. No es hacia él donde la atención ha de dirigirse. Él es alguien que se mueve en la sombra, siempre lo ha sido. El hecho de que carezca de piernas no tiene nada que ver. La falta de determinadas extremidades físicas lo ha hecho más fuerte psíquicamente. Nació líder. Los buenos líderes no necesitan admiración, sino obediencia.

En el mundo de Hitler habría sido uno de los primeros en morir en las cámaras de gas. Un engendro sin piernas. Un lisiado inútil. Un untermensch.

—Pero vamos, no sólo estamos aquí para hablar de diversiones, ¡también vamos a comer y beber! Un brindis por el resto de nuestras vidas —dice Branco, y levanta la copa—. ¡Será fantástico!

Ulf sustituye a Björn. Alguien tiene que vigilar el fuerte también. Desde los monitores de la sala de conferencias sólo pueden controlar las zonas exteriores más cercanas. En caso de que se acercara alguien, cosa que nunca ha ocurrido.

Desde la sala de control, subiendo una entreplanta en el edificio, es posible saltar entre las imágenes de diferentes cámaras. El búnker, la casa —excepto la suite personal de Marcus—, la sala de recepción, las celdas y el terreno vallado, que mide un par de miles de hectáreas.

Pero en lugar de seguir las rutinas, baja a dar una vuelta por las celdas. Ya se ha cansado de la puta Hirak. Hay algo repugnante en las yonquis. Además, empieza a parecer más muerta que viva. No entiende por qué Marcus insiste en quedarse con ella.

—Me entretiene —dice—. Y no ha llorado ni una sola vez.

La muñeca, en cambio, resulta igual de apetitosa que un pastel de crema de café, una fruta exótica y prohibida con la cara inocente de una niña y una carne firme.

Suele congelar la imagen cuando está tumbada en su solitaria litera, sollozando. Le despierta ternura, un deseo de abrazarla de verdad. Acariciar la suave piel negra y susurrarle palabras tranquilizadoras al oído. A veces sólo baja para hablar con ella. Aprovecha el momento para cambiar las sábanas y así quedarse un poco más.

—¿Estás despierta? —susurra a través de la ventanilla en la puerta.

Ella no se mueve. Sube un poco la voz.

—¿Estás despierta?

Por fin, lo ha estado esperando.

Ella se da la vuelta y lo mira.

—¿Qué quieres?

—¿Puedo entrar? —pregunta Ulf, y, tras asegurarse de que nadie más anda por esas zonas más oscuras del búnker, teclea el código y abre la puerta—. ¿Tienes frío? —Ulf se sienta a su lado.

«Tranquila, no habrá más que una oportunidad.»

—Tú siempre has sido bueno conmigo —dice ella—, no como los otros.

—No tienen nada de malo —responde él—, sólo hacen su trabajo.

—La mujer es la peor —asegura Sophia.

—Es dura de pelar —reconoce Ulf.

—Pero tú no —dice ella, y se apoya en él.

Durante los primeros días está demasiado asustada para pensar. El monstruo, no sabe cómo llamarlo si no, disfruta con su situación de inferioridad, pero sólo hasta cierto punto. Quiere fuego y ardor. Ella se deja controlar y obedece hasta el último capricho. Le da placer, pero, en cuanto se va, se mete los dedos en la boca para vomitar.

«Eres la única de tu familia que ha sobrevivido. Un testigo. En eso reside tu responsabilidad para no morir.»

Tarde o temprano, el monstruo se cansará de ella, lo sabe. Cuando uno de los otros, el que ahora está sentado en su cama, empieza a rondar por la celda, ella ve una posibilidad.

—¿Cómo te llamas? —pregunta.

—Mi nombre significa «lobo» —dice él.

Así que ella lo llama Lupus. Lupus viene con la comida. Sophia juega al síndrome de Estocolmo. Por suerte, el hombre no se atreve a ir hasta el final. El monstruo seguramente tiene muchas maneras de ser un monstruo. En el jadeante punto final de la excitación se le olvida llevarse la charola de la comida.

Ahora Lupus se acerca más a ella. Le pone el brazo en la espalda. Le toma la mano y la lleva a la entrepierna. Ella lo acaricia por encima del pantalón, baja el cierre, le dice que se baje los pantalones para llegar bien, con la otra mano busca bajo el colchón, tira fuerte del miembro erecto hacia la barriga, él gime de placer. Mueve la mano arriba y abajo unas veces más, ahora él cierra los ojos. En el último e intenso movimiento, justo antes de que se venga, agarra el tenedor y se lo clava en el escroto, lo saca y lo vuelve a clavar una y otra vez. En el cuello, el ojo y finalmente en el corazón, si es que tiene uno. Pero no es suficiente: un *Canis lupus* puede tener muchas vidas. Aprieta la almohada contra su cara y ve cómo las piernas se sacuden una última vez. Le quita el cuchillo de la funda del cinturón y constata que la hoja está bien afilada antes de colarse por la puerta de la celda, que el hombre, por motivos prácticos, ha dejado entreabierta para poder salir rápido de allí.

La idea de que ella intentara escapar de su amorosa presencia no se le había pasado por la cabeza.

Capítulo 75

Hay una cuatrimoto Can-Am con remolque de carga estacionado delante de la cabaña. Salo advierte leves huellas de unas botas y las marcas de algo que se ha arrastrado por la escalera.

No está muy preparado con armas. A pesar de que la caza le llena la agenda de los fines de semana en otoño, apenas sabe el nombre de su escopeta. Y nunca se le ha ocurrido conseguirse una pistola. Ahora mismo se arrepiente de eso.

La vida consiste en un montón de paradojas. Por ejemplo, el hecho de que en un momento quieres morir y al siguiente vivir. Sobre todo, quiere tener control sobre su propio fallecimiento. No desaparecer como cualquier yonqui en Brancolandia o, dicho sea de paso, en su propia cabaña.

El calor de dentro lo golpea en la cara. El fuego chisporrotea, la suave luz de las lámparas de queroseno ilumina la mesa de la cocina, a la que está sentado un hombre que se parece bastante a él. Excepto que no lleva el pelo peinado hacia atrás al estilo del príncipe Daniel.

El limpiador se levanta. Se retuerce las manos como si no supiera qué hacer con ellas, y Salo se tranquiliza. Se desabotona la parka, echa el gorro al estante de sombreros, cruza la cocina en cinco zancadas y abraza a su hermano.

Corre, Joar, corre.

Ya no pienso correr más. Tenemos que matarlo.

El coche del padre sube por el camino a la casa. Esperan en el garage. Joar alza el martillo. Lanza un alarido de guerra y... tropieza con las agujetas de sus zapatos.

¿Cuánto tiempo? No lo sabe. Al final es Joar quien se libera de los brazos de Henry. Se sienta de nuevo en la silla y Henry toma asiento enfrente.

—Cuéntame —dice Henry, y Joar cuenta.

—Cuéntame —dice Joar, y Henry cuenta.

Dos hermanos. Dos vidas.

—Has dicho por teléfono que tienes algo que yo quiero —comenta Henry.

—Depende —responde Joar, y señala el dormitorio con la cabeza.

Ha quitado la tapa de la caja y bajado la piel de reno del rostro. El chico no se mueve cuando Joar le aparta un mechón de pelo de la frente.

—Por Dios. Lukas. ¿Cómo diablos...? ¿Has sido tú todo el tiempo? Debías de saber quién era.

—Al principio, no. No soy más que un limpiador —contesta Joar.

—Pues vaya empresa de limpieza más rara en la que trabajas —dice Henry.

—Está vivo —replica Joar—, pero quizá no

por mucho más tiempo. El águila lo vio como una presa.

—¿El águila? —repite Henry—. ¿Qué diablos has hecho?

—Yo no, el águila marina. Puedes llevarte al niño, pero con una condición. Dos. El monte Björkberget. Pida lo que pida Branco, es un no. ¿Lo entiendes? No se va a quedar con nuestro monte. La vieja tiene derecho a hacer lo que quiera.

—Así que no lo sabes —dice Henry.

—¿Qué?

—Está muerta. Tú vas a heredar La Arboleda.

Los recuerdos recorren la habitación como relámpagos. Treinta años es mucho tiempo. A veces, no es nada.

—Branco impondrá su voluntad —advierte Henry—. Lukas no es más que el principio. Tú heredas, pero si no accedes a sus planes también acabarás en la lista.

«Tengo mi propia lista.»

Lukas se mueve, gime y abre los ojos. Extiende la mano hacia Joar y pide agua. Nieve recién caída se derrite en un *guksi*. El niño bebe y se duerme de nuevo.

Pernilla nunca lo perdonaría.

—Luego seguimos hablando —dice Henry—. Hay que llevarlo al hospital.

«¿Y qué diablos voy a explicar allí, que lo he encontrado en una caja?»

Joar lo agarra del brazo.

—Otra condición más: tú nunca me has visto. Cuando me vaya de aquí, no volveremos a vernos.

—En tal caso, te encargas tú de Branco —pide Henry—. Es lo menos que puedes hacer.

Joar mira a su hermano con los mismos ojos melancólicos de niño que entonces.

—Branco no es solamente una persona. Si él desaparece, otros ocuparán su lugar. ¿No lo has entendido?

Un hermano conduce hacia lo desconocido. Otro se dirige hacia el hospital de Sunderbyn. Una caja que se parece a un ataúd arde en la estufa de piedra Tulikivi. Un niño delira por la fiebre. Su madre llora en los brazos de alguien.

Henry, ¿nunca tienes miedo?

No, no sirve de nada.

La próxima vez lo matamos.

Sí, lo matamos. Ahora, duérmete.

Capítulo 76

A pesar de que la tarde va dando paso a la noche, Lisbeth decide tomar el coche para hacer un reconocimiento de la zona noreste del municipio de Gasskas.

—Yo también quiero ir —dice Svala—. Es mi madre la que ha desaparecido.

—Tienes un examen. Y que no se te olvide preparar la ropa para la clase de educación física de mañana.

Se sonríe ante su comentario. Puede ser entretenido jugar a ser madre. Y como cualquier madre que consiente demasiado a sus niños, deja un par de billetes de cien para que pida comida para llevar.

Una vez en el coche, enciende la radio local y vuelve a sonreír. No, no sonríe, se carcajea.

Un hombre de unos treinta años ha sido hallado muerto hoy en el Treehotel, en Harads. Según el jefe de la brigada de delitos graves, Hans Faste, el caso se investiga como un accidente. Se cree que el hombre se ha precipitado por encima de la barandilla de seguri-

dad, una caída de unos diez metros, y que ha fallecido a consecuencia de las lesiones.

La cosa resulta algo menos divertida cuando Svala le envía un mensaje.

Tu novia ha llamado. Ha hecho
un montón de preguntas sobre
Pederpadrastro.

Y poco después esa misma supuesta novia llama también a Lisbeth. Llevan bastante tiempo sin hablar. Lisbeth se ha cansado de preguntar, ya que siempre recibe la misma respuesta: «Lo siento, estoy trabajando».

—Acabo de hablar con Svala. Supongo que has oído que Peder Sandberg está muerto.

—*Bless his filthy soul* —dice Lisbeth.

—Y tú tampoco sabrás nada, claro.

—Sólo que una pelirroja con piernas de Barbie le dio una paliza.

—Déjalo —dice Jessica.

La noche en el club de Svavelsjö le sigue pesando, un malestar que no la deja en paz. No porque Sandberg recibiera una paliza, sino más bien por los recuerdos que él, con tanto disfrute, quería reavivar. La violación, la vergüenza después, el embarazo, el aborto. La tristeza que le provoca esa niña de quince años que tuvo que arreglárselas sola. *Tu madre lo que estará es abriéndose de piernas en Svartluten.* Quería matarlo a patadas. Borrar a patadas esa burlona sonrisa que la ha perseguido toda la vida, esas palabras que no ha podido olvidar, porque hay palabras que no se olvidan nunca.

—¿Svala tiene algo que ver? —pregunta—. Según el hotel, una adolescente se registró en la misma habitación y pagó en efectivo.

—Svala estaba en el partido de hockey. Fui a buscarla después. Además, ¿no crees que Sandberg tenía suficientes enemigos entre los suyos?

—Seguro, pero encontramos algo en su bolsillo interior. Un diario que Märta Hirak parece haber escrito.

«Muy lista la niña. Dentro de poco no tendré nada más que enseñarte.»

—Una pena que otras personas se vean arrastradas en la caída. Literalmente hablando.

—¿Verdad que sí? ¿Y en qué andas tú? ¿Te apetece vernos?

Lisbeth ha extendido el mapa de la biblioteca en las rodillas y está estudiando la huella manchada de *snus* que parece hallarse en medio de una turbera. Es una apuesta rebuscada, pero por algún lado tiene que empezar.

—Lo siento —dice—, estoy trabajando.

El pelo sedoso, las piernas de Barbie.

—Pero si quieres hablamos luego.

La sensación de soledad se extiende ante ella como un paisaje desierto. El bosque se mezcla con turberas y lagos, pero no hay ninguna edificación y apenas caminos. No sabe lo que busca o por dónde empezar, todo lo que tiene para orientarse son los recuerdos de infancia de un viejo.

«*La Dirección Nacional de Fortificaciones debería saberlo. Si han vendido un terreno en algún momento en los años cincuenta debe figurar en sus registros. Lo compruebo y te llamo.*»

Mikael Blomkvist. Todavía no sabe nada de él.

¿Quién es la poli con la que se ha metido Blomkvist?

¿Te refieres a Birna? ¿Rubia, alegre, guapa?

O sea, todo lo que ella no es.

Se detiene en un paradero de la carretera para volver a comprobar el mapa. Puede que el viejo se haya equivocado por completo.

A la espera de que llegue Birna —Lisbeth no iba muy desencaminada—, Mikael Blomkvist se sienta en un rincón de la pizzería Buongiorno para tomar una cerveza. Cuando Birna le avisa por SMS que se retrasará media hora, Mikael mira de nuevo las coordenadas que le envió IB. Las que llevan a la ubicación de la casa de Henry Salo y Pernilla. Unos meses antes de que se mudaran allí. Marca el número de Lisbeth.

—Hola, ¿qué haces?

Maldita sea, qué pesados, de repente todos tienen que saber lo que está haciendo.

—Un poco de reconocimiento. Pero está oscureciendo.

—Ese mapa que te enseñó el viejo. ¿Puedes tomarle una foto y mandármela?

—Sí, claro, ¿por qué?

—Luego te lo cuento, mándamela cuando puedas, ¿okey?

—¿Y tú qué estás haciendo, por cierto? —quiere saber Lisbeth, pero entonces él se tiene que ir.

—Te llamo, no olvides mandármela.

Al cabo de unos segundos le llega la foto de un mapa arrugado con una mancha de *snus* indicando un lugar en medio de la nada.

Mikael hace zoom en la zona en Google Maps. Inspecciona el área alrededor haciendo clic una y otra vez, y su instinto le dice que tiene razón. Llama a Lisbeth, pero ella rechaza la llamada. Vuelve a llamar, pero justo entonces aparece Birna.

Rizos dorados recién lavados saltan sobre la espalda.

Su sonrisa es como burbujeantes géiseres. Vaya, qué guapa.

Aun así, no puede dejar de pensar en Lisbeth. La opuesta. La persona más arisca que ha conocido. Si Birna es el manantial, Lisbeth es el volcán. Ardiente como la lava. Dura como la roca madre.

—Perdóname —dice—, hago una llamada y listo.

Capítulo 77

Sophia Konaré intenta orientarse. Se detiene delante de la celda de la otra mujer, pero se da cuenta de que no va a poder abrir la puerta desde fuera. Nunca han hablado, pero se han cruzado: Sophia de camino al monstruo; la otra regresando de allí.

La luz, el día. El dormitorio del monstruo tiene algún tipo de ventana. Aunque para llegar hasta allí ha de pasar por todas las demás estancias. Oficinas o lo que sean. Personas que se mueven, hacen llamadas, están sentadas delante de computadoras y parecen trabajar como cualquiera.

Las celdas están apartadas del resto de los espacios, eso lo sabe. Suelen ir a buscarla por la tarde. A veces se queda toda la noche. Permanece tumbada al lado del cuerpo durmiente del monstruo, y no lo llama así porque no tenga piernas —Mali está lleno de personas mutiladas—, sino más bien porque es consciente de lo que se mueve dentro de su cerebro enfermo. Él es el científico. Ella, la conejita.

Tras calmar temporalmente los deseos de sus genitales, quiere hablar. Pronunciar un discurso. Se da la vuelta, se apoya en el brazo de ella y deja que las palabras llenen la oscuridad con una oscuridad aún mayor. Habla mucho del momento, el que pronto llegará, y de la necesidad del mundo de unirse bajo un mismo líder.

—¿Sabes, muñeca? —dice—, todos crecemos creyendo que somos pequeñas piezas en una enorme maquinaria. Que todos somos importantes en algún sentido, independientemente de quiénes seamos y del aspecto que tengamos. No es así. Con la medicina, la tecnología, la ciencia médica, la manipulación genética, etcétera, despojamos a la naturaleza de su proceso de selección natural. En la Tierra sólo cabe un número limitado de individuos. La cuestión es quién debe vivir y quién no.

Quizá es justo eso lo que ella acaba de hacer. Ha ayudado a la Tierra con la eliminación de una parte de la humanidad que no aporta nada.

En una de las celdas yace un hombre muerto. Igual de muerto que estará ella si la descubren antes de que haya conseguido salir de allí. «Mi familia», como dice el monstruo al hablar de los demás. «¿Verdad que sí, muñeca?, estarás de acuerdo en que la familia es lo más importante.»

Se detiene. Oye voces hablando entre sí con ánimos. Como en una fiesta. Paso a paso, se dirige hacia ellos. Los entrevé. Se inclina hacia delante y cuenta. Todos menos uno. Sólo los separa un cristal. Tiene que pasar por delante. Preferentemente, sin ser descubierta. Más allá del cristal hay una escalera, al lado del ascensor. Con suerte conduce a la libertad. Sin ella, de vuelta al infierno.

Varg se levanta y se acerca a la puerta de cristal. Es su turno, le toca sustituir a Ulf. Echa un vistazo a las imágenes de la pantalla procedentes del exterior. Advierte que un rebaño de renos está interfiriendo con los sensores otra vez. Tienen que resolver los problemas técnicos, la tranquilidad de los dos últimos años sin apenas acción los ha vuelto descuidados. Lo planteará en la reunión matinal. Empuja la manija hacia abajo. Se da la vuelta y dedica una mirada llena de cariño a los otros. El champán burbujea feliz en el cuerpo. Nunca han sido ellos contra el mundo. Más bien al revés.

Sophia retrocede hasta el rincón más oscuro al fondo del pasillo. El momento que habría necesitado se ha esfumado. La alternativa es bajar a los túneles. Sólo de pensarlo, la invade el frío. ¿Y luego? ¿Sin ropa de abrigo ni zapatos? Un camisón de niña pequeña con un estampado de ositos es todo lo que lleva para resistir el frío invernal. Es así como quiere verla, el monstruo. Como una inocente masa de carne con un camisón de ositos.

El segundo día le hicieron un recorrido turístico por el mundo subterráneo. Ella perdió la orientación ya después del tercer giro, lo que probablemente era lo que buscaban. Por todas partes había más puertas, escaleras, salas, escaleras de mano, túneles.

Aunque consiga llegar a los túneles, es improbable que encuentre la salida. Tiene que jugársela. Cuando la puerta del ascensor se cierra, pasa la puerta de cristal como una raya en el rabillo del ojo de Lo. Abre de un tirón la puerta de incendios que hay al final del pasillo y sube por una escalera de piedra hasta que se encuentra con otras dos puertas.

El instinto le dice derecha. Aun así, se decide por la izquierda. Una escalera por la que baja los escalones de dos en dos y, de repente, sólo una plancha de blindaje la separa de la libertad. Una huella dactilar más tarde, está fuera.

Corre. La última vez que vio el suelo aún no había nevado, ahora la nieve le llega hasta la pantorrilla. El camisón revolotea en torno a los muslos. Tropieza, vuelve a levantarse. Como un ñu que se ha alejado de la manada, busca la protección de los árboles.

El cerebro le dice que se tumbe en el suelo a dormir. Sigue corriendo. Como siempre ha corrido. Descalza, rápido y con una meta clara a la vista.

Lisbeth Salander está a punto de dar media vuelta y volver a Gasskas cuando atisba algo que brilla unos metros más adelante, entre los pinos, cerca de un viejo camino para tractores. Baja la ventana, saca los binoculares de la guantera, enfoca la parte baja de uno de los pinos y mueve el punto de mira de los binoculares hacia arriba a lo largo del tronco. Una cámara. Maldita sea, es una cámara. Colocada con un riesgo mínimo de ser descubierta. Si no hubiera seguido la rápida carrera de una ardilla a su refugio, jamás la habría descubierto. Y si hay una, con toda probabilidad habrá más.

Intenta pensar de manera estratégica. Si las cámaras están situadas a lo largo del camino para tractores, aún no la han descubierto. Pero si también hay una que cubre el paradero ya la han cachado. No se atreve a tentar a la suerte. Mete primera y conduce los dos kilómetros que hay hasta el próximo paradero.

Aquí no hay ningún camino para tractores ni sendero que le sirvan para orientarse. Además, casi ha oscurecido del todo. Sólo la luna y la nieve iluminan la noche. ¿Meterse en el bosque o volver cuando haya luz? Hace lo mismo que todos los norteños: deja la llave encima de la llanta delantera, enciende la linterna frontal, salta la zanja, corta la malla de una valla perimetral, probablemente de protección de la fauna o lo que sea, y se mete entre los árboles.

Dos kilómetros a través del bosque. La nieve no es profunda. El frío la ha endurecido, pero no tanto como para que aguante su peso todo el camino. De vez en cuando el pie se hunde en la nieve al pisar. El sudor le chorrea por la espalda. Apaga la sed con nieve. Según el mapa, llegará enseguida a una turbera. Con un poco de suerte, una turbera congelada. De vez en cuando se para a escuchar.

Varg toma nota de que Ulf no está en el panel de control. Vaya tramposo, ir al baño durante su turno. Pero bueno, a todo el mundo le puede dar ganas. Dentro de ocho segundos, cuando las imágenes en tiempo real de las celdas y otras zonas se actualicen, activará la alarma, cosa que automáticamente bloquea todas las salidas.

Hace zoom en la imagen de la celda de la muñeca. La primera vez todo parece normal. La segunda vez ve la mano. Pulsa el botón de la radio que comunica la sala de conferencias y la de control, lanza una advertencia general al mismo tiempo que el sistema automático de cierre se activa. Ahora se necesita una huella digital para salir. *¿Por qué diablos no lo tienen como una rutina siempre?*

—La muñeca ha desaparecido. Posible intruso. Ulf probablemente muerto. Ármense y dispérsense. Yo me encargo del exterior.

Están bajo amenaza, aun así no puede dejar de sentir excitación. La vida en el búnker es monótona y bastante aburrida. Él es un soldado, un *soldado universal* cuya aventurera vida por los epicentros de los focos bélicos ahora consiste, sobre todo, en rutinas de oficina.

Ni siquiera Märta se libra del revuelo. Alguien abre la puerta de su celda de un tirón, le quita la manta para luego abandonar el lugar con la misma rapidez. Está demasiado débil para volver a taparse, pero los pensamientos son más claros que el agua del arroyo en Njakaure.

«Cabrones. Ahora ha llegado el momento, como siempre llega. ¿No era eso lo que decías, lisiado? Que pronto llegará el momento. Aquí tienes tu *Apocalypse. Now!*»

Sophie ya no sabe en qué dirección se mueve. Se le agotan las fuerzas, el frío se cuela hasta su conciencia, ralentiza el paso y acorta el pensamiento. Al principio sólo oía los chasquidos de los árboles y el viento, ahora percibe otro sonido de manera cada vez más nítida. Pasos. Jadeos. Un celular que suena y una voz. *Los ñus se mueven en rebaños. Ser muchos los protege de ataques. Un animal solitario enseguida se convierte en presa.*

Varg sigue las huellas. La encontrará. Descalza y sin ropa. Ni siquiera un animal perseguido puede correr eternamente. De repente, el rastro se bifurca o, mejor dicho, dos rastros se cruzan. No está sola. Se pone de rodillas para ver mejor. Unas huellas llevan zapatos, otras van descalzas.

No hay caza sin cazador. Lisbeth sigue el rastro un trecho. Se oculta detrás de un árbol y se dispone a esperar.

—*Tía, tengo que contarte una cosa.* —*La niña se sienta en la cama. El muñeco a su lado*—. *¿Te acuerdas de cuando entré a robar en casa de Salo?*

—*¿Sí?*

—*Mentí. El coche no se había ido cuando salí. F me perseguía por el bosque. Me disparó. Era él o yo.*

—*No te preocupes, el cuervo se encargará de él.*

Lisbeth el Cuervo Salander.

No encontró el cadáver, pero sí el arma homicida, la rama manchada de sangre seca. Se la llevó al coche con la intención de deshacerse de ella lejos de allí, pero entonces llamó ese irritante Blomkvist de mierda y la rama se quedó tirada en la cajuela. Pero ahora le ha servido de apoyo en la nieve y muy pronto volverá a servir de arma. Todo tiene un sentido.

De repente ve algo que se mueve. Con toda probabilidad, un hombre. El cuerpo se mueve hacia delante. Se detiene, se acuclilla, pasa la mano por las huellas de las pisadas, se levanta y sigue avanzando.

«Un poco más, un poco más, ¡ahora!» El golpe contra la nuca lo arroja a la nieve bocabajo. «Es increíble que alguien una vez te haya parido y quizá amamantado.»

No le da tiempo a reaccionar cuando llega el barrido. A pesar de que el golpe debe de haber sido muy fuerte, el hombre consigue girarse y barrer las piernas de Lisbeth. Ahora es ella quien está bocabajo en la nieve y él, de pie. La rama queda fuera de su alcance.

—Arriba —ordena apuntándole con un arma.

Ella se pone de rodillas, levanta los brazos en un gesto que dice «no dispares».

¿Es una niña o quizá una enana?

—¿Quién eres?

—Estaba dando un paseo —responde ella.

—Sí, ya —dice el hombre, y se ríe—. Y un poco más allá está la muñeca, muriéndose congelada gracias a ti. ¡Buen trabajo!

—¿Me puedo levantar? —pregunta ella.

No es momento de tonterías. Tendrá que buscar otra oportunidad. Y, además, ya.

—Justo lo que te iba a proponer. Vamos a seguir con el paseo un poco más tú y yo. Como te gusta pasear...

Regresan sobre los pasos de él. Ella va primero. Un ataque rápido cuando menos se lo espera podría salvar la situación. Tiene que intentar que él se acerque más. Ralentiza el ritmo, la luna los acompaña a través de las copas de los árboles.

—¡Mierda!

Ella pisa mal, pierde el equilibrio y se cae.

—Maldita sea —espeta el hombre, y la levanta tirando del brazo.

«Todo un caballero. Muchas gracias, Branco, has adiestrado a tus gorilas.»

Ella gira sobre sí misma y con un *shuto-uke* consigue que suelte el arma. El hombre reacciona justo como tenía previsto, pues intenta inmovilizarle los brazos.

Mira con atención, Lisbeth. El karate está bien, pero en la lucha cuerpo a cuerpo, el krav magá es excepcional.

Con la rapidez de una comadreja, se libra de su agarre. De repente, se ha situado detrás de él.

Con la inmovilización correcta, un brazo alrededor de la garganta y el otro con el puño cerrado contra la nuca, ahogas el suministro de aire. Temporalmente, por lo menos.

«Gracias por la información, Jessica, pero no llego tan arriba.»

En su lugar, le propina un *migi-ashi-fumikomi* en la rodilla, al mismo tiempo que le asesta un *yoko-empi* en la sien.

La articulación se rompe con un pequeño y simpático plop. Si no lleva más armas en los calzones, ha quedado neutralizado, al menos de momento. Lisbeth recoge el revólver y vuelve a la carrera siguiendo las pisadas descalzas.

Hay algo misericordioso con la nieve. Se vuelve cálida, como la laguna del bosque donde solían bañarse en verano. Ella, que siempre ha soñado con el mar, nada desnuda en una laguna. Fatma está allí, al igual que Amina, su madre, y su hermano pequeño. ¿Y papá? Te escondiste aquella vez. ¿Has venido hasta aquí a rescatarme?

Lisbeth levanta a la chica y se la carga al hombro. «La muñeca. Les haré pagar por lo de la muñeca.» La lleva a través del bosque como un animal sacrificado. Su única oportunidad. Si hay *un* enemigo, habrá más. «El coche. Que no les haya dado tiempo de llegar hasta el coche, por favor.» En varias ocasiones tiene que bajar a la chica al suelo para agarrarla mejor. La luna ilumina el techo del vehículo. Con mucho esfuerzo consigue que atraviesen la valla. Ningún Branco a la vista.

Capítulo 78

Los pensamientos de Henry Salo son inescrutables, pero el primer impulso resulta lógico. Llama a Pernilla. *El abonado no puede responder...* Los celos le retuercen el estómago como si sufriera una obstrucción intestinal. «Olofsson, pedazo de asalta cunas de mierda.»

En el asiento de atrás yace el hijo de Pernilla, todavía envuelto en la piel de reno. Salo no sabe si lo que lleva en su coche es un cadáver o no, ni tampoco adónde va a ir. El camino más corto a un hospital es a Gällivare. Pero cuando llega a la E45, la máquina quitanieves no ha pasado en sentido norte todavía, ha dado media vuelta en Vaikijaur para dirigirse hacia Jokkmokk. En esa dirección sólo se ven las débiles huellas de una cuatrimoto. No se atreve a tentar la suerte, tendrá que ir a Sunderbyn, al sur de Boden.

¿O no? La cuestión es lo que va a suceder cuando Branco se entere de que han liberado al niño, ¿por quién irá entonces? Por Märta, claro... Ya ha cambiado su vida por la de Lukas una vez. ¿Es hora de un nuevo intercambio? Salo no es cínico, es práctico. Mientras Branco no sepa que han encontrado al niño, las condiciones para él no habrán cambiado.

Todo el mundo busca al niño. El periodista, esa criatura con la que se relaciona, la policía, los medios de comunicación... Mikael es insobornable, eso lo ha entendido Salo. Pero la policía quizá podría hacer algo útil por una vez.

—Policía de Gasskas, Birna Guðmundurdottir.

—Soy Henry Salo.

—Henry, ¿ha ocurrido algo?

Tal y como han acordado, se encuentran en el hospital. El niño está vivo. La madre del niño sigue ilocalizable.

—Apagar el celular cuando tu hijo ha desaparecido. ¿Quién hace algo así? —reprocha Salo.

—Le escribiré por Messenger. ¿Quieres un café? Ahora, cuéntame —dice Birna, y acto seguido deja los cafés en la mesa y saca un cuaderno y una pluma—. ¿Cómo lo has encontrado?

—Recibí una llamada. De alguien, no sé quién era. Cuando llegué a la cabaña, el niño estaba acostado en la cama. Incluso habían encendido la estufa. Pero estaba solo. Y la nieve había barrido todas las huellas.

—¿Por qué no llamaste a la ambulancia y a la policía inmediatamente?

Está preparado. Tiene que darle algo para que entienda la gravedad del asunto.

—Han amenazado a toda mi familia. Si sale a la luz que se ha encontrado al niño, lo más probable es que Pernilla sea el próximo objetivo.

«Algo que, por otra parte, se merece.»

—O tú mismo —dice Birna—. En otras palabras: sabes quién está detrás del secuestro de Lukas.

Birna se esfuerza por mantener la calma en la voz. «El tipo lo sabe. Lo ha sabido todo el tiempo. Se lo ha callado para salvar su propio pellejo. Pedazo de escoria.»

Con los codos apoyados en las rodillas y la cabeza colgando entre las piernas, Henry Salo ofrece un aspecto miserable. Y admitir que Märta Hirak está en poder de las mismas personas no ha mejorado la cosa precisamente.

—¿Así que Lukas fue secuestrado por el proyecto del parque eólico? Y luego Märta Hirak también, sin que hayas contado a la policía lo que sabías.

—Como comprenderás, amenazaron con otras cosas si acudía a la policía. Creí que podría arreglarlo todo, con los propietarios de las tierras y los políticos.

—¿Los propietarios? ¿Qué pasa con ellos?

—Nada de esto habría ocurrido si simplemente hubieran aceptado ceder los terrenos.

«Por desgracia, habría ocurrido de todos modos, querido Salo. El parque eólico es sólo el principio. Necesitamos un colaborador fiel también en el futuro.»

—Lo que te convierte en el principal sospechoso del asesinato de Marianne Lekatt.

—¿A mí? —dice Henry, y se endereza en la silla—. No, pero eso es una locura. Fui yo quien la encontró. Era mi madre biológica.

—Sobran argumentos, en otras palabras. Como comprenderás, tengo que llevarte a comisaría. He pedido refuerzos. Mientras esperamos puedes reflexionar sobre cómo explicar el ingreso de seiscientas mil coronas en tu cuenta.

En ese momento llega Pernilla con Olofsson un paso por detrás, y Salo cierra las manos en puños. Pernilla ni siquiera lo mira. Olofsson suelta una disculpa y sigue a Pernilla a la habitación donde está Lukas.

—Mi mujer... —dice Salo a Birna.

—Y mejor persona no vas a encontrar. Deberías entrar a hablar con ella.

Salo entra y Olofsson sale.

—¿Qué diablos ha sido eso? —dice Salo—. ¿Tenías que traer precisamente a ese tipo?

—No tienes ni idea. Cállate —replica Pernilla con plena concentración en Lukas, en su cabeza llena de rizos apoyada en la almohada. Tranquilo como un niño inocente.

—Gracias, Henry, por encontrar a Lukas —dice Salo.

Ella se da la vuelta. Se levanta. Se acerca a él. Carraspea y le escupe en toda la cara.

—Cambiaste una vida por otra, ¿no fue eso lo que dijiste? Como si fueses un maldito dios.

De repente, el niño se despierta.

—Hola, mamá, ¿dónde está el abuelo?

Capítulo 79

Lisbeth mete como puede a la chica en el asiento del copiloto, arranca y conduce unos kilómetros antes de atreverse a parar. Le pone sus propias botas y la envuelve en una chamarra de plumas y una manta. Sube la calefacción del coche a tope y, después de unos tragos de una Coca-Cola tibia que ha perdido el gas, la chica se recupera lo suficiente como para susurrar. Pronunciando las palabras con gran esfuerzo, Lisbeth procura no apremiarla, describe un lugar extraño.

—Espera un momento —dice Lisbeth, y llama a Mikael Blomkvist.

No hay respuesta. Duda, pero al final pone el manos libres del coche para hablar con Svala. No hay nadie que pueda mantener la boca cerrada como ella.

—Hola, ¿tienes algo en donde apuntar una cosa?

—¿Dónde estás?

—Luego te lo digo.

La voz de la chica raptada suena débil y ronca.

—Es como un laberinto sin ventanas, bajo tie-

rra —explica—. Excepto el dormitorio del monstruo, allí hay tragaluces en el techo.

—¿En qué sentido es un monstruo?

—Es malvado —contesta ella—. Y el cuerpo...
es como un animal extraño. No tiene piernas, sólo
pies que están pegados al tronco. —Solloza, deja
que las lágrimas corran un rato antes de continuar—. Pero... entre las piernas... —Después vuelve a llorar.

—Te ha violado —constata Lisbeth, y la chica
asiente con la cabeza.

Lisbeth ha entendido quién es. Ha leído sobre
ella. Es la chica del centro de acogida de refugiados: Sophia Konaré. Debería abrazarla. Consolar-
la. Decirle que sabe por lo que ha pasado, que
comparten la experiencia, pero el tiempo no está
de su parte. La chica necesita atención médica y
Lisbeth tiene cosas que hacer.

—No te preocupes, tranquila —dice—. Bebe
un poco más de Coca-Cola. Cuando estés lista, me
gustaría saber más cosas del edificio. Bajo tierra,
has dicho. *¿Un búnker?*

—Con celdas y pasillos que conectan diferentes
salas, creo.

—¿Cuántas personas hay allí?

—Con el monstruo, seis; no, cinco.

—¿Quién era el sexto?

Primero no quiere contestar.

—Mi forma de salir de allí —confiesa al final.

—¿Quiénes crees que son?

Stay dead, stay dead.

La cabeza de la chica quiere caer hacia un lado. Dormir. *Los mismos hombres de siempre. Los que salvan vidas con una mano y matan con la otra.*

—Sólo una pregunta más —dice Lisbeth—. Has mencionado celdas, ¿viste a alguien más allí?

—A una mujer —responde Sophia con una voz apenas audible—. Blanca. Pelo moreno. No sé si está viva.

—¿Se llama Märta? —interviene Svala casi gritando—. Tienes que saber cómo se llama por lo menos.

—No lo sé —contesta la chica—. No lo sé.

—Nos vemos pronto —se despide Lisbeth, y cuelga.

Una veintena de kilómetros más tarde, gira en dirección al hospital de Sunderbyn. Apenas resulta posible despertar a la chica, que con desgana se endereza y murmura algo sobre la mujer.

—Perdón —dice—, perdón.

—Tú no tienes la culpa —la tranquiliza Lisbeth. «Hijos de puta»—. Vamos a hacer lo que podamos para encontrarla, pero para que todo salga bien es importante que mantengamos la misma versión sobre lo que ha pasado, ¿de acuerdo?

«Los vamos a atrapar. Uno a uno, los vamos a atrapar.»

—De acuerdo —dice la chica. Reacia, se quita la chamarra y las botas. Baja del coche en el estacionamiento sur y se dirige con pasos tambaleantes hacia la entrada del hospital.

Capítulo 80

*El Instituto de Meteorología advierte hoy que conti-
núa la difícil situación meteorológica que se da en
gran parte del interior de Laponia. La tormenta que
alcanzó los Alpes escandinavos ayer se desplaza hacia
el este. Debido a los fuertes vientos y la intensa nevada, se insta a los ciudadanos a no salir a la carretera a
menos que sea absolutamente necesario.*

*Pero antes de terminar la emisión de esta mañana
vamos a escuchar de nuevo las declaraciones de Hans
Faste, de la brigada de delitos graves en Gasskas, respecto a la joven de dieciocho años de Mali que desapareció del centro de refugiados Fridhem a media-
dos de octubre y que ahora ha sido encontrada.*

*«El curso de los acontecimientos es el siguiente: la
joven ha sido avistada por un automovilista cuando
caminaba por la carretera entre Murjek y Kirtik. Iba
descalza y sin ropa de abrigo.»*

*La policía ha realizado numerosas pesquisas desde
su desaparición, pero hasta el momento todo apunta a
que la mujer desapareció voluntariamente. Según informaciones recibidas, ha pasado este tiempo en com-*

pañía de un hombre de la misma edad, procedente de Gällivare. La policía desearía entrar en contacto con el automovilista desconocido que se cruzó con la mujer y que la llevó al hospital de Sunderbyn.

Lisbeth apaga la radio. Bien. Ahora la policía puede empezar a buscar en la otra punta del municipio o no buscar. Tarde o temprano habrá que darles algo a lo que hincarle el diente, pero tal como están las cosas no puede correr el riesgo de que se presenten en casa de Branco y arruinen la posibilidad de sacar a Märta Hirak viva de allí. Envía un mensaje a Jessica Harnesk.

Vigila a Sophia. Volveré a llamarte.

La respuesta llega inmediatamente:

Esto es un asunto policial.
¿Dónde estás? ¡Cuéntame
lo que ha pasado!

No sólo Lisbeth escucha las declaraciones de Hans Faste en la radio. También lo hace Marcus Branco.

Los caballeros se han reunido para guardar un minuto de silencio. Varg, por fortuna, tiene la cabeza dura y se repondrá. Pero con la rodilla rota constituye más que nada un problema.

En cambio, Ulf... En su honor toman té funerario de la provincia de Fujian al tiempo que analizan los acontecimientos de la tarde.

Según las imágenes captadas por las cámaras exteriores, sólo hay una anomalía, probablemente causada por unos renos. Conocen el camino que ha tomado la muñeca por el bosque, pero no la identidad de su ayudante.

—No puede ser casualidad —rechaza Järv, y mira a su alrededor—. ¿Es posible que haya convencido a Ulf para que buscara a alguien de fuera?

—Ulf —dice Marcus—, ¿por qué precisamente él?

—Estaba obsesionado con ella, enamorado.

—Enamorado —repite Branco—. Qué lamentable.

El azar, Branco. Tú sabes de sobra el lío en el que puede meterte el azar. Tú no naciste en 1961 como la mayoría de las personas nacidas con malformaciones por culpa del Neurosedyn en Suecia. No, tú naciste en 1987 de una madre brasileña que sufría de una enfermedad de inmunodeficiencia, se desconoce cuál.

Ya en 1965 Brasil reintroduce ese mismo fármaco que en Suecia se comercializaba como Neurosedyn bajo el nombre de Talidomida por sus características antiangiogénicas e inmunomoduladoras. Años más tarde, tu madre compra la medicina en el mercado negro. Se queda embarazada y te tiene a ti. Un niño sin piernas, con brazos de una longitud anormal y unos genitales de un tamaño que en proporción con el resto del cuerpo más bien podrían compararse con los de un caballo. No es de extrañar que la muñeca te llame monstruo.

—Estado de alerta —anuncia Marcus—. Ya saben lo que tienen que hacer.

—¿Qué hacemos con la puta? —pregunta Lo.

—¿Sigue viva?

—Sí, pero esperen antes de bajar —grita Järv—. Tienen que ver esto primero.

Encuentran al niño secuestrado

El niño que fue raptado por hombres armados en la fiesta de una boda en Raimos Bar, en Storforsen, ha sido hallado con vida en una casa cerca de Kvikkjokk.

Según informaciones aún sin confirmar, ha sido el padrastro del niño, el jefe administrativo de Gasskas, Henry Salo, quien lo ha encontrado. La policía de Gasskas ha decidido no hacer comentarios por respeto a la privacidad de la familia. No obstante, el periódico *Gaskassen* ha sido el único medio de comunicación que ha conseguido hablar con el jefe de la brigada de delitos graves, Hans Faste.

«Se ha realizado una amplia labor de búsqueda que ahora ha resultado en un avance positivo. Sin embargo, no puedo entrar en detalles específicos, sino que me limito a elogiar el trabajo de mis excelentes compañeros.»

«Ustedes no han querido colaborar con la unidad operativa nacional, sino que han optado por resolver el caso con sus propios recursos. ¿Es esto una prueba de que también una unidad policial modesta puede conseguir grandes cosas?»

«Desde luego —dice Hans Faste—. Son nuestros conocimientos locales en combinación con la experiencia los factores que han resultado decisivos.»

—Contacten al entregador —pide Branco—. Asegúrense de que encuentre al limpiador.

La voz monótona de Branco lanza órdenes. Sobre Salo, sobre la mujer de Salo. Luego se acerca en su silla de ruedas al ascensor, baja unas plantas y sigue hasta las celdas. O «el hotel», como ellos llaman a la sección de alojamiento. Teclea el código, entra y cierra la puerta tras de sí. No piensa repetir el error de Ulf.

La manta se ha resbalado. Él la recoge y la pone en el respaldo de la silla de ruedas.

¿Vive? Saca su alcanzador. Un brazo extensible con una pinza, no muy diferente del que utilizan los barrenderos para recoger basura en la calle. Agarra la mano de la mujer y la levanta.

—Feo —dice—. La llaga parece haberse extendido. Creo que dentro de poco tendremos que considerarte no apta para seguir viviendo —anuncia—. Pero quiero que sepas una cosa, Märta, según los criterios de selección con los que categorizo el mundo y de los que te he hablado durante mis pequeñas charlas, habrías tenido buenas oportunidades para sobrevivir. Eres pobre, no tienes coche, no puedes permitirte comer carne, etcétera. O sea, consumes los recursos del planeta en grado mínimo. Y, por cierto, gracias, Märta, por haber sido una buena oyente.

La tapa con la manta y le da unas palmaditas en la pierna como un último adiós.

Capítulo 81

Algunas semanas a finales de otoño en Gasskas. Es como un cuento. Un mito que se ha contado tantas veces que lo inverosímil se convierte en verdad. Como las historias que se cuentan en torno al fuego sobre la caza o las capturas del pescador.

Determinadas personas tienen los papeles protagonistas: Henry Salo, Marcus Branco y Mikael Blomkvist, por ejemplo. Otras, Sonny Nieminen, Jessica Harnesk y Peder Sandberg, cumplen sus funciones sin ocupar demasiado sitio. No son más que seres humanos, pero todos tienen un pasado, una historia que los ha convertido en lo que son.

Las vidas de Lisbeth Salander y Svala Hirak han coexistido durante trece años sin que ninguna supiera de la existencia de la otra. Cada una ha avanzado lentamente a lo largo de un camino señalado hacia el punto donde sus caminos se cruzan. La cuestión es si todo termina aquí. O si ese cruce de caminos es sólo el principio.

En el comienzo de los tiempos, eran los hombres los que se maquillaban. Guerreros que se camuflaban o se pintaban con sangre, tierra o cenizas para expresar su pertenencia a la tribu.

En una habitación de hotel, en la última planta del Stadshotellet, conocido popularmente como Statt, una niña de trece años se prepara para la última batalla. Abre la computadora y googlea «Lisbeth Salander + maquillaje + tutorial». Empieza con el rostro. Lo cubre con un polvo blanco y sigue con los ojos. Extiende el delineador en gel negro en los párpados y traza gruesas líneas tanto por arriba como por abajo con un lápiz. Al final, se pinta los labios negros. Con el pelo, irremediablemente liso y tan rubio que es casi blanco, no hay nada que hacer. Tampoco puede remediar no tener las orejas perforadas ni ninguna otra parte de la cara. Se pone una tela negra alrededor de la frente y se mira en el espejo. No es ella. No es Lisbeth. Son las dos.

Unas plantas más abajo, Lisbeth se ha sentado en una mesa del bar y estudia unos planos.

Mikael Blomkvist tiene su parte de mérito, hay que reconocerlo. Encontró la finca que la Dirección Nacional de Fortificaciones vendió en 1951 a un tal Anders Johansson. Dos mil hectáreas de bosque, sobre todo pino y abeto, y ahí se terminaba la información. No fue hasta que ella misma consiguió adentrarse en lo más profundo de los espacios secretos de las fuerzas militares que halló el búnker.

El tiempo apremia, pero meterse en lo que supone es el búnker de Branco exige una planificación. Si la información de Sophia es correcta, Branco se rodea de cuatro personas con preparación militar que, además de ir armados, probablemente también están en buena forma física. Excepto uno de ellos, al que sin duda le costará caminar tras el encuentro en el bosque.

Es una edificación curiosa. Construida en varias fases a partir de 1910, en una montaña con una parte delantera fuertemente inclinada y una parte trasera llana. La perfecta fortificación para un discreto hombre de negocios y sus turbias actividades, sean las que sean. *Hacker Republic* aún no ha logrado entrar en la empresa por la puerta de atrás, pero es sólo cuestión de tiempo. Eso hay que reconocérselo a The Branco Group, pese a todo. Son un verdadero referente en ciberseguridad. ¿O no tanto? La idea la ha estado carcomiendo, aunque ha hecho lo posible por apartarla. Plague. Hay algo que no cuadra. Ahora lo ve claro. Branco no debería haber sido un problema. Al menos, no uno permanente. Todas las personas existen en alguna parte, al igual que las empresas, la policía secreta, los individuos con identidades nuevas, etcétera. Antes o después acaban dejando algún rastro. Branco no es una excepción. Además, no es que mantenga un perfil muy bajo. Plague, al menos, debería haber dado con él.

De momento, se conforma con enviarle un mensaje.

Wasp a Plague: ¿Todo bien?

Plague a Wasp: Quizá no
sea el momento, pero hemos
encontrado una brecha
mínima sobre Branco. Parece
que estuvo involucrado en
un escándalo medioambiental
en una mina en la Patagonia
hace unos años.

Lisbeth relaja los hombros y regresa a la realidad. Según los planos, hay dos entradas. Posiblemente existe otra más, construida más tarde, que conduce a la parte de la vivienda, la más moderna, que, según Sophia, se abre con huella digital.

Guarda los mapas y planos como fotos en el celular, se termina la Coca-Cola y sube en el ascensor hasta la séptima planta.

Durante un instante, pero no más. *Camilla. Ella misma.* Acto seguido, la realidad la alcanza y Svala se convierte en la adolescente que es, una a la que se le ha ido la cabeza con el estuche de maquillaje.

—No —dice—, tú no vienes.

—Sí, sí voy. Traer a Mamá Märta de vuelta es cosa mía. Además, me necesitas como chofer.

—Creí que el tema de la conducción había quedado claro —dice Lisbeth, y suena como una imbécil autoritaria más.

—Han caído treinta centímetros desde ayer. Vamos a necesitar una motonieve.

—*Yo* voy a necesitar una motonieve, no nosotras.

—O sea, crees que vas a poder conducir por caminos preparados, vamos, en plan turista en Kåbdalis, ¿no?

—No, pero según las instrucciones, sólo hay que pisar a fondo.

—Perdona, se me olvidó que eras estocolmiense. Buena suerte con la nieve fresca —dice Svala, se quita el suéter con las coderas de piel y se dirige al baño.

—Espera —dice Lisbeth—. ¿Eso qué es?

—Los dragones me gustan, pero los tigres, más aún.

Lisbeth recuerda de repente por qué nunca ha querido tener hijos.

—¿Qué tatuador deja que una niña se tatúe sin el consentimiento de sus padres?

—Ninguno seguramente, pero redactaste una autorización muy convincente.

Capítulo 82

—¿Te acuerdas de mí? —dice Lisbeth—. Fui yo quien te compró el Ranger.

—¿Cómo podría olvidarlo?

—Sé que no quieres vender a tu mujer, pero necesito que me prestes tu motonieve.

—No —responde el hombre—. Eso jamás. Va a haber aún más nieve fresca para el fin de semana.

«Vaya insistencia con la nieve fresca de mierda.»

—Entiendo que te resulte difícil, pero pago bien. Cinco mil por un día. ¿Okey?

—Cinco mil... —Se ríe—. No te pases. Con tres es suficiente. Pero sólo un día.

—Ni un minuto más, pero tienes que llevármela. El Ranger no tiene gancho de remolque.

—Sí, ya..., es que era el coche de mi madre —explica el hombre con voz sombría.

Lisbeth busca algunas palabras de consuelo con las que aligerar el ambiente.

—Pero al menos el color es bonito.

—Si no me hubieras dicho que trabajabas con computadoras, habría jurado que eras psicóloga —dice Svala, y se sube en la motonieve—. Una Summit me gusta. Me he cansado de la vieja Bearcat de Pederpadrastro, una maldita motonieve para viejos.

—No digas palabrotas —reprende Lisbeth. Por fin puede vengarse.

Cuanto más se acercan al lugar de encuentro, más calladas van. Mikael Blomkvist ha enviado varios mensajes, Jessica Harnesk también. El sentido es el mismo: no te precipites. Deja que la policía haga su trabajo.

Reflexiona sobre lo que Harnesk sabe. ¿Habrá dicho algo Sophia? Le sorprendería. ¿Blomkvist? Quizá. Es único metiendo las narices en asuntos que no le incumben, aunque debe admitir que, visto con perspectiva, a veces ha sido para bien.

Lo último que hace es contactar a Plague. Como una mera medida de seguridad.

Wasp a Plague: Mándale la información a Blomkvist. La misma dirección que antes. Probablemente la misma contraseña también.

El hombre del Ranger y de la motonieve viene y se va.

Están estacionadas a casi diez kilómetros del búnker.

Dentro del Nido del Águila las reuniones de crisis se suceden una tras otra. Por una vez Branco no ve con claridad cuál va a ser su próxima jugada. Las cosas empiezan a ponerse en su contra de una manera con la que no habían contado, y Branco no consigue que la ecuación le cuadre. Ya no se trata de Salo y el parque eólico, sino de una amenaza exterior contra todo el grupo Branco. Han rastreado intentos expertos de *hackear* sus sistemas informáticos. Por suerte, los han podido rechazar. Y aunque directamente nadie le dice nada, le da la sensación de que lo culpan por lo sucedido. «Las muñecas. Debería haber renunciado a las muñecas. Especialmente a la última.»

Cosa que lleva al siguiente punto: la huida de la muñeca.

De la huida en sí no hay mucho que decir, más que constatar el carácter caprichoso del factor humano, así como la desesperación (y, a ojos de Branco, el desagradecimiento) de Sophia Konaré. Pero ¿y luego? El patético regreso de Varg, arrastrándose como un animal.

Siente que se está acercando al quid de la cuestión: la persona en el bosque. Una karateca bestial de baja estatura que iba «de paseo». ¿Quién diablos es? Y no sólo eso, sino: ¿quién la ha enviado?

—Toda la información está asegurada y eliminada —informa Järv desde la sala de control—. Pero todavía queda un pequeño problema mundano: la puta. Di que podemos deshacernos de ella ya.

Capítulo 83

—*Bassai dai* —dice Lisbeth, y mira a Svala.

—Asaltemos el castillo.

Ha visto esa mirada antes. No ha querido detenerse en ella. Representa todo aquello que a Lisbeth le gustaría olvidar: Zala, Niedermann, Camilla. Una mirada de un azul extrañamente claro, casi blanco. Siempre preparada para la violencia, y Svala no es una excepción. Las gruesas líneas trazadas por el lápiz delineador refuerzan la frialdad, pero también la oscuridad en la que Lisbeth sospecha que vive Svala. En la que viven todos. Si no, no se habrían encontrado en ese problema.

—El camino del destino no se puede cambiar, sólo elegir por qué lado se quiere caminar —dice Svala.

Lisbeth baja la visera y ajusta el retrovisor. Mete la mano en el bolsillo interior. Saca un poco de sangre, tierra y ceniza, y se pinta convocando el alma de la guerrera.

—Ahora te pareces a Noomi Rapace —dice Svala.

—¿Quién es?

—Da igual —responde Svala, y rechaza una lata de Coca-Cola.

—¿Puedo darte un consejo? —pregunta Lisbeth—. Si es que te ves obligada a luchar.

La niña asiente con la cabeza.

—Sólo tendrás una oportunidad. Te he enseñado que un *karateka never strikes first*. Es verdad. El karate es sobre todo defensa. Pero en la guerra...

Las manos de la niña son delgadas como un paquete pequeño de espaguetis. Es un talento natural con cinturón blanco de bata de baño.

—Recuerda que el enemigo es más débil en el momento en el que va al ataque. —*Sen no sen*—. Tú eres una guerrera, Svala. No un soldado. Una guerrera. Una *bushi*. Pero hoy eres chofer —añade por si acaso—. Te quedas en el bosque hasta que yo vuelva a salir. ¿Entendido?

Svala apoya su frente contra la de Lisbeth.

—Eres buena —dice—. Rara, pero buena. Aunque, ya que estamos aquí sentadas sin saber si vamos a sobrevivir o no, podrías contestar a unas preguntas, ¿no?

—Sí, claro —accede Lisbeth.

—¿Cómo murió el abuelo?

—Le dieron un tiro.

—¿Se lo diste tú?

—No, la policía.

—¿Y Camilla?

—Suicidio.

La última pregunta queda suspendida en el aire.

—Tenemos que irnos ya —dice Lisbeth.

—¿Lo mataste? —pregunta Svala.

—En cierto modo —contesta Lisbeth.

En cierto modo.

Capítulo 84

Cuando la noche ha caído de nuevo sobre Gasskas protegiendo a los que cazan en la oscuridad, se ponen en marcha.

El plan es entrar desde el noroeste. La azotadora nevada limita la visibilidad, pero eso funciona en las dos direcciones. El viento se come el ruido del motor, por lo que podrán acercarse mucho sin que las oigan.

Lisbeth sospecha que hay otro camino de entrada que no aparece en el mapa. El que emplea el propio Branco para acceder y salir del complejo. Deben evitarlo si Plague no consigue neutralizar la vigilancia por cámaras. Le ha preguntado, pero él no ha respondido.

La motonieve serpentea entre los árboles a trompicones. Tal como la niña ha dicho, no es un juego para principiantes. Svala va de pie con una rodilla apoyada en el asiento para ver mejor. Compensa con el peso corporal cuando hace falta y con la destreza del conductor experto logra evitar que los esquís corten la nieve. Kilómetro a kilómetro, el mapa interior memorizado de Lisbeth no es perfecto, pero es todo lo que tienen. Cuando presumiblemente sólo quedan unos centenares de metros, Svala apaga el motor. Lisbeth mira el celular, no hay cobertura más que para el 112. Tienen que gritar para hacerse oír en medio de la tormenta.

—Hay raquetas de nieve en las alforjas —grita Svala.

Lisbeth ajusta la correa en torno a sus botas y baja deslizándose de la motonieve.

Svala se quita el guante, mete la mano en el interior de la chamarra y saca el arma que rescató del bosque y se la tiende a Lisbeth.

—¿Sabes manejarla? —dice.

«Esta niña nunca deja de sorprenderme.»

—Quizá es mejor que la guardes tú misma.

—No hace falta, tengo otra. La de Pederpadrastro. Ya es hora de que haga algo útil.

«¿Estás ahí, Mamá Märta? Ya no te siento.»

Se miran. El pulgar hacia arriba. Paso a paso, Lisbeth desaparece entre los árboles en dirección al búnker. Svala cuenta hasta cien, luego da media vuelta con la motonieve y conduce trazando un amplio círculo para acercarse al lugar desde el lado opuesto.

«Perdón, tía Lisbeth, pero es Mamá Märta de quien hablamos. No pienso quedarme aquí esperando como una niña obediente.»

«Tampoco contaba con ello.»

El primer obstáculo es entrar. Tras estudiar las imágenes ofrecidas por la Dirección Nacional de Fortificaciones de otros edificios militares más conocidos en torno al llamado cierre del norte, o sea, la fortaleza de Boden, concluye que será suficiente con unas buenas pinzas, pero que habría sido preferible disponer de dinamita.

Según el mapa, la edificación principal se ubica casi a un kilómetro de distancia de la entrada a la que se dirige Lisbeth. Alrededor de la elevación del terreno, las fuertes ráfagas de viento han pelado la roca gris de nieve. Se quita las raquetas, las ata a la mochila y empieza a moverse hacia el objetivo.

Apenas se ve que hay una bajada a un búnker, y la puerta se asemeja más bien a una trampilla. Por fortuna, sólo tiene un grueso candado. Al principio lo intenta con una de las herramientas de su Leatherman, pero el candado lleva un código y no se deja manipular mecánicamente. Al menos, no cuando el tiempo apremia. A las pinzas les toca aplicarse a fondo, pero al final consiguen abrirse paso por el metal.

«Yo te lo habría abierto. Ya sabes que se me dan bien los números.»

«Mantente alejada.»

¿Qué hay en un búnker construido hace más de cien años? ¿Salas llenas de agua? ¿Restos de telégrafos, literas, material de enfermería? ¿Pasillos con techos derrumbados? No se dispone de datos sobre la función que habrá cumplido. Al igual que otras edificaciones militares de defensa, su existencia no es oficial, apenas queda constancia en los propios archivos de Defensa. Sólo tiene un nombre: H9.

Ajusta la linterna frontal e intenta hacerse una imagen de lo que le espera. Una vez dentro, apoya los pies en el suelo, cierra la trampilla tras de sí y enseguida la invade una sensación de angustia. Los ruidos de fuera; el viento que silba, las ramas que se rompen, todo cesa de repente. Hasta ahí dentro no llega ningún sonido, y tampoco sale ninguno.

«Tranquila. Respira. Tranquila.» Ilumina las paredes, hasta donde alcanza con la linterna. Aparte de una oxidada pala con el mango roto y una caldera muy vieja en un rincón, la estancia está vacía. Sigue con la mirada la tubería del techo. En las paredes se ve la marca dejada por el agua, parece haber subido bastante arriba. Se quita el guante. La humedad fresca se le pega a los dedos, y el olor a moho le pica en la garganta.

«Hay que recorrer un pasillo. Riesgo de una puerta de incendios bloqueada.»

La luz se proyecta hacia delante, la oscuridad hacia atrás. Paso a paso. Se detiene. Escucha. Abre la puerta hacia el pasillo y continúa caminando.

En uno de los lados, una pared de ladrillo se ha derrumbado. Cuando de repente se tambalea y apoya la mano para sujetarse, otros tantos ladrillos caen. El impulso de dar media vuelta, regresar corriendo, subir por la trampilla al mundo exterior e irse a casa resulta casi demasiado fuerte. «Hazlo, Lisbeth, no es necesario que seas una superheroína. Vuelve, deja que la policía haga su trabajo.» La voz resulta seductora. Aun así, es esa voz la que consigue que se centre. No le corresponde a ningún maldito terapeuta fijar el orden del día. Ella está aquí porque el tiempo apremia. Puede que Märta Hirak ya esté muerta, pero si no... Si no lo está, Lisbeth es su única esperanza.

«Tres salas de refugio antiaéreo seguidas. Tamaño estimado, unos cien por doscientos metros. El estado de conservación, desconocido.»

La puerta de incendios se resiste, pero al final cede. Ahora se encuentra en la sala de en medio. La linterna frontal parpadea, se apaga y luego vuelve a funcionar. La temperatura debe de rondar los cinco grados. Como en una mina o una bodega de raíces. Durante un instante, la curiosidad vence al miedo. Aquí también ha penetrado la humedad en la superficie natural de roca madre de las paredes. La sala es grande como un hangar aéreo. Avanza paso a paso, y cuando casi ha llegado al otro lado, se detiene y aguza los oídos de nuevo. La oscuridad tiene su propio sonido de latidos de corazón, respiración y pulsaciones.

«Una complicada sección central con diferentes niveles, escaleras y habitaciones que conectan con numerosos pasillos. Elige un lado y mantente en él.»

Busca el marco de la puerta a tientas. Hace fuerza con el cuerpo en lo que debería haber sido una abertura por la que continuar avanzando. Mierda, la puerta está tapiada, ahora tendrá que regresar, buscar una de las salas que flanquean ésta, e intentar dar con otra puerta. La linterna frontal vuelve a parpadear. Sin luz no hay nada que hacer.

Apaga la linterna para ahorrar batería. De repente oye voces, y el pánico quiere apoderarse de nuevo de ella. Parecen llegar desde arriba, a través de un conducto de ventilación o un altavoz. No oye lo que dicen, pero voces son, indudablemente. Debe de estar cerca.

De tín marín de do pingüé. El hangar de la izquierda o de la derecha. Izquierda. En el centro hay una puerta. Aquí vivían personas. Soldados. Oficiales. Semanas, meses, sin ver la luz del día, al igual que quienes lo construyeron. Año tras año de polvo, humedad, derrumbamientos e infierno.

«Eres una privilegiada, Lisbeth. Sigue caminando».

La siguiente puerta se abre con tanta facilidad como si estuviera recién lubricada. Demasiado fácil. Se filtra luz desde arriba, que extiende una claridad en el caos de alternativas. ¿Y luego? La prioridad es encontrar a Märta Hirak. Despacio, silenciosa, avanza hacia las voces y la luz, cuando de repente la luz se apaga y las voces dejan de oírse.

Pulsa el botón de la linterna frontal. Muerta. Se la quita e intenta reactivarla con unas sacudidas. Sigue sin vida. En lugar de utilizar la linterna del celular procura recordar el aspecto de la escalera, que también había sufrido algún tipo de derrumbamiento por la mitad. ¿Qué creer? ¿Diez peldaños hacia arriba? Se abre paso a tientas. Se pincha la mano con un clavo. Así no se puede. Saca el celular. De sus cinco contactos, tres han escrito mensajes. Por lo visto, en algún momento ha habido cobertura, pero es evidente que ahora no. Hasta la tumba no llegan las señales de los repetidores. Deja que la linterna del celular barra rápidamente la escalera, decide una estrategia y sigue avanzando a tientas hasta que alcanza el último peldaño.

«Al otro lado de la puerta, habitaciones pequeñas de diferente tamaño. Según Sophia, conexión a la parte de vivienda por ascensor.»

Si hay alguien al otro lado, se acabó. Entreabre la puerta. Nadie.

Otro segundo de luz del celular y le da tiempo de captar lo que probablemente son las celdas. «El hotel.» Puertas modernas con mirillas. Del interior de las celdas brota una luz blanca. Vacía. La siguiente. También vacía. En la tercera yace el cuerpo doblado de un hombre con un cojín tapándole la cabeza. «Tu salvación, Sophia.» En la cuarta y última hay una mujer tumbada bajo una manta. Märta Hirak. Lisbeth no puede determinar si duerme o... Se detiene. Vuelve a oír las voces. Ahora de forma más nítida. «Informar. Destruir. Código Tingvalla.» Y a continuación algunas palabras de las que entiende el significado en un plano más profundo. *Packet sniffing.*

SQL. *Zero click exploit. Spoofing. Buffer overflow.*»

Se dirige hacia las voces. Si la van a atrapar, al menos habrá oído lo que dicen.

—Todo está listo. Salida a las veintiuna cero cero.

—Pero ¿qué diablos...? ¿Has visto lo que ha traído el gato? ¿Un ratón?

—Como si estuviéramos en Halloween, por favor. ¿Dulce o truco?

—Ay, déjame en paz, maldita sea.

«Svala.»

Ahora ya no duda, saca la pistola de la chamarra, entreabre la puerta para orientarse y cuando los ojos se dirigen a ella, la abre de una patada y les apunta con el arma.

Dos personas. Una mujer y un hombre. No ha visto a ninguno de ellos antes.

—Suelta a la niña —ordena, y Svala retrocede hacia Lisbeth—. Continúa —le espeta a Svala—, sal por la puerta.

La mujer sigue pasiva, de momento. El otro se acerca despacio a Lisbeth.

—Allá tú —suelta ella, y descarga un tiro que lo roza—. La próxima bala no fallará.

—Okey, okey —accede el hombre, y levanta las manos.

—Abandona la habitación —exige Lisbeth—. Cuento hasta tres. Uno, dos...

De repente, se arma un escándalo. Una tercera persona ha aparecido de la nada. Al principio piensa que es Branco, ya que va en silla de ruedas. Con la silla al estilo Stephen Hawking a toda velocidad, rueda hacia ella mientras dispara sin parar, pero sin mucha puntería.

«Frío y concentración. Contén la respiración, apunta, aprieta el gatillo.»

Él grita a todo pulmón cuando la bala lo alcanza en el hombro, pierde el control sobre la silla de ruedas, choca con la pared, pero logra controlarla otra vez y sale huyendo hacia el ascensor. Sólo queda la mujer. «Desarmada, qué pena, zorra.»

Lisbeth retrocede paso a paso hasta que llega a la misma puerta por la que entró.

—No nos sigas —dice.

—No te preocupes. Van a morir como ratas ahí abajo de todas formas —asegura la mujer antes de darse la vuelta y desaparecer por el mismo camino que los demás.

Es entonces cuando percibe el olor a humo. En el momento en que Lisbeth cierra la puerta del pasillo de las celdas, la sala de conferencias estalla.

El humo se cuela por debajo de la puerta. Tienen que salir del búnker ya. La primera celda está abierta. Svala está sentada al lado de su madre, abrazándola. Acaricia su pelo.

—¿Está viva? —quiere saber Lisbeth, y Svala asiente con la cabeza.

—Tenemos que dejarla, si no, moriremos todas.

—No la voy a dejar aquí —dice Svala, y tose.

El humo se espesa. Lisbeth agarra a Svala de la

chamarra y la levanta apartándola de la cama. Justo en ese momento se va la luz.

—Alúmbrame con el celular —grita Lisbeth mientras envuelve a Märta Hirak en la manta.

—Está sin batería —grita Svala de vuelta.

Por segunda vez en veinticuatro horas, Lisbeth carga con una mujer al hombro para salvarla de Branco. Salvarla a ella, a Svala y a sí misma.

—Agárrame de la chamarra. —Las instrucciones de Lisbeth son cortas y claras—. Saca mi celular del bolsillo exterior de la mochila y alumbra.

La luz apenas penetra el humo. Avanzan hasta la próxima puerta. Märta Hirak se da con la cabeza en el marco. El humo las sigue como una cola.

—La escalera se ha derrumbado hacia la mitad. Mantente a la izquierda.

¿O era a la derecha? Y después, después seguro que era a la derecha. Lo recuerda bien. Unos pocos metros más y podrán cerrar la puerta de incendios tras de sí. Otra explosión estalla encima de ellas. Tienen que salir.

—Sujeta a tu madre —dice Lisbeth.

La niña la sujeta, susurra algo, se la sube al hombro, se concentra en el objetivo y se dirige al fondo de la sala. Un cuarto de kilo de brazos de espaguetis sobre unas piernas que parecen las de una cría de reno. Doscientos metros sin apenas luz que la guíe. *A todos los participantes del programa* Los Secretos de las Fuerzas de Élite: *no tienen nada que hacer, dénse por vencidos.*

En la puerta del centro, antes de que tengan

que recorrer el pasillo con las paredes derrumbadas, Lisbeth toma el relevo.

—Ya no queda tanto para la salida —la anima.

La niña respira con vehemencia, tropieza justo donde Lisbeth ha tropezado antes, se sujeta con la mano y provoca un nuevo derrumbamiento. Primero unos pocos ladrillos, después otros más, y otros. Por instinto, Lisbeth empuja a la niña delante de sí y la arroja tanto a ella como a sí misma por encima de los montones derrumbados hasta el otro lado. Unos segundos más tarde, toda la pared cae como un castillo de naipes.

—Por un pelo —dice Svala mientras dirige la luz a la muerte que acaban de dejar con las ganas.

En la trampilla de salida, la misma por donde entró, Lisbeth deja a Märta en el suelo. Luego sacude los brazos para desentumecerlos y empuja la trampilla con el hombro. No se mueve. Toma impulso y empuja con todas sus fuerzas. Ni un milímetro.

El olor a fuego está en la ropa. Quizá el fuego avanza hacia ellas. No lo sabe.

Alguien ha bloqueado la trampilla por fuera. Alguien se ríe allí fuera. *La mujer.* Pone la boca contra la cerradura y grita a pleno pulmón para asegurarse de que la oyen.

—Ardan, ratas de mierda, pronto arderán en el infierno.

—No sin ustedes —responde gritando Svala—. Los encontraremos. Estén donde estén, los encontraremos. Que no se les olvide..., hijos de puta —añade en voz baja.

Lisbeth se deja caer en el suelo de piedra. Se apoya en la húmeda y mohosa pared y trata de pensar. Podrían intentar disparar en la trampilla. Probablemente no tendría sentido alguno. El travesaño es de hierro. Además, el riesgo de que las balas reboten es mayor que el posible provecho.

Se voltea hacia Svala.

—¿Cómo demonios has entrado? En la celda, lo entiendo, tenía una cerradura con código, pero ¿la puerta exterior? Sophia dijo que tenía un sensor de huellas digitales.

Svala tose y tose y tose.

Lisbeth le da palmaditas en la espalda.

—No sirve de nada —jadea—. Tengo asma. Se me olvidó el inhalador en el hotel.

Respira pesada y ruidosamente mientras se quita la mochila de la espalda y busca entre sus cosas. Entre las únicas cosas que jamás ha poseído, que son sólo de ella. La computadora y el muñeco.

—Abre el muñeco —le dice a Lisbeth al tiempo que rodea a su madre con el brazo.

Lisbeth desdobla una navaja y deja que el contenido del muñeco caiga en las rodillas. Lo último que sale es una granada.

—En serio, Svala, ¿de dónde has sacado la granada?

—Me la dio Mamá Märta hace años. —Mira a su madre, tira de la manta para taparle el hombro—. Y sigo queriendo saber cómo murió mi padre.

—De acuerdo —accede Lisbeth endureciendo el tono de voz—. Tu padre, mi hermanastro, era un auténtico hijo de puta. Hacía todo lo que tu abuelo le pedía que hiciera. Amenazar, cobrar dinero, asesinar. Al igual que tú, no podía sentir dolor, pero cuando les robó dinero a los de Svavelsjö, se pasó de la raya. Al mismo tiempo que eso sucedía, fue por mí. También por orden de Zalachenko. ¿Entiendes, Svala, hasta qué punto es enfermizo que mi propio padre le encargara a mi hermano que me matase? Así que le tendí una trampa. Y cayó en ella, pero igual podría haber caído yo. Para poner punto final a todo, llamé a Sonny Nieminen. Fue su banda quien mató a tu padre, no yo.

—Eso podrías haberlo dicho directamente.

—¿Y esto? —dice Lisbeth, y levanta un paquete de cigarros en el aire—. No es bueno fumar si tienes asma.

Lisbeth sacude la cajetilla. Pero en lugar de un cigarro, sale un dedo. Lisbeth se sobresalta de asco. La piel está gris, casi blanca, excepto en el corte por donde asoma el hueso.

—El dedo de Ulf, así entré —explica Svala—. Me lo dio Sophia. Quizá no lo sabías, pero nos conocemos. Ella es lectora, como yo. Tomé el autobús al hospital. ¿Quién puede resistirse a una niña inocente de trece años? Ni siquiera tu novia policía.

«Quizá vaya siendo hora de que la llame.»

Lisbeth vuelve a meterlo todo en el muñeco, menos la granada y el dedo.

—¿Sabes cómo funciona una granada? —pregunta.

Svala niega con la cabeza.

—Tendremos que buscarlo en Google —dice, y lee en voz alta—. «Granada de mano, abreviatura militar grm, es una granada que se dirige al objetivo mediante un lanzamiento de mano. Las granadas de mano pueden diseñarse según varios tipos de efecto, pero suelen estar concebidas con efecto explosivo para combatir tropas a corta distancia. Otro efecto habitual en las granadas de mano es el "efecto protector" (de humo) para la propagación momentánea o continua de humo.»

—Ya tenemos bastante humo.

—«Para usar una granada de mano convencional, se sujeta la granada en la palma de la mano con la argolla de seguridad apuntando hacia arriba. Después se ejerce una presión continua en la espoleta o palanca de seguridad con el pulgar. A continuación, se inserta un dedo en la argolla de seguridad y se quita tirando de ella con un movimiento de torsión. La mecha no se activará hasta que se deje de ejercer presión en la palanca de seguridad.»

—De acuerdo —dice Lisbeth—, yo me encargo de lanzarla.

—Sólo tendrás tres segundos para correr una vez que dejes de presionar la palanca.

Entre las dos levantan a Märta y llevan el desmadejado cuerpo tan lejos de la zona de impacto como pueden. Quizá ya sea demasiado tarde.

—La granada tiene que acabar muy cerca del objetivo, si no, no va a funcionar —advierte Svala con una voz que lucha por conseguir con un poco de oxígeno.

—Lo sé —asegura Lisbeth fijando su mirada en la de la niña—. Si no volvemos a vernos...

—Hazlo ya —responde Svala entre silbidos—. Es mejor saltar por los aires que quemarse aquí dentro.

La palanca, la argolla de seguridad, tres segundos, lanza, corre. Lisbeth se arroja sobre Svala a modo de escudo humano. El ruido de la explosión en la sala vacía, la onda expansiva y los trozos de roca arrancados golpean sus cuerpos como un enfurecido bate de beisbol. Un último temblor recorre el suelo. Después, todo permanece en silencio.

Ligeros copos de nieve revolotean hacia el suelo. La luna se desplaza en el firmamento azul. Un helicóptero levanta el vuelo hacia el cielo. Un nido de águila arde hasta que no quedan más que los cimientos de roca. Una niña se pone de pie con piernas temblorosas. Se abre camino a través de una pared que ha estallado. Recibe el cuerpo inanimado de su madre, se sienta en la nieve y le aparta el pelo de la cara.

—Mamá, ya estamos a salvo. Hemos salido. He leído tu diario, Pederpadrastro está muerto, si sólo recuerdas la contraseña del disco duro, podemos irnos de aquí. Tú y yo, mamá, ¿verdad que suena bien?

Mamá Märta abre los ojos. Pese a que no son más que resquicios en la carne hinchada, contienen una mirada. La mirada dice algo. Forma una palabra, al igual que los labios.

—No lo oigo —dice Svala acercándola aún más—. Dilo otra vez.

Una golondrina puede volar a una velocidad de 65 kilómetros por hora. La niña permanece sentada inmóvil con Mamá Märta en las rodillas. Las últimas respiraciones llegan a sacudidas. Se alejan como un rebaño de renos en fuga.

Lisbeth Salander rodea a Svala con los brazos y se quedan sentadas así hasta que se oyen las sirenas en la carretera.

Capítulo 85

—Bueno —dice Mikael Blomkvist, y levanta el último número de *Gaskassen* en el aire—, con esto quizá no habían contado cuando nos vimos por primera vez. Yo tampoco, para ser sincero.

El termo de café pasa de mano en mano en la redacción. Jan Stenberg se traga los elogios como si fuesen el azúcar perlado del rol de canela.

—Ya te lo dije —comenta—, que *Gaskassen* es igual de bueno, o mejor, que los medios nacionales investigando noticias interesantes, y aquí tenemos la prueba de ello.

Los retratos en la portada son de personas identificadas gracias al ADN de los restos óseos que quedaban tras los festines para las águilas organizados por el limpiador. Recuerdan a una galería de criminales. El limpiador seguro afirmaría que la mayoría merecían su sitio entre los despojos, pero nadie sabe quién es, ni qué papel ha desempeñado. Por eso no se le cita en el artículo.

Ahora bien, incluso el limpiador lee el periódico. Va pasando por las páginas con impaciencia hasta dar con el nombre. El niño. Lukas. Está vivo. Se encuentra bien. «No, no era para tanto y no tenía miedo. Comían dulces y miraban las águilas marinas.» Claro. La única población de águilas marinas de todo el interior. No les hizo falta más que llamar a la Asociación Sueca de Protección de la Naturaleza para encontrar la cabaña. La cabaña, pero no al limpiador. La descripción del chico podría apuntar a cualquier cazador de mediana edad. Un viejo con la edad de su padrastro, Henry. Gorra verde. Suéter naranja. ¿Si ha reconocido u oído su nombre? No. Aparte de las respuestas de Lukas, citan también unas declaraciones hechas por Henry Salo. La dramática serie de acontecimientos desde la cabaña en Kvikkjokk, la tormenta de nieve y el viaje en coche hasta Sunderbyn.

¿Si sabe quién dejó al niño allí? No.

No debería, pero no puede resistirlo. Joar conduce hacia el lago Njakaure, abre la barrera y se interna unos metros en el bosque para dejar la cuatrimoto. Se cuelga la escopeta al hombro, se ajusta sus esquís Tegsnäs y recorre con ellos los últimos kilómetros.

Es un día bonito. Sólo unos pocos grados bajo cero. La nieve centellea como en una tarjeta postal. Abre la mochila, saca una bolsa de plástico, vacía el contenido en el suelo y se mete debajo de su abeto de siempre.

Suelen tardar algún que otro minuto. Al cabo

de un cuarto de hora, se da por vencido. Algo va mal. Ni una sola águila marina a la vista.

No recoge la carnada. Al menos, el zorro o el cuervo se pondrán contentos. Da la vuelta a los esquís y, con la ayuda de los bastones, va acercándose al nido. Ya de lejos ve que algo va mal. Los vetustos pinos que han sostenido el nido con orgullo en sus copas están en el suelo, talados y descortezados. Del nido sólo quedan trozos rotos del ramaje trenzado. «Maldita sea, si es una reserva natural.»

El limpiador mira por última vez a su alrededor antes de levantar los esquís y dar un giro de ciento ochenta grados y volver esquiando sobre su propio rastro. Según va avanzando, los pensamientos también se desplazan hacia delante. No recordar nunca, no extrañar nunca.

Mikael Blomkvist se detiene en la foto más a la izquierda de la portada, Malin Bengtsson, la hija de IB. Podrían haber hecho tanto con el material si sólo hubieran tenido más tiempo. Las coordenadas en su teléfono celular, por ejemplo, que cambiando unos números conducían al búnker de Branco y no a la casa de Henry Salo. Tendrán que mantener la cabeza fría y esperar. Intuye que surgirán más oportunidades de familiarizarse con Branco. «Y a esa historia no podrás resistirte, Erika Berger.»

—¿Y el resto? —quiere saber Mikael Blomkvist en una conversación privada con Stenberg—. Los sobornos, el parque eólico, el presunto chantaje, etcétera. ¿No crees que a los lectores de *Gaskassen* les interesan los negocios del jefe administrativo?

—Es que no lo han condenado por nada —justifica Stenberg—. Casi podría pensarse que quieres encerrar a tu propio yerno. Henry es una persona poco convencional, pero no podemos escribir nada basándonos en especulaciones.

—No, claro, por favor, qué mundo sería ése... —dice Mikael.

Se pone la chamarra de piel encima del saco y mira el reloj. El tren de vuelta a Estocolmo sale dentro de un par de horas. Primero va a tomar una última copa con Lisbeth Salander en el hotel.

—Hoy es miércoles —le dice a Stenberg—. Saluda a los chicos de la logia. Quizá nos veamos en alguna ocasión.

—¿Dónde estamos ahora? —dice Mikael; le pasa una Coca-Cola a Lisbeth y se toma un trago de cerveza.

—¿Qué quieres decir?

—Pues que no hemos terminado precisamente con Branco, ¿o sí? Leí el mensaje de Plague.

—Hablando de Plague —empieza para arrepentirse al instante. No es nada que le incumba. Si hay la más mínima duda, es algo que debe aclarar ella—. Ahora mismo me parece que Branco es un capítulo más que terminado para mí —dice—. Todavía me zumban los oídos.

—¿Podemos repasarlo todo sólo una vez más, por favor? —pide Mikael.

—No —replica Lisbeth—. No tengo fuerzas. ¿Qué tal te ha ido con la islandesa, por cierto?

—Bueno, pues como siempre, supongo. Vuelvo a casa hoy. Quizá nos veamos en Estocolmo más adelante. ¿Y tú?

—Las polis no son para mí. El lado equivocado del camino, por decirlo de alguna manera.

—¿Y eso significa?

—Sólo algo que una niña me dijo en una ocasión. No puedes cambiar el camino por el que vas, sólo cambiar de lado.

La conversación discurre más despacio que la basura en el río Ganges. Si es que hubo una ventana abierta, ahora permanece cerrada del todo.

—Y... la niña..., ¿qué pasará con ella?

Van a casa de los Hirak una última vez. En el asiento de atrás, han dejado el muñeco y la mochila con las pocas pertenencias de Svala. Ella, por su parte, abraza con fuerza a su madre y a su abuela.

Laura está en la perrera. Per-Henrik llega desde el bosque encima de una motonieve. Elias andará con sus cosas por algún lado.

Lisbeth apaga el Ranger.

—¿No te has arrepentido, entonces? —dice.

—¿Sobre Estocolmo? No lo sé, pero tengo que empezar en algún sitio. Bajaré en las vacaciones de Semana Santa.

—Entonces, vas a probar unas pizzas increíbles. Y que no se te olvide el karate, Svala-san.

—Que no, si tú dejas de decir palabrotas.

Laura cierra la jaula de la perrera y camina hacia el coche. Per-Henrik se acerca resbalando sobre el suelo helado. Elias aparece sobre un trineo de pie.

—Bueno, pues me voy —dice Lisbeth.

—Todavía no. Antes tienes que asistir al funeral.

Con la nieve colándose en las botas, suben con dificultad hasta el punto más alto de la montaña Björkberget.

El paisaje se extiende, sin comienzo ni fin. Aquí y allá se eleva humo de las chimeneas.

—Pobre Marianne —dice Svala, y deja que las cenizas de la abuela vuelen hacia la casa de Marianne Lekatt.

—Parece que alguien ha encendido la chimenea en su casa de todos modos —dice Elias—. Así que igual tenemos vecinos nuevos.

La urna de su madre la deja Svala para el final. La sostiene durante mucho tiempo entre sus brazos antes de desenroscar la tapa y dejar que el viento esparza las cenizas como quiere.

—Vuela libre, *Eadni* —dice.

«Vuela rápido, como la golondrina entre destinos. Planea sobre la tierra como el águila marina. *Mi Eadnimärta.*»

Capítulo 86

Hola, Lisbeth, espero que estés
bien. Sólo quería desearte feliz
Navidad. Mikael.

Gracias, nos vemos.

Con mucho gusto,
¿qué haces mañana?

No tientes a la suerte.

La vida es corta. Loch Ness
a las 19.

OK, capullo.

Porque sí, así es. La vida es un regalo extraordinario. Sobre todo, cuando el regalo viene directamente de Santa Claus en Rovaniemi. Svala entrega el aviso de llegada. Le dan el paquete, luego se va a la Pizzeria Buongiorno, pide una vegetariana con extra de queso y una Coca-Cola.

Desata despacio el listón navideño. Despega la cinta con las uñas, quita el papel y sostiene el libro como un tesoro entre las manos.

Svala H.
AAMULLA TULI YÖ

«Mierda, ahora también tendré que aprender finés.»